Quando a vida cobra

Quando a vida cobra
Nuno Rebelo

LetramentO

Copyright © 2016 Nuno Miguel Branco de Sá Viana Rebelo
Copyright © Letramento

EDITORES:
Gustavo Abreu

PROJETO GRÁFICO, DIAGRAMAÇÃO E REVISÃO:
Nathan Matos | LiteraturaBr Serviços Editoriais

CAPA:
João Gabriel Moreira | Estúdio de Criação

Este livro foi editado respeitando as novas regras ortográficas.
TODOS OS DIREITOS RESERVADOS.

Não é permitida a reprodução desta obra por qualquer meio, físico ou digital, sendo a violação dos referidos direitos crime punível com pena de multa e prisão na forma de artigo 184 do Código Penal. O mesmo se aplica às características gráficas e editoriais.

A Editora Letramento não se responsabiliza pela originalidade do conteúdo desta obra, sendo que ela é de responsabilidade exclusiva do autor, assim como do que dela impingir aos seus leitores.

Dados Internacionais de Catalogação na Publicação (CIP)
Bibliotecária Juliana Farias Motta CRB7- 5880

R291q   Rebelo, Nuno Miguel de Sá Viana.

Quando a vida cobra / Nuno Miguel de Sá Viana Rebelo. Belo Horizonte, MG : Letramento, 2016.

487 p.

ISBN: 978-85-68275-63-4

1.Literatura brasileira. 2. Prosa brasileira. I.Título.

CDD B869.3

Grupo Editorial
LETRAMENTO

Belo Horizonte - MG
Rua Cláudio Manoel, 713
Funcionários
CEP 30140-100
Fone 31 3327-5771
contato@editoraletramento.com.br
www.editoraletramento.com.br

*Para minha mulher, Rochelle Mantovani Rebelo,
que com sua luz própria tirou-me da escuridão de visão turva,
com sua áurea me fez perceber a paz que a acompanha e com seu encanto
acalmou minha inquietude natural para com o estado das coisas.
Em seus olhos encontrei minha alma; em suas mãos depositei minha vida.
Para meus filhos,
Nuno Fernando V. de Sá Viana Rebelo, o Imponente,
Luiz Henrique Mantovani de Sá Viana Rebelo, o Desbravador,
Maria Luísa V. de Sá Viana Rebelo, a Eterna Princesinha e
Diogo Augusto G. de Sá Viana Rebelo, o Pequeno Bárbaro,
cada qual a seu modo, com convicções e sabedorias
atípicas às idades, dão-me alegrias renovadas rotineiramente, pelas suas
posturas perante cada novo desafio.
Para meu pai, José Augusto Forte de Lemos Rebelo,
quem me apresentou ao extraordinário mundo
dos livros e da cultura, quem despertou-me
a vontade pelo aprendizado e pelo saber.
Para minha mãe, Maria Leonor Sampaio e Melo Branco,
pelo carinho, pelo exemplo de vida e perseverança, sempre
em busca da bonança após as tempestades.*

Carta Aberta I

Vida.
Como definir?
Qual o conceito?
Quem pode responder?
Quem saberá responder?
Existirá resposta?
Aliás, para que resposta?
Por que estamos sempre atrás de respostas? Por que temos tantas perguntas?
O que nos move? O que nos impulsiona? Para onde vamos sempre com tanta pressa?
Caminhar pelo Planeta segurando a paz pelas mãos. Sentir a areia, a mata molhada do chuvisco matutino, a fruta ao pé da árvore. Estar livre de pressões, ter a certeza da felicidade sem preço, mas com valor.
Estar vivo; ser livre.
Ter tranquilidade para usufruir a vida. Ver os filhos à volta, entretidos com suas brincadeiras de alegria.
Sentir o calor do Sol na pele, o carinho do vento nos cabelos, o toque da água refrescante. Ouvir os barulhos do mar.
Em que momento deixamos de ser donos do Planeta? Em que momento perdemos o conceito de espécie, de família? Em que momento deixamos de ser donos de nossas próprias vidas? Deixamos de ser solidários?
Foi quando criaram o conceito de propriedade?
Quando nos apresentaram as armas?

Quando o dinheiro apareceu?

Não há resposta errada, pois sempre haverá um pouco de acerto em cada raciocínio que busca a explicação. Somos assim, humanos. Sempre tentando entender.

Por que devemos estudar tanto sacrificando a tenra idade?

Por que devemos trabalhar tanto sacrificando o melhor das nossas energias para um patrão acumular riqueza?

Por que morremos sozinhos depois de tanto esforço para viver?

Por que viver não pode ser mais leve?

Por que tudo é tão difícil?

Não foi a propriedade.

Não foi a arma.

Não foi o dinheiro.

Foi a cobiça, a violência, a ambição. Estavam adormecidas em suas cavernas de entranhas. Tiveram seu despertar decretado pelas ações humanas.

Como animais que disputam terreno, disputamos fronteiras. Como animais que disputam alimento, disputamos riquezas.

Reinos, Impérios, Estados, Ditadores, Exércitos.

Feudos, Trabalho, Guerras. Horário, Dívidas, Mentiras.

Tributos, Leis, Escravos. Assassinatos, Drogas, Rixas.

Estado, Capital, Presídio. Corrupção, Miséria, Violência.

Dinheiro, Poder, e Sexo.

O que aconteceu com a vida?

O que fizemos conosco?

Quem nos manda para a guerra?

E por que vamos?

Capítulo inicial

Dias atuais...

– Quem é você? – sem emoção na voz.
– Não te devo explicação. – mais por reflexo. Fechou o semblante. Sua expressão que já era tensa, mais tensa ficou.
Houve um curto silêncio naquele lugar frio de paredes severas e atentas, com ares de prisão.
Delegacia nunca é um lugar confortável.
– Não sei quem você é, mas sei bem quem você não é. – Fala o homem mais velho para aquele garoto.

Capítulo Pretérito I

Vinte anos atrás...

Pendurada por uma corda no pescoço, ela pusera fim ao seu sofrimento.
Corda forte, pescoço frágil.
Não houve grito. Não houve lamento. Não houve lágrimas.
Apenas o fim de uma vida.
Vida difícil, morte fácil.
O quarto tinha o peso da morte. Não tinha luz, não tinha decoração. O único som vinha do rádio e da tremedeira de uma janela inconformada com a cena que testemunhara, resistindo ao vento como podia. Em seu vidro trêmulo, o reflexo do corpo pendurado. Naquela corda obrigada ao trabalho mórbido, o eco silencioso de uma angústia que encontrou o epílogo derradeiro.
As paredes de tom cinza da imposição do tempo, pareciam assustadas, em lamento fúnebre, tanto quanto a cena permitia. O teto esmagava o chão envergonhado pela cena, não queria, mas era ele quem suportava o peso da morte do corpo pendurado. Havia uma poltrona sóbria, como se tivesse assistido a tudo e nada pudesse dizer, mas pronta para o discurso de filosofias de vida quando esta se esvazia em partida solene, sem ruído, sem lágrimas, apenas com o cansaço da rigidez de mãos trêmulas e de caráter arrastado. Embaixo do corpo pendurado, um banquinho de madeira sólida tombado, como se tivesse tentado ajudar e não tivesse conseguido. Estava no chão como se tentasse estender sua ajuda àquele corpo que desistiu.

Ela não fizera questão quanto à aparência. Qualquer roupa serve para partir. Qualquer penteado serve para ser recebida pela morte. Não tinha esmalte nas unhas, não tinha brincos, não tinha pulseiras. Não teve vaidades, pelo menos, não naquele momento da despedida.

Era alta madrugada com um rádio baixo. Nele, uma música que não dizia nada, insistia em falar muito.

Do berço, a criança com pouco mais de um ano, fora retirada e posta no chão. Fizera isso antes de ir para a corda.

Não havia bilhete, não havia mensagem, não havia nada. Apenas o corpo de uma mulher jovem pendurado por uma corda decretando o seu próprio fim.

Foi o que Antunes viu quando chegou ao local.

Por instinto, foi até a criança que, deitada no chão, não percebia os acontecimentos em seu entorno.

Antunes era recém-chegado à Polícia Civil, este era o seu primeiro caso desde a perda da sua esposa e filho num parto malsucedido. O hospital chegou a apresentar-lhe a conta em uma nota fiscal cerimoniosa. Ele chegou a levar a mão à arma sem cerimônia alguma.

Ainda tentava lidar com essas coisas.

Vida e morte.

Profissionalmente era fácil. Bastava procurar os culpados.

Contudo, na sua vida pessoal era difícil. Não se imaginava sozinho no mundo depois de tantos planos de família perfeita. Esposa e filho. Perdera ambos de uma única vez.

Seus olhos tinham um vermelho insistente que não partia. Sua mente tinha o nome da médica tatuado junto com a raiva: Mônica Tavares.

Ainda não sabia ao certo como agir.

Parecia travar debates internos quanto à sua conduta, como quem decide o que fazer com o seu próprio futuro. Afinal, lidar com a morte seria sua realidade ao longo da vida.

Acordava sempre pronto para a vida. Adormecia parecendo desejar a morte.

Agora tinha diante de si uma mulher pendurada no teto com a vida encerrada sem honras, e uma criança jogada no chão com a vida iniciada sem festas.

Capítulo Incidental I

Dias atuais...

– Ora viva, Senador. Parabéns pela indicação. – com voz animada.
– Caro Governador. Muito obrigado. Agradeço a atenção. – satisfeito.
– Depois precisamos conversar.
– Com certeza. Você faz parte dessa vitória.
– Obrigado. Já estava na hora deles considerarem seu nome para a Presidência.
– Pois é. Tudo a seu tempo. Agora temos que nos preparar para a campanha. Como está a arrecadação para os fundos de campanha?
– Por aqui, faremos a nossa parte. Sabe que pode contar conosco.
– Claro, meu amigo, claro. Esta semana já tenho a agenda cheia no Rio. Semana que vem estarei em Minas.[1] Aí a gente conversa, pode ser?
– Claro.
– Então, obrigado. Eu entro em contato.
– Forte abraço, Senador.
– Até logo, Governador.

---
[1] Estados do Rio de Janeiro e Minas Gerais respectivamente.

PARTE I

Capítulo I

– Vocês pelo menos têm alguém esperando por vocês lá fora... e eu que não tenho ninguém? – com pena de si mesmo.

Os outros apenas o olham, desgostosos com todo o ocorrido.

Ainda estavam se adaptando à situação. Todos foram detidos pela Polícia Federal em suas casas, logo pela manhã. Depois de um dia inteiro de sabatinas, foram transferidos para o Presídio Nelson Hungria, nos arredores de Belo Horizonte.

Eram seis, cada qual com sua personalidade. Antes, preocupados com o corte de cabelo, com os óculos escuros, com a roupa de marca, com o sapato ou tênis que melhor combinava, com o estilo que mais chamaria a atenção, com o relógio de aparência. Agora, cabelos raspados, uniforme vermelho de tecido duro sem preocupação estética, chinelos e nada mais. Sem destaques, iguais a todos os outros que ali estavam, cada um com seu infortúnio, com seu pequeno delito e com sua grande tragédia pessoal.

Aquela vida que cada qual acreditava estar construindo, ruiu em trinta minutos da Operação Esgoto, da Polícia Federal. Desta vez, não tinha relação com drogas, com tráfico de armas, com escravidão ou com prostituição infantil. Desta vez tratava de desvio de dinheiro público.

– Eu não tenho ninguém. – Danilo insiste na fala de pesar.

– Mas você tem muito dinheiro te esperando lá fora. Nós não! – fala com forte sotaque gaúcho. – E é por causa desse dinheiro que nós estamos aqui. – calmo e firme ao mesmo tempo, como quem tira uma máscara de seu interlocutor.

O grupo volta-se para Danilo, como se somente agora tivessem se atinado para aquele fato.

— Que você tem muito dinheiro lá fora a gente sabe! — fala outro, em tom mais incisivo. — Quero vê como é que você vai *livrá* a gente desta encrenca. — agora já de pé e realmente nervoso.

— Calma, Formiga! — pede outro do grupo.

— Calma o c...! — tenso. — Olha onde a gente *tá* por causa desse gordo *filho da p...!* — realmente nervoso.

— Calma, cara! *Tá* todo mundo ouvindo! Daqui a pouco eles separam a gente de novo. — aconselha.

— Se você não me ajudar a sair daqui, eu acabo com a tua raça. — aponta o dedo com veemência.

— *Tá* me ameaçando, Formiga? — calmo e com aparente temor. — Eu vou resolver. Pode ficar calmo. — Danilo parecia tranquilo apesar de toda a situação.

— Acho bom. — semblante fechado.

— Vou pagar o advogado *pra* todo mundo.

Depois da tensão, parece que todos se acalmaram.

— Vai resolver como? — pergunta o Gaúcho.

— Podem ficar *tranquilo*. — como se estivesse numa mesa de negociações. — Eu vou pagar o advogado *pra* fazer a defesa de todos nós. — expressões carregadas. — E vou garantir o salário de vocês até o final do ano. — ele sabia mentir sem mudar o semblante. Estava acostumado a enganar os outros e a adiar os problemas com promessas que sabia que não cumpriria.

Todos o olhavam. Uns deixando que as palavras lhes dessem quase que uma crença cega, outros com ares de desconfiança.

— Eu sou teu primo. Se você me *ferrá*, *tá* ferrado na família toda. — adverte um deles.

— *Tu é* burro mesmo, *hein*, Biss? — interfere Formiga. — E desde quando esse gordo liga *pro* que a família pensa? Ele *tá* pouco se *f...!* — parecia com raiva ao se referir a Danilo.

A cena ficara burlesca. Todos sentados no chão, encostados à parede, como se estivessem numa roda de amigos em ciranda. Formiga estava inquieto, ora mantinha-se sentado, ora se levantava e falava com veemência. Sua aparência frágil contrastava com a força de suas palavras.

— Calma — pede Gaúcho novamente, parecendo o mais equilibrado do grupo. — Não adianta nada essa gritaria aqui.

Formiga volta a se sentar e por um momento há silêncio. Todos se olham.

— Se eu ficar preso eu quebro a tua cara, primo! — avisa Biss.

Novo silêncio.

De repente Gaúcho puxa.

– Por que o pessoal te chama de "Biss"? – curioso e querendo mudar de assunto.

– *Qualé*! O que é que isso tem a *vê*? – quase revoltado.

– Nada! Curiosidade! – olha-o com serenidade. – Não *qué falá*, não fala. – categórico. Queria apenas mudar de assunto.

– É porque eu era metido a motoqueiro lá no bairro. – explica como se falasse a contra gosto.

Todos deram atenção e os semblantes mudaram.

– E o que é que isso tem a *vê*? – indaga Formiga.

– Nada não. É que eu tinha uma Honda Biss. – deixou escapar um leve sorriso. – Aí, *andava eu* e minha namorada naquele *trem*. A turma zoava demais.

– Pô! Metido a motoqueiro e andando de Biss! – Formiga se diverte.
– E com a namora na garupa, ainda! – até sorriu.

– Não tinha dinheiro *pra* coisa *melhó*. *Fazê* o que? – como se ofendido, mas com sorriso.

Todos riram, sem gargalhadas, mas o riso lá estava. Difícil entender o motivo, porém naquela ocasião esdrúxula, pareceu-lhes engraçada aquela explicação.

– Era do Rio. – completa Biss se referindo ao Estado do Rio de Janeiro.

– Quem? A *mina*?

– Não. A Biss. – sorri pela confusão. – Comprei de um "dono do morro" lá do Rio. Ele pegou de um *playboy* em troca de droga. Aí vendeu baratinho. A *mina* adorava andar comigo. – pausa. – Mas eu só podia andar no bairro com ela.

– Com quem? Com a *mina*?

– Não. Com a Biss.

– Por quê?

– *Pra* não *caí* em *blitz*!

– Mas por quê?

– Por que eu não tinha *os documento, p...*! Aí eu andava só no bairro. Quando eu queria *i pra* longe, tinha que pegar o *busão*[2].

Pareceu mais engraçado ainda. Mas rir naquele lugar era estranho. Havia um peso no ar, maior do que aquele que eles estavam acostumados a carregar.

---

[2] Gíria para "ônibus".

– E você? É "Formiga" por quê? – emenda Biss.

Agora todos olham para ele esperando uma resposta.

– Não dá *pra sabê*, não? – apontando para sua própria imagem com os braços curvados. Ninguém diz nada. Ele completa: – É este meu físico atlético. Desde a escola me chamam assim. Tem gente que nem sabe meu nome. – pausa. – Prefiro assim.

– Mas você melhorou. *Tu tá* forte *pra caramba*. – Gaúcho brinca com o colega.

Mais uma vez parecia que todos se divertiam.

– E você, por que te chamam de "Piloto"? – é Gaúcho quem puxa novamente a indagação.

– Você nem precisa *falá, né* Gaúcho? – sem responder.

Todos riem.

– Dá *pra vê* pelo sotaque, não dá, não? – afirmando e mostrando uma dúvida divertida no semblante.

– Cê é de Porto Alegre mesmo? – pergunta Formiga.

– Sou. E tu? É de Formiga? – brincando fazendo referência à cidade homônima que fica em Minas Gerais.

Mais uma vez todos acharam graça. Sem gargalhadas, mas engraçado. Pelo menos desviavam o foco daquela tensão toda.

– Mas e aí? *Tu* não *respondeu*. – insiste Gaúcho com Piloto.

– Beleza. Vou contar. – fala Piloto, como quem se prepara para a plateia. – Uma vez, garoto, minha mãe me levou *pra* fazer um teste na televisão. – sorriu meio sem graça. – Mamãe sempre me achou bonitinho. – novo sorriso. – Era uma cena que eu aparecia comendo um iogurte. Eu fiz o piloto, mas depois eles chamaram outro garoto. Falaram que eu ficava muito escuro na tela e puseram um menino branquinho e loirinho *pra* aparecer. – meio chateado. – Só que aí, minha mãe já tinha espalhado *pro* bairro inteiro que eu tinha feito o piloto. Daí *pra* frente todo mundo me chama de "Piloto".

– E eu achando que você era piloto mesmo. – fala Formiga, achando engraçado. – Que pilotava avião, helicóptero, moto e o "c... a quatro".

– Nada. Dirijo carro e mal... – brincou Piloto.

Todos riram mais uma vez.

– Depois disso nunca mais. – completou Piloto.

– O quê? Televisão?

– Não! Iogurte! – riram mais uma vez.

Com isso o tempo passava ao invés de se arrastar.

– E você? – indagam para o colega que restara.
– O que é que tem? – sério.
– Por que do teu apelido? Fala aí? – Formiga toma a iniciativa.
Permaneceu em silêncio.
– Fala aí, *oh* avacalhado! – insiste Formiga.
Silêncio.
– Aqui! Se o cara não *qué falá*, deixa ele, *pô*! – Gaúcho.
– Qualé, Gaúcho! Todo mundo *falô*! Porque que o *bunitão* não vai *falá*?
– Por que o cara não *qué*. *Deixa ele*.

O ambiente de riso foi-se e deu lugar a uma certa tensão. Gaúcho permaneceu tranquilo, mas Formiga estava irritadiço.

– Calma, gente! Eu falo. – anuncia. – Nunca gostei do meu apelido, mas não tenho problema *pra* falar. – pausa. – Apenas não estou me divertindo como vocês.

Todos lhe deram atenção.

– Eu tive uma infância muito pobre. Ia *pra* escola *pra comê* merenda.

Todos lhe olham.

– *Oh*! E eu achando que a turma te chamava de "Merenda" porque você é "fortinho"! – diz Formiga sorridente.

Nesse momento são interrompidos pela fala vinda de outra cela.

– Ó o barulho, aí, *p*...! – reclama um dos "vizinhos".
– Não enche! – devolve Formiga.

Esperaram a resposta que não veio.

– Pronto. Aqui tem valentia. – se gabando enquanto os outros apenas lhe olhavam.

Os ânimos se acalmaram.

O "vizinho" chega. Olhou para todos, um por um. Olhos nos olhos. Não tinha a expressão fechada, mas seu olhar era intimidador.

– Você é o Formiga. – apontou. – Você o Gordo. – apontou para outro.
– Não. Sou o Merenda.
– Então você é o Gordo? – aponta para outro guiado pelo físico.
– Sou. – responde Danilo claramente incomodado.- Quem é o Gaúcho?

Ninguém se manifestou.

– Sou eu. – depois de um tempo.
– Piloto, é você? – apontou.
– Não.
– Então você é o Biss?

– Sim.
– E você o Piloto? – conclui por exclusão e fala apenas para confirmar. Piloto concordou balançando a cabeça.
– Estão todos aqui. – correu a roda com o dedo apontando, como se fizesse a chamada na escola. – Gaúcho, Formiga, Piloto, Biss, Merenda e Gordo. – relacionando as alcunhas às pessoas. Desta vez, acertara todos. Olhou de forma mais incisiva para um deles. – Você, Gordo! – chama a atenção. – Pelo que sei, é o chefão da turma. Ouvi *falá* que você tem dinheiro. – olha-o firmemente. – Nós vamos *conversá*.

Breve mal-estar.
– Dinheiro nada! – com ar carregado. – Sou "pau mandado" igual todo mundo aqui! Sou "café pequeno"! – ganhando confiança ao ver a dúvida nos olhos de seu interlocutor. – Cê acha que se eu fosse o chefão eu *tava* aqui dentro? – dúvida instaurada. – O chefão *tá* lá fora no bem bom. Eu me ferrei igual todo mundo.

Silêncio. Ninguém concorda, ninguém discorda, mas a primeira lição estava aprendida: ali, era melhor não falar muito.
– Se tem alguém acima de você, quem quer *sabê* é *os polícia*. *Pra* mim, você basta. – tom sério e encarando-o firmemente. – Você sabe quem eu sou?

Gordo balançou a cabeça negativamente.
Ninguém do grupo se manifestou.
– Eu sou o Cola. – esperou o impacto do anúncio. – Vocês já ouviram falar de mim? – todos sinalizaram positivamente com as cabeças. – Então, conhecem minha especialidade. – levantou a mão e despediu-se. – Até a próxima. Amanhã a gente conversa mais.

***

Do lado de fora do presídio, algumas esposas tinham esperança de terem notícias de seus maridos. Algumas mães, de seus filhos.

Esperança nesses casos ganhava concepção dramática. Contemplava tanto a ideia de espera sem fim, como a de espera por uma sorte melhor.

Seres humanos perderam a liberdade. Mas não era só isso. A proporção do ato tinha um alcance muito maior. Vidas foram danificadas, confianças foram quebradas. Mães choram, mesmo com a certeza mais materna do que real, de seus filhos serem boas pessoas. Mulheres sofrem com a agonia de não saber quando seu homem voltará para casa. Filhos perdem o orgulho dos pais. Vidas ficam sem rumo. A chance dada à dignidade diminui a cada dia de pena cumprido.

Ternos cheios de garbo, sapatos cheios de graxa, andares cheios de confiança, lá vinham os advogados. Todos com seus honorários já tratados ao negociarem a liberdade como quem sabe que está negociando uma mercadoria de valor inestimável. Vinham com a empáfia orgulhosa de quem é graduado em direito, de quem sabe manusear as leis, de quem tem o poder de ser o elo entre a família e o preso nessa luta solitária contra o Estado.

– Você fala *pro* meu marido que a gente *tá* aqui fora torcendo por ele? – pede uma esposa tensa. – Fala que *tá* tudo bem. A gente *qué sabê* como ele está sendo tratado. Você fala com ele? Fala que a gente *ama muito ele*, viu?

– Claro. – responde o advogado. – Pode *deixá*.

– Não esquece, não?

– Não. Pode *deixá* que eu falo.

Ela abraça o advogado.

– *Dotô*! Obrigada. Não sei nem como agradecer.

Ele apenas balança a cabeça e se afasta. Em passos curtos e sem ritmo, foi até a portaria principal do presídio. Após passar pelos agentes carcerários e suas armas, passou pelo detector de metais e foi conduzido para um guichê.

Anúnciou-se, apresentou sua documentação e o nome do preso que pretendia "visitar".

O cenário não era dos mais glamorosos. Ali, a vida era vista de outra forma.

Foi conduzido ao parlatório, local onde os advogados podem conversar com seus clientes.

Esperou numa antessala até que informassem que o preso já estava presente.

Ele viria, assim como outros, conduzido em fila, com correntes nos tornozelos que o prendia aos outros. Nos pulsos, algemas que limitavam suas ações e aniquilavam sua dignidade.

Nessa sala de espera, havia uma mesa de trabalho com um computador, um sofá, uma mesa com quatro cadeiras e uma pequena copa, com fogão e geladeira. Na parede, uma televisão pendurada passava sua programação rotineira. Parecia incompatível com aquela realidade agressora da liberdade humana.

Televisão presa à parede passando cotidianos da vida. Pessoas presas em quatro paredes, enquanto suas vidas passavam.

Ezequiel Mont'Alto sentou-se no sofá, tão desconfortável quanto aquela situação. Aguardava o anúncio da chegada de seu cliente.

Deu atenção à televisão. Passava um filme romântico, daqueles que a vida é perfeita, com o casal que se ama, discute e rompe, para se amar novamente no final, para que este seja feliz. Não combinava com aquele ambiente sem liberdade. Ambiente carregado, sem alegrias, onde a felicidade era resumida a ter contato com alguém de fora, à oportunidade de dar e receber notícias.

As algemas estão por toda a parte, para lembrar a todo o instante que a liberdade não existe do lado de dentro do presídio.

Paredes frias bem tratadas com a pintura branca.

Pessoas frias maltratadas pela vida cinza.

Ezequiel foi chamado e sentou-se à frente de seu cliente. Estavam separados por um vidro e falavam por um aparelho eletrônico, uma espécie de interfone.

– Como prefere que eu te chame? Pelo nome? – pergunta.

– Não. Pode ser Gaúcho mesmo. – parecia sereno.

– Tua mulher pediu para dizer que está tudo bem. Que teu filho está bem. Que logo, logo você vai sair. Mandou falar que te ama e etc.

Gaúcho se emociona. Provavelmente ele queria ouvir até o que seria aquele "etc.".

Quando Ezequiel falou do filho, Gaúcho mudou a expressão. Não queria ficar ali. Tinha que sair.

– E aí, *dotô*! Já entrou com a papelada? Com o *habeas corpus*?

– Já. Amanhã vou despachar com a Juíza.

– Amanhã? – esperançoso. – Tem chance *d'eu* já sair amanhã?

– Não. Acho muito difícil. É Justiça Federal. Demora mais. Com a Juíza até que é rápido, mas a parte burocrática demora mais, pois o presídio é estadual.

– O que é que tem?

– Apenas o trâmite é mais demorado, pois são duas esferas diferentes: federal e estadual. Mas o seu caso é tranquilo. Pode ficar despreocupado. – faz uma pausa como quem se prepara para contar um segredo. – Ainda não comente com os outros, pois quero resolver este caso com rapidez. Mas você deve sair amanhã mesmo, durante do dia.

Gaúcho faz o "sinal da cruz" e solta um agradecimento religioso. Depois deixou escapar um palavrão, como se o dissesse em câmara lenta e desse um grito sem som. Complementou:

– Este lugar não é de Deus, mas aqui todo mundo reza *pra* Ele. – sorriu.

Capítulo II

Ele estava saindo para o trabalho. Enquanto esperava o elevador, reparou que a porta do apartamento de seu vizinho estava apenas encostada, ao invés de fechada, como era costumeiro. Tocou a campainha para avisar o vizinho. Não teve sucesso.
A porta do elevador abriu-se e um cãozinho saiu em disparada enquanto a dona fica estática sem reação, ainda acordando da alvorada das horas.
O cão entrou para o apartamento cuja porta tinha abertura.
A campainha foi tocada exaustivamente, já de forma inconveniente. Ninguém veio em seu socorro.
– Eu vou entrar. – anuncia a dona do cãozinho com palavras decididas e atitudes adormecidas.
– Melhor não. – aconselha o vizinho. – Ele não gosta de ser incomodado. – aponta para o apartamento.
Ele tocava a campainha e ela chamava o cãozinho. Ambos fazendo seus barulhos como se não o quisessem fazer.
Por fim, o cãozinho sai, com ar satisfeito da exploração matinal e das descobertas, mesmo sem sentido. Desfila pelo corredor e chama a atenção de sua dona. Suas patas trazem consigo um vermelho que suja o piso.
Era sangue.
Pronto. O dia estava comprometido. A polícia tinha que ser chamada.

Capítulo III

— Delegado! — fala pelo celular. — *Pegamo os cara!*
— Pegaram? Com tudo?
— *Tá* tudo aqui, *Dotô*. A mercadoria, o dinheiro, *os equipamento, os berro... tá* tudo aqui. — satisfeito.
— Quantas armas são?
— Não contei ainda, não... mas *os berro tão* todos aqui. Dava *pra fazê* um estrago, viu?
— Ótimo. E a carga, é grande?
— Grande, *Dotô*. É muita coisa. Quero vê *os carinha explicá* isso aqui. — satisfeito pelo trabalho realizado com sucesso.
— Traz *os cara pra* cá que eu quero olhar nos olhos deles.
— Pode *deixá! Agorinha* mesmo a gente chega.

Com um sinal, o líder pôs a equipe toda em movimento. Cada um já sabia o que fazer. Naquele grupo não havia novatos.

Seguiram dentro das camionetes pretas com as identificações da Polícia Federal, em fila. Aquela estrada de chão batido era circundada por um cenário bonito. Não fossem as circunstâncias, era uma visão relaxante.

Dentro dos veículos da Polícia Federal, todos balançavam com os solavancos que, de eventuais, passaram a ser constantes, enquanto a terra se levantava como se pudesse alcançar o céu infinito, misturando ar com poeira.

Igor seguia em silêncio, mas satisfeito.

A terra era aquela mesma que Caminha escrevera "em se plantando tudo dá"[3]. Mas agora se "plantava" cocaína e maconha. Já o céu era aquele

---

[3] Pero Vaz de Caminha escreveu uma carta ao Rei D. Manuel I, de Portugal, quando da chegada dos portugueses ao Brasil em 1500, datada de 1º de maio, uma sexta-feira.

mesmo que o nativo apontara quando da primeira missa, como se sagrado fosse. Era de um azul intenso e de uma paz celestial, que chega a angustiar as pessoas de alma inquieta.

O Brasil tornara-se um país violento. Aquela violência que mata, que amedronta a população, que tira as pessoas das ruas e faz com que se tranquem em casas com grades. A violência que agride todos os dias. Qualquer pessoa pode ser agressor, qualquer pessoa pode ser vítima. O Brasil se transformou num país que nada dá à sua população e tudo exige. Um país preocupado em ser potência mundial sem se preocupar com o bem-estar de sua população. Um país que faz a exclusão social da forma mais perversa possível, pois nega educação de base. Não existe democracia sem educação, cultura e conquistas sociais. O Brasil tem um Estado adormecido que atua em benefício de poucos e exclui uma grande parte da sociedade das condições minimamente dignas, culminando no conflito entre a sociedade organizada e uma parcela dela que se organizou dentro de seus próprios valores criminosos. Por total desesperança de conseguir uma qualidade de vida com mais conforto, a via criminosa é por vezes uma alternativa tentadora. Isso tudo se completa com a corrupção absurda e com o alto índice de impunidade. [4]

O Brasil avança em termos estatísticos. Avança em conquistas de índices. Avança em muitos pontos. Mas o país não sai da mesmice de sempre: quem tem dinheiro tem poder, quem tem poder tem dinheiro, o resto fica com os restos.

---

[4] Trecho do livro do mesmo autor, intitulado "Civilizado Homem Selvagem, um passeio pela História e pelo Direito", ed. IUS, Belo Horizonte, 2013.

Capítulo IV

Romano e Grego entraram naquele apartamento de classe média. Fizeram-no com cuidado, para não estragar a cena do crime.

O sangue deixado no chão os conduziu para a parte íntima da moradia. Assim, deixaram a sala para trás e dirigiram-se para os cômodos internos. Entraram num deles que, nitidamente, era usado como escritório.

Ambos ficaram parados próximos à porta. A cena impressionava. Um homem sentado numa cadeira, com a cabeça sobre o teclado do computador que estava sobre a escrivaninha. Ele parecia amarrado à cadeira.

Havia muito sangue.

– Alguém mexeu em alguma coisa? – pergunta Romano para um policial militar, mais por hábito do que por dúvida.

– Não, detetive. Estávamos aguardando a sua chegada. – responde o soldado prontamente.

– Então está do jeito que vocês encontraram?

– Sim, senhor.

Romano e Grego avançam. Entram no escritório e se aproximam do corpo. Apenas observam.

Grego dá sequência:

– Quem chamou vocês? – pergunta para o soldado da Polícia Militar.

– Os vizinhos. O cachorrinho de uma moradora entrou pelo apartamento e voltou sujo de sangue. Aí os vizinhos chamaram pelos moradores. Como ninguém respondeu, ligaram *pra* gente.

– Eles entraram aqui?

– Não. – categórico.

– *Tá* certo. Já olharam pelo resto do apartamento? – gesticulando com uma das mãos.

– Sim. Não revistamos nada. Apenas demos uma olhada superficial. A gente sabe que vocês não gostam que a gente mexa.

– É isso aí, "coronel". Obrigado. – simpático.

– Soldado, senhor. De nada – esclarece a sua patente com ar sério.

– Mais alguém no apartamento?

– Não vimos ninguém.

– Ali é o quarto de casal? – pergunta Grego.

– Sim. – afirma o policial.

– Ele tem esposa?

– Não sei, senhor. Mas não parece.

– Por quê?

– Não vi nada de mulher na casa. – emite opinião.

– Tipo o quê? – insiste Grego.

– Bolsa, sapato, roupas, bijuterias, cosméticos... nada. – explica.

– Muito bom, "coronel". Obrigado. – parecia satisfeito.

– Soldado. – esclarece novamente. – De nada. – já se afastando.

Enquanto Grego falava, Romano, entrando com zelo profissional no escritório, analisava o cenário. Tentava entender o que teria acontecido.

Livros estavam nas prateleiras das estantes, aparentemente sem ordem e sem critério. Uns estavam até jogados de qualquer maneira. Vários jornais espalhados pelo chão, inclusive alguns mais antigos. Romano lê as manchetes de alguns, mas sem dar muita importância.

Pelo cenário, não parecia haver marcas de luta. Apenas havia bagunça, só isso.

– "Garota é estuprada em república no carnaval de Ouro Preto". – Romano lê a manchete de um jornal qualquer e entrega para Grego.

– *Antigão* este jornal, *hein?* – repara Grego.

A mesa de trabalho estava em perfeita ordem. As canetas estavam organizadas em dois potes, num estavam as azuis, no outro, as cores diversas e aquelas chamadas de marca-texto. Um maço de papel estava cuidadosamente empilhado do lado esquerdo do teclado, enquanto uma obediente agenda estava do lado direito.

O sangue pingava, escorrendo da escrivaninha para o chão. A cabeça da vítima estava sobre o teclado.

– Doutor. – Grego cumprimenta o médico.

– Senhores. – devolve o cumprimento.

O legista observa rapidamente o ambiente e não faz ares animadores.
– Cena bonita, não? – apenas por falar.
– Sim. – responde Grego, apenas por responder.
– Posso? – pergunta o médico, querendo saber se poderia mexer no homem debruçado sobre a mesa.
Grego e Romano concordaram sinalizando com as mãos e a cabeça.
O médico, já de luvas, pôs a mão no pescoço daquele homem.
– Está morto. – apenas confirmando aquilo que já se sabia.
– Obrigado, doutor. – Grego fala por falar.
Apesar de serem experientes, quando o médico levantou a cabeça daquele homem, eles se espantaram e, por reflexo, recuaram com seus troncos e fizeram ares de espanto, quase que numa coreografia.
Os olhos daquele homem foram arrancados. Em seu rosto, apenas o buraco ocular, manchado pelo sangue que escorrera.
Em silêncio, Romano decidiu que tinha que verificar tudo com mais calma. Isso era um sinal qualquer deixado pelo assassino. Não era comum. No mínimo dava a ideia de algum tipo de execução e, por certo, existência de alguma relação entre a vítima e o assassino.
Teria que investigar com mais cuidado. Por experiência, sabia que esse tipo de assassinato não costumava vir desacompanhado. Ou já está numa série e eles não sabem, ou é o primeiro dos outros que virão.
– Não deixe ninguém entrar aqui. – alertou Romano indo para os quartos.
Observou o quarto. Uma cama, uma cômoda, uma televisão, pequena estante e o guarda roupa. Nada fora do lugar, nada para desconfiar. Abriu as portas do guarda roupa, uma ou outra gaveta. Olhou debaixo da cama, debaixo da cômoda. Levantou os travesseiros, depois os lençóis.
Foi para o quarto de casal. Uma cama, uma cômoda, uma televisão, um guarda roupa. Nada fora do lugar. A cama estava arrumada.
– Vê no guarda roupa. – Romano pede para Grego enquanto ele abria uma das gavetas da cômoda.
Grego, a seu modo, distraído, abre a primeira porta já abrindo a segunda. Nada.
Tudo no lugar, menos a vida.

**

— *Eh!* Calma aí! – mal chegara no seu carro e foi abordado por alguém que ele nem conseguiu ver. – O que você quer? – sem conseguir se virar.

— Cala a boca! – pressionou a arma na cabeça daquele sujeito. – Você vai morrer. Quer rezar?

— Eu tenho dinheiro. Fica tranquilo. – de costas, com as mãos levantadas em reflexo, mas nada podendo fazer para se defender.

— Anda! – puxa-o pela gola da camisa para depois, empurrá-lo até uma das colunas do edifício. – Ajoelha aí! – forçou aquele homem a ajoelhar-se.

— *Péra* aí! Eu tenho dinheiro! Não faz nada, não! – tenso e sem reação, sem sequer conseguir ver quem seria o seu algoz.

— Não quero teu dinheiro. – encostou a arma na nuca daquele homem que começava a balbuciar. – Quero tua vida!

***

Grego e Romano levantam a cabeça por reflexo e param suas ocupações.

— Isso foi um tiro! – reage Grego primeiro, já se pondo em prontidão.

— Veio da onde? – Romano.

— Não sei. – com os ouvidos alertas.

Ouvem mais um. Outro em sequência e mais dois muito próximos.

Correm para as janelas do apartamento na tentativa de verem algo.

Nada.

Correm para as escadas do prédio.

— Não deixa ninguém sair do prédio! – Grego dá a ordem pelo rádio.

Grego corre muito mais que Romano, portanto, segue na frente. Ambos com as armas em punho.

Não se ouviram mais tiros.

Não sabiam bem aonde procurar. Mas sabiam que acabariam por encontrar, afinal de contas, o edifício estava cheio de policiais, que inclusive, já deveriam ter bloqueado as saídas.

PARTE II

Capítulo Único

Três anos antes...

Igor estava animado com a nova missão que recebera. Contudo, como de praxe, seguia em silêncio dentro da camionete. Hoje ia no banco de trás, junto com outro colega, além dos dois da frente. Já conferira seu equipamento, especialmente sua ponto 45 e a AK 105, armas para seu uso. Estava com seu colete à prova de balas e distraído quanto ao caminho.

A poeira era levantada pelo veículo que seguia naquela estrada do interior do Estado de Minas Gerais.

Sua equipe tivera a informação quanto ao transporte de pasta de cocaína. A missão consistia em interceptar, apreender a mercadoria encontrada e conduzir os envolvidos para depoimento.

Embora sem confirmação, os boatos conduziam as investigações para um Senador da República. Igor sabia que isso sempre complicava as operações. Ou porque algum político tentaria fazer algum tipo de interferência, ou pior, algum colega seu aproveitaria para se exibir, mostrando que não havia interferências na Polícia Federal.

Igor não gostava de falar de sua procedência, exatamente por ser sobrinho de um político sobre quem sempre pairou certa desconfiança quanto ao caráter. Todavia, mesmo sem orgulho, carregava o sobrenome Carneiro. Seu tio fora Secretário de Estado e era homem de confiança do Governador de Minas Gerais. Fora assassinado por um louco qualquer. Um único tiro, sentado na poltrona e segurando a Constituição brasileira. Cena bizarra.

Igor seguia no grupo, que era formado por cinco camionetes da Polícia Federal. Aquela que ia à frente diminui a velocidade e as restantes fizeram o mesmo.

Pela janela do veículo, Igor vê duas camionetes grandes paradas em determinado ponto.

O líder muda a direção para abordá-las e avisa pelo rádio o procedimento a ser seguido.

Não era a primeira vez de Igor, ele sabia o que fazer.

Cercam os suspeitos e assim que os veículos são imobilizados, saem as equipes com as armas em riste. De forma ostensiva, mostram sua disposição para atuarem com força, na tentativa de inibirem reações precipitadas daquele pequeno grupo.

Com cautela se aproximaram dos veículos.

– Polícia Federal! – noticia o líder. – Todo mundo parado! Ninguém se mexe!

Os suspeitos estavam dentro das camionetes e, por instinto, levantaram as mãos.

– Sem bobagens! Quero ver as mãos! – fala o líder.

Um dos suspeitos liga o motor da camionete.

– Desliga isso! Desliga isso! – fala o homem mais próximo.

O motorista levanta a mão que abaixara para ligar o veículo, mas não o desliga.

Igor, na retaguarda, por cautela e procedimento, mira num dos pneus. Não atira, mas já está preparado caso o veículo arranque.

De repente, ouvem o som de um helicóptero. Este se aproxima com toda a sua ventania e quando percebe os veículos da Polícia Federal, se afasta imediatamente.

Aproveitando a confusão daquele vento todo, um rapaz que estava na caçamba de uma das camionetes, ninguém o vira, dispara diversos tiros em direção aos policiais.

Um foi no peito de Igor, que reagiu imediatamente revidando o tiro. Seus colegas fizeram o mesmo. Atiraram para acertar.

Foram vários disparos em todas as direções, sem tempo de reação dos suspeitos que bem tentaram alcançar suas armas, mas não tiveram chance para isso.

Instantes depois, Igor estava no chão, incrédulo por estar ileso graças ao colete de proteção. À sua volta, seus colegas mantinham as armas prontas para novos disparos. Tensos, estavam alertas, mas já não disparavam mais.

Nas camionetes, silêncio absoluto. Estavam cravadas de balas, com os vidros quebrados e a carroceria amassada.

O rapaz que dera o primeiro tiro estava esticado no chão sem vida. Os outros imóveis dentro dos veículos.

– Confere *pra* mim. – o líder sinalizando para verificar se alguém estava vivo.

Um agente segue com a proteção de outro logo atrás. Primeiro busca e retira todas as armas que conseguiu ver, depois verificou os suspeitos.

Apenas dois respiravam.

– Põe na caçamba. Vamos levá-los. Preciso que eles falem. – líder.

O helicóptero aparece novamente. Desta vez, com cautela e nitidamente verificando o que teria acontecido.

– É o helicóptero do Senador? – um colega pergunta para Igor, que nada responde.

– Da próxima vez temos que ter apoio aéreo. – fala o líder. – Cara folgado. – resmunga. – Dá logo um tiro nele, só *pra* ele ir embora. – se referindo ao helicóptero.

Um dos agentes mira e dispara. O helicóptero recua e vai-se embora.

– Pega a identidade de todo mundo e anota as placas. – lembra-se o líder. – Embora.

Igor não fala nada. Sentimento estranho. Chateado por matar aquele garoto, mas grato por sobreviver a mais uma operação difícil.

PARTE III

Capítulo I

— Sua primeira vez? — pergunta para a garota sentada ao seu lado no veículo fretado que as transportava. Eram mais ou menos umas doze garotas só naquela *van*.

Camila despistou. Não queria aparentar nervosismo.

— Fica calma. É só curtir a festa. — insiste a colega.

Camila nada fala. Apenas olha para sua interlocutora.

— Você vai ver... lá na hora você nem vai precisar fazer nada. Os caras bebem tanto que nem funcionam. Entendeu? — fez ares de experiente. — É só aproveitar a festa, dançar muito, não beber, deixar todo mundo olhar seu corpo e ir enrolando. Aí eles começam a pegar as outras e quando se lembrarem de você, já *tá* todo mundo chapado. — Camila ouviu com atenção aquilo que a colega dizia, meio que em sussurros, como quem conta um segredo naquele exato tom que faz com que todos à volta ouçam, mesmo parecendo que era apenas dirigido para si. — Isso se você não quiser ficar com ninguém. — sorri maliciosa. — Por que se quiser, é só beber e deixar rolar, que aí, você nem sente nada. — quase eufórica.

Camila nada disse. Olhou pela janela do veículo sem nada ver. Não olhava nada. Na verdade, em sua mente, apenas olhava para o dia em que tomara a decisão de se prostituir. Achou que seria mais fácil quando tratara isso como uma mera possibilidade longínqua. Agora que a realidade se aproximava, estava tensa.

Ajeitou o vestido tão curto quanto sua vida e conferiu o cinto de segurança como quem se prepara para enfrentar o destino que não sabe bem se escolheu. Segurança no veículo e sua rota, insegurança na vida e seus caminhos.

A convicção segura que teve quando da decisão, agora lhe abandonara para dar espaço ao constrangimento, à vergonha que sentia de si mesma. No seu íntimo, sabia que aquela não fora uma escolha livre, mas uma opção pela necessidade. Precisava garantir o sustento, seu e do seu filho. Embora ela fosse relativamente nova, seu filho já estava na pré-adolescência, e com o ímpeto normal da juventude que se acha imortal, andava pelos sinais das ruas vendendo chocolates ou pequenas apresentações circenses, dependia do dia e do estado de humor. Ela, ao mesmo tempo que se sentia humilhada ao ver seu filho fazer isso, sentia-se orgulhosa por ver que ele tinha iniciativa.

Camila perdera o emprego e as dívidas do cotidiano não esperaram que ela arrumasse outro. Depois de pouco tempo e muitas dívidas, prostituir-se pareceu-lhe a única saída. Foi então que adotou outro nome para esses trabalhos, acreditando que preservaria sua integridade escondida em seu nome real.

– Filho da *p*...!!! – Camila deixa escapar.

As colegas lhe olharam como quem perguntasse o motivo do palavrão. Camila desvia o olhar para a janela do veículo novamente.

Falar o palavrão fora mais forte que seu controle. Escapara-lhe quando se lembrou da cena que lhe fizera perder o emprego. Lembrava daquele momento com revolta, com nojo, com raiva da vida.

– Bom dia, Camila! – cumprimentou seu chefe.

– Bom dia, Dr. Nogueira.

– Você está bonita, *hein*. – olhando diretamente para o seu decote.

– Obrigada. – Camila ajeitou o decote, deixando claro o seu constrangimento. Não percebera que estava tão exposta.

– Venha até a minha sala. Quero falar com você.

Camila levantou-se e acreditou piamente que o assunto era ligado ao trabalho. Não era.

– Camila, eu tenho reparado muito em você.

Ela nada diz.

– Você está cada dia melhor. – ele prossegue.

– O senhor está se referindo ao meu trabalho, Dr. Nogueira?

– Ao seu trabalho?!? – balança a cabeça como quem vai duvidar da sua própria fala. – É! Digamos que sim. – sorri com ar estúpido.

– Pois não. Como posso ajudá-lo? – prestativa.

– Camila, estava pensando em dar-lhe um aumento. O que acha?

– Acho ótimo. – um sorriso desentendido escapa-lhe juntamente com um suspiro de alívio. Por um momento achou que o Dr. Nogueira iria se sugerir. – Vem bem a calhar.

– Pois é. Basta que eu faça essa recomendação para a diretoria e você receberá um aumento.

– Fico feliz – lá estava o sorriso mais seguro.

– Porém, perceba... Isto é um favor que lhe faço! Mas posso não fazê-lo.

– Entendo. Ou melhor, não entendo! – confusa.

– Camila. – se aproxima dela, sem tocá-la. – Se eu lhe fizer um favor, é natural que eu espere algo em troca. – gesticulando com uma das mãos enquanto a outra se mantinha no bolso da calça e seus olhos percorriam o corpo de Camila.

– E o que seria? – insegura.

– Digamos que eu esperaria certo "empenho" de sua parte.

– "Empenho"?!?

– Sim. Que você me desse atenção.

– Mas eu já lhe dou atenção. Claro que eu vou me aplicar mais. O que o senhor precisar.

– Camila. Ora, Camila. – sorriso sarcástico já preparando sua fala. – Somos adultos. – nova olhada para o corpo todo dela. – Eu quero você! – com olhar firme.

– Não entendo, Dr. Nogueira! – sem saber se era o que estava pensando.

– Entende, sim. – sem aumentar o tom, mas deixando claro suas intenções. – Quero arrancar essa roupa sua e acabar com você. – avançou e chegou a tocar-lhe nos seios enquanto ela se defendia da investida de um beijo atabalhoado.

– *Me* solta!!! – falou quase que soltando um grito e com nojo na expressão.

Desvencilhou-se após aquela pequena batalha.

Ambos em pé, um de frente para o outro naquela sala, como se fossem travar um duelo. A iniciativa foi dele. Apontou o dedo para o ar e ameaçou primeiramente com o gesto, para depois deixar virem as palavras.

– Ou você dá *pra* mim, ou perde o emprego. – sem aumentar o tom, mas firme em seu propósito.

Camila olhou-o. Tensa, com os olhos trêmulos em água.

– Isso é assédio sexual. Eu vou *na* polícia.

– Vai nada. Você é uma vagabunda que eu sei.

– O senhor está enganado. Não lhe dei essa liberdade.

– Você é mãe solteira, Camila. – tentou em tom moderado como se fosse um professor no momento da explanação.

– E o que é que tem? – sem entender e em posição de defesa.

– Você não é nenhuma virgem que tem que manter a reputação. Gosta de sexo, Camila?

– Esse assunto não lhe diz respeito. – tensa.

– Se estiver precisando de um amigo para umas brincadeiras. – rindo. Ela fez cara de nojo. – O que é que tem? Você faz com um qualquer e engravida, por que não pode fazer comigo?

– Não era um qualquer. Eu que escolhi, mesmo que tenha me arrependido, mas fui eu que escolhi. – sentindo-se agredida.

– Então... me escolhe também! – arrisca.

– O senhor está muito enganado a meu respeito.

– O Mateuzinho vai sentir muito quando a mãe dele perder o emprego. – em tom jocoso.

– Deixe meu filho fora disso. – ríspida. – Isso não é assunto seu. – fala com o dedo em risque como se segurasse uma espada da moralidade. Virou-lhe as costas e tensa, voltou para a sua mesa batendo a porta da sala daquele homem sem escrúpulos.

Ainda tremendo, pegou suas coisas e foi-se embora. Naquele mesmo dia, recebeu o telefonema lhe comunicando o "desligamento da empresa". Disseram-lhe que ela não tinha o "perfil" adequado para o cargo.

Pensou muito no que fazer e sentiu-se impotente perante às pressões da vida. Não podia perder o emprego, mas também não poderia deitar-se com alguém apenas para manter seu salário.

Emprego arrumava outro, pensou segura de si. O tempo passou e Camila não conseguiu arrumar.

Agora, por ironia da vida, estava disposta a deitar-se com qualquer homem por dinheiro, por não ter aceitado deitar-se com um para manter o emprego.

À época da decisão, estava cheia de razões e certezas. Atualmente, questionava sua própria crença otimista. Por vezes, já não sabia quando era Camila ou quando era uma pessoa que a vida lhe obrigara a ser.

Sabia que aquela não era a vida que imaginara para si.

Trazia consigo a convicção que fizera o certo, mas já trazia sem orgulho, pois carregava consigo a tragédia da decisão de prostituir-se. Sua imagem no espelho não combinava com a imagem que fazia de si.

Durante o dia se escondia da realidade atrás de outro nome. À noite, só adormecia após a terapia de alguma bebida cada vez mais forte, em doses cada vez maiores.

Camila tentava manter seu conceito de dignidade fora de suas crises de consciência.

A *van* chegara a uma casa do *Alphaville*, condomínio fechado em Belo Horizonte, onde a festa aconteceria. Seria na casa de um tal de Danilo Orlando Varella.

– Você vai gostar. Fica tranquila.

Mais uma vez, Camila nada diz.

– Esse aí é cliente antigo. – se referindo ao dono da festa. – *Tá* sempre com a gente. É do jeito que puta gosta: feio, chato e com dinheiro. – abriu o sorriso.

– E por que puta gosta? – perguntou a curiosidade de Camila.

– Porque não arruma mulher fixa e tem dinheiro *pra* gastar com a gente. – deixou que uma gargalhada dominasse o ambiente. – A concorrência hoje em dia é forte... A mulherada *dá* de graça e tira a gente do mercado. – sorriso largo.

A *van* estacionou e as garotas começaram a descer para a festa.

Um segurança fez uma sutil revista e recolheu os aparelhos celulares das poucas garotas que os traziam.

Camila não gostou do aspecto geral. Sem motivo. Talvez não gostasse de estar ali.

Manteve-se próxima de sua nova colega.

Um homem se aproximou com um largo sorriso de recepção.

***

Danilo foi recepcionar as garotas da *van*. Estava satisfeito. Com os olhos analisou o "material".

Dirigiu-se a quem deveria dar algumas instruções. Repassou os valores combinados e pediu que as garotas se misturassem à festa.

A casa já estava cheia. Ele preferia que as garotas chegassem já no meio da festa, para passarem despercebidas ao mesmo tempo que eram notadas. Por vezes, era difícil distinguir as garotas das convidadas, mas nada que não se resolvesse.

Danilo não ligava, as pessoas já estavam acostumadas ao seu estilo de vida.

Adorava aquilo tudo. Tinha dinheiro, achava que podia tudo.

Por vezes, nem acreditava a situação de vida que alcançara. Lembrava-se de sua infância pobre como se fosse outra vida, não a dele. Agora, ele tinha riqueza e era dela que ele gostava.

Sorridente, cumprimentava as pessoas com um sorriso de satisfação no rosto, um copo de *whisky* na mão e um prazer enorme por aquilo tudo que a vida lhe oferecia.

* * *

Garotas com seus vestidos curtos e cabelos longos se mexiam ao ritmo da música mesmo sem perceberem. Todas cheias de produção e coloridas pela maquilagem, cada qual, a seu modo, se esforçando para ser percebida. Comparavam suas peças, seus penteados, seus sapatos e acessórios. Elogiavam-se mutuamente em palavras e censuravam-se simultaneamente em olhares.

Cada uma delas alternava entre autoproclamação como a mais bonita de todas, com auto depreciação como a mais simples de todas. O importante era merecer o elogio, ou por impressionar ou por falsa solidariedade feminina.

Os rapazes estavam por ali com seus assuntos. Falavam menos e bebiam mais. Não comparavam imagens, apenas feitos gloriosos a seu modo. Um contava do carro que comprou, outro da casa da praia; um emendava o novo apartamento, outro a promoção no emprego. Alguém falou de literatura, ninguém se interessou. Alguém falou de futebol, houve adesão integral.

A música era de qualidade discutível – era a da moda – e tocava numa altura que permitia as conversas.

Os copos eram preenchidos com um serviço atento.

Copos cheios, mentes vazias.

A atenção era dada às garotas. Qualquer movimento era acompanhado pelo grupo dos homens. Ou alguém que as guardava, ou alguém que as aguardava.

O desfile era natural e prazeroso. Tanto para homens que faziam questão de olhar e pontuar, como para as mulheres, que faziam questão de se exibir e chamar a atenção.

Ao fundo, já era possível ouvir-se gargalhadas. Os risos não eram da piada, eram da bebida. A descontração não era natural, vinha engarrafada.

* * *

Antes de se misturar, Camila anda pelo ambiente. Parece deslumbrada pelas coisas que via, pelo tamanho da casa. Ela morava num quarto que era sala ao mesmo tempo, com poucos metros para notar a falta de espaço.

Às vezes não entendia como a vida era. Por que uns tinham tanto e outros tão pouco. Não entendia por que uns conseguiam e outros não. Aliás, não entendia por que todos tinham que correr atrás de dinheiro. Todos queriam ser ricos. Não entendia por que o conceito de felicidade passava obrigatoriamente pelo dinheiro.

Ela nem queria muito dinheiro. Apenas o suficiente para viver sem sacrifícios e garantir o futuro de seu filho.

Por vezes, sentia-se arrependida da opção que tomara. Tentava justificar para si mesma que na verdade, fora falta de opção. Mas sempre que pensava no dinheiro, se dobrava ao destino. E era exatamente nesse momento que ela se sentia igual a essas pessoas que tanto criticava. Pessoas que só pensavam em dinheiro, afinal, ela trocava sua intimidade por dinheiro. Sua integridade fora posta de lado para que o dinheiro viesse por caminhos adversos.

Num mundo movido a dinheiro e sexo, ela queria o seu lugar. Em sua mente, dividiu em dois grupos: o primeiro, era daqueles que usavam do dinheiro para ter sexo; e o segundo, era daqueles que usavam o sexo para ter dinheiro.

Ela estava nesse grupo agora. Mas queria sair o quanto antes.

Havia uma revolta adormecida dentro dela. A vida parecia-lhe injusta.

– E aí? Já viu o pessoal? – pergunta sua nova colega se apoiando na sacada da longa varanda onde Camila estava.

– Não. Ainda não. – como se voltando de um transe.

– Quer? – oferece estendendo um copo.

– Não. – um pouco encabulada.

– Não é *whisky*. É guaraná com energético. – sorriu orgulhosa de seu próprio estratagema. – Assim, todo mundo acha que eu estou alegrinha, mas na verdade, está tudo sobre controle. – achando-se esperta.

– É. – Camila sorriu. Gostou do expediente.

– Isso aqui não é vida *pra* ninguém. – comenta. – A gente tem que aproveitar estes momentos. A gente entra nessa vida já querendo sair.

Camila faz ares de quem quer entender, mas sem perceber bem o que a colega estaria dizendo. Ela continuou:

– A gente tem que aproveitar enquanto é nova, que os homens ficam doidos com a gente. Depois o corpo cai e eles começam a escolher outras. Homem é tudo igual. Não pode ver uma mulher que já vem se engraçando.

– Não entendi.

— Homem fica bobo perto de mulher igual a gente. – sorri novamente.
–Quanto você acha que estão pagando *pra* gente estar aqui?
— Não sei! Só sei quanto que eu vou receber.
— Pois é. A gente não pode ficar na mão dos outros. Tem que achar um cara desses aí e segurar. Você vai receber hoje, e amanhã? Como é que faz?
— Como assim?
— Amanhã você já tem conta *pra* pagar. Tem que segurar um cara desses aí, com dinheiro.
— É? – querendo ouvir mais.
— Tem que pegar cara bobo e com dinheiro.
— Mas tem?
— Claro. É o que mais tem. *Tá* cheio de empresário, de jogador de futebol, de cantor, de advogado... *tudo* chegado numa festinha.
Camila balança a cabeça como quem concorda e também discorda. A colega continua:
— Mulher fica boba por amor. Homem fica bobo com isso aqui. – aponta para seu próprio corpo. – Tem que aproveitar enquanto dá.
— É. – sem muita convicção.
— Eu *mesmo* já *tô* saindo disso daqui.
— É? Que bom. – sem saber o que dizer.
— Quer saber como?
— Não sei. Melhor não.
— Eu engravidei e tive um filho com um desses aí.
— Mas isso só complica. – Camila deixa escapar sua opinião.
— Nada. O cara é do futebol. Cheio da grana. Já falei com ele. *Tô* indo lá *pro* Rio [5] – orgulhosa de si mesma.
— E ele? Assumiu a criança?
— *Ah*! Não gostou. Mas homem é assim mesmo. Depois acostuma com a ideia.
Camila não sabia se falava algo ou se era melhor nada dizer.
— Já pedi um apartamento *pra* mim. Quer dizer: *pra* criança, *né*? – prosseguiu a colega, orgulhosa. – Já pedi a pensão também. Vou receber por um bom tempo.
— É. – Camila sem nada para dizer. – Mas uma hora acaba.
— O advogado me orientou. Vou arrancar um bom dinheiro dele.
— Mas você acha isso certo?

---

[5] Rio de Janeiro.

– Claro! – quase que ofendida. – Pôs filho no mundo, tem que pagar! – fala com convicção. – Na hora *tava* lá todo feliz, *né? Me chamando* de tudo quanto é nome *pra* se sentir o machão. Agora *vamo vê* se é homem mesmo. Tem que sustentar a criança. – semblante nervoso.

– Mas ele era teu namorado?

– Que namorado, menina! Acorda *pra* vida! Isso aqui é o mundo real. – como quem dá uma bronca – olha à sua volta. – apontou para a festa. – É só você escolher bem. Ninguém vai namorar com você, mas se você engravidar... Arruma tua vida.

Camila olhou-a não querendo aceitar aquilo como verdade.

– Nessa confusão tem homem com dinheiro. Hoje em dia não precisa nem casar, nem gostar de ninguém. É só engravidar do cara que tem dinheiro. Se for casado melhor, porque aí fica com medo de você, acerta tudo rapidinho e nem vai querer te ver. – ela meio que sacode Camila. – Não estou falando de amor, nem de sexo... Estou falando de dinheiro. "Dá" uma vez e arruma tua vida.

Camila parecia não compreender bem.

– Todas dão, querida. – apontou novamente para a festa. – Umas por amor, outras não. Eu apenas ganho dinheiro. E se eu arrancar dinheiro desse *mané* aí eu vou dá só *pra* quem eu quiser.

– E a criança?

– Tanto faz. Vou garantir pensão até os 25 anos e pronto.

– Mas não é até os 18?

– É. Mas se ele estiver na faculdade, vai até os 25 anos. – orgulhosa de seu plano de vida.

– E depois?

– Nossa! Tanta pergunta, *hein*? Depois eu vejo. – olhou para Camila. – Meu advogado já me aconselhou. É só eu guardar metade do que eu recebo, que aí quando a pensão parar, eu tenho dinheiro separado. Entendeu? – achando-se inteligente. – Se eu cuidar do dinheiro vai *dá* 50 anos de pensão.

– Como assim? – tentando entender.

– Eu recebo pensão até os 25 anos da criança, mas gasto só metade, aí terei a outra metade guardada para mais 25 anos, entendeu? – orgulhosa de seu planejamento. – Não quero viver muito mesmo. Não quero ficar velha. Quero uma vida intensa.

Camila parece querer absorver o que ouvira. Sem perceber acaba por perguntar:

— E por que você está aqui?
— Como assim?
— Se já se deu bem, como consegue vir *pra* estas coisas?
— Ora. É divertido, eles me pagam bem e eu ainda não comecei a receber o dinheiro da pensão. – faz olhares de quem gosta de si mesma. – Mas logo-logo vou começar a receber... meu advogado já conversou com o juiz para uns tais de provisórios ou algo assim.
— Alimentos provisionais? – indaga Camila.
— É. Diz que é garantido. É só passar uma parte *pro* juiz que ele libera rapidinho. – como quem se vangloria.
— Teu advogado que falou?
— Foi. Ele sabe de tudo. – satisfeita e sem receio de falar.
Camila fica em silêncio. Não tem nada para dizer. A colega acrescenta:
— O mundo é dos espertos. – orgulhosa, olha para Camila e muda de assunto. – Aposto que eu vou receber mais que você por hoje.
— Por quê? – curiosa.
— Porque eu já fiz filme pornô, amiga. – põe a mão na cintura e esboça movimentos com o quadril. – Eles pagam mais caro para ter uma estrela na festa.
Camila nada diz. Dizer o quê?
— Bem. *Deixa eu* circular mais um pouco. – sorrindo.
— Tá. – mais uma vez sem ter o que dizer.
— Você ainda vai ouvir falar de mim. Eu vou ficar famosa. – mais uma vez, orgulhosa de si mesma.
— É?
— É. *Tchauzinho.*
— Tchau. – e se afastou.
Camila preferiu ficar mais um pouco ali.
Daquela varanda tinha uma bela vista verde. Olhando para o horizonte via tranquilidade. Virando-se para a casa, via apenas confusão, apenas canibais sociais, antropófagos sexuais.
Tentou refletir sobre aquela conversa. Tentou definir o que queria para sua vida. Ela precisava de dinheiro, mas não era daquele jeito.
Já não sabia de suas escolhas, se podia chamar aquilo tudo apenas de destino ou se deveria dar outro nome para o caminho que tomara.
Preferia pensar que a vida não lhe dera opções. Que fora obrigada por forças do destino a traçar aquele rumo, como quem segue o curso da água para a cascata.

Talvez fosse melhor mudar o curso de sua vida.
Talvez fosse melhor apenas aproveitar a festa.

＊＊

– Festão, *hein*? – comenta.
– É – dá um gole no *whisky*.
– Vai devagar nisso aí que você não *tá* acostumado.
– *Qualé*, Túlio? – ofendido. – Vai me *regulá* agora é? *Whiskão* de graça eu não vou *tomá*? – parecendo ofendido.
– Fica esperto. A gente veio *dá* uma olhada geral. Fica atento. Bêbedo você não serve *pra* nada.
– Relaxa. Curte a festa. Filma *as menina*, ó lá!!! – sorrindo acompanhando o movimento do quadril que passava por ali.
– *Se* segura, cara. Cê sabe o que a gente veio fazer aqui. Fica na encolha.
– Relaxa, Túlio. *Tá* parecendo minha mãe, *pô*! Fica pagando o *maió* sermão. *Sussega, véio*. – mais um gole. – E aí, *cadê* o maluco? Fala aí que eu fico de *butuca*.
– É aquele ali. – indica de forma discreta.
– Aquele lá.
– P..., Jon! – nervoso. – Cê é *mané, hein*?! Não aponta, não!
– Pode *deixá*. – sorrindo. – Vai lá, *pega as menina* e relaxa, que eu fico ligado *nos movimento*.
– Fica na miúda. Não vai *faze m...* – alerta. – Vou *rodá pra vê qualé* que é. – olha para o colega. – E vê se tira essa argola do nariz, *p...* Troço nojento!
– Vai lá, irmão. Eu fico aqui com a minha argola. – quase que erguendo um brinde. – Vai na fé. Jesus te ama. – agora brindando com o copo no ar e abrindo largo sorriso.
– Não brinca com isso, *pô*.
– Beleza. Foi mal.
Túlio se afasta.
– *Nó*, cara estressado. – resmunga Jonathan, fechando a cara e cruzando os braços. – Fica aí, com as tatuagens saindo pelo pescoço e enchendo o saco por causa da argola no nariz. – reclamando sozinho.

＊＊

Já era alta madrugada e a festa continuava. É bem verdade que o ritmo das pessoas já diminuíra, inclusive muitas já tinham ido embora.

As garotas ainda dançavam, umas sozinhas, outras em duplas, mas todas com a bebida em seus gestos lentos, aparentando sensualidade. O mexer de seus corpos estava misturado à bebida e à natural habilidade feminina para a dança. Rapazes, igualmente dominados pelo álcool, davam o ritmo sem compasso com assobios e aplausos exibicionistas.

Até ali, Camila conseguira se safar. Iria receber seu dinheiro sem ter deitado com ninguém. Trocou olhares, permitiu um ou outro toque, mas não precisou fazer nada. Misturou-se aos grupos e assim foi fazendo, passando despercebida.

Bebia energético no copo de *whisky*. Sorria. Fazia uma ou outra pose. Queria ir embora.

***

– E aí? Tudo bem? – pergunta Túlio ao se aproximar de uma das convidadas.

– Tudo. – sem sorrir, mas sem ser antipática.

– Conhece o dono da festa?

– Conheço. – apontou para a aliança que estava na sua mão direita.

– Você é noiva dele? – simpático.

– Não! – sorriu pelo mal entendido. – Meu noivo só foi no banheiro.

– O que é que tem? Todo mundo vai *no* banheiro.

– Ele não vai gostar de te ver aqui quando voltar.

– A*h*, entendi. – a olha de cima a baixo com ar de fome. – E se ele quiser ser meu sócio? Você é do jeitinho que eu gosto.

– Sai *pra* lá! – se afasta.

– Prazer. – e vai para o outro lado, para o meio da sala.

Ver aquela quantidade de mulher bonita lhe fazia bem. Era um presente para os olhos. Mas, realmente, tanto ele como o Jonathan, destoavam um pouco daquele ambiente. Fosse pelo aspecto, fosse pelo comportamento, era perceptível a diferença entre eles e aquela gente.

Não importava, Túlio sabia muito bem aquilo que fora fazer naquela casa.

***

Danilo estava por ali, apreciando a festa e acompanhando a agitação com o olhar. Sorria de forma quase abobada, acreditando que aquilo sim era vida. Estava comunicativo, brincalhão e aparentemente, cheio de energia.

Viu uma garota de vestido curto. Ela era bonita. Ficou na dúvida se era convidada ou contratada. Achou ser contratada. Viu-a mais cedo.

Olhou novamente. Gostou dela.

Decidiu ir falar com ela.

– Olá, tudo bem? – ele arrisca confiante, mas com o *whisky* nas palavras.

– Tudo bem. E você? – Camila responde.

– Bem. – sorriu.

Segundos de silêncio, que pareceram maiores do que realmente foram.

Camila ajeita o cabelo e entrelaça as mãos. Olhava-o sem nada dizer, pensando como se livraria de mais um bêbado.

– Gostando da festa? – perguntou, desinteressado no assunto, apenas querendo ter uma mulher.

– Sim. E você? – desinteressada nele, apenas querendo ter um assunto.

Ambos sorriram.

Ele querendo cativá-la. Ela não querendo ser mal-educada.

– Eu sou o Danilo. – se apresenta finalmente. – E você?

– Natália.

Sorriram novamente.

– Você conhece a Elisa?

– Elisa? Não. Quem é?

– *Uai*! *Te* vi conversando com ela.

– Eu?!?

– É. – aponta para o meio do salão indicando uma garota.

– *Ah*! Ela? Não sabia o nome.

– Elisa. – sorriu. – O pessoal gosta dela.

– É. – apenas mantendo a conversa.

– Ela gosta de festinha. – fez o assunto cair aqui. – E você?

– Eu o quê?

– Gosta de festinha?

– Gosto. – sorriu sem graça e sem querer dar espaço. – Mas não sou muito de ir *pra* balada.

– Por quê?!? – aparentemente espantado.

– *Ah*, sei lá. – não tinha imaginado a sequência da conversa com a pergunta óbvia que viria.

Quando a vida cobra | 43

– Você é bonita. Deve ser cheia de *carinhas* atrás de você. – jogou.
Ela não respondeu, apenas fez charme.
– O que você gosta de fazer? – já a imaginando sem roupa.
– Ah. Jantar num bom restaurante, com um bom vinho. – acreditando que sua fala impressionaria.
Por um momento, ele ficou sem saber como seguir a conversa. Falou:
– Eu sou o dono disto tudo aqui. – apontou para a casa. Esperou para ver qual seria a reação. – A festa é minha. – continuou sem reação. – Eu fiz a lista de convidados e você não está na lista. – esperou mais uma vez por alguma reação. – Bem, desculpa a franqueza: se você está na festa e eu não te conheço... – ficou na dúvida se falava diretamente. – Você veio na *van* com as outras garotas, não é? – encontrou uma forma mais polida.
– Sim. – respondeu de forma direta à pergunta direta.
Ele ficou satisfeito com a resposta e passou a olhá-la sem disfarçar a cobiça.
– Então, vou perguntar de novo: o que é que você gosta de fazer?
Camila não conseguiu responder à pergunta direta. Apenas balançou-se sutilmente como se tivesse ficado constrangida.
– Adoro mulher quietinha. Na hora são as melhores. – com ares de conquistador confiante. – Vamos para o meu quarto? Quero te mostrar uma coisa.
Agora Camila não tinha como escapar.

※ ※ ※

Túlio e Jonathan ainda estavam por lá.
Ouvidos atentos, apenas se posicionavam em rodas de quem parecesse amigo de Danilo, sem nada ou quase nada dizerem.
Uma informação aqui, outra ali e foram juntando as peças.
Sabiam bem o que fariam.
– Bonita, *hein*? – comenta com Túlio sob uma garota que passara.
– É. – responde sem interesse e sem dar continuidade ao assunto. Mais preocupado em acompanhar o andar da garota.
– Quem é? – tenta.
– Não sei. – despachado e sai.
Túlio olha de longe. Achou interessante se aproximar, mas logo depois, decidiu ficar quieto por ali mesmo.

***

Já no quarto, Camila impressionou-se com o tamanho do ambiente. Por mais exótico que parecesse, no meio dele tinha uma banheira japonesa, chamada de *ofurô*.

Ela ficou encantada, mas não diminuiu a sua apreensão.

Ele começou a tocá-la. Ela não queria. Mesmo assim, sabia que não podia ser resistente, afinal estava ali para isso.

Pensou no dinheiro e no seu filho. Tentou mostrar-se presente, mas sua mente ia longe e sua dedicação não estava das melhores.

Ela foi estendendo os assuntos, até que Danilo acabou por se desligar, em parte pelo cansaço do avançar das horas, em parte pela bebida.

Camila aproveitou e saiu rapidamente dali. Queria ir para casa. Ninguém saberia o que realmente aconteceu. É possível que nem o tal de Danilo se lembrasse.

Capítulo II

Já no caminho de volta, Túlio e Jonathan vinham compenetrados.
– E aí? O que achou? – fala Túlio na direção.
– Do quê? Da festa?
– Não! – daquelas falas impacientes e cínicas ao mesmo tempo. – *Cê* acha que vai dar jogo? – insiste Túlio.
– Claro. – responde sabendo ao que o colega se referia.
– O que descobriu?
Jonathan fez ares de suspense.
– Muita coisa. – satisfeito consigo mesmo.
– Conta aí. – em tom de ordem.
– Fala com jeito. – retruca Jonathan fazendo-se de ofendido.
– Fala logo, *pô*!
– É melhor do que pensei.
Silêncio.
Túlio espera seu colega completar a frase. Jonathan acaba por fazê-lo.
– O cara guarda dinheiro vivo em casa e na empresa. – como quem conta um segredo.
– É? – abrindo o semblante. – De quanto estamos falando?
– Não sei. Mas *pra* mim qualquer dinheiro é dinheiro.
– Depende. Tem que valer o risco.
– Vale. – satisfeito.
– Real ou Dólar?
– Real, Dólar e Euro.
– Então a gente tem que se *organizá*.
– É isso aí. Vai *dá* certo.

— Cara folgado. – resmunga por fim com certa dose de raiva de Danilo.

Túlio, Jonathan e Danilo foram amigos de infância.

Estudaram na mesma escola pública em Contagem, cidade vizinha a Belo Horizonte, na região metropolitana. Túlio e Danilo eram primos, cresceram juntos.

Danilo enriquecera. Túlio e Jonathan tinham a vida correspondente à sua origem.

Em certo momento, quiseram trabalhar com Danilo, mas ele não lhes deu oportunidade. *"Não é o perfil que estamos procurando"* – dissera-lhes o pessoal dos Recursos Humanos.

Túlio e Jonathan não levaram a bem. Especialmente Túlio, que acreditava piamente que Danilo tinha uma espécie de dívida familiar, talvez pela infância dura que passaram juntos.

Assim, mesmo sem perceberem, uma raiva cresceu dentro deles junto ao sentimento de injustiça.

Logo eles que sempre dividiram tudo. Agora que ficou rico, Danilo ignorava os amigos. Não gostava nem de chamá-los para as festas. Parecia ter vergonha de suas origens.

— O cara sempre foi meio egoísta, mesmo! – dispara Túlio.

— Isso é verdade. – concorda Jonathan.

— A gente era camarada. Ele não. – invocado. – Lembra aí! Quando foi que ele dividiu alguma coisa *com nós*? – esperou a resposta que não veio. – Nunca, Jon. – como chamava o amigo. – A gente é que dividia com ele. Ele nunca dividia *com nós*. – ficando nervoso. – Palhaçada.

— Não tem gratidão. Virou *playboy* e cospe no passado.

— Agora cê falou certo. Não tem gratidão. *Se deu* bem na vida e ignora os *amigo*. – dá um tapa no volante. – Mas não tem nada não. Agora ele vai dividir por bem ou por mau. – sorriso perverso de quem prevê o futuro próximo.

Seguiu na condução em silêncio, até Jonathan recordar:

— Lembra quando o cara cuspiu dentro da garrafa de refrigerante só *pra* não ter que dividir com a gente.

— É mesmo! – puxando pela memória. – O cara é o *maió* filho da *p*... que eu conheço! É mesmo. – lembrando-se perfeitamente. – Todo dia o cara filava nosso refrigerante. Aí, uma vez ele *comprô* um e *regulô*. É verdade! Ele cuspiu dentro da garrafa só *pra* não ter que dividir.

— Filho da *p*...!!!

Quando a vida cobra | 47

– Aqui! – chamando a atenção e conta. – Ele ia lá em casa e escondia salame no bolso *pra* comer depois na casa dele. O cara era miserável, *véio*! – certa revolta. – Agora, não *tá* nem aí *pra* gente. O cara fica rico e vira um filho da *p*...!!!

– Filho da *p*... ele sempre foi!!! – com ênfase.

– Gordo do *c*...!!!

– Nós *vamo ferrá* com esse cara.

– Não. – dá a ordem para espanto de Jonathan. – Não *vamo fazê* nada com ele. *Vamo só pegá* a grana dele. Ele nem vai saber quem foi.

– Não vai saber?!? – estranhando.

– Não, claro que não.

– Mas você não vai esfregar na cara dele.

– Não. Eu vou pegar o dinheiro e *cascá* fora. Não quero saber dele, não. Só vou pegar a minha "cota da família e da amizade". – decidido.

– Só?

– Só. Nada mais. Deixa o cara *pra* lá. Uma hora ele se dá mal.

– Eu quero *tá* perto *pra* vê.

– Eu não. Eu quero *tá* bem longe, curtindo a vida, longe dele. Só na boa. – sorriu aberto já pensando nas possibilidades.

Capítulo III

Ele estava parado no pátio interno daquela tradicional instituição de ensino, no bairro Coração Eucarístico.

Vinha com o semblante compenetrado, mesmo com o olhar distante, sem ponto certo, naquele verde e naquela arquitetura.

– Doze! Doze! – ela vem num caminhar acelerado e com ares de preocupação, sem correr e sem alvoroço.

Ele vira-se na direção daquela voz. Vê uma colega sua vindo em sua direção. Sua expressão se abre.

– Bebel! – voz grossa e olhar penetrante.

– Por que você saiu da sala? – como quem dá uma bronca sem querer fazê-lo.

Ele lhe olha, calmo, com uma força suave que a paralisou. Não diz nada. Segura o braço de Bebel e a puxa para si com carinho. Abraça-a com gosto e firmeza. Beijou seu pescoço e seu rosto.

– Que bom que você veio. – realmente satisfeito.

– Como assim? – fala Bebel sem entender, se libertando dele.

– Você veio atrás de mim, não foi? – sorri.

– Claro que não. – mas sabia que sim.

– Foi... – abre os braços com um sorriso discreto no olhar, querendo que ela viesse para si. – Para! Você é muito metido.

Doze nada diz.

Ela desvia o olhar para olhá-lo logo em seguida. Espera a iniciativa dele. Ele apenas a olha de forma penetrante. Nada diz. Eram seus olhos quem falavam.

Doze tinha alguma coisa que mexia com Bebel. Ela não sabia explicar. E ele nem era tão bonito assim, mas aos seus olhos, ele era lindo. Tinha algo nele que a balançava. Talvez fosse seu inconformismo com o mundo, sua personalidade forte, suas atitudes, suas falas mais inteligentes que o normal, suas veias aparecendo no pescoço quando defendia suas ideias de um mundo melhor. Sua convicção em defender um conjunto de valores que parecia não existir mais. Seu jeito livre de ser, sem pedir explicações e sem dar explicações. Se o mundo quisesse lhe entender, que lhe entendesse, caso contrário, não tinha a menor importância para si.

Bebel não sabia explicar, contudo, sabia ser daquelas coisas que não precisavam de explicações. Gostava dele e não sabia o motivo. Apenas sabia que depois que o coração fizesse sua escolha, o brilho nos olhos seria inevitável.

Ela sabia ser uma pessoa inteligente, estudiosa, que gostava da lógica das coisas. Para seu próprio convencimento, procurava motivos para ver Doze como via. Talvez fosse mesmo seu jeito, sua inteligência, sua postura, seu gosto pela liberdade. Doze tinha um jeito mais para o calado e quando falava valia a pena ouvi-lo. Bebel gostava da sua postura nobre, imponente com personalidade. Gostava daquela convicção das coisas, de não dever satisfação a ninguém.

Ele parecia inabalável, inatingível e indomável. E agora estava ali, à sua frente, completamente acessível.

Ela convenceu-se racionalmente que, para as coisas do coração, não precisa procurar motivos. Não compreendia, aliás, desistira de tentar compreender. Sabia apenas que algo lhe atraía nele. Era como se quisesse atrelar sua vida à dele, e, para tanto, não precisava de motivos nem de explicações.

Tudo perdia a importância. Estar perto dele era o suficiente para estar bem. Embora quisesse mais. Queria seu abraço forte, queria seu beijo, seu carinho.

Agora, ali estavam e ele nada fazia. Seus lábios se encaravam. E ele nada fazia.

Bebel, feito estátua, estava parada à sua frente, à espera de uma atitude sua. Logo ele, sempre tão decidido, sempre cheio de razões e de teorias, agora parecia não saber o que fazer.

Bastava ele vir que ela concederia seu beijo. Àquela altura já se arrependera de tê-lo afastado com um ligeiro, mas convicto, empurrãozinho.

Bebel sabia que aquele não era o melhor momento para um primeiro beijo. Não havia clima nem ambiente. Mas ele lhe dera um beijo no pescoço, ele nunca tinha feito isso. Ela tinha certeza que ele gostava dela. Por outro lado, ela deixou que Doze beijasse seu pescoço, ele tinha que entender o sinal.

Ajeitou seu cabelo cor de mel, deixou seus olhos sorrirem e seus lábios pedirem o beijo. Aproximou-se de Doze, apenas o suficiente para que ele entendesse o que ela queria. Agora, tinha que ser a vez dele. A iniciativa tinha que ser masculina.

Doze a olha por dentro, parecia hipnotizá-la. Seus olhos pareciam entrar pelos olhos de Bebel, para vê-la por dentro, ver sua alma, seu sentimento.

– Você é linda. – voz segura e suave, quase um sussurro dito pelo sentimento, não pela voz.

– Você acha? – sendo mais provocante do que tendo dúvidas.

– Adoro teus olhos. Eles não têm cortinas. – se aproximando.

– Como assim? – doce, pronta para o beijo.

– Eu vejo você toda... por dentro, por fora... sua mente, seu coração.

Bebel sorriu, não esperava aquelas palavras. Ele estava muito próximo. Ela queria aquele beijo.

Começa a chover de forma forte e os dois se abraçam. Bebel sorri e aos gritinhos começa a correr chamando por Doze. Ele a acompanha como se fosse seu protetor a escondendo da chuva.

Bebel corre feliz e chega primeiro à cobertura de um teto que estava por ali. Doze chega logo depois. Assim que chega, pressiona Bebel na parede como um predador prende sua presa, mas com o zelo de quem segura uma obra de arte. Põe a mão em Bebel, parte no pescoço, parte no queixo. Olha-a de forma penetrante como quem dá o aviso de seu avanço. Sem permissões, sem protocolos, Doze puxa-a e dá-lhe um beijo demorado. Boca com boca, lábios com lábios, sentimento com sentimento. A respiração tornou-se uma só. Os corpos se colaram num diálogo que somente a pele entende.

Suas bocas sentiram o sabor do carinho e do desejo, naquele mesmo beijo que parecia um só enquanto se prolongava em vontades. O tempo que esperasse parado naqueles sabores de desejo.

Bebel sentia a força de Doze. Ele percorria a maciez de suas curvas femininas. Ambos perceberam o sentimento que passavam e recebiam. É como se sempre estivessem à espera daquele momento.

Tudo desapareceu para dar lugar àquela entrega mútua. Os olhos brilhavam satisfeitos, os lábios sorriam contentes, mesmo aplicados aos beijos de descoberta prazerosa.

A chuva foi a desculpa perfeita, mesmo sabendo que não precisavam de desculpas, para permanecerem ali, um com o outro.

O mundo não tinha importância. Seus lábios sabiam o que queriam.

Não ouviam sons, não viam imagens. Apenas obedeciam ao desejo impulsionado pelo sentimento.

Capítulo IV

Manhã clara de Sol sem força, ainda preguiçoso.

Ruas movimentadas cheias de tudo. De pessoas e suas aparências, de veículos e suas buzinas, de barulho e suas insatisfações, de pressa e suas impaciências, de sujeira e sua ausência de educação, de buzinas e suas intranquilidades... de almas mortas em pessoas vivas.

O agito nas primeiras horas da manhã era uma exigência dos horários de trabalho, sempre de prontidão com a guilhotina preparada para a marcação de ponto. Ditadores em suas disciplinas de jornada de trabalho, submetendo escravos livres à pompa premiação dos salários mensais em visita cortês, para irem-se embora sem cerimônia alguma quando da chegada das dívidas cheias de desculpas burocráticas.

Reclamar da vida pouco adiantava para a lógica capitalista. Reclamar com o padrão era o próprio suicídio laboral. Pensar demais era perigoso. Liberdade apenas tolerada aos detentores de poder. A maioria dos trabalhadores trazia no peito a necessidade do labor e levava no coração a crença por dias melhores.

Para aquela manada de operários apressados, cumprir o horário de trabalho era mais importante que ter gentileza urbana, que ter confraternização familiar, que ter paz nas rotinas. Pessoas de todas as espécies, jeitos e manias, aceleravam seus passos para merecerem o direito de reclamar da própria pressa e da lentidão alheia.

Iam se matando fechados em escritórios por cinco dias úteis, para gozarem de si mesmo em finais de semanas inúteis. Ao final da vida, descobririam que trabalharam demais.

Uns seguiam com a soberba que o dinheiro lhes dava. Outros sem a educação que as famílias lhes furtaram.

Uns arrumados em suas roupas de estilo. Outros arrumados de forma desarrumada, crentes de terem seu próprio estilo.

Cada qual trazia consigo a sua realidade e as suas fantasias. Trazia consigo aquilo que era sua vida e aquela vida que pertencia à esperança futura. Sonhos conflitantes entre tantos. Vontades convergentes entre outros. Tudo observado pelo destino silencioso, que muda os caminhos do acaso e traça deveres à inexatidão. Fado de ombros curvados ao cansaço pelo caráter de uma vida ereta.

Mateus costumava ficar ali naquele semáforo, entre a Avenida Brasil e a Avenida Afonso Pena. Rosto pintado, não por vergonha, mas pelo personagem. Sorriso na boca, não por felicidade, mas pelo personagem. Fazia equilíbrios e malabarismo com bolas em fogo vermelho. Era o tempo do semáforo naquele entroncamento de vidas e veículos. Pedia o prêmio para qualquer veículo. No início, mirava aqueles com ar de mais caros, depois descobriu que esses eram mais difíceis. Então, passou a dar preferência para os veículos mais modestos.

Destes sempre recebia um sorriso, uma palavra de incentivo, lembretes e conselhos para que não largasse os estudos e toda a sorte de falas.

Ele preferia os veículos conduzidos por mulheres, especialmente daquelas com jeito de serem mães. Essas eram as melhores, acabavam por contribuir sempre com um sorriso. Homens eram mais difíceis, sempre diziam para que ele fosse trabalhar. E pareciam falar com certa dose de raiva contida pela própria vida que levavam.

Por vezes, ele se questionava qual seria esse conceito de trabalhar. Acordava cedo, antes desses tais que falavam esbravejando, postava-se num semáforo sujeito a toda a sorte de eventualidades e infortúnios e ia embora somente ao anoitecer, entretendo pessoas com suas habilidades. Isso era uma forma de trabalho.

Trabalho não era apenas aquele com carteira assinada. Podia ser qualquer coisa. Pelo menos era assim que ele via. Afinal de contas, Mateus não esperava o destino escolher seus caminhos, era ele quem decidia. Pelo menos era assim que gostava de pensar sobre si e sua vida.

Mateus começara com dinheiro emprestado pela mãe. Já pagara o valor da ajuda inicial e agora juntava dinheiro sem perder sua disciplina.

Era assim que ele via. Embora soubesse que não teria futuro se apenas se mantivesse naquele ciclo. Em algum momento da sua vida teria que dar um salto maior. Mas por enquanto, entrando na adolescência, estava ótimo.

O fogo circulava bem à sua frente, fazendo os movimentos que ele determinava que fossem feitos. Olhos atentos para não permitir o erro, mãos ágeis e cada vez mais capazes. Quando terminava, dirigia-se aos veículos:

– Gostou, *doutô*? – pergunta para um veículo branco, alto e com as janelas escuras, que se abrem somente quando Mateus bate no vidro como se estivesse batendo na porta de uma casa.

– Tira a mão do meu carro, *muleque*! – bravo e com ar de ofendido.

Mateus fechou seu semblante, mas afastou-se, igualmente ofendido.

* * *

– *Muleque* folgado! – resmunga para sua esposa sentada a seu lado. Ele estava visivelmente contrariado. – Não gosto que toquem no meu carro.

A esposa, que estava ao seu lado, nada disse, apenas ouviu.

Capítulo V

Seu quarto não tinha cor. Sua vida não tinha sabor. A alegria fora para algum lugar e ele não tinha pressa de encontrá-la. Parecia agarrar-se àquela tristeza toda que não saía de si. Curvara suas costas, tirara-lhe a postura, dera-lhe olheiras sisudas e lentidão aos movimentos.

Sua mãe apenas o abraçou. Era seu caçula.

– Meu filho. – em voz trêmula. – Você tem que sair deste quarto.

Ele nada disse, mas mostrava-se arredio. Sabia que quando refutava o carinho da mãe, ela insistia. Essa insistência dava-lhe certo gosto. Difícil explicar aquilo que não conseguia entender. Simplesmente gostava da ideia de ter o carinho da mãe à sua disposição.

– Foi seu irmão quem escolheu aquele caminho, meu filho. Você precisa viver a sua vida. Não adianta nada se esconder. – tentava ser mais firme, mas não conseguia. Nessas horas sentia a falta de seu marido. Sempre viajando, pouco participara da educação dos filhos.

Vicente nada diz. Permaneceu com o semblante fechado. Seus olhos pareciam sempre inchados.

– Você tem que reagir. – insistia a mãe. – Tem que voltar a ir para a escola. Tem que ver seus colegas. – tom de conselho. – Foi seu irmão quem morreu! Você não. Você tem que viver. – tentou um sorriso sem conforto.

Vicente pegou o fone de ouvido e, de forma que sua mãe visse, pôs música para ouvir. Metallica, o mais alto possível.

A mãe apenas saiu do quarto. Sabia o caminho da porta. Sabia o caminho para a igreja. Sabia o caminho para o mercadinho. Sabia o caminho da estrada. Sabia quase todos os caminhos que lhe ensinaram. Só não sabia os caminhos da vida e as curvas que lhe levariam até seu filho caçula.

PARTE IV

Capítulo Inominado I

Inês estava feliz.
Dentro do ônibus que a levava para Ouro Preto, ia toda satisfeita e animada.
Era a primeira vez que passaria o carnaval naquela cidade. Todas as suas amigas lhe disseram que era muito bom.
Seu pai dissera-lhe para não ir, mas, mesmo assim, ela foi. Achara que era apenas a proteção exagerada de seu pai. Ele se preocupa demais. Sabia que isso era natural, mas por vezes ficava incomodada. Afinal, só queria se divertir.
Ela era filha única, talvez por isso seu pai fosse tão preocupado.
Certa vez a psicóloga lhe explicou que o excesso de proteção do pai era normal, pois além dela ser filha única, sua mãe fora assassinada num assalto. Assim, segundo a psicóloga, seu pai jogara toda a carga emocional e sua carência afetiva nela.
Não gostava de desobedecer seu pai, mas já tinha 16 anos, podia muito bem cuidar de si. Além disso, não iria sozinha. Iria com algumas amigas e elas já tinham alugado um quarto numa república de estudantes.
Seriam cinco dias de alegria e excessos. Longe do pai poderia ter mais liberdade.
Iria ser ótimo.
Deixara um bilhete para o pai explicando seus motivos. Não era para enfrentá-lo, era apenas para se divertir.
Elas eram quatro amigas e na república eram quatro rapazes. A conta fechava.
– Você os conhece? – Inês perguntou para a sua colega.
– Não. A Clarinha que conhece. Acho que um deles é primo dela. – igualmente feliz e sorridente.
Ambas iam empolgadas enquanto o ônibus cortava a estrada para a cidade colonial mineira.

Menos de duas horas depois, o ônibus chegou.

Inês desceu junto com suas amigas, levando consigo a felicidade de quem é apresentada à liberdade pela primeira vez.

Otávio, primo de Clara, estava lá.

Entraram num carro que parecia sofrer para andar naquelas ruas inclinadas. Foram para a tal república.

– Este é o quarto de vocês. – apresentando os aposentos.

Elas veem apenas uma cama e colchões pelo chão. Mas parecem não ligar, afinal de contas, o que vale é a diversão.

– É carnaval. Nós vamos nos divertir muito. – fala Clara empolgada.

– Muito! – respondem em coro e dando ênfase às vogais, com alegria nos lábios e com os olhos fechados para comemorarem ao jeito feminino.

– Eu fico com a cama. – pede uma.

– Não! É minha. – anuncia a outra.

Inês nada diz. Estava apenas experimentando a sensação de liberdade.

– Já sei. Quem arrumar um carinha primeiro fica com a cama. – sugere uma delas.

– Mas *beijá* ou algo mais?

– *Pra* ser na cama tem que ser algo mais. – rindo.

– Então eu fico com este colchão. – afirma Inês, igualmente sorridente.

Foi vaiada pelas colegas.

– Por quê? – quis saber uma delas.

– Porque eu não vim *pra* isso. Eu vim *pra* dançar, pular, beber e beijar muito. Mas só isso. – rindo.

– Daí *pra* sexo é um pulo. – ri uma delas.

– Não. Quero só brincar.

– Então. Isso faz parte da brincadeira. – insiste outra.

– Não. Eu prefiro me comportar. – lembrou-se dos conselhos do pai.

– Inês, Inês. – repreende a colega. – Você ainda é virgem? – rindo.

Ela ficou sem graça e sem palavras.

As colegas pareceram surpreendidas.

– Deixa *ela*, gente. – pede uma.

– Ela ainda não sabe o que é bom. – afirma outra.

– Mas aqui tem a chance de saber. – fizeram gestos obscenos, cada uma de um tipo diferente, mas com o mesmo senso de humor adolescente.

Todas juntas ficavam entusiasmadas, numa histeria controlada.

Otávio chegou nesse momento e elas mudaram o comportamento.

Riram. Todas riram.

Na dúvida, Otávio sorriu, mesmo sem saber o motivo de tanta graça.

Os outros rapazes também vieram conhecê-las. Trocaram beijos de cumprimento e anunciaram-se. Todos com certa timidez, que venceriam quando a festa começasse.

– Eu sou Daniel.

– Eu: Zacarias. Todo mundo me chama de Zaca.

– Ezequiel. "Quiel" para os amigos, "fiel" para as amigas. – sorridente, fazendo ares de galã, brincando com o próprio nome.

Mais uma vez, todos riram. Parecia não haver a necessidade de motivos para rir, afinal, tudo era motivo para boas gargalhadas.

A diversão era tudo que importava naquele momento.

Capítulo Inominado II

Eduarda era sozinha e sozinha se sentia.

Prestes a completar seus 16 anos, vivia a insegurança de ter que sair do orfanato público.

Não tinha para onde ir, mas já não poderia ficar.

Os conselhos vieram de todos os lados. Uns diziam para que arrumasse um homem para sustentá-la; outros, para que ela fosse trabalhar; alguns, para que ela deixasse na mão de Deus.

Ela mesma, não sabia.

– A Eduarda está aqui, senhor. – avisa a secretária.

– Peça para entrar.

Tímida, ela entra.

– Olá, Eduarda. – feliz em vê-la. – Então, você vai nos deixar.

– É. – sem graça.

– Sente-se. – o diretor pede que ela se acomode. – Já sabe para onde vai?

– Não. – o peso de sua preocupação fez-se nítido na resposta pronta.

– Pois bem. Talvez eu possa te ajudar.

Ela dá-lhe atenção, com uma ponta de esperança.

O diretor explica-lhe as suas possibilidades. Eduarda parecia não absorver as palavras.

Ela não queria sair. Tinha medo da vida.

Uns disseram que ela poderia ficar até completar 18 anos. Alguns disseram que teria que sair agora. Outros disseram que cuidariam dela. E ela, ouviu a todos sem nada dizer. Como quem tenta adivinhar seu destino, por vezes, ficava parada esperando a coisas acontecerem por elas mesmas.

Não sabia de seu pai, nem de sua mãe. Sabia apenas que eles eram estrangeiros vivendo no Brasil e que, quando ela era muito nova, foram vítimas de um assalto. Apenas ela sobrevivera.

Mas Eduarda não tinha ninguém além dos pais. Não sabia de sua família no exterior.

Ela não sabia bem se tinha que agradecer a Deus por ter sobrevivido ou se tinha raiva Dele por tê-la deixado sozinha.

Sabia apenas que ficara só no mundo. Sem ninguém, sem referências, sem história, sem rumo.

Havia uma sensação de permanente vazio.

Essa sensação só fora preenchida por Cássio.

Ele fora abandonado pelos pais na porta do orfanato. A desculpa era sempre a mesma: muito jovens para terem filhos.

Cássio e Eduarda tinham a mesma idade.

Ela queria ser dele. Via amor em seus gestos. Tinha que se entregar antes de partir.

Ele queria possuí-la. Via sexo em seu corpo. Tinha que ser antes dela partir.

Eduarda deixara crescer dentro de si o amor que fantasiara para dar-lhe conforto. Era bom. Talvez o único sentimento que tivera além daquele vazio que anda sempre com ela.

– Entendeu, Eduarda? – perguntou o diretor ao final de sua fala.

Ela respondeu que sim com um aceno de cabeça, mas na verdade não prestara atenção em nada do que ele dissera.

– Daqui a três semanas você nos deixará. – conclui o diretor. – É importante lembrar-se disto que eu te disse.

Ela concordou mais uma vez, sem saber o que ele teria dito. Mas isso não importava. O que importava era o que sentia por Cássio.

O amor era tudo que importava naquele momento.

Capítulo Inominado III

Filha de um juiz de direito, mesmo com seus 16 anos já estava sendo preparada para seguir os passos do pai. Sabia que para isso teria que estudar muito e era exatamente isso que fazia.

Seu pai lhe dizia a todo o instante que ela deveria fazer concurso público para juíza federal, pois segundo sua opinião, trabalharia menos e ganharia mais.

Ele sempre ria quando dizia isso. Depois, todo e qualquer conselho que desse à filha vinha seguido da frase: "o importante é ter segurança".

Ela era dedicada e tinha certeza que um dia deixaria seu pai orgulhoso de si.

Mas agora tinha outras coisas em sua mente também. Priscila conhecera um rapaz e ele parecia respeitá-la. Estavam na fase das descobertas da adolescência e ela adorava descobrir essas coisas com ele.

Ela podia confiar nele. Já haviam feito algumas coisas juntos e ele não contara para ninguém. Aquilo lhe dera certa tranquilidade.

Não queria que seu pai soubesse, nem queria ficar falada na escola.

Adorara ser tocada por ele e queria repetir. Mesmo sendo virgem, as coisas que fizera eram empolgantes.

Queria mais.

Descobrira o esconderijo de seu pai para as camisinhas[6]. Afinal, naquela fase da sua vida, a segurança era importante.

A segurança era tudo que importava naquele momento.

---

[6] Como é conhecida popularmente a camisa-de-vênus, preservativo masculino.

Pré Capítulo I

– Então você não fez nada?
– Não. Já falei que não. – com a preocupação na fala.
O policial apenas o olha desconfiado. A mesa separava os dois naquela apertada sala de interrogatório.
O rapaz arrisca:
– Você não para de repetir as mesmas perguntas. Eu quero um advogado. Eu tenho direito.
– Direito, é? Quem estupra não tem direito, não. Pilantra!
– Já falei que não fiz nada.
– Entendi. Você apenas ficou falando educadamente para que seus colegas parassem de estuprar a garota. – com nojo. – Você não presta.
Breve silêncio.
– A gente acaba te pegando, moleque.
O garoto se levanta e vai até o grande vidro na parede.
– Quem é que *tá* do outro lado desse vidro? Quem é que *tá* nos vendo? Não tem coragem de vir até aqui? – nervoso.
– Cala a boca e senta. Você vai *pra* cadeia.
O garoto dispara a rir.
– *Pra* cadeia? – olha com desprezo. – Você sabe quem é meu pai?

Capítulo Pretérito I

Dez anos atrás...

Como era boa uma noite de sono bem dormida.
Ela parecia especialmente satisfeita em aproveitar aqueles momentos do sono matutino, quando o sonho já se confunde com a realidade e o sono faz força para permanecer agarrado à preguiça bem-disposta.
Da janela vinha uma brisa suave que fazia a cortina dançar levemente ao seu ritmo, sem critério, sem querer chamar a atenção.
A luz do Sol timidamente já começava a aparecer, entrando pela pequena brecha da janela, a mesma aproveitada pela brisa.
Ela gostava de sentir seu rosto naquele travesseiro macio e sentir seu marido ao seu lado. Dormir era bom.
Levantar-se de um sono renovador era algo que ela adorava. Acordava sempre bem-disposta, era sua natureza. Tinha alegria em viver.
Na confusão do sono, procurou o marido com a mão, como de costume, sem abrir os olhos, mas já com um pequeno sorriso em seu rosto.
Sentiu um líquido que, num primeiro momento ainda adormecida, achou tratar-se do suor de seu marido, pois isso era comum.
Ainda na confusão de quem está acordando, passou a achar que havia muito líquido. Abriu os olhos pesadamente, quase adormecida.
Não percebeu bem o que viu.
Forçou a vista e a consciência que vinha meio dormente do sono.
O sorriso saiu de seu rosto. O espanto tomou o seu lugar.
Deu um pulo para trás, acabando por sair da cama de forma atabalhoada, quase que num salto acrobático. Junto à ação houve um pequeno

grito e um grande ar de espanto que acabou com o sono de vez, pondo-o para fora do corpo de forma provisoriamente definitiva.

Aquele líquido era sangue. Sangue de seu marido.

Ela levou as mãos ao rosto para não ver a cena, que na verdade via aterrorizada. Levou as mãos à boca para conter o grito, que na verdade queria soltar.

Com receio e de forma atrapalhada, retirou o lençol que cobria seu marido.

Ele estava deitado, com a garganta cortada, a língua arrancada de sua boca e com sangue ao seu redor.

Zacarias, seu marido, estava morto.

PARTE V

Capítulo I

— Aí! *Tá* vendo! *Cê* já fechou a cara. – confirmando sua previsão.
— Impressão sua. – seguiu pondo a comida no prato enquanto empurra a bandeja numa fila que andava vagarosamente. – Isso aqui é angu ou purê de batata? – Angu – sorriu. – Não tem jeito, Romano. Você fica mal-humorado neste tipo de ambiente. – insiste Grego.
— Impressão sua.
— Muita gente! Tem que fazer o próprio prato! Tem que brigar para achar lugar *pra* sentar! – fala imitando o amigo e esperando a sua irritação educada.
— *Ok*. Vamos comer. – direto. – Sem espetáculo.
— Fechou a cara por causa de milho? – sabendo a resposta.
— Claro. Tudo tem milho. *Pra* que isso? Milho *pra* todo o lado. – rindo de seu próprio mau humor. – O cara vem aqui com uma lata de milho e saí jogando em tudo. – fazendo o gestual. – Deve achar que é decorativo.
— Não exagera, Romano.
— Olha só. – apontando. – Tem milho na salada, no arroz, na carne, no peixe, no estrogonofe, em todo o lado. É milho *pra* todo lado!
— As pessoas gostam de milho. – Grego provoca.
— Tudo bem. Deixa numa vasilha separada e quem quiser que pegue. Não gosto de milho, mas não estou numa cruzada contra o milho. Apenas não gosto. Só isso. – resmungando.
Grego adorava aquele mau humor do colega. Provocá-lo era sempre um bom momento do seu dia. Mas só fazia isso por ter profunda admiração por Romano, por saber ser seu amigo e ter liberdades que só os amigos têm. Trabalhavam juntos há tanto tempo que Grego nem se lembrava de mo-

mentos marcantes em sua vida sem a presença de Romano. Sabia que ele tinha suas manias, e vir a restaurantes cheios, onde tinha que esperar para comer, entrar em filas, disputar uma mesa, entre outras situações, era algo que o irritava. Mas o interessante era ver a luta interna que Romano travava naqueles momentos. O rito era sempre o mesmo: Grego o chamava para aquele tipo de restaurante; Romano aceitava para não ser inconveniente; e à medida que as coisas iam acontecendo, o humor dele ia se modificando.

Em pé, segurando as respectivas bandejas, Grego e Romano procuravam, com os olhos, lugar para sentar.

Romano localizou uma mesa vazia e caminhou no seu ritmo normal, sem desespero. Passo a passo, mantendo a sua postura no caminhar.

Antes de sentar-se, já próximo à mesa, um jovem de gravata colorida, vindo de outro lado, acelerou o passo, quase que numa pequena corrida e sentou-se.

Romano ficou ali em pé, por um curto instante, pensando se valeria a pena uma discussão, mais pelo cunho educativo do que pelo lugar propriamente dito.

O jovem sequer olhou para Romano e já iniciou a sua refeição. Apenas agiu de forma compatível com aqueles que pensam que "o mundo é dos espertos".

Romano não gostava desse jeito de agir. Acreditava que isso era natural nas sociedades com pouca educação, nas menos civilizadas. A gentileza urbana e a disciplina cívica era algo que Romano já não via no dia a dia.

– Ali tem lugar. – Grego apontou.

Pronto. Conseguiram uma mesa.

Romano e Grego sentaram-se para a refeição. Romano ficava irritado. Era apenas uma refeição, mas ambientes assim tinham a tendência a deixá-lo incomodado. Quando era jovem, achava aquela forma moderna e inteligente, afinal, reduzia-se a mão de obra, o tempo de espera e aproveitava-se ao máximo o espaço. Além disso, as pessoas comiam e, assim que terminavam suas refeições, sentiam a necessidade de se levantar para vagar a mesa, como se estivessem atrapalhando um próximo candidato ao lugar. Ou seja, na ótica do dono do lugar a lógica era perfeita. Mas hoje, mais velho e esperando mais conforto, não apreciava aquela logística à americana.

Romano e Grego estavam concentrados em seu prato. Romano ainda se esforçava para tirar um ou outro grão de milho sobrevivente que insistia em estar ali.

Grego queria puxar assunto, mas sabia que Romano não gostava de falar de trabalho nos momentos de refeição.

Romano manteve-se em silêncio, mas sabia que Grego gostava de conversar. O silêncio para Romano era normal, para Grego era quase insuportável.

– Grego. Que saudade! – de repente uma voz feminina cumprimenta com entusiasmo.

Grego levanta o rosto e reconhece uma colega dos tempos da faculdade. Simpático, a cumprimenta com um breve aceno, já que ela estava do lado da mesa onde Romano se sentara.

– *Tá* tudo bem com você? – simpática.

– Tudo. E você?

– *Tô* ótima. – ainda simpática.

– Esse aqui é meu colega Romano. – apresenta sem se lembrar do nome dela. Romano levanta a cabeça para cumprimentá-la.

– Oi. – feminina e sorridente. Volta-se para Grego. – E aí, o que você *tá* arrumando? – põe a mão vazia no ombro de Romano, enquanto a outra segurava a bandeja da refeição que fizera.

Romano não gostava de ser tocado. Tratava aquilo como invasão de um espaço que ele não dera.

Em silêncio, Grego se divertia com a situação. O incomodo era visível no semblante do colega.

– *Tô* só trabalhando.

– É? Vem sempre aqui? – ainda com a mão no ombro de Romano, que agora olha diretamente para ela.

– Não. Meu colega que gosta muito deste lugar. – aponta para Romano. – Só venho quando ele me convida.

– É? – ainda simpática e festejando Romano com movimentos da mão que ainda estava em seu ombro. Este sorriu sem graça. – Eu também amo este lugar. Gosto de gente, de movimento. Acho ótimo ver o restaurante cheio. – sorridente.

Grego se divertia por dentro. Tinha que estender a conversa.

– Você vem sempre aqui?

– Sim. Eu trabalho aqui perto. Eu gosto daqui. – olhou para o prato de Romano. – Também adoro milho na comida. Bonitinho, você separa para comer no final?

Romano olha para ela, nada diz. Tentou demonstrar seu incomodo com a mão insistente em seu ombro sem ser mal-educado. Nada disse, apenas moveu-se um pouco.

Grego delirava. Levantou-se por educação e sinalizou para que sua colega se sentasse com eles.

— Por favor. — aponta a cadeira.

— Ah! Obrigada. — ela aceita. — Só um pouco. A fila *tá* cheia. — se referindo à fila no caixa para pagar.

Sentou-se.

Romano sorriu secamente enquanto ela se sentava. Pelo menos a mão já não estava em seu ombro.

— Que bom te encontrar. — ainda sorridente. — Você está ótimo. — sempre festiva em sua fala.

— Você também está bem. — sorriu.

— Tem quanto tempo? — refletiu. — Melhor nem contar. — sorriu com ligeira discrição.

Enquanto iam conversando banalidades, Romano e Grego terminaram suas refeições.

— Quer *mousse*? — Grego se levanta para buscar um café, mas sabia que o amigo gostava da *mousse* de chocolate daquele lugar.

— Sim, por favor.

— E você? — pergunta para a colega.

— Não. Nada, obrigada.

— Eu já volto. — adorando deixar Romano sozinho com a tal colega.

Ela parecia ser daquelas pessoas que mantinha uma conversa sozinha. Ela mesma fazia as perguntas e dava as respostas. Ou fazia as perguntas e as respostas pouco importavam, já mudando de assunto rapidamente. Pôs sua mão sobre a mão de Romano, apenas por habito.

— O Grego é ótimo. A turma toda gostava muito dele. — parecia feliz em contar isso. — Você é amigo dele há muito tempo.

— É... — antes de poder terminar a resposta, ela emendou:

— Você não comeu o milho! — ela espantada pelo desperdício e ele espantado pela indelicadeza.

Grego volta sorridente.

— Pronto.

Grego junta as bandejas e as põe num canto da pequena mesa.

— Obrigado. — Romano agradece.

— O que você está comendo? — ela pergunta para Grego.

— *Mousse* de maracujá.

Ela levanta as sobrancelhas em aprovação.

– A dele é de chocolate. Muito boa. Boa mesmo. – aponta Grego para taça à frente de Romano.

– Ah! Posso? – ela pega uma colher e leva-a em direção à taça de Romano.

Grego assiste à cena como se em câmara lenta. A mão de sua colega estendeu-se até a taça de *mousse* de Romano, acompanhada pelos olhares incrédulos de ambos, mergulha no chocolate e retorna para encontrar a boca cheia de batom vermelho.

– Realmente é muito boa. – satisfeita por ter provado.

Romano, por educação nada diz, contudo, seu semblante dizia tudo. Grego, que até então estava apenas com o sorriso aberto como quem não acredita, ao ver o olhar do colega, dispara a rir tentando conter-se.

Ela ainda segurava a colher em riste, e parecia satisfeita, comentando o sabor daquele doce.

– Adoro chocolate. Mas estou de regime. Aí evito certas extravagâncias. – justificando-se.

Romano olha para ela.

– Entendi. Quer mais? – oferecendo a taça de *mousse*. – Já agora...

Grego acompanha.

– Não. É seu, fique à vontade. – fala delicada.

– Eu insisto. Pode comer. Eu já estou satisfeito.

– Que gentileza. – com um sorriso satisfeito no rosto. Pega o *mousse* de Romano e come-o todo.

Grego delirava.

– Você é muito gentil, Romano. – Grego provoca.

Romano olha diretamente para o amigo.

Grego volta-se para a colega.

– Nunca vi meu amigo fazer isso. Ele deve ter simpatizado muito com você. – meche com os nervos de Romano, enquanto ela dava um sorriso cheio de chocolate nos dentes, derretida pelo elogio.

Grego sabia que estava na hora da brincadeira acabar.

– Romano, vamos andando? Hoje eu estou com o horário apertado. – imitando uma das falas comuns de Romano.

– Vamos.

– Ah, a fila já *tá* boa. Eu vou com vocês. – ela se levanta junto.

Na fila, Romano nada diz. Ela continua conversando e para isso, cutucava ora Grego, ora Romano.

Cada qual efetuou o pagamento respectivo. Ganharam a rua.
– Então, até outra oportunidade. – ela dá beijos de despedida. – Depois me liga. – entrega um cartão de visita para Grego. – Tchau. – saiu satisfeita para uma curta caminhada até entrar no prédio da Justiça Federal.
Grego dá uma olhada no cartão.
– Priscila. – dando um pequeno tapa em sua própria testa. – *Pô!* Agora que eu lembrei o nome dela.
Romano permanece postado à sua frente.
– E o que ela faz?
– Não sei. – dando de ombros.
Romano aponta para o cartão.
– Ah! – Grego verifica. – Juíza Federal.
– Juíza Federal.
– É. Juíza Federal. – passando o dedo nos dizeres.
– Muito bem. Vamos?
– Sim.
Os dois começaram a breve caminhada até o carro.
– E aí, o *mousse* estava bom? – pergunta Grego sem esperar resposta.

Capítulo II

A cidade começava a acordar em seu próprio ritmo. O sol esticava sua luz preguiçosamente enquanto não se decidia em levantar o dia de vez.

Os pássaros comemoravam mais um dia naquela urbanidade, com uma árvore ali, outra aqui e mais uma acolá. A festa matutinha das aves destoava do mau humor de passos lentos das pessoas que se deslocavam para o labor de compromissos.

O cheiro da alvorada era de café novo, de pão fresco e do verde molhado da noite de chuva.

Andresa se espreguiça do sono bom que tivera de uma noite bem dormida.

Já acordava incomodada com o fato de ter que ir trabalhar. Não gostava do que fazia. Tudo lhe irritava. As rotinas lhe irritavam. As novidades lhe irritavam. A vida era irritante.

O dia bonito lhe irritava. A felicidade das pessoas lhe irritava. A luz brilhante do Sol era irritante.

Não entendia por que estava assim. Ou talvez, sempre fora assim e nunca se apercebera disso.

Não gostava de ser mal-humorada, mas também não fazia nada para mudar esse estado.

Logo pela manhã já estava desanimada.

Sentia certo vazio em sua vida. Não conseguia entender qual seria o motivo.

Sabia ser uma mulher bonita, sabia ser inteligente, sabia ter um bom emprego. Também não tinha problemas amorosos. Não tinha ninguém certo, é verdade, mas tinha os amigos com quem se satisfazia eventualmente. Preferia assim, sem compromissos. Achava-se moderna. Pelo menos foi isso que suas amigas lhe disseram.

Já passando a maquilagem e olhando-se no espelho, fixou seu olhar em seus próprios olhos. Gostava de vê-los, sempre brilhantes.

Perguntou-se o que estaria faltando, qual o motivo do vazio que sentia. De repente viu-se sozinha. Não solitária. Apenas sozinha com o mundo.

Muitos amigos nas redes sociais, muitos números na agenda do celular, muitos *e-mails* na sua "caixa de entrada". Sempre com pessoas à sua volta, em festas e alegrias momentâneas, mas sentia-se sozinha. Não sabia explicar, era algo que vinha de dentro, que não conseguia simplesmente pegar e jogar fora. Estava impregnado em suas atitudes, em seu jeito de ver as coisas, na sua forma de reagir às pessoas, de se relacionar com a vida.

Tinha seus pais por perto. Tinha seus amigos para se divertir. Tinha um bom emprego, ou melhor, não era bom, mas pagava bem.

Procurava o motivo daquele sentimento.

Talvez sentisse falta de um grande amor.

Concluiu que deveria ser isso mesmo. Por isso sentia-se desanimada e com a sensação de vazio: falta-lhe de um grande amor.

Era possível que fosse isso.

Era isso, estava convencida.

Queria sentir a alegria e sofrimento de um grande amor. Daqueles que mudam a vida das pessoas e fazem as pessoas mudarem suas vidas.

Queria ter vontade de fazer amor na beira da estrada, dentro do mar, fora da realidade.

Queria um homem que a domasse enquanto ela resistisse, que fizesse tudo por ela. Que a fizesse ter vontade de fazer tudo por ele.

Estava cansada desses homens que fazem sobrancelha, que usam calça apertada e camisa coladinha.

Queria um homem com jeito de homem.

Um que lutasse por ela. Que tivesse força e fosse gentil. Que a segurasse firmemente para que ela não escapasse. Que desafiasse o mundo por ela. Alguém que tivesse o beijo tão intenso que a fizesse entregar-se em paixões incontroláveis, sem quaisquer resistências estranhas às protocolares do manual feminino. Ter alguém que fizesse a vida valer a pena. Que a fizesse se entregar além do racional. Aliás, queria um amor irracional, daqueles sem espaço para a razão, daqueles que cegam e fazem ver o mundo colorido. Daqueles que andam de mãos dadas com a loucura; essas loucuras que valem por uma vida inteira.

Queria amar. Só isso.

Olhou em seu reflexo no espelho.

Era isso. De repente teve essa certeza.

Queria amar e só.

Pelos homens que saía de vez enquanto não nutria sentimento especial. Eram mais do que simples amigos, mas não tinha por eles sentimento amoroso. Até se deixava tocar intimamente, mas era a necessidade da carne e não do coração que era satisfeita.

Difícil explicar.

A carne ficava saciada enquanto o coração acumulava frustrações.

Acostumou-se a ter uma vida independente desde de cedo. Isso fez com que tivesse personalidade igualmente livre. Não queria depender de ninguém, de homem algum. Mas queria amar. Isso ela queria.

Queria uma aventura de vida, daquelas que se conta para os filhos e netos.

Nunca se prendera a ninguém. Acreditava que era mais importante fazer o que quisesse e com quem quisesse, do que ter alguém fixo.

Mas pode ser que, com o passar do tempo, tivesse crescido dentro dela a vontade de ter alguém, ou melhor, de ser de alguém. Queria ser de alguém.

Falou isso em voz alta e gostou da ideia.

Ser de alguém.

Sorriu. Balançou o cabelo para um lado, depois para o outro. Encostou o ombro no rosto, depois o outro.

Ser de alguém.

Sorriu.

Gostou da ideia.

Mas não poderia ser de qualquer um. Tinha que ser de alguém que a merecesse. Alguém que lutasse por ela. Alguém que valesse a pena.

Deixaria isso ao acaso.

Ou talvez fosse melhor criar as oportunidades.

Não sabia bem o motivo, contudo, surpreendentemente, viu-se sorrindo, mais animada com as coisas da vida.

Ia dirigindo para o trabalho e pensando em nada muito racional. Pensava apenas por pensar, como quem exercita uma fantasia sem saber se um dia irá realizá-la.

Imaginou um homem puxando-a pelo braço e tomando-a num beijo.

Sorriu novamente.

Achou bom sorrir.

Há dias não sorria.

Era isso, ela concluiu, a falta de um homem com postura de homem.

Entrou na agência do banco em que trabalhava. Ocupou sua mesa e, mesmo sem perceber, havia um leve sorriso em seus lábios de batom chamativo. Era a certeza de um futuro melhor ao lado de um homem.

Seu rosto exibiu um sorriso solitário querendo companhia para os lábios.

Capítulo III

– Esquece, Jon. Desse jeito não vai *dá*. – veemente. – Mas eu já *tô* bolando outro jeito.
– Qual? – nervoso.
– É comigo. Deixa que eu *dô* um jeito. – insiste Túlio.
– Beleza. Quanto tempo? *Tô* precisando *resolvê* umas paradas aí.
– Calma. Vai *dá* certo. Depois eu te conto com calma.
– Fala aí, *véio*! – insiste.
– Não tenho nada *pra falá*! – olhar firme. – *Tô* pensando ainda.
– Eu *tô* precisando de grana, *véio*.
– Já entendi. – mais duro. Olha o colega firmemente. – Mais alguma coisa?
– Não.
Silêncio duro nos olhos. Daquele que dá o assunto por encerrado.
Jonathan parecia revoltado. Resmungava em gestos, sem nada dizer. Confiava no amigo e sabia que os esquemas dele devam certo. Mas precisava de dinheiro. Voltou a falar:
– Túlio. – com calma. – *Deixa eu* entra lá? Eu *tô maquinado*[7]. Arrumo uns caras e a gente pega tudo.
– Muito arriscado, Jon. – calmo. – O prédio tem segurança, tem câmaras e tem porteiro. – olha para o colega sem paciência nos olhos. – Até aí tudo bem. Mas qual a senha do cofre?
– É só *pô* o *canhão*[8] na cara deles, que alguém fala.
– Verdade. Mas é arriscado. – concentrado. – Onda fica o cofre?
– Não sei. Alguém vai *falá*! – começando a ficar nervoso.

---

[7] Gíria com o significado de "estou armado", ou "tenho uma arma".
[8] Gíria para se referir a "arma".

— Quanto tem no cofre?

— Não sei. Mas se tem cofre é porque tem algo de *valô*.

— Concordo. Mas o quê? — com ar de indagação. — Não sabemos se vale a pena.

— Então *vamu na* casa dele.

— *Vamu*. Mas quanto tem lá?

— Não sei, *p*...! — irritado, mais por não saber as respostas do que propriamente pelas perguntas.

Túlio segura um copo vazio que estava por ali.

— Isso tem que ser com calma, Jon. — joga, mesmo sem força, o copo na direção de Jonathan, que desavisado, não conseguiu segurá-lo.

— Brincadeira sem graça, *p*...!!! — nervoso. — Olha aí o que você fez. — se referindo ao copo quebrado no chão.

Túlio sorriu.

— Você não estava preparado, *né*? Não conseguiu reagir. — agarrou um segundo copo e repetiu o gesto. Jonathan segurou o copo. — Agora você estava preparado. Entendeu?

— Entendeu o quê, *c*...! O que é que tem o copo a ver com o cofre?

— Tem a ver com estar preparado. Não podemos nos arriscar a fazer uma vez e pegar pouco dinheiro. Aliás, nem sabemos o que tem no cofre. E se só tiver documentos, *hein*? — faz uma pausa. — O tiro tem que ser certeiro. Ele não está esperando nada da nossa parte. Tem que ser de surpresa. Senão ele vai se preparar. — satisfeito com seu exemplo. — Temos que planejar com calma.

Jonathan concorda contrariado. Ele queria ação imediata, mesmo sabendo que Túlio estava certo em querer planejar melhor o que iriam fazer, que, até aquele momento, nem sabiam ao certo o que seria.

— Mas acelera essa *p*... de planejamento. Quero entrar logo no grupo de cima. Assaltar banco, carro forte, extorquir político, essas coisas. — com fome de futuro se referindo ao crime organizado.

Capítulo IV

Camila deitara-se tarde. Mais um dia se passara. Mais um dia para esquecer.

Não gostava do que fazia. Mas gostava menos ainda de ver a privação a que seu filho estaria submetido, caso tivesse dúvidas advindas da consciência ao invés das certezas da necessidade.

Acreditou que com o tempo se acostumaria à situação.

Isso não aconteceu.

Sentia dor pelo corpo. Não era dor muscular, era da alma pela carne que apodrecia lentamente.

Sentia-se cansada. Não era o corpo, era a vida pela alma que fraquejara fugazmente.

Seus sonhos foram-se embora, devagar, sem que ela percebesse, no exato momento que perdera seu emprego.

Suas conquistas foram-se embora com a falta de dinheiro.

Sua dignidade foi-lhe tirada quando tirara a roupa.

Mais um dia fora-se embora para sempre, para nunca mais voltar. Era o tempo que passava por sua vida de forma massacrante. Não adiantaria arrependimentos, angústias, desabafos ou qualquer sorte de escárnios quando a morte chegasse para cobrar os excessos da vida. Contra o tempo que passara, ela não conseguiria lutar. Contra o tempo que viria, ela não tinha como imaginar. Contra as rotinas de sua vida, ela não tinha companhia para amenizar as angustias.

Mentalmente, sempre se perguntava quantos dias restariam até mudar seu destino. Fora o destino ou fora sua decisão infeliz?

Ligou a televisão para desligar sua mente. Quer saber da vida dos outros para esquecer da sua.

No meio do copo de qualquer bebida ela vê uma reportagem falando do desaparecimento de uma tal de Elisa.

Era a menina que conhecera na festa há algum tempo.

Assistiu com atenção.

A desconfiança era de homicídio.

Decidiu mudar sua vida.

Enquanto tomava decisões enérgicas deitada no sofá, o sono chegou e ela adormeceu.

PARTE VI

Capítulo Único

A vida não lhe corria bem.
Daniel da Cunha Cortês vinha de família de posses. Seu pai fora empresário bem sucedido. Quando faleceu, deixou uma boa herança para si, e seus outros três irmãos.
Daniel nunca quis saber das fábricas, por isso, ficou feliz quando soube que seu pai atendera ao seu pedido de dar-lhe a sua parte da herança em dinheiro.
Viajou e estudou. Mais viajou do que estudou.
Já adulto, viu-se com pouco dinheiro e decidiu trabalhar.
Era formado em letras pela UFOP[9] e, sem alternativas financeiras, pareceu-lhe natural lecionar.
Tentou escolas particulares. Começou pelas melhores, mas nunca fora selecionado. Não entendia por qual motivo não era escolhido para lecionar nas escolas tradicionais. Afinal, ele era um homem de boa família, tinha educação, tinha estirpe, tinha estilo, tinha um sobrenome de tradição e se achava acima da média em termos de conhecimento.
Depois tentou as escolas particulares com menos tradição. Para seu espanto, também não teve sucesso. Chegou a sentir-se ofendido quando das negativas. Não acreditava que era preterido por qualquer outro candidato sem a mesma origem que ele. Tinha que aceitar, eram os novos tempos, mas lhe era dolorido.
Foi quando resolveu arriscar as escolas públicas.
Prestou o concurso. Foi aprovado e tomou posse.
Pouco tempo depois, arrependeu-se.
Lá, viu um mundo que não sabia que existia. Aquela realidade não combinava com ele.

---

[9] UFOP – Universidade Federal de Ouro Preto.

Com certa descrença, Daniel viu que havia pobreza além da sua imaginação. Pobreza de vida, de espírito e de dignidade. Pessoas sem conceitos mínimos de convívio social. Crianças maltratadas pelos pais que, famintas, vinham para a escola atrás da merenda e de um pouco de paz, mesmo quando faziam a guerra. Viu o tráfico de drogas, a prostituição, a violência, o desrespeito. Soube de assassinatos, de estupros, de vinganças. Foi ameaçado de morte, perseguido por alunos. Teve seu carro roubado.

Mas o pior veio quando recebeu seu contra cheque. Simplesmente não conseguia entender como um professor poderia ser tão mal remunerado. Um país que pretende ter futuro não pode remunerar mal os seus professores. São gerações inteiras sem resposta social, sem evolução real. E esse mesmo país paga auxílio moradia para juízes, promotores de justiça e deputados.

Concluiu, este era um país às avessas. Nada presta. As pessoas não prestam.

Foi quando decidiu parar de lecionar.

O dinheiro da herança já se fora.

Decidiu escrever.

Gostava de ler e gostava de escrever.

Contudo, seus livros não saíram do lugar. Era como se tivesse escrito para si mesmo. Caixas e caixas ocupando espaço em seu pequeno apartamento e, nunca, ou quase nunca, vira nenhum de seus livros nas livrarias.

A ideia do "quase" era meramente para enganar-se a si mesmo e convencer-se de que já tinha visto algum livro seu circular nas livrarias. Mas não era verdade. Apenas circularam por lá nas vezes que ele mesmo carregava o livro na mão como se fosse alguém importante e importante se achasse.

Concluiu que tinha pouco talento, ou se algum talento tivesse, não era suficiente para emplacar algum título.

Foi quando decidiu escrever biografias.

Passou a se oferecer para famosos, familiares de famosos e até desconhecidos com pretensões de se sentirem famosos, ou de simplesmente se promoverem.

Daniel aprendeu a atuar assim.

Ganhava alguma coisa, mas acostumara-se a altos gastos. As contas quase nunca fechavam.

Uma hora era o limite do cheque especial, na outra o extrato do cartão de crédito. Depois chegavam os tributos e as outras contas. Todos queriam o seu dinheiro.

Estava um pouco cansado disso.

Contudo, não lhe restava alternativa. Trabalhava e pronto.

Daniel estava dentro do ônibus indo para uma entrevista de emprego. Pensava na vida e ia distante em sua imaginação. Por dentro, se preparava para mais uma negativa. A sua necessidade de fazer aquilo que quisesse não combinava com jornada de trabalho, nem com as ordens de patrões. Por outro lado, as suas necessidades e eventuais luxos, não combinavam com sua liberdade sem emprego.

Via o emprego como uma escravidão modernizada, onde a pessoa recebe uma pequena compensação financeira para, em troca, entregar a sua liberdade e desgastar-se para que outro enriqueça. Uns chamam isso de força produtiva em detrimento do capital. Ele chamava de burrice aprisionadora do mundo moderno.

Como alguém poderia se dedicar à arte se tinha que preocupar-se com a própria subsistência?

Sentia-se sem alternativas.

Sua figura era de alguém fora de sua época. Parecia um fidalgo cheio de soberba, ao estilo das monarquias renascentistas. Tinha cultura acima da média, tinha educação refinada, daquelas fora de moda. Tinha bom gosto e ares de nobreza europeia. Contudo, sem dinheiro, sua pompa estava sempre em risco.

Ao mesmo tempo, desprezava o sistema capitalista. Não ter dinheiro lhe doía simplesmente por não conseguir ter um padrão de vida que acreditava ser adequado a si por nascimento. Mas ver pessoas sem cultura, sem educação refinada, sem tradição familiar, nos cargos de poder e com dinheiro, parecia doer-lhe mais. Analfabetos no poder; pessoas sem caráter na direção do país; ladrões usando os ternos de senadores, deputados e vereadores; quadrilhas atrás do dinheiro público; a mania da "esperteza", do "jeitinho" que não sai de moda. Assistir a esse desfile de horrores era-lhe algo dolorido.

Ter que tolerar aqueles "novos ricos" com seus exageros, preocupados em mostrarem sua ascensão social, por vezes lhe doía mais.

O sentimento de injustiça divina lhe acompanhava a cada fracasso.

Vida cara à espera de uma morte barata.

PARTE VII

Capítulo I

— E aí? *Tá* dando tudo certo?
— Sim. – Danilo não gostava de conversar certos assuntos em ambiente que não fosse o seu.
— Quando você fará o meu depósito?
— *Tá* dependendo do Prefeito. Na hora que eles me pagarem, eu faço o repasse.
— Nunca se esqueça, quem lhe pôs nessa jogada fui eu. – adverte Nogueira. – Você era um simples estagiário. Se hoje tem o patrimônio que tem, é graças a mim. – apontou para si mesmo.
— Sim. – Danilo não aguentava mais aquela necessidade de lembrá-lo constantemente dessas coisas. – Eu sei bem. Você vai receber a sua parte. Não se preocupe. – reforça.
Nogueira sorriu, para logo depois repreendê-lo sutilmente:
— Os depósitos têm acontecido com atraso.
— Vou prestar mais atenção.
— Tem que ser em espécie, Danilo. Você está me decepcionando.
— Eu sei. Mas é difícil sacar tanto dinheiro e ficar andando com ele por aí.
— Mas como você tem feito deixa rastro.
— Você está com medo?
— Nessas coisas é importante não deixarmos rastros. Preserva o negócio e, acima de tudo, nos preserva.
— Está com medo dos "federais", Nogueira?
— Sempre. E você? Não?
— Não me preocupo. Já relaxei. – com certa soberba.
Nogueira olha-o com um sorriso quase cínico:

– A maioria dos acidentes acontece quando o motorista relaxa. – mexeu em alguns papéis que estavam sobre a mesa de trabalho. – Já dei o parecer na licitação de Montes Claros. O pagamento da Prefeitura será feito em quatro etapas. – reclinou-se na cadeira. – Vou receber meu percentual na primeira parcela, entendeu? – afirma.

– Claro. – prontamente.

– Tem uma parte que deverá ser-me entregue diretamente, sem depósito. Obviamente, terá que ser em dinheiro.

Danilo faz ares de indagação.

Nogueira mantém-se reclinado na sua cadeira.

Por vezes, aquelas falas pareciam um jogo de xadrez.

Os olhos estudavam o adversário enquanto as palavras eram interpretadas.

– Por quê? – finalmente Danilo acaba por perguntar, sem olhar nos olhos.

Nogueira mantém o silêncio por um período, sustentando o poder que era seu. Danilo insistiu com um balançar silencioso da cabeça, mas sem ser desrespeitoso.

– Danilo. – Nogueira põe o dedo em riste. – Você acha que eu estou sozinho? Que fui eu *que* bolou o esquema todo? – Danilo dá de ombros. Nogueira aponta, com o mesmo dedo que estava em riste, para o teto da sala. – Tem mais gente. Acima de mim, tem mais gente.

Danilo ficou na dúvida se deveria dizer algo. Desconfiar de todos fazia parte das suas rotinas de trabalho. Não havia como saber se Nogueira estava querendo uma fatia maior, ou se realmente existiam outras pessoas acima dele.

– Tudo bem. Me dê os nomes e os percentuais que eu mando entregar. – arriscou.

Nogueira sorriu levemente. Brincava com uma caneta em suas mãos.

– Você sabe que eu não posso falar os nomes de cima.

– Você não confia em mim? – insistiu.

– Confio. – novamente aquele sorriso cínico. – Mas quem está acima de mim, também confiou no meu silêncio. – olhar firme. – Confiança, relacionamento, discrição. – levanta-se. Danilo também se levanta. – Se somar lealdade a estes três, nunca terá problemas na vida. – sorriu cerimoniosamente com ares de filosofo. Estendeu a mão para se despedir. – Essas coisas são demoradas para se construir e rápidas para serem destruídas. – encarou Danilo. – Você ainda precisa de mim. Cuidado com suas decisões.

Danilo tenta entender o motivo da mensagem subliminar.

– O que houve, Nogueira?
– Nós sabemos.
– O quê?
– Ora, Danilo. Não me trate feito criança.
– Não sei o que você está falando.
Nogueira fecha o semblante, agora sem quaisquer sorrisos:
– A próxima vez que tentar passar por cima de mim, que tentar me tirar do esquema, que mentir para mim sobre os valores... eu te atropelo, entendeu?
– O que houve, Nogueira?
– Da próxima vez te jogo na cadeia, para de lá você nunca mais sair. – firme. – Lembre-se: seu poder depende do meu. Não brinque comigo.
Danilo manteve expressão de surpresa.
– Até a próxima. – despede-se Nogueira.
– Até. – Danilo intrigado.
– Danilo! – chama-o. – Não gosto de joguinhos. – alerta-o com ar sério, para depois, deixar escapar um sorriso.
Danilo responde com a cabeça e se despede com a mão.
Já na rua, esperou seu motorista. Entrou no carro.
Em silêncio, pensava sobre as coisas. Tudo fora muito rápido.
Realmente acumulara muito dinheiro graças aos esquemas de Nogueira. Mas estava um pouco cansado dele. Tinha que pensar numa maneira de afastá-lo, ou de mantê-lo mais perto, subordinado a si. Mas Nogueira era muito mais vivo que ele. Tudo que Danilo planejava, Nogueira conseguia prever com antecedência.
Danilo não queria dividir as propinas com Nogueira. Acreditava que já conseguia arrecadar da sua própria rede de contatos.
Ainda se lembrava do dia em que Nogueira o chamou à sua sala. Naquela época, Danilo era apenas um estagiário subordinado a Nogueira naquela Federação das Indústrias. Sentou-se para ouvi-lo, acreditando que teria feito alguma coisa errada, mas não. Nogueira expôs-lhe a ideia e a logística toda. Danilo gostou. Estava disposto a fazer qualquer coisa para mudar sua vida.
O esquema era bom e, até aquele momento, vinha dando certo.
Era tudo muito simples, faziam o mesmo que se faz há séculos no Brasil: desviavam dinheiro público. Bastava juntar ambição firme com caráter mole, que a receita estava completa.
Nogueira era o chefe do departamento jurídico da federação, que se apresentava formalmente como instituição sem fins liucrativos . Essa federa-

ção tinha vários projetos destinados à formação profissional dos jovens. Tais projetos eram executados em quaisquer cidades que tivessem determinadas características, portanto, tinham potencial de atuação no país inteiro. Isso significava acesso ao dinheiro público no país inteiro.

Assim, era realizada a licitação para a contratação, pela federação, de empresas que realizariam tais projetos.

O dinheiro de investimento era público, e podia ser da própria federação, ou do Ministério do Trabalho, ou ainda, do Ministério da Educação. Ou seja, dinheiro federal.

Portanto, tudo era muito simples. Danilo ficou à frente de um instituto sem fins lucrativos, assumindo o cargo de presidente da entidade. Esse instituto concorria nas licitações, ou era contratado por dispensa à licitação. Nogueira dava os pareceres jurídicos para que isso pudesse acontecer.

Assim, o instituto passou a ganhar todas as licitações de monta daquela federação.

Após a execução dos trabalhos, prestava contas e recebia os valores. Após receber os valores, distribuía entre aqueles vinculados ao esquema.

Na prestação de contas estariam, entre outros, notas fiscais com gastos de combustíveis; gastos com traslado e hospedagem de professores; traslado de alunos; aluguel de equipamentos; aquisição de livros; refeições de funcionários, alunos e professores; consultoria e assessoria de eventos; serviços jurídicos; sempre majorados ou pior, não executados efetivamente.

Funcionava com perfeição. Ia passando desapercebido pelos órgãos de controle. Se alguém desconfiasse de algo, era logo convidado a participar da partilha, afinal de contas, era muito dinheiro.

Parecia ótimo para todos.

Parecia fácil: Nogueira na federação, que contratava com dinheiro de repasses públicos; e Danilo no instituto que executava o serviço contratado.

Para a federação era bom, pois cumpria a legalidade, já que tinha o parecer do jurídico, economizava nas contratações, e tinha certeza quanto à execução, pois o tal instituto prestava contas e cumpria o pactuado.

Por outro lado, para o instituto era ótimo. Garantia a execução de vários projetos bem remunerados e, mesmo tendo um preço mais competitivo, a margem de ganho era muito alta, em virtude da majoração, ou de serviços cobrados, mas não executados.

Para a população parecia bom, pois o curso profissionalizante era ofertado.

Para os mentores, era dinheiro certo, sem maiores complicações.
Ninguém perceberia, afinal, o apelo social era muito forte.
Era só manterem discrição e não serem extravagantes.
Como dizia Nogueira: "era melhor ter várias torneiras que pingam pouca água, mas sempre pingam, do que um chuveiro que não deixa a água sair".
Danilo sorriu para si. Gostava de ser extravagante. Tinha dificuldade em se conter.

Capítulo II

Manhã exaustiva, mas, mesmo assim, hoje Andresa sentia-se bem. Sentia-se dinâmica, com boa disposição.

Serviu-se de uma comida qualquer naquele *shopping* barulhento e cheio de gente barulhenta no horário do almoço.

Sentou-se no lugar que encontrou. Acomodou sua saía e seu decote. Gostava de chamar a atenção por seus atributos, mas não gostava de parecer vulgar.

Uma garfada desatenta na comida sem sabor.

Uma olhada ao redor querendo saber se alguém a observava com olhos diferentes. Era uma mulher bonita e gostava de cruzar alguns olhares. Estranhava quando não sentia os olhares masculinos sobre si.

Não percebeu nada. Outra garfada de mesmice.

– Posso? – pergunta o sorridente rapaz segurando a bandeja e querendo sentar-se.

Andresa não gostava de dividir a mesa, embora soubesse que nesses ambientes isso era uma constante. Olha para homem à sua frente e gosta do que vê.

– Claro. - sorri e disfarça o sorriso, mas de uma forma que fosse suficiente para que ele percebesse nela alguma simpatia.

Um de frente para o outro.

Ela tinha certeza que ele só pedira para sentar-se ali porque ela era uma mulher interessante e vistosa.

Leva o garfo à boco e tenta reparar se ele a olha.

Faz-se de tímida.

Outra garfada. Agora com mais atenção em seus modos.

Ainda bem que ela se servira de pouco e tivera mais atenção com a salada. Sabia que os homens não consideram feminino mulheres que comem muito.

Por seu lado, reparou que ele se servira bem. Aquele apetite todo combinava com masculinidade. Ela gostava.

Viu que ele usava barba rente, bem curta, o suficiente para mostrar que era homem e não garoto. A camisa que usava tinha bom gosto. O relógio tinha cara de homem. Não tinha anéis, nem aliança. Gostara do pouco que podia ver.

Caprichou nos modos e, discretamente, reparou se seu decote estava pronto para chamar a atenção.

Olhou-o, como quem finge que não quer olhar. Deixa escapar um pequeno sorriso, como quem finge que não quer sorrir.

Sua consciência lhe policia, pedindo-lhe cautela. Sabia ser bonita e que sua beleza era só sua e de mais ninguém. Não iria se sujeitar a qualquer abraço apenas por carências momentâneas. Ela era mais do que um corpinho. Ela merecia mais do que um interesse carnal e casual.

Aqueles lugares chamados de "Praças de Alimentação" eram assim mesmo, todos sentavam-se com todos e todos disputavam lugares com todos. Afinal, todos brigavam contra os relógios de ponteiros implacáveis. Contudo, ela tinha certeza que aquele homem escolhera sentar-se ali por causa dela. Obviamente ele acabaria por puxar algum assunto. Ela detestava esses conquistadores baratos. Vinham cheios de si e diziam coisas sem sentido apenas para puxarem assunto. Desprezava-os.

Ela não daria espaço. Estava determinada a encontrar o grande amor da sua vida e com toda a certeza não o encontraria na Praça de Alimentação de um *shopping center* no centro da cidade.

Olhou-o pelo canto dos olhos, por mero acaso, entre uma e outra garfada. Ele parecia ter boa apresentação. Com certeza não demoraria a puxar assunto.

Observou o entorno e achou prudente comer com um pouco mais de delicadeza, enquanto aquele homem adquiria coragem para falar com ela.

Passou mais um tempo e ele simplesmente não puxou assunto nenhum.

Ela não entendia como isso era possível. Ela sabia ser bonita e bonita estava. Seu decote estava ali e aquilo que mostrava era interessante o suficiente para provocar olhares curiosos. Sabia também que os discretos olhares que dera costumeiramente eram suficientes para encorajar os homens mais tímidos. Estranhou.

Convenceu-se que ele não era homem. Deveria ser desses que não gostam de mulheres.

Olhou para aquele homem, agora de forma fixa e direta, como se o desafiasse. Ele simplesmente ignorou ou fez que não percebeu.

Andresa fechou a cara, mesmo sem querer, pega suas coisas e sai nervosamente.

Parecia ofendida. Aquele homem não puxara assunto algum. Sequer lançara olhares diferentes.

Voltou para mais uma tarde de trabalho.

Pensava no que poderia estar errado consigo.

Se seu cabelo; se sua roupa; se seu corpo; ou seria sua idade.

Estava preocupada, mas não queria franzir as sobrancelhas para não provocar rugas precoces.

Capítulo III

Danilo resolve telefonar para Natália.
– Natália? Tudo bem? – assim que ela atendeu.
– Tudo. Quem é?
– Danilo.
– Oi. – sem saber ao certo quem seria. Às vezes ela própria se confundia com aquilo tudo, afinal, ora era ela mesma, Camila, ora era sua máscara, Natália.
– Quero te ver novamente. – acreditando ter voz sedutora.
– Você me conhece?
– Sim! – achando que ela sabia quem era ele. – A gente se conheceu na minha casa. Lá no *Alphaville, tá* lembrada? Na festa...
– Claro. – puxando pela memória.
– Quando pode ser?
– Pode ser o quê?
– Queria te ver.
– Pode marcar.

Combinaram o local e o horário. Camila deixou claro qual era seu preço e quais eram seus limites.

Foi arrumar-se para mais um daqueles encontros profissionais.

Carne em troca de dinheiro. Não trocava carinho, nem sentimento. Era apenas sua pele, sua carne.

Aprendera a transportar a mente para outros lugares distantes da realidade. Aprendera a suportar o cheiro podre daqueles homens. Aprendera a ignorar a agressão a seu corpo. Só não aprendera a preservar seus sonhos de um futuro que não chegava. Um por um foi-lhe abandonando. O mundo a empurrava para rastejar no chão lamacento.

Já não sabia bem o que queria, mas sabia bem o que não queria.

Havia tomado a decisão de largar a vida que levava, contudo, ainda não conseguira. Primeiro queria juntar mais dinheiro e, então, pararia definitivamente.

Além disso, havia a curiosidade e esta a levou a querer estar com Danilo. Algo lhe dizia que ele saberia falar-lhe sobre a Elisa.

Era estranho. Estava com ela num dia. No outro ela desaparecia.

Teria morrido.

Capítulo IV

Vicente não conseguia entender por que lhe exigiam escolher profissão. Por que tinha que pensar como ganharia dinheiro?

Não gostava do capitalismo.

Não gostava de dinheiro, mas queria a guitarra, o vídeo game, o tênis, a camiseta, o restaurante, o cinema e o carro.

E se ele simplesmente não quisesse trabalhar? Como seria?

Dentro de si havia certo inconformismo com as pressões sociais. Era como se tivesse uma espada lhe impondo o trabalho.

Por que ele não pode ser o que quisesse ser? Por que teria que ser o que alguém queria que ele fosse? Como alguém poderia saber o que seria bom para si?

Advogado? Médico? Engenheiro?

Casado! Filhos! Religioso!

Salário... casa... carro...

Não sabia o que queria. Até por ter essa dúvida era censurado. Qual o problema de nada querer? O que há de errado nisso?

Por que era criticado o tempo todo?

Quem disse que ele tinha que estudar? Quem disse que ele tinha que trabalhar? Quem tem poderes de decisão sobre sua vida?

Apenas queria correr para longe. Onde a vida fosse mais leve. Onde o Sol fizesse as pessoas sorrirem e a chuva fosse festejada. Queria paz de espírito. Queria liberdade.

Poder andar descalço na grama molhada de alvorada. Deixar o vento bater-lhe no alto da montanha fria ou no mar submerso próximo à areia fina.

O que buscava? Felicidade ou profissão? Paz ou emprego?

Queria andar livremente nesse labirinto chamado vida. Não tem problema se errasse o caminho. Quem falou que ele queria achar a saída?

Como poderia saber para onde sua vida iria? Como poderia decidir isso agora?

Não queria decisões. Apenas queria um dia depois do outro.

Seu pai era caminhoneiro. A família o elogiava, pois trabalhava duro para sustentar a mulher e os filhos.

Será que é isso? A vida será assim então? Sem encantos? Sem alegria? Apenas trabalho duro para alguém elogiar e agradecer a comida posta à mesa?

Seria isso? A vida se resume ao sacrifício aprisionado no prato de comida?

E se ele não quisesse trabalhar? E se ele simplesmente não quisesse ter dinheiro ou profissão? Como seria?

Seria criticado? Taxado de vagabundo? Desprezado socialmente? Seria pessoa de menos valor? Seria menos humano por isso?

Como seria?

Como é ser medido pelo dinheiro?

Seu irmão caiu nessa armadilha e tentou ganhar dinheiro vendendo drogas. Levou um tiro no peito e morreu. Foi um agente da Polícia Federal ou foi o destino?

Será que existe um roteiro pré-definido? Então por que tanta preocupação com o futuro se ele já está decidido?

Seu irmão morreu. E assim como ele, todos morrerão. Então por que tanta raiva? Tanta pressa? Tanta violência?

Já que estamos aqui, por que não desfrutarmos de uma estadia boa?

Por que nos permitimos a constante irritação? Por que não optamos pela paz permanente? Pela compreensão complacente? Pela fraternidade solidária?

Apenas um abraço e um sorriso.

Uma bicicleta e uma bola.

Amigos e familiares.

Pais e filhos.

Paz e harmonia.

E assim, a vida passará a valer a pena. Os registros de memórias passarão a fazer sentido.

PARTE VIII

Capítulo Único

Igor não era fisicamente forte, mas sabia ter suas habilidades para estar na corporação. Tranquilo por natureza, era mais do estilo de pensar as coisas do que falar das coisas. Em silêncio, fazia o que tinha que fazer, sem estardalhaço, apenas ações. Não gostava de fazer propaganda de seus feitos. Assim como não gostava daqueles que se exibiam. Por vezes chegava a ficar incomodado com a postura de alguns colegas, que davam muita importância para a mídia e se esforçavam para nela aparecer, como se estivessem num filme qualquer, e davam pouca importância para a verdade dos fatos e o esclarecimento dos crimes.

Era bizarro. Parecia sempre um espetáculo circense.

Ele sabia bem a responsabilidade do seu cargo e, com certeza, não passava por brincar com a vida das pessoas. Não era para algazarras, nem carnavais. Igor tinha gosto nos assuntos sérios e agia dessa forma.

Dentro de si, gostava da ideia de contribuir para um país melhor. Combater o tráfico de drogas e a corrupção pelo país era algo que lhe dava orgulho, de si e da corporação. Sempre se lembrava dos antigos falarem "que antes da chegada das drogas o Brasil era menos violento"; "que na época dos militares não havia tanta violência".

Sabia que militares no governo eram sempre um contrassenso em relação à democracia, que os governos devem ser civis. Mas isso não implica dizer que os governos militares não tivessem coisas elogiáveis. Entre elas, com certeza, estavam a segurança pública e a ordem cívica.

Seu avô tinha sido militar. O pai do seu avô também. Era comum ouvir a frase "você conhece algum general que ficou rico com corrupção?", se referindo ao período militar.

Como Igor não sabia responder isso, ou seja, falar da corrupção nesse período, nada dizia.

Igor era contra governos militares, mas era a favor da ordem, da disciplina civil.

O outro extremo fora seu tio. Talvez por rebeldia ao seu avô, pai de seu pai, Carneiro, como era conhecido, tornou-se um político que defendia os governos civis, contudo, foi-se transformando num homem com caráter duvidoso e com fortes desconfianças de desvio de dinheiro público.[10]

Seu tio morreu assassinado enquanto era Secretário de Estado. Até hoje, Igor tem dúvidas sobre as circunstâncias de sua morte. Não aceitava bem a ação por ideal. Acreditava que essas coisas não existiam no Brasil. Achava que deveria ter sido "queima de arquivo", "acerto de contas", ou algo assemelhado.

Ideal, não acreditava.

No Brasil ninguém tem ideais. As pessoas estão preocupadas com a roupa que usam, com o carro que o chefe usa, com o próprio corpo, com aquilo que o vizinho faz, com o capítulo final da novela, com o placar do jogo, com a nova namorada do artista, com o copo de cerveja e etc... para os ideais, ninguém tem tempo.

Igor era a favor dos governos civis e fervorosamente contra a corrupção.

Talvez por isso, Igor tenha posto em si a vontade de combater a corrupção tão fortemente. Chegava a ter nojo do país quando via pessoas enriquecerem às custas de seus esquemas e desvios de dinheiro público.

Afinal o direito público não poderia servir para enriquecer determinadas famílias e grupos de políticos. O dinheiro público deveria reverter em benefício de toda a população, deveria ser utilizado com responsabilidade e correção.

País rico com extrema pobreza. Achava isso um símbolo da má gestão secular. Alguns diziam-lhe que o Brasil era assim por herança da colonização portuguesa.

Pensava consigo que o Brasil colônia já passou há tanto tempo. O problema do Brasil é o caráter de seu povo, de seus governantes. Enquanto isso não mudar, o país irá sobreviver apesar de sua gente.

Obviamente sabia que sempre que se generaliza, se comete injustiças.

O país ainda não aprendera a ser nação e a andar em prol de todos. Não se trata de ser potência mundial, mas sim de ser capaz de criar uma

---

[10] Vide "O CIDADÃO", terceiro livro da série.

sociedade de bem-estar para seus cidadãos. Isso não se faz sem educação de valores, sem civismo. Isso não se faz com corrupção, individualismo.

O Brasil está sujeito a uma estrutura de governo montada para manter os detentores do poder no poder e o povo longe do poder. Há uma classe política que não pensa no país. Há uma classe que explora a miséria alheia. Uns com posses e direitos. Outros sem posses e sem direitos.

Não resta dúvida que o Estado deve contemplar toda a população e promover a justiça social com suas políticas governamentais. Deve a preocupação com o "bem-estar social", com o "equilíbrio social", com a "humanização das leis", com a "igualdade de oportunidades", com a "alternância no poder", com a "justiça social", com a "manutenção das garantias e direitos fundamentais", entre outros pontos. A forte ideia de que o "país é de todos, e não de alguns poucos privilegiados".

Por esses conceitos, os governos deveriam tornar a divisão das riquezas mais proporcionais, a distância entre as classes sociais menores e a igualdade de oportunidades uma realidade. Mas isso não acontece no Brasil, ou acontece a passos muito tímidos.

Essa é a má gestão dos brasileiros pelos brasileiros. A exigência de governos que promovam o bem-estar social deveria ser mais efusiva. É fato contemporâneo e o Brasil não consegue dar respostas a si. Enquanto isso faz o de sempre, põe a culpa nos outros, no caso, o colonizador.

Não educar o povo é permitir que a mesma corja de corruptos se perpetue no poder. É manter o país atrasado a cada geração que não vai para a escola e deixa de aprender valores de formação comum que caracterizam um povo. É condenar o país à própria pequenez.

Indivíduos estúpidos formam um país estúpido.

Pessoas palermas formam um país palerma.

Igor estava disposto a fazer aquilo que fosse necessário pelo país. Ele sim tinha ideal.

Andava pelos corredores do prédio da Polícia Federal enquanto sua mente se ocupava com aqueles assuntos, fazendo com que seu semblante se mostrasse carregado. Não era mal-humorado. Era sério.

Fora chamado para uma daquelas reuniões com o delegado, daquelas que se fala muito e se produz pouco.

Assim como os outros colegas que participaram da operação, Igor também fora convocado. Chegou pontualmente, antes de todos. Sentou-se num lugar qualquer, apenas com o cuidado de não ser um lugar de destaque da mesa. Não gostava de destaque, não gostava de estardalhaços, não gostava de holofotes.

Esperou tranquilo.

Os outros foram chegando e pareceram vir do mesmo lugar e ao mesmo tempo.

Uns o cumprimentaram, outros não. Uns deram-lhe um aperto de mão, outros não.

Todos se acomodaram.

– Senhores. – como quem pede e espera o silêncio. Este veio. – Tenho uma boa notícia. – faz ares de suspense. – Vamos continuar as investigações e temos novas informações. Já sabemos quando será a próxima entrega e o local.

A equipe pareceu ficar satisfeita.

– Só tem um problema. – pausa. – Não vamos ter o apoio aéreo. – alguns comentários. – Além de não termos aeronave liberada para este setor, não há como por um helicóptero no ar sem correr o risco de afugentar o helicóptero dos traficantes. – comentários chateados.

– Mas aí não vamos conseguir de novo. – alguém reclama.

– É, *pô*! Vai acontecer igual daquela vez. O helicóptero vê a gente e vai embora. – outrem acrescenta.

Todos pareciam concordar.

– É só a gente ter certeza do horário e chegar só nesse momento. – sentindo-se um estrategista.

– É, mas da outra vez a gente achou que a informação do horário estava correta e deu no que deu – mais alguém.

Houve uma manifestação desorganizada e não se entendeu bem as falas, apenas o tom de contrariedade.

– Não temos alternativas. – tenta o líder. – Vai ser assim.

No meio da confusão de opiniões que se segue, Igor levanta a mão pedindo para falar. Como quase nunca falava e quando falava dizia coisas válidas, o grupo aprendera a respeitar suas falas.

– Pode falar, Igor. – delegado.

– A droga é trazida pelo helicóptero, certo? – todos sinalizaram que sim com a cabeça. – Pois bem. O helicóptero tem que pousar e ficar parado até o descarregamento acabar. É só a gente chegar quando ele estiver ar ele no chão . – de tão simples, Igor nem acreditava que ninguém tivesse pensado nisso antes de si. – Ou então, a gente espera carregar as camionetes e traz a mercadoria sem ter trabalho nenhum. – feliz por pensar em diminuir os trabalhos e imaginar a cara dos sujeitos ao anunciarem a prisão.

– Boa ideia. – fala o delegado. – E como a gente faz?

– Fica de tocaia. Chegamos no dia anterior, ficamos escondidos e só nos aproximamos quando o helicóptero pousar e começarem a descarregar a droga. Ou depois que a droga for carregada.

– O helicóptero desliga o motor nessa hora, será? – pergunta o delegado.

– Não sei, mas na verdade tanto faz, é só pegarmos o piloto e pronto.

– Boa! Senhores, então vai ser assim... – o delegado expõe o plano de ação como se a ideia tivesse sido sua

Igor ouve e apenas contribui naquilo que entende valer a sua intervenção. Não gostava de falar, mas também não gostava de ficar em silêncio quando sentia que sua opinião seria válida.

PARTE IX

Capítulo I

Camila estava com raiva da vida; com medo da vida; cansada da vida.

Estava na casa de Danilo e naquele exato momento, ela estava com raiva dele, com medo dele e cansada dele.

Tentaria disfarçar suas emoções, pois, agora, queria saber de Elisa. Faria suas perguntas em meio às carícias. Seu propósito não era nobre, era pragmático. Queria ganhar dinheiro com a informação e sair de vez daquela vida.

Lá estava ela, em pé na sala à espera daquele sujeito. Usava um vestido curto, que lhe marcava bem o corpo e denunciava-lhe a profissão. Tolerava Danilo porque ele pagava bem, mas não tinha a menor simpatia por ele. Torcia para ser rápido e mecânico. Era um mal que tinha que suportar.

Camila sabia que já não teria paz de espírito em sua vida. Nunca mais. Resolveu caminhar do seu jeito, não esperaria nada das pessoas.

– Olá, Natália. – cumprimenta Danilo fazendo ares de sedutor. Apesar de seu ar abobado, ele realmente acreditava que seduzia as mulheres. Não atribuía isso ao seu dinheiro, mas, por mais paradoxal que pudesse ser, acabava sempre pagando para ter companhia, ou para uma prostituta, ou para uma interesseira.

– Oi. – responde Camila com aquela doçura fingida que só as mulheres sabem fazer.

Houve um abraço e ela fez-se simpática.

– Quer beber alguma coisa? – pergunta Danilo.

– Não. – com um sorriso no rosto.

– Natália. Eu gosto de você e do seu jeito. *Te acho um mulherão.* – começa Danilo. – Não me lembro bem do que aconteceu naquela festa. Assim, queria te ver de novo. – com expressão de dúvida.

– Que bom. – parecendo descontraída. – Aqui estou. – solta um sorriso tão curto quanto seu vestido, tão sem graça quanto sua vida.

Ele aproximou-se. Ela, por instinto, afastou-se um pouco. Contudo, sabia que não poderia agir assim. Sua profissão lhe impunha permitir certos toques.

– Quero aquela bebida. – fala sem jeito. Talvez fosse mais fácil de enfrentá-lo, pensou.

Danilo levantou-se e foi buscar um espumante qualquer.

Camila recebeu o copo com um sorriso.

– E a Elisa? Sabe dela? Nunca mais vi.

Danilo lhe olhou firme e com certo espanto.

– Você lê jornais?

– Não. Por quê?

– *Uai*! A Elisa sumiu.

– *Ah é*? O que aconteceu?

– Não sei. – Danilo pensa antes de falar. – Só sei que foi meio esquisito.

– O quê?

– Ela engravidou. Depois que o menino nasceu, ela começou a fazer chantagem com o pai da criança. Sempre pedia mais e mais. Só que o cara era casado. – Camila ouvia com atenção. – Uma hora ele começou a negar.

– *Pôxa*! Mas ele tinha um filho com ela.

– É, difícil! Mas ele não tinha envolvimento com ela. Ela era uma "dessas" que ele pegou numa festinha qualquer. Daquelas festinhas que todo mundo pega todo mundo, sabe? Ela era uma *puta*. – Camila ficou sem jeito. De repente Danilo percebeu o que dissera. – Não! *Me* perdoe. Estou falando dela. Você é diferente.

– Por quê? Sou uma "dessas" também! Eu sei que é assim que vocês nos veem.

– Deixa de drama, Natália. – mais veemente. – É só teu trabalho! Além disso, prostituta séria não engravida de cliente *pra dá* golpe. Aliás, hoje em dia *tá* cheio disso, *puta* ou não! – lamentou. – Tem mulher engravidando de cantor, de jogador de futebol e etc. O negócio é arrancar dinheiro dos trouxas. Aí o filho passa a ser negócio, não há afeto.

Camila deu-lhe razão.

– Mas *cadê* ela? – insiste Camila.

– Ninguém sabe. Uns dizem que ela desapareceu.

– Mas ouvi falar que ela morreu.

– *Uai*! Você disse que não sabia de nada. Que não estava acompanhando as notícias. – Camila nem percebera o ato falho.

– Não! Eu ouvi falar de você, agora. Não foi?

– Não. Não foi. – sem motivos para desconfianças. – O que quer saber, Natália?

– Nada. Só fiquei preocupada. Eu a conheci e ela parecia tão cheia de vida.

– Ela era uma *puta* e quis ser esperta. Igual *tá* cheio por aí. – olha-a. – Você não é assim, é?

– Assim como?

– Espertinha?

– Espertinha, como?

– Daquelas que querem extorquir os clientes.

– Não. Faço meu trabalho e vou embora.

– Ela queria se dar bem a qualquer custo. Escolheu engravidar para arrancar dinheiro do cara. *Pra* ele, foi só uma *metida*. Um azar numa festa. Mas ela começou a incomodar demais. A exigir demais. Viu nele a chance de ter uma vida melhor, com dinheiro. Entendeu?

– É, entendi. Tem mulher que prefere viver com um cara que não gosta, desde que ele tenha dinheiro.

– Muitas são assim. Muitas.

Breve silêncio.

– Mas você acha que ela morreu? – insiste Camila.

– Eu não acho. Eu tenho certeza.

– Como você sabe. – fez ares como se encantada com o mistério.

– Isso não importa. – levantou-se. – Mais uma bebida?

– Não, obrigada.

– Então vamos lá. Vamos para o meu quarto.

– *Me* conta mais. Adoro homem misterioso, cheio de segredos. – ar sedutor.

– Se é segredo, eu não posso contar. – bem disposto. Adorava impressionar as mulheres. Aprendera rapidamente que não precisava ter boa aparência, tinha apenas que ser limpo e ter dinheiro, muito dinheiro. Mesmo assim, sempre fazia ares de conquistador.

Danilo pega uns papéis na mesa de centro e entrega-os para Camila.

– Natália. Dá uma olhada.

Camila recebe os papéis e dá uma breve olhada sem entender.

– O que é isto?

– A minha biografia.

– Sua biografia?!?

– É.
– Nossa! Então você é mais famoso do que eu pensava.
Danilo armou-se a importante.
– É. – com falsa modéstia. – Fui contatado pela editora e eles mandaram um escritor para fazer a minha biografia. – sabia não ser verdade, ele é que contratara um escritor para escrever sua biografia. – Vai escrever sobre jovens empresários de sucesso. – sorriu convencido. – Eu sou o primeiro.
– Nossa! Que legal. Parabéns.
– Obrigado.
Ela estendeu a mão para devolver-lhe o material.
– Pode ficar. Só tem o esboço da capa e um resumo curto. – cheio de si. – Dá uma lida e depois me fala.
– *Tá*. – como se encantada com ele.
– E aí? Vamos lá *pro* quarto. – insiste novamente.
Camila seguiu-o. Sua cabeça estava acelerada.
– Se eu engravidar de você, você não vai me matar não, *né*? – resolveu brincar.
– Claro que não. – olhou-a firme. – Eu mando matar. – por um curto instante, enquanto Camila tentou perceber se ele falara a sério ou apenas brincara, se assustou. – Estou brincando. – Danilo sorriu. – Eu não faço esse tipo de coisas.
– E o que você faz? – pergunta.
– Hoje você está cheia de perguntas, *hein*?
– Apenas curiosidade. Você é tão novo e parece tão bem-sucedido. Cheio do dinheiro, com biografia...
– Dei sorte. Só isso.
– Mentira. – sorrindo. – Quando é assim sempre tem alguma coisa.
– Vamos. – apontou a banheira no meio do seu quarto.
Camila fez uma cara de desgosto.
– Não sei. – fala mudando a expressão. – Quero ir embora.
– Como é que é? – sério.
– *Ah*! Não quero mais. Não estou me sentindo bem. Quero ir embora.
– Embora? Quem você acha que eu sou? Um trouxa? – mudou o tom. – Você vem aqui, toma meu tempo, faz um monte de perguntas e aí quer ir embora? – nervoso. – Agora vai ter que dar *pra* mim! E acho bom *dá* gostoso!
– Eu não quero. Desculpa. – quase que se defendendo de uma possível agressão. – Eu quero ir embora. Eu *tô* passando mal.
– Passado mal o c...! Que m...! Só comigo mesmo. *Puta* que não quer *dá*. Nunca vi isso! – nervoso.

Camila se vira para ir embora. Danilo a puxa pelos cabelos e vira-a.
– Vai *tê* que *dá*! – enérgico.
Ela reage querendo se libertar. Sua expressão fica dura.
Danilo dá um tapa na mesa próxima.
– Calma. Vamos resolver isso. – enquanto ganha tempo para pensar.
– Eu não quero e pronto. Você tem que me respeitar.
– Respeitar o c...!
– Eu quero ir embora. – começando a ficar preocupada.
– Tudo bem. – gesticulando para que tivesse calma. – Vamos resolver isso. Espera um pouco. Vou buscar um copo d'água para você se acalmar e vou pegar o dinheiro.
– Não quero seu dinheiro. – tensa.
– Para com isso.
– Não quero.
– Não quer, mas vai pegar o dinheiro sim. – mais ríspido.
– Enfia esse dinheiro no c...!
Danilo a olha mais severo. Não entedia aquela reação. Mas percebeu que não adiantava insistir.
– Tudo bem. Mas o táxi, faço questão de pagar. Pode ser? – mantendo um pouco distante dela.
– O dinheiro do táxi eu aceito.
Danilo saiu do quarto e retornou rapidamente.
– Pronto. – entrou segurando o dinheiro numa mão e um copo na outra. – Pode beber. Já chamei o táxi. – aponta uma poltrona. – Pode sentar. Chega rápido.
– Prefiro sair do seu quarto. – tomando a água.
– Fica tranquila. Não vou te encostar.
– Água esquisita. – comenta.
– É? – com ar de dúvida. – Será que eu servi no copo que tinha *vodka*?
– Não sei. Quero ir embora. – limpando a testa de um suor frio. – Liga *pro* táxi. – pede.
– Já liguei. Deve estar chegando. – como se estivesse realmente preocupado. – *Deixa eu* ligar de novo.
– *Tô* passando mal.
– Calma. – querendo tranquilizá-la com uma das mãos enquanto a outra segurava o telefone celular para a ligação.
Camila começou a sentir uma tonteira.

– *Tô* esquisita. *Me* dá mais água.

– Só um momento. – pousa o aparelho celular ali mesmo, no braço da poltrona e vai até a pequena geladeira que tinha em seu quarto.

Camila aproveita para verificar as últimas ligações.

Era seu número.

– Você não ligou para táxi nenhum, não é? – já quanto Danilo retornava com um copo d'água.

– Claro que liguei. Usei o fixo. – se referindo ao telefone.

Camila tentou, mas não conseguiu se levantar.

– O que você pôs nessa água? – lembrou-se de repente. Não conseguia mexer seu corpo. – Seu *m*...! – quase adormecendo.

– Calma. Fica tranquila.

– Eu quero... – não conseguia sequer controlar sua fala. A língua parecia adormecida. – Quero ir embora... – sem força na fala.

– Fica quieta, sua *puta*! Dorme aí *pra* eu te *comer*. – Danilo sorri percebendo que ela já não aguentava.

Pouco depois, joga-a na cama.

Camila cai frágil, sem reação.

– Gostosa. Reage agora, vagabunda.

Ele vira-a de bruços, sobe aquele vestido que já era curto, desce a peça íntima e a invade com covardia resoluta.

Camila tentou defender-se, mas estava impotente. Seus braços não obedeciam. Nada em seu corpo respondia.

Danilo, de forma covarde, abusou de sua vítima imóvel de todas as formas possíveis. Urrava e praguejava.

– Eu faço o que eu quero. – sem parar com os movimentos. – Qualquer coisa, pego na marra. – se vangloriando.

Danilo não parou até satisfazer-se.

Quando acabou, afastou-se.

– Sua *puta*. – foram suas palavras.

Pegou o dinheiro e jogou no chão e nela.

– *Tá* aí teu pagamento. – tenso. – Sua puta! – parecia mais calmo em seu desejo, mas mais atento aos fatos. – Vai embora, agora!

Camila permaneceu imóvel e assim ficou por algumas horas.

Não sabe precisar o tempo. Não se lembra bem do que houve. A memória é turva.

Viu que estava na cama, sem roupas e com o dinheiro espalhado por todo o lado. Sentiu o cheiro de sexo. Sentiu com nojo.

– O que aconteceu? – perguntou para ninguém, estava sozinha.

Quando entendeu o que deveria ter acontecido, teve um sentimento que misturava raiva com nojo, desproteção com instinto de sobrevivência, vergonha com auto punição.

A vida a machucara mais uma vez.

Ali, parada, sem entender o mundo, sem entender a vida, sem entender nada; sem esperança, sem futuro, sem nada; as lágrimas de angustia lhe escorreram pelo rosto num filete de desabafo sofrido da erupção do vulcão de seu peito ferido. Cada lágrima vinha com o lembrete ácido do fel que rasga por dentro da alma enfraquecida pela amargura da decepção de força nefasta e interminável.

A dor moral era maior que a dor daquela penetração nojenta.

Estar sujeita a essas situações lhe doía mais do que a própria situação em si.

Ela, em lágrimas, por um breve momento fica sem reação.

Olha para o teto como se invocasse proteção divina.

O choro agora é quase compulsivo e as lágrimas, antes esparsas, vinham em sequência de rio, deixando-a com o rosto molhado.

Com a lentidão do corpo, vestiu-se.

Tinha dores.

A visão estava confusa, tanto pelas lágrimas como pela droga que tomara junta com a água.

Danilo chega com um sorriso no rosto.

Camila o olha, sem forças e com repulsa.

– O que aconteceu? – ainda com esperanças.

Danilo abre o sorriso para a alegria e os braços para a comemoração:

– Fizemos amor. – sem noção.

Camila parecia não acreditar:

– Amor?! Você é um idiota. – como ele poderia achar que aquilo era amor? – Você não presta! – transtornada. – Você me estuprou! – sua voz sai sem forças.

– Deixa de drama. Você é uma *puta*. Pega seu dinheiro e vai embora. – apontando para as notas espalhadas.

– Enfia seu dinheiro no c... Já falei. – quase sem forças.

– Pega tudo, sua *puta*. – satisfeito. – Se não quiser deixa que outra vadia pega. – sorri.

Camila cai de joelhos. Seu corpo não se sustentava.

– É isso aí, vagabunda! Tem que se humilhar *pra* mim.

Camila olha as notas ao seu redor, mas não as toca.

Camila dispara a rir junto com as lágrimas, numa cena que transmite loucura. Choro, riso, humilhação, prazer, tudo junto.

– *Tá* rindo de quê, sua *vaca*?

– Você que se humilhou *pra* mim, seu escroto!

– Como é que é? O que é que você está falando, sua louca?

– Você que se humilhou *pra* mim, seu *babaca*. – rindo e chorando, sem conseguir olhar diretamente para os olhos dele.

– *Me* humilhei por quê? – dúvida desafiadora.

– Fica aí, fazendo pose de machão e eu nem senti nada! – rindo. – O seu *p...* é pequeno. É igual de criança. – fez o gesto com os dedos ironizando o tamanho de seu membro. – Você é podre! Você é ridículo! *Pra tê* mulher tem que pagar! *Trouxa!* – olhos vermelhos. – *Pra tê* mulher tem que dopar ela. Você é um *b...*

Danilo ficou furioso. Ela tocara em um de seus traumas.

– Vá embora! Saia daqui agora! Se não eu chamo a polícia.

– Chama que eu quero *vê*, seu idiota!

Danilo sabia que não chamaria a polícia.

– Vai embora, vai! Não te quero aqui. – apontando para a rua.

Camila se levanta.

– Diga para o seu motorista me levar, senão eu não saio daqui.

Assim foi feito.

Camila andou devagar. Corpo dolorido, alma destruída.

Entrou no veículo e sentou-se na parte de trás.

No caminho, ia pensando no que deveria fazer.

Estava cansada de ser humilhada por tanta gente, por tantos homens.

– *Me* leva *pra* uma delegacia. – pede para o motorista.

Capítulo II

– Às vezes você é tão calado... – Bebel tenta puxar assunto.
Ele apenas a olha, nada diz. Abre um sorriso e vê o vento tocar o rosto de Bebel. Ela era tão bonita.
Era bom estar ali com ela. Era prazeroso sentir a sua luz, ter toda a sua cor.
Os cabelos de Bebel balançavam e davam-lhe charme naquelas ondas sem ritmo que o vento rabiscava sem exatidão, mas com harmonia e suavidade.
– É bonito, não é? – fala Doze, olhando fixamente para Bebel, mas referindo-se à natureza do lugar.
Realmente a vista era bela naquele lugar. Chamavam-no de "Topo do Mundo". Montanhas e montanhas se multiplicavam no horizonte verde que se eternizava na vista e se fixava na memória. Os tons eram variados, ora claros, ora escuros e todos juntos davam uma sintonia de pintura pontilhista à imagem que enchia os olhos de coração. As montanhas se enfileiravam até tocarem o céu azul de uma cor só, com tamanho de imensidão que assumia ares de infinito.
Bebel sorri e, assim como Doze, permanece sentada olhando o horizonte. Olhando tudo e nada ao mesmo tempo. Apenas contemplando. Bela vista. O vento no rosto também tinha sua graça, enquanto se esforçava para manter o rosto livre de sua cabeleira que queria dançar.
– *Me* fale de você... – ela pede. Às vezes ficava incomodada de ter que puxar assunto. Por ele ser o homem, achava que era ele quem deveria ter a iniciativa. Mas para isso, ele não tinha. Então, a tentativa era sempre dela.
Ao mesmo tempo, aquele jeito mais para o calado, dava-lhe certo ar de mistério que ela gostava.

– O que quer saber? – com cara boa e tom atencioso.
– Sei lá. Só fala. – linda e delicada e cheia de sorrisos.
– O quê? – simpático. – O que você quer que eu fale?
– O que você quiser. – meiga.
Doze pensa. Nada diz.
Permanece em silêncio mais um pouco e a abraça com carinho.
– Não tenho nada *pra* dizer.
– Tem, sim. Aposto... – insiste Bebel com um sorriso cativante, largo, de encanto. Era daqueles sorrisos que só consegue ter quem sob o domínio da paixão. Vinha com brilho e carinho ao mesmo tempo.
– Pergunta que eu respondo. – com seu tom decidido e ar sério.
– *Tá* bom. – feliz. – Qualquer coisa? – adora ouvir a voz dele.
– Qualquer coisa. – deixa escapar um pequeno sorriso de canto.
– Então, *tá*. – Bebel pensou. Não queria saber nada em especial. Apenas queria saber dele. Qualquer coisa. Queria ter a sensação que dividia a vida com ele. Só isso. – De onde você é?
– De longe. De perto. De lugar nenhum. De todos os lugares. – sorriu. Sua expressão variou de brincalhona para enigmática. – Sou do mundo.
Ela abriu seu sorriso. Gostava dele. Qualquer coisa que ele dissesse ela gostaria. Queria ouvi-lo e ser ouvida por ele.
– Não. Não vale. – doce. – *Tá* vendo, você não responde. – sorri. – Sério. De onde você é?
– Sou do planeta Terra. – sorriu novamente.
– Então *tá*. – despachada.
– O mundo não tem fronteiras que eu não possa vencer. Quem criou as fronteiras foram os homens e suas regras chatas de burocracia imbecil. Países, nações, alfândega, muros e tudo mais. – olhou-a nos olhos. – Eu sou do mundo. Vou a onde quiser ir. – sorriu. – Ninguém me barra porque eu nasci livre. – olha-a de forma penetrante. – Não sou de país nenhum. Não tenho religião, partido, patrão, curso ou discurso. Sou livre. – abre os braços como quem recebe a vida. – E você, Bebel? É livre?
– Ninguém é totalmente livre. – avalia.
– As pessoas mandam em você?
– Não. – pensa. – De certa forma, sim.
– Você faz o que quer ou o que as pessoas querem?
– Mas a sociedade tem regras. – responde.

– Que você aderiu. Você aceita a restrição da lei, entendendo que a lei é a vontade coletiva para a necessária organização social, para não vivermos no estado de natureza. É isso?

– É. – sem muita convicção.

Bebel pensa em outra pergunta com um sorriso em seu rosto:

– Você acredita em Deus?

Doze a olha com seriedade e respira fundo, como quem se prepara para uma confissão:

– Até outro dia eu mais duvidava do que acreditava. Hoje eu acredito. – falou com tom convicto.

– É. – empolgada pela forma como ele falou, não necessariamente pelo que havia sido dito. – E o que te fez mudar?

– Você. – sério, muito sério. – Você é perfeita, linda de corpo e alma, mente e coração. Você está sempre bem-disposta, feliz com a vida, seja como for, esteja onde estiver. – olhava-a com doçura. – Você é delicada, meiga, tem um rosto lindo, dois olhinhos que encantam, um sorriso que hipnotiza... você é toda linda. – Bebel sorria derretida. Ela não esperava aquela fala. – *Me responde você, Bebel: como não acreditar em Deus depois de te conhecer?*

Ela não soube o que dizer. Apenas se aproximou mais dele e ouviu com atenção para não esquecer aquele momento com todas as palavras.

Ele ficou em silêncio novamente.

– Às vezes acho que Deus é injusto. – ela arriscou.

– Eu também achava isso. Mas afinal de contas: o que é justiça? Se Ele não me tivesse feito percorrer os caminhos que eu percorri, talvez não estivesse aqui com você. – refletiu. – Então, pode ser que eu tenha passado por algo que eu achei injusto, mas que me fez vir até aqui. E agora eu estou com você.

Ela absorveu cada palavra.

– Você fala como se compreendesse o mundo.

Ele olhou-a por dentro.

– Não tenho essa pretensão. Apenas quero viver bem o meu mundinho com você.

– Você não quer mudar o mundo? – um pouco de brincadeira, se referindo aos posicionamentos de Doze em sala de aula.

– Quero. – convicto. – Mas se eu for feliz com você e sobreviver com paz no espírito, já terei feito a minha parte para um mundo melhor. – fez ares contemplativos.

Breve silêncio.
– Meu pai me levou no Parque Municipal. – Doze faz a introdução. – Eu fui correndo para brincar no balanço. Mas já estava ocupado por outros meninos. Tive que esperar minha vez. Ela veio. Meu pai me balançou e eu tentei ir cada vez mais alto. Foi bom. – com saudosismo.
Bebel olha-o como quem espera a complementação.
– Meu pai, que não era de sorrisos, estava todo satisfeito de empurrar-me no balanço. – Doze.
Ela esperou novamente.
– O que eu quero dizer com isso?
Ela balançou a cabeça como quem espera a resposta, mesmo sem pergunta.
– A felicidade está na gente. É como a gente vê as coisas. Eu estava feliz por ir cada vez mais alto; meu pai, feliz por me fazer ir mais alto. Mas repara, fisicamente não saímos do mesmo lugar, ou seja, no balanço eu estava, no balanço eu fiquei. Agora vê, minha alma foi longe. E é essa liberdade que ninguém me tira. Essa vontade que está dentro de mim de ser feliz à minha maneira. Não devo satisfação para ninguém. Eu fico bem porque eu vejo as coisas assim. E meu inconformismo é com aqueles que acham que as pessoas devem se arrastar entre o período do nascimento e a morte. – parecia um discurso. – A vida tem que ser boa. Sabe aquelas frases: "uns vêm para servir outros para serem servidos"? Absurdo! Todos têm o direito de serem felizes. Aliás, o dever. – com ênfase. – Cada um busca a sua felicidade, mas o Estado tem que promover o bem estar social de todos. As pessoas não podem morrer de fome, morar em condições precárias... mais grave: não ter acesso à educação. Essa é a verdadeira revolução: a educação de um povo.
Ela não esperava aquela fala toda. Sentiu que tinha que beijá-lo e assim o fez. Agarrada em Doze, deu sequência ao seu interrogatório:
– Onde estão teus pais? Tua mãe e teu pai? *Cadê* eles? – ela queria saber mais dele.
– Foram levados por extraterrestres. – sorriu.
– Para! – achando graça. – Você faz isso para fugir da realidade.
Ele sorri.
– Realidade? O que é a realidade? – estava feliz.
– A realidade. – responde. – A vida real. – tenta explicar.
– Não existe realidade. Depende de como se vê as coisas. – faz ares de intelectual. – Para o universo somos um grão tão pequeno que praticamente

não existimos. – ela fez ares de dúvida. – Não temos importância. Nem eu, nem você, nem ninguém. – de repente ficou mais sério.

Aquela frase pareceu incomodar Bebel. A dúvida ficou em seu rosto. Ele continuou:

– Tudo é relativo, Bebel. – ela queria ouvir. – Você é a pessoa mais importante *pra* mim... Você é minha realidade, meu universo... – pôs a mão em seu rosto. – Mas nós dois não temos importância nenhuma para o mundo... para a história da humanidade. É como se a gente não existisse. – olha para o horizonte. – Se eu morresse agora, o que mudaria na ordem das coisas? Quem sentiria minha falta? O que seria diferente nas leis da natureza? Quem choraria por mim?

– Eu! – quase que ofendida. – Não quero que você morra. – pareceu preocupada.

– É só jeito de falar, Bebel. – volta a olhar-lhe, dentro da alma. – Todos vamos morrer, mas primeiro, quero ter uma vida com você. – suave.

– Que lindo! – derretida.

– Quero morrer junto com você. Ou melhor, quero viver junto com você.

Ela sorriu, contente. Seu rosto inteiro se abriu cheio de dentes. Sabia que era cedo para essas falas de compromisso sério, mas gostara de ouvir.

– Está pedindo minha mão em casamento, Doze? – delicada.

– Não. Estou pedindo tua vida. – ar sério. – A partir de agora você estará sempre presa a mim. Você é minha e eu sou seu.

Bebel abriu um sorriso largo. Ele a puxou para um beijo. Foi carinhoso, foi longo e de entrega. Não foi o toque da carne, foi o entrelaçamento das almas.

Aquelas palavras, o beijo, as montanhas, o céu, o vento... ela queria se entregar para Doze.

Ele percorria o corpo dela com as mãos de explorador cuidadoso. Ia com os cuidados de quem não queria romper limites. Mas foi Bebel quem se sugeriu com mais veemência, para que ele percebesse que tinha permissão para romper as barreiras até então bem guardadas por ela.

Com suavidade, sem pressa, Doze, mesmo por baixo das roupas de Bebel, tocou com carinho, seus seios. Ela beijava-o com mais vontade.

A respiração deles tornou-se uma só em ritmo de entusiasmo.

Bebel também passeou pelo corpo de Doze. Sua mão brincava próxima à masculinidade de Doze, mas não lhe tocava. Cada vez que ela fazia isso, mesmo beijando-o, Bebel deixava escapar um sorriso de alegria sensual. Doze retribuía o sorriso.

Ele puxou-a pela cintura, segurando na roupa.

– Quero você *pra* mim. – sussurrou-lhe.

– Ninguém é dono de ninguém. – brincou. – Não somos nada no universo. – ela sorriu se esfregando nele.

Doze virou-a, ficando por cima e beijando-a. Enfim as roupas foram tiradas e o calor de um encontrou o calor do outro, numa cumplicidade que somente os corpos entendem. Era como se a vida começasse ali, naquele exato momento.

Aqueles toques com limites, por instantes, pareceu-lhes suficiente. Estavam ali, com os corpos em sintonia, com as vidas em sintonia. Os beijos eram sinceros, com o sabor que a paixão traz como tempero. Mas queriam mais. Queriam a conexão.

Doze olha dentro dos olhos de Bebel. Nada diz. Não era preciso. Os olhos de Bebel o desejavam. Os olhos dele pediam permissão. Ela beijou-o.

– Vem. Eu quero ser sua.

Doze, com cuidado pela estreia, com zelo pelo carinho e com gosto pelo prazer, torna Bebel mulher e se sente homem.

Ela reage sentindo a dor da fronteira rompida, mas o prazer da entrega.

Nada mais interessava. Não davam mais atenção para o verde, para o azul, para o vento, para nada. Um estava concentrado no outro e às reações de seus próprios corpos.

Não fora um ato instintivo de prazer da carne; fora um ato de sintonia do amor das almas.

Os olhos de Bebel brilhavam, a boca sorria e mostrava prazer. O corpo de Bebel se contorcia com suavidade, sua pele mostrava feminilidade. Seu semblante melhorara.

Doze sentia-se em Bebel e, realmente, fora-lhe especial. Sentir-se dono daquela mulher, com todo o seu sabor, fortaleceu-o. Era o invasor cortês. Desejou cada parte do corpo dela, queria ser dono de seu sentimento e de sua alma. Bebel agora era dele.

O Sol foi-se embora e os dois nem perceberam.

Apesar do incômodo, Bebel sentira prazer. Ela queria ser dele com ares de eternidade. Ela queria que aquele sentimento durasse por muito tempo, com ares de infinito. Assim como o verde das montanhas e o azul do céu.

Foi num beijo mais prolongado que os dois perceberam o ápice simultâneo. O beijo foi demorado, envolvido pelo sentimento. Demorou o tempo necessário para quererem outro beijo. O toque dos lábios era cúmplice da entrega. Ambos tinham desejo mutuo no olhar cego do toque da pele.

Doze caiu para o lado com um urro de guerreiro conquistador, de caçador desbravador. Bebel se agarrou nele, queria toda aquela energia, todo aquele calor.

Ambos ficaram deitados, exaustos, olhando para o céu, agora, cheio de estrelas.

Tiveram convicção de que a vida valia a pena.

Capítulo III

— Mas eu estou lhe dizendo que fui estuprada. — Camila estava nervosa.
Na Delegacia, o policial apenas ouvia, nada dizia, mas tinha nítido ar de desdém.
— Tudo bem, senhora. Vou registrar aqui no Boletim de Ocorrência. Então a senhora alega que foi estuprada, mas afirma que foi até lá espontaneamente, que é garota de programa e que recebeu o pagamento. É isso?
— É isso mesmo. — nervosa. — Eu não quis ter relação e ele me dopou.
— Você tem o nome do acusado.
— Tenho. — pegou num daqueles papéis sobre a biografia, que havia ficado com ela e leu em voz alta. — Danilo Orlando Varella.
— Sabe o endereço? — com nítido descaso.
— Sei. — leu em voz alta o endereço que havia anotado. *Tá*. Vou entregar para a Delegada.
— Então vocês vão *na* casa dele?
— A Delegada é *que* vai decidir. Isso é com ela. Eu vou entregar *pra* ela. — sacode a papelada que acabara de preencher.
— Quanto tempo demora? Ele *tá* lá na casa dele ainda. Se vocês forem agora pegam o cara.
— Não funciona assim. Temos que averiguar.
— Mas eu acabei de ser estuprada. — fora de si.
— Senhora! *Se* acalme! — firme. — Nós vamos averiguar e entraremos em contato.
— Mas e a Lei "Maria da Penha"? [11]
— Nós vamos averiguar.

---
[11] Lei de proteção à mulher contra a violência doméstica.

— Que *m*...! Nada funciona neste país. — nervosa. — Eu já disse que eu fui estuprada! Quantas vezes vou ter que dizer isso?

— Eu já entendi. Vamos averiguar. — sem paciência. — Ou a senhora se acalma ou eu vou ter que pedir que acalmem a senhora.

— Vocês não *tem* que fazer o "corpo delito"?

— A senhora não quer ensinar meu trabalho, quer?

— Não.

— Então. Já passei para a delegada. A gente entra em contato.

Camila não entendia. Achava que as coisas eram diferentes. Por qual motivo alguém duvidaria dela? — Vou embora. — decidida. — Cambada de incompetente. — virou-se e foi em direção à saída.

No seu caminhar atabalhoado, rumo à larga porta de vidro, seguida por uma pequena escadaria, Camila trombou em dois homens que vinham no sentido contrário, entrando na Delegacia.

— Desculpe. — diz o homem que percebeu a angústia de Camila. — Está tudo bem? — pergunta mais por reflexo do que por real preocupação.

Camila não respondeu. Manteve seu passo apressado até entrar num táxi.

Os dois homens, por sua vez, se dirigiram ao policial que assistia a tudo com ar de desprezo.

— O que houve? — pergunta um dos homens.

— Nada, não. — responde. — Quem são vocês?

— Grego. — mostra a identificação. — E Romano. — Grego se adianta, Romano sinaliza.

— O que houve? — insiste Romano sinalizando com gestos para a mulher que acabara de sair às pressas da Delegacia.

— É uma prostituta querendo extorquir dinheiro desses riquinhos da região. — sem preocupações. — Isso acontece direto aqui. Caras bem de vida que se divertem com prostitutas. Algumas delas tentam algo mais.

— É? O que houve?

— *Ah*! Falou que foi estuprada... mas foi até a casa do sujeito e recebeu o dinheiro. — incrédulo.

— Mas ela parecia tensa. — Nada. — com desdém. — Toda a semana eu atendo casos assim. A Delegada nem manda averiguar.

— Posso? — pergunta Grego, indagando se pode pegar o Boletim de Ocorrência.

— Pode. Claro.

Grego leu com certa atenção, mais por curiosidade.

– Vocês são da Delegacia de Mulheres? – pergunta o colega com certo deboche e um sorriso sem sinceridade.
– Não.
– É... eu já sabia. – fazendo caras e bocas
– Se sabia, porque pergunta? – Romano seco e com olhar duro.
– Por quê? Não pode?
Grego e Romano ficaram em silêncio.
O colega estava tranquilo, com aquela calma que chega a irritar.
Grego e Romano permanecem em silêncio.
Melhor não criar confusão.
– Vocês são da Homicídios, não é? – prossegue.
– Sim.
– E aí? Como posso ajudar?
– A Delegada nos chamou.
– Vou avisar. Só um momento.

Capítulo IV

– Por causa do filme "Os Doze Macacos"[12].
– O quê? Não entendi. – pergunta Bebel envolta em seus braços.
– Você não queria saber por que me chamam de "Doze"?
– Ah! É por isso? Por causa do filme? – conclui. – Mas por quê? O que é que tem a ver?
– Um dos personagens era meio doidão, sabe? Aquele do Brad Pitt. – sorri. – Meus colegas me achavam doidão também. – sorri meio sem jeito. – Acho que são minhas ideias. São diferentes da maioria. De vez em quando eu falo umas doideiras mesmo. – sorri novamente, como se encabulado.
– Eu gosto. – carinhosa se aperta aconchegantemente no corpo de Doze. – Adoro tuas falas. Adoro tuas doideiras. Adoro tudo que é seu. – feliz, carinhosa e feminina.
Doze se curva sobre ela:
– Gosta mesmo?
– *Hum, hum!* – complementa com um aceno de cabeça e um sorriso aberto. – Adoro teu jeito de homem. Tua loucura nas palavras. Tua imponência na fala. Teu jeito independente. Teu mistério, mesmo querendo saber tudo de você. – olha-o apaixonada. – E agora eu sou tua e você é meu. – ele desvia os olhos. – Você é meu?
– Sou. Mas nossos mundos são diferentes.
– Não são, não. Vivemos no mesmo mundo. Nossas vidas vão se somar. Quero ficar do seu lado *pra* sempre. Quero você comigo. – doce.

---

[12] Filme de ficção-científica, estrelado por Bruce Willis, Madeleine Stowe e Brad Pitt. Passa-se em 2035, quando um viajante solitário tentará solucionar um mistério para salvar a humanidade.

– Mas é muito cedo. – preocupado.
– Eu sei. Não estou te exigindo nada. Só estou expressando uma vontade. – e sorri doce.
Ele a olha:
– Deixa acontecer.
– *Me* beija.

Capítulo V

— Pô, *muluque*! Já falei *pra* não *encosta* no meu carro! – semblante fechado. – E para de *bate* no meu vidro, *pô*! Da próxima vez te quebro no meio. Vai *tomá* pipoco, *hein*?

Mateus se afasta, com feição tensa e estranhando a reação. Realmente aquele moço já pedira isso várias vezes. Mas Mateus não se lembrava disso, nem tinha como se lembrar, afinal eram muitos carros, eram muitos dias, eram poucos sonhos, eram poucas alternativas.

Mas também não precisava falar daquele jeito com ele.

Mateus recuou. Nada disse.

O carro foi-se assim que o semáforo sinalizou com a luz verde.

Carros andaram. Mateus ficou parado.

A vida tem curso próprio, com suas esquinas, cruzamentos e jornadas.

Tudo parece mais difícil para quem vem de baixo. A lâmina da guilhotina mantém os condenados de joelhos no chão, com os olhos apontados para o inferno terreno, querendo chegar ao céu, mesmo sem cabeça.

PARTE X

Capítulo Inominado I

— Eu não *tô* legal. — Inês avisa Clara no meio daquela confusão que era o carnaval de rua em Ouro Preto. — Vou *pra* casa. — arrastando a voz e o corpo.
— *Pra* casa ou *pra* república? — sem saber ao certo e bem disposta.
— *Pra* república. — parecendo irritada por ter que responder.
— Eu vou com você. — solidária.
— Não. Pode *deixá*. Só *tô* passando mal. Bebi muito. — abraça a amiga.
— Fica aí. Aproveita. — arrependida pelo tanto que bebera e já prometendo não beber "nunca mais".
Há falas curtas dentro do grupo para troca de informações e Daniel se prontifica:
— Eu a levo. — pisca o olho para Zacarias, com certo ar de malícia. Zacarias sorri, mas disfarça. As meninas não perceberam.
Daniel alcançou Inês e a acompanhou.
Ela estava com dificuldades de andar com firmeza. A bebida fazia isso.
— Quero dormir. — ela balbuciava.
— Claro. Eu te levo. — *Nó!* Bebi demais. — pensou no que seu pai falaria se a visse assim.
Daniel, em sua mente, já a via nua, tomando banho. Claro que ele se aproveitaria dela de alguma maneira. Adorava deixar as garotas assim, alteradas com o álcool. Ou elas faziam coisas que não fariam se estivessem sóbrias, ou, quando bebiam demais, ele faria coisas que não conseguiria se não fosse a bebida.
Todos os anos tinha alguma garota que exagerava. Normalmente, ele, assim como os outros, tirava-lhes a roupa, dava-lhes um banho e alisava os corpos. Depois, quando elas adormeciam em virtude da bebida, se masturbava vendo-as nuas, esparramando pelos corpos delas.

Quando as amigas andavam juntas, era mais difícil fazer essas coisas. Mas sozinhas, eram presa fácil.

A primeira vez que fizera isso, ficara com peso na consciência. Depois, além de se acostumar, passara a acreditar que era certo agir assim, "bobo era quem não fazia". – pensava. "O mundo é dos espertos". – justificava. Agora, assim como os outros, ele se gabava de fazer isso. Quase acreditava que elas gostavam.

Inês era bem-feita de corpo. Daniel já imaginava como seria.

– Vem, Inês, eu te ajudo. – solícito.

Entraram na república. Inês pediu que ele lhe ajudasse a subir as escadas.

– Acho melhor você tomar um banho. – ele aconselha.

– Você acha? – meio atrapalhada e arrastando a língua.

– Sim. Eu te ajudo.

Ela sorriu.

– Mas você não vai ficar me olhando, vai?

– Não. Claro que não. – como se ofendido.

– Por quê? Você me acha feia?

– Não! Não é isso.

– Então por que você não quer me olhar.

– Você bebeu muito.

Inês se esforçava para tirar as roupas.

– Mas eu sou feia?

– Não, você é linda.

– Você me acha gostosa? – já se apresentando sem roupa, apenas com as peças íntimas. Sem roupa e sem senso.

– Acho. – sem entender bem, mas concentrado no seu objetivo.

– Então por que você não quer me olhar?

– Eu quero olhar. Posso?

– Pode. – pareceu feliz. – *Me* olha então. – sem saber bem o que falava e o que fazia. A bebida tornara tudo um pouco confuso.

Daniel abriu o chuveiro.

– Pronto. A água *tá* boa?

Ela vira de costas.

– Tira *pra* mim? – se referindo ao sutiã.

O corpo dela era perfeito. Daniel queria saber como agir nessas horas, mas também não sabia bem. Manteve-se firme no seu propósito de vê-la nua.

Inês entrou debaixo da água. Ora ria, ora ficava séria.
– Tira minha calcinha? – ela pede.
Daniel tira. Ele não sai dali.
– *Me* dá banho? – põe o sabonete na mão dele.
Daniel faz com gosto.
Ela estava sem reflexos em virtude da bebida.
Daniel pouco bebera. Sempre esperara que alguma garota ficasse daquele jeito e, quando isso acontecia, era importante que ele estivesse sóbrio.
Suas mãos iam alisando o corpo de Inês. Sentiu sua masculinidade se manifestar. Tocou-lhe nos seios, na intimidade, mesmo que superficialmente, e alisou aquele corpo apetitoso.
Ela parecia gostar daquele carinho, embora resistisse timidamente com as mãos.
– Eu preciso deitar. – Inês sentindo os efeitos da bebida. – *Tá* tudo girando aqui. Eu vou cair. – encostou-se nele.
Daniel apressa o banho.
– Vem. Vou te pôr na cama.
Ela se abraça nele.
– Você é legal. – ela deixa escapar. – Depois você me beija?
Nesse momento, Daniel pensou no que faria. É como se sua consciência lhe lembrasse que realmente ele tinha que ser "legal" com ela, que aquilo que ele pretendia fazer era errado. Nesse instante, decidiu apenas deitá-la. Agiria como um cavalheiro.
Levou-a gentilmente para a cama e deitou-a como quem tem carinho por ela.
Inês parecia inconsciente, mas não estava. Sentiu-se deitada e imediatamente relaxou.
Daniel ficou ali por um instante. Parecia travar uma batalha dentro de si.
Olhou bem para o corpo de Inês. Alisou mais uma vez sua pele macia e imaginou-se possuindo-a. Travou nova luta interna. Pôs uma das mãos em seu membro e por um instante, pareceu que daria sequência. Mas parou e cobriu Inês.
Foi em direção à porta do quarto. Era melhor não fazer nada. Só tinha olhado, não fizera nada.
Quando iria abrir a porta, entra Zacarias animado.
– E aí? Já *tá* peladinha?
Nem aguardou a resposta de Daniel e foi em direção a Inês.

— Apagou? – quase que esfregando as mãos como um canibal perante a refeição que se anuncia. – *Nó!* Que delícia. – fala levantando um pouco a coberta. – E aí? Já "tocou uma"? – perguntando se o amigo se masturbara.

— Não. – sem convicção, deixando escapar insegurança na voz. – Não achei legal. Ela *tá* derrubada. Melhor não fazer nada, não.

— Que não, *sô!* – quase que indignado. – Ela é muito gostosa! *Cê* não vai *fazê* nada, não? – como quem desafia o amigo. – Aqui! Ela nem vai perceber. Vou cair de boca. – feliz consigo mesmo.

Zacarias começou por lamber os seios de Inês, que não se mexia. Enquanto fazia isso, ia se masturbando e declarando o quanto ela era gostosa.

Daniel, sem saber o que fazer, ficou ali parado. Olhou. Depois abaixou os olhos. Parecia querer interromper o amigo, mas não o fez.

Zacarias abriu as pernas de Inês e olhou-a como quem olha para um troféu em momento de glória.

— Que coisinha linda! – comemora. – Olha, Daniel! – volta-se para o amigo que estava constrangido. – *Que que é? Ficô froxo?* – desafiando novamente. – Não gosta, não? – e mergulha com a língua sedenta, cheia de apetite para sentir o sabor de Inês em sua intimidade.

Zacarias levanta-se com seu membro em riste. Resolve virar Inês, de forma que sua anca ficasse à sua disposição. Com seus dedos tocando a intimidade de Inês, ele prepara-se para liberar seu ápice masculino no corpo dela. Acaba por fazê-lo num esforço que lhe dá satisfação.

Daniel permaneceu parado. Ficar ali e ver a cena toda pareceu-lhe estranho, pois ao mesmo tempo que se sentira excitado, também se sentira sujo. Era errado aquilo que estavam fazendo – sentenciou-se.

Enquanto Daniel tinha seus debates internos, Zacarias comemorava seu feito.

— E aí? – fala Ezequiel entrando no quarto e já se dirigindo para o corpo daquela garota deitada na cama. – Que delícia! Que corpo, *hein?* – referindo-se à anca de Inês e já tocando em seu próprio membro. Olha para Daniel, depois para Zacarias. – E aí? O que *rolô?*

Daniel não respondeu. Abaixou a cabeça, deixando transparecer sua insegurança.

— Esse aí ficou só olhando. – responde Zacarias. – Eu caí de boca – mostrando a língua satisfeito. – Lambi *ela* todinha! – orgulhoso de si mesmo e fazendo gestos com seu membro.

Ezequiel se aproximou o máximo que pode de Inês. – Ela nem viu nada?

— Nada. Apagou. – Zacarias.

– Certeza? – já tocando-a com as mãos.
– Sim.
– Quem deu banho nela?
– O Daniel.
– Ah, então cê já fez coisa e não qué falá, né malandro? – com ar malicioso.

Daniel balança a cabeça e solta uma negativa em tom tão baixo que, mesmo se quisessem ouvir sua resposta, Ezequiel e Zacarias não conseguiriam.

– Credo, sô! As costas dela tá toda lambrecada! – reclama Ezequiel. – Você? – pergunta para Zacarias que confirma orgulhoso. – É isso aí, véio – como quem comemora com o amigo.

– Mandei bala! – feliz consigo mesmo.

Ezequiel olha para Daniel, para Zacarias e para Inês.

– Me ajuda aqui. – pede para Zacarias que o ajuda a virar Inês.

Agora, ainda adormecida, Inês estava totalmente vulnerável, deitada de costas para o colchão e de frente para seu novo algoz.

– Vou comê essa mina! – anuncia Ezequiel.

– Vai mesmo? – indaga Zacarias como se duvidando, mas aparentemente, sem censura.

– Vô, véio! A mina é muito gata! É gostosa pra c...! Quando que a gente vai ter essa oportunidade de novo, véio? Eu vou. Não tô nem aí. – já tirando sua roupa e pondo seu membro à vista.

Zacarias pareceu preocupado.

– Vai mesmo, cara? Pensa bem. Isso aí pode dá problema pra todo mundo.

– Vai nada. Ela nem vai sabê. – se preparando. – Vai lá, segura os braços dela – Zacarias faz o que o amigo pede.

Ezequiel invade Inês sem constrangimento algum. Estava possuído pelo seu instinto. Inês não reagia, parecia murmurar algo de vez em quando, mas eles não se interessaram.

Daniel quis dizer algo, mas não disse. Quis fazer algo, mas não fez. Achou melhor sair do quarto. Não aguentou ficar ali e ver a cena que se seguia.

Nesse momento chega Otávio.

– E aí? Pegô? – pergunta para Daniel.

– Não. Fiquei só olhando.

Otávio fez que ia entrar no quarto. Daniel segurou-o.

– Não entra, não cara!
– Por quê?
– Eles *tão* estuprando a garota. Não entra aí não.

Otávio pareceu não acreditar. Apurou os ouvidos.

– Vai cara! Segura direito! – ouviu a voz de Ezequiel pedindo a ajuda de Zacarias.

Daniel e Otávio fizeram expressão de preocupação. Acreditavam que aquilo que faziam era mera travessura juvenil, mas agora, a coisa ficara séria.

– E aí? Não vamos fazer nada? – pergunta Otávio.
– Fazer o quê? – devolve Daniel.

Ambos se sentiram impotentes. É fácil sentir-se forte frente a quem é vulnerável. Mas agora, eles teriam que enfrentar Zacarias e Ezequiel, além do risco de ficarem mal vistos pela falta de apetite sexual.

Dentro do quarto, Inês tentava reagir de forma atordoada, estava sem forças. Não conseguira entender o que estava acontecendo. Só viu aquele homem sobre ela e sentiu seus braços sendo seguros por outra pessoa. Percebeu-se invadida e o pânico tomou conta de si.

– Para! – tentava gritar enquanto alguém lhe tampava a boca. – Para!

Ezequiel não parava. Ao contrário, aumentara a intensidade.

Lágrimas começaram a escorrer dos olhos de pavor de Inês que tentava se livrar daquela investida. Ela não queria, mas não tinha forças.

– Geme, vagabunda! – provocava Ezequiel.

Inês não gemia, ela gritava para que eles parassem. Mordeu a mão daquele que lhe tampava a boca e soltou um grito de socorro com o desespero da situação.

Ezequiel deu-lhe um tapa numa face e depois na outra.

– Quer apanhar na cara, sua vadia? – enquanto repetia o ato.
– Para! – sem conseguir falar direito, sem entender o que estaria acontecendo. Chorava, balbuciava, tentava libertar-se e não conseguia. Sentiu alguém tampar-lhe a boca novamente.

Ezequiel sentiu-se mais forte e repetiu os movimentos até alcançar a satisfação plena. Soltou um urro juntamente com o jato, como um animal que conquista seu território. Guardou sua "arma" com satisfação no rosto.

– Gostosa, *hein*?

Inês estava estendida sem reação. Tudo era confuso em sua mente. Depois, se contorceu como quem quer esconder seu corpo. Sentia nojo, mesmo atabalhoada, sem reação, seus olhos choravam juntamente com seu rosto.

Zacarias parecia feliz pelo amigo, mas, ao mesmo tempo, parecia preocupado. Nunca tinham ido tão longe.

Do lado de fora, Daniel estava tenso, enquanto que Otávio, mesmo com ar preocupado, parecia compartilhar da satisfação do amigo. Novamente ele faz que vai entrar e novamente é seguro por Daniel que balança a cabeça de forma negativa, como quem dá um conselho.

– P...! Deixa *eu* ver! Agora é minha vez. – reclama Otávio.

– Até agora você não fez nada, cara! – Daniel tenta explicar para o amigo. – Os caras estupraram a menina! Se *dé* problema, até agora, não dá nada *pro cê*. Melhor não entrar. Pensa bem. – adverte.

– Sai fora! – tirou as mãos de Daniel que estavam sobre ele. – Virou *boiolinha*? – vai entrando. – Vou só "bate uma". Isso não dá nada, não – e entra.

Capítulo Inominado I

Eduarda estava ansiosa. Encolhida num canto daquele enorme dormitório, estava à espera da hora combinada para ir ter com Cássio.

Em suas mãos segurava firmemente um livro que pegara na biblioteca. Ela adorava aquele livro que falava de mulheres importantes. Duas em particular lhe chamavam a atenção.

Uma fora rainha de Portugal, segundo o livro, ela era considerada santa. A rainha fora dar moedas de ouro aos operários do Convento de Santa Clara, mesmo contra a vontade do rei, seu marido. Quando este chegou e obrigou-a a mostrar o que trazia consigo, ao invés de aparecerem as moedas, para espanto de todos, apareceram rosas.[13]

A outra fora princesa, segundo o livro, ela era linda ao ponto de dois povos antigos lutarem por ela.

Aquelas narrativas faziam-na ir longe.

Mas agora, ela apenas queria se entregar para Cássio, queria ser dele e tinha que fazer isso antes de sua partida.

Queria os prazeres da carne para ignorar as dores da vida.

Tinha a sensação que tudo em sua pequena trajetória andara sempre muito devagar, mas agora, as coisas estavam acontecendo muito rapidamente.

Estava ansiosa. Queria encontrar-se logo com Cássio.

Chegara a hora combinada.

Levantou-se sem fazer barulho e foi encontrar-se com ele. Andou cuidadosamente por um daqueles corredores frios e, com mais cuidado ainda, entrou num dos vários quartos que serviam de apoio para o pessoal da limpeza.

---

[13] Rainha de Portugal, casada com D. Dinis, Rei de Portugal, em 1288.

Foi puxada e uma mão tampou sua boca.
Era Cássio.
Ela sorriu. Ele também.
Ela beijou-o com amor.
Ele beijou-a com interesse.
Ela quis o beijo por achar ser uma etapa de sua entrega gradativa.
Ele aceitou o beijo como uma etapa necessária para conseguir o que queria.
Tiraram as roupas.
Eduarda imaginou-se em um quarto bonito, de uma jovem feliz dentro de uma família feliz.

– Calma. – ela pediu para Cássio que estava cheio de pressa.
– Calma, por quê? – parecendo impaciente.
– Faz com amor. É minha primeira vez.
– Eu gosto de virgem. – com ares de conquista em seu olhar.
– Como assim?
– Como assim, o quê?
– Eu pensei que você gostasse de mim! – reclama.
– Claro. Foi isso que eu quis dizer.

Ele mostrou-se pronto.
Ela queria, mas não estava preparada.
– Faz com amor. – volta a pedir.
– Claro. Com amor. – quase cínico.
Sentir o toque dos corpos era prazeroso.

Ela sempre fora carente. Sua vida sempre fora solitária. Não entendia os motivos, só sabia que queria aquele carinho, aquela atenção, aquele calor.

Cássio adorou aquele corpo. Queria possuí-la para depois exibi-la como quem desfila com um troféu. Afinal de contas, Eduarda era linda. Era até estranho ela estar num orfanato. Mas agora não queria pensar em nada, queria apenas possuir aquela garota.

Eduarda queria sentir o beijo antes de entregar-se. Não resistia, mas tinha o receio natural da novidade.

Preferia que a iniciativa fosse dele e era exatamente isso que acontecia.

Mexia suas mãos, sua boca, seu corpo. Explorava como podia, ora com lentidão, ora com velocidade.

Eduarda esboçava uma pequena defesa, mais por reflexo do que por negativa. Queria experimentar aquela novidade.

O prazer veio misturado à dor. Não poderia voltar atrás agora. Queria mais e exigiu empenho de seu parceiro.

Cássio agiu com vigor para não frustrar Eduarda, nem se sentir frustrado.

Ele também encontrou dificuldade de execução, pois embora gostasse de se gabar, ela também era sua primeira.

O momento exigia a ação pelo instinto e não pelo racional. Foi isso que fizeram.

Cássio sentiu-se homem e um poderoso guerreiro conquistador. Via em Eduarda a primeira das muitas que estavam por vir. Imaginou-se numa masmorra cheia de mulheres à sua disposição. Elas seriam suas escravas sexuais. Bastava querer que elas viriam para satisfazer-lhe as vontades. A sensação era ótima.

Eduarda sentiu-se mulher, feminina, delicada, como se estivesse cercada por pétalas de rosas delicadas. Imaginou-se no quarto com lençóis limpos, perfume no ar, leve brisa carinhosa, com um brilho de luz advinda do amor. Ela seria amada pelo homem que ela ama. A sensação era boa.

Beijos foram trocados. Os corpos se entrelaçaram como se fossem um único corpo. Não tinham a beleza de um *ballet* sem ensaio, mas a dança fora de ritmo cumpria a missão de dar-lhes prazer mútuo.

Eram cúmplices das mesmas insegurança e certezas.

Ambos estavam ali sem estarem.

Fugir da realidade de vez em quando, não era difícil. O difícil era enfrentá-la todos os dias quando do retorno das fantasias aprisionadas na imaginação sem muros de limites.

Capítulo Inominado III

Seus pais viajaram. Estava sozinha em casa e queria aproveitar aqueles dias.

Não queria bagunça, nem festas. Queria aproveitar para ficar sozinha, assistir alguns filmes e terminar de ler o livro que separara para fazer-lhe companhia. Mas acima de tudo, queria usufruir daquela pequena liberdade. Almoçar quando quisesse. Pôr os pés em cima do sofá. Experimentar os vestidos da mãe. Ouvir música em alto som, muito alto mesmo. Virar a noite assistindo qualquer coisa na televisão. E muito mais.

Era a primeira vez que ficava sozinha em casa. Seriam apenas três dias, mas parecia-lhe uma liberdade eterna.

No máximo recebia os telefonas da mãe e da avó. Esta sempre dizia que iria lá ter com ela, mas não vinha.

Priscila estava feliz.

Foi ao armário da mãe e sentiu-se mulher ao usar algumas de suas peças. Vestidos, sapatos, casacos, brincos e bolsas. Mas foram as meias de seda, que cobriam a perna quase toda, sempre em cores transparentes, que lhe atiçaram a imaginação. Olhava-se no espelho e não parava de admirar-se. Gostava do que via.

Achou seu corpo bonito, já com jeito de mulher. Fez poses. Mexeu o cabelo, depois o quadril. Sentiu-se uma modelo em ensaio fotográfico. Fez pose igual às daquelas mulheres que vira nas revistas de seu pai.

Não soube bem por que, mas todo o seu corpo fervia em calor sem controle.

Olhava-se de forma sensual, despertando apetite em sua própria fantasia consolidada no espelho e projetada na imaginação.

Deitou-se na cama dos pais e sentiu-se mulher nas poses que fazia.

Tocou seu próprio corpo, de forma sutil e lenta. Tudo com delicadeza, mas sentia algo queimá-la por dentro. Sabia que era a resposta de seu corpo às exigências da puberdade.

Talvez já estivesse na hora de ir mais longe. De fazer mais do que explorar-se a si mesma. Enquanto pensava nisso, como uma hipótese a ser descartada, mas excitante, se tocava sentindo o prazer na sua intimidade.

Fingiu ser dominada por um homem. Era como se ele estivesse ali com braços fortes, olhar penetrante e beijo impetuoso.

Queria ser a melhor das amantes, mas que ninguém soubesse. Todos a desejariam, mas ela se entregaria apenas a um único vencedor, merecedor dessa glória.

Sentia-se mulher nesses momentos de auto-exploração.

Foi quando ouviu o telefone interromper sua procissão.

Era Murilo, seu colega da escola. Ele até que era bonitinho.

Ela chamou-o até sua casa. Ele aceitou prontamente.

Priscila queria ser mulher e aquela pareceu-lhe uma boa oportunidade.

Apresentou-se para Murilo vestida como estava, ou seja, com quase nada.

Dentro dela havia certo nervosismo, controlável, mas presente.

Queria ceder à natureza de seus instintos.

Explorou e deixou-se explorar.

Murilo não sabia bem o que fazer, nem como fazer.

Foi ela quem conduziu e abriu-lhe os caminhos que ele deveria percorrer.

A inexperiência somada ao prazer da descoberta ditou o ritmo das ações.

Priscila era naturalmente sensual. Murilo era naturalmente atrapalhado.

Ela tinha lábios que simularam diversas vezes aquilo que ela queria fazer. Queria sentir o sabor de Murilo. Queria fazê-lo ter vontade de possuí-la. Queria sentir-se mulher.

A partir daquele dia seria uma mulher completa. Estava decidida apesar da insegurança natural que acompanhava sua timidez.

As mãos não sabiam bem como proceder, os olhos não sabiam o que procurar, as bocas não conheciam os caminhos, a pele queria o toque da descoberta, o corpo seguia os protocolos da carência.

Foi ela quem quis, foi ela quem guiou aquele rapaz, mesmo querendo que ele a guiasse. Ela buscou o beijo, embora quisesse que a iniciativa fosse dele.

O sabor da entrega estava em suas bocas.

Capítulo Incidental II

Danilo era apenas mais um adolescente da periferia de Contagem[14]. Não tinha vida farta, variava de acordo com o esforço da mãe, já que seu pai fora tentar a vida no exterior e nunca mais dera notícia. A mãe sozinha, fazia o que seu esforço solitário permitia, mas isso não era muita coisa.

Hoje, excepcionalmente, Danilo estava animado. Haveria uma partida de futebol amador no campo do bairro. Costumava ser diferente da rotina, pois era uma ocasião em que as pessoas se reuniam de forma festiva. Vinham turmas de outros bairros.

Danilo gostava daquele ambiente. Parecia maravilhado. Ficou próximo a uma roda de pessoas, mais por causa das meninas do que por outra coisa.

Tinha consciência de não fazer sucesso com as garotas, mas ficar por perto, por vezes, já era suficiente. Dava olhadela daqui, outra dali, soltava um sorriso, fazia pose de galã e ia ficando por ali mesmo.

O jogo já iniciara, mas Danilo prestava mais atenção na movimentação das garotas que na partida propriamente dita. Quando ouvia uma manifestação qualquer da torcida, acompanhava, mas sem muita atenção. Gostava da festa, não do futebol.

Numa dessas olhadelas distraído, viu chegar um carrão preto. Dele saiu um cara que estava na direção, mais um colega e duas garotas. Inconscientemente, parecia admirar o carro e aquele sujeito.

– O Espagueti chegou. – ouviu alguém falar.

Danilo continuou olhando aquele rapaz, cheio de si, com uma corrente no pescoço, um relógio que chamava a atenção, usava roupa que destoava

---

[14] Distrito Industrial da região metropolitana de Belo Horizonte.

daquele local e trazia um sorriso simpático e orgulhoso de si mesmo. O cabelo era loiro e encaracolado, talvez fosse a origem do apelido.

Danilo acompanhou com os olhos até onde pode. Depois, aproximou-se deles, como se estivesse assistindo ao jogo.

– Bom goleiro esse aí, não é não? – alguém comenta com Espagueti.

– Parece. – concordando. – Você acha que ele concordaria em *fazê* negócio comigo?

– Claro. O cara vai ficar doidinho na hora que você fizer a proposta. – animado.

– Você já falou com ele?

– Adiantei o assunto sem tocar em nomes. – sério.

– Depois chama ele *pra* mim. Quero conversar com ele – Espagueti pede.

Danilo ficou por ali, ouvindo, mas fazendo que não. Não estava muito interessado na conversa, parecia mais interessado no estilo. Em sua mente, pensava como fazia diferença ter dinheiro. As pessoas cumprimentavam o tal de Espagueti, já em Danilo, ninguém reparava. As garotas se exibiam para o tal de Espagueti, enquanto Danilo nem era notado.

Ele decidiu que seria assim. Queria ter as coisas que o dinheiro dá. Fizesse o que fizesse, queria ter dinheiro. Queria sair daquela vidinha de sacrifício. Não queria ser igual à sua mãe, que muito trabalhava para pouco ter.

Danilo se via numa vida melhor, com dinheiro. Começou a pensar como poderia fazer. Sabia que Espagueti era o traficante do bairro, e isso ele não queria. Não queria o risco de morrer ou de ser preso. Queria algo que lhe desse dinheiro, mas sem esse risco.

Pensaria nisso depois, agora simplesmente olhava de forma discreta.

– O que é que é que *cê tá* olhando? – pergunta-lhe o tal de Espagueti.

– Eu? – Danilo. – Nada não!

– *Cê tá* apaixonado por mim ou é da polícia? – com boa disposição.

– Nem um, nem outro. – sem jeito.

– Chega aí.

Danilo se aproxima timidamente.

– *Cê* sabe quem eu sou?

– Sei.

– Então. *Tá* me olhando por quê?

– Nada não. À toa – deu de ombros.

– Senta aí. – Danilo sentou-se próximo a Espagueti. – O que *cê* acha desse goleiro aí?

– Não entendo de futebol.

Espagueti olhou-o de cima em baixo. Estranhou.

– Se não gosta de futebol, *tá* fazendo o que aqui? – tenso.

– Eu gosto de futebol. – sorri desengonçado. – Só não entendo.

– *Tá* certo. – desconfiado, mas seguro.

Depois de um tempo, após uma defesa daquele tal goleiro, o colega de Espagueti fala:

– Olha aí! *Tá* vendo? O cara é bom. Dá *pra fazê* negócio.

Danilo achou que ele deveria ser olheiro de algum clube, mas era melhor não perguntar nada. Apenas ouvia e acompanhava as conversas. Ficou por ali.

Assim que o jogo acabou, trouxeram o goleiro até Espagueti.

– E aí? Tudo bem? – pergunta simpático.

O tal goleiro responde com sinal de cabeça. Realmente ele tinha estilo de goleiro. Era alto e parecia ser tranquilo.

– O Cola me falou de você. – introduz Espagueti. – *Me* disse que você tem futuro.

– É? Obrigado. – via-se a esperança nos seus olhos.

– Ele falou quem sou eu?

– Sim. – novamente balançando a cabeça.

– Pois é. Eu quero te ajudar no início da carreira. Você tem interesse?

– Tenho – com entusiasmo, mas com foco. – Como seria?

A conversa acontecia no meio daquela confusão festiva pós partida.

– Ele não te explicou? – apontando para o Cola.

– Mais ou menos. Eu não entendi direito.

– Seguinte. O início é difícil *pra* todo mundo. Mas eu vi que você tem talento. Você vai longe. Assim, como seria? – querendo explicar. – Eu te ajudo agora, e depois você me devolve o favor. *Tá* certo? – perguntando sem esperar respostas. – Se der errado, você não me deve nada. Se der certo, a gente volta a conversar lá na frente.

– Entendo. Mas como seria exatamente?

– Um bom jogador tem que treinar. Você não pode ficar trabalhando igual você faz. – olhou bem para Breno. – Eu te dou um dinheirinho por mês para você poder treinar. – fez uma pausa para ver a reação. – Além disso, vou te dar um carrinho, *pra* você não perder tempo no deslocamento e poder treinar mais, ter mais conforto. O que me diz?

– Quanto vai ser?

— Cinco vezes mais do que você recebe hoje. – propõe.
— Você sabe quanto eu ganho hoje?
— Sei. – espera a reação.
— E o que eu tenho que fazer?
— Nada. – olhou-o mais firmemente. – Quando você for profissional e tiver um salário legal, você me contrata como seu funcionário. Assessor, caseiro de sítio, segurança, o que você quiser. Assina minha carteira de trabalho, faz os recibos mensais de salário, mas não precisa me passar o dinheiro.

Breno pareceu não entender.
— *Pra* quê?
— Aceita ou não?
— Claro. – animado e achando que aquele sujeito deveria ser meio maluco.

Houve o aperto de mãos.
— Temos um acordo?
— Sim. – entusiasmado.
— Se prepare. Daqui uns dias você estará num grande time. – satisfeito.

Do seu lado, Danilo também não entendeu. Aquilo tinha que ter uma lógica, ninguém joga dinheiro fora.
— Espagueti! – chamou. – Só por curiosidade, por que você *tá* fazendo isso?
— Você não é da polícia mesmo não, né? – sorridente. Estava de bom humor.
— Não. Claro que não.
— Fica esperto, *hein*? Se você fizer bobagem, o Cola aqui dá um sumiço em você, *tá* ligado?
— Perguntei por perguntar. – já se arrependendo.
— Isso se chama lavanderia. – e riu solto, provocando o riso de Cola também, até que Danilo gargalhou juntamente, mesmo sem perceber qual era a graça.

Quando a vida cobra | 135

PARTE XI

Capítulo I

Já adulto, Danilo conseguiu as coisas com as quais sempre sonhara.

Comprou uma bela casa para si, um apartamento para a mãe e outro para a irmã. Comprou carros, roupas caras, relógios e calçados. Comprou pacotes de viagens e conheceu o exterior. Comprou pessoas ambiciosas, amizades falsas e mulheres interesseiras.

Adorava sua vida e parecia divertir-se.

Aprendera bem a tal da "lavanderia" que Espaguetti lhe explicara há anos. Ganhava dinheiro com esquemas. Majorava o preço das coisas quando das prestações de contas. Desviava dinheiro público. Subornava pessoas. Obrigava seus funcionários a abrirem empresas para escapar das verbas trabalhistas.

Tudo na sua vida tinha esquema. Tirava vantagens de qualquer situação.

Gostava de fingir que tinha influência. Fingia atender ligações de pessoas importantes no meio das reuniões, para fazer-se de importante.

Se tratasse com o assessor de um deputado qualquer, dizia que tratara com o próprio deputado. Se tratasse com um funcionário qualquer do Ministério do Trabalho, dizia que tratara com o próprio Ministro. Se fosse a um restaurante, dizia ter sido servido pelo próprio dono do estabelecimento. Ele era assim, importante para si mesmo e para sua própria página nas redes sociais. Armava-se a culto, mas tinha conhecimentos rasteiros. Achava-se refinado, mas não tinha a menor elegância. Acreditava ser um galanteador, mas não tinha ninguém. Achava-se uma grande figura, mas era apenas mais um parvo dessas sociedades que valorizam o dinheiro.

Todos os dias agradecia a sorte que tivera na vida. Às vezes nem acreditava que era tão fácil desviar dinheiro público. Em raros momentos de reflexão, pensava nas fortunas que foram construídas com o dinheiro público no Brasil ao longo de sua história. Era muito fácil. Todos faziam isso. Se ele conseguia, ficava imaginando como seria nos altos escalões do governo. Fosse o governo municipal, estadual ou federal, desviar dinheiro público era muito fácil e quase cultural. Aquele que não agisse assim era considerado bobo. Mais um pouco seria legalizado – ele ironizava.

Dentro dele havia a certeza da impunidade no país. Somava-se a isso, a incompetência dos órgãos de controle, e a facilidade de se corromper as pessoas.

A corrupção virara negócio, passara a ser estilo de vida.

Como era possível políticos ficarem milionários? Na lógica capitalista, rico seria o dono do capital, o empreendedor, o empresário, o profissional liberal. Jamais aquele de carreira pública. O dinheiro público não pode ser para enriquecer aquele que tem carreira pública, mas sim para promover a justiça social, o bem-estar social e buscar o equilíbrio social a todo tempo.

Mas Danilo não queria concertar o sistema, ao contrário, assim como outros tantos, queria se aproveitar dele e de suas imperfeições e podridões.

Sabia que não podia esbanjar para continuar passando despercebido. Mas por vezes era inevitável. Ter milhões no banco e não usá-los, era um desperdício torturante.

Na verdade, o esquema era funcional, e não era tão inteligente assim. Era simples e, portanto, funcionava.

O Ministério do Trabalho tinha elevadas verbas para capacitação de jovens pelo país inteiro. Essas verbas eram disponibilizadas para as federações vinculadas à indústria. O instituto, cujo Danilo era presidente, era contratado por dispensa de licitação. Tal se dava após o parecer jurídico de Nogueira, e a aprovação da diretoria das entidades. Aqui se dava o primeiro compromisso de verbas.

Depois, quando da execução, os projetos eram realizados e documentados. Qualquer coisa que se entregasse para a população carente era motivo de muita festa. Os políticos estariam no palanque dos eventos, tentando transformar os projetos em votos futuros. As notas fiscais eram majoradas, havendo sempre uma diferença entre o gasto real e aquele documentado. Ou ainda, eram emitidas notas fiscais sem a efetiva prestação de serviços. Esse dinheiro engordava o caixa extra para Danilo.

O segredo era pagar a propina com o próprio dinheiro público, ou seja, pagava apenas quando era pago. Dessa forma era o próprio dinheiro público que financiava a corrupção. Danilo nunca gastou de suas economias pessoais, sempre fora o dinheiro público.

Para sua consciência, se convencera que todos faziam. Então, por que ele não poderia fazer também?

– Dr. Danilo! – interrompe a secretária. Ele dá-lhe atenção sem olhá-la diretamente. – O Dr. Nogueira já chegou.

– *Tá*. Espera só um pouquinho. Pede *pra* ele esperar. – ajeitando a franja que estava sobre a testa, combinando mais com um adolescente mimado do que com um executivo.

Danilo estava em sua sala de trabalho. À sua frente, ao invés da tela de um computador, estava uma televisão pendurada na parede, que ficava, estrategicamente, entre a mesa e qualquer interlocutor que sentasse à sua frente, pois assim, poderia olhar para a tela de forma que parecesse olhar para a pessoa. Ele achara aquela solução genial, pois fingia ouvir os outros enquanto resolvia seus problemas.

Seu feitio egoísta era mais forte que qualquer preocupação profissional.

Danilo sempre queria tudo para si, talvez porque nunca tivera nada. Era sua vingança pessoal contra a infância que a vida lhe dera.

Sabia que muitos amigos daquela época lhe achavam um ingrato, afinal, quando ele nada tinha, eles lhe foram solidários por diversas vezes. Danilo não se sentia em dívida com ninguém. Não ajudava ninguém, e sempre que o fazia era porque tinha um interesse qualquer.

– Pode mandar entrar. – Danilo avisa pelo aparelho de comunicação interna. Já estava incomodado com Nogueira, pois ele se achava dono do esquema, só por ter-lhe convidado para ingressar nas manobras todas. Aos poucos, a participação de Danilo foi aumentando até que ele passou a controlar todo o esquema, enquanto que a participação de Nogueira foi diminuindo.

Agora, queria afastar Nogueira por completo. Não queria mais dividir aquilo que já sabia fazer sozinho.

Contudo, sabia que precisava manter Nogueira, pois ele ainda tinha fortes contatos em Brasília, e era de lá que vinha a maior verba para os projetos. Sempre muito dinheiro, mesmo quando era pago via Município.

Danilo se vangloriava. Achava o povo brasileiro muito burro mesmo. Bastava entregar-lhes cestas básicas, auxílio disto ou daquilo, bolsa qualquer coisa entre outros, enquanto ele, e seu grupo, iam enriquecendo às custas do dinheiro público. O mesmo dinheiro que deveria ser utilizado para a educação de base, para a saúde, a segurança, o transporte, entre outros, ia para o bolso dos corruptos e corruptores. Dinheiro desviado de merenda escolar, material escolar, remédios, ambulâncias, penitenciárias, construções, das empresas públicas e das obras feitas para serem inacabáveis.

"Povo burro" – sentenciava. Ele sim era esperto. Muito esperto.

O autoelogio era constante, quase um hábito. Danilo admirava-se.

– E aí? – cumprimenta, coloquialmente, Dr. Nogueira estendendo a mão.

Danilo retribui sem levantar-se de sua cadeira. Abre um ligeiro sorriso e movimenta alguns papéis para mostrar que está com pressa.

– Danilo! Posso falar ou você quer terminar alguma coisa antes? – com tom educado.

– Não, não! Pode falar. – despachado.

– Pois é... – se mexe na cadeira, põe uma das mãos no bolso do casaco do terno. Não procurava nada, era mais um movimento inconsciente, por mania. – Eu vim apenas para saber como andam as coisas, os projetos, os pagamentos e etc.

– Vai tudo bem. – lacônico, mas com um sorriso no rosto.

– E os prazos, estão em dia?

– Claro, claro. – faz ar de preocupado. – Por quê? Soube de alguma coisa?

– O último pagamento daquela prefeitura do norte de Minas, já foi feito?

– Não. Que eu saiba, não.

– Você se importa de conferir a informação, por favor?

– Por que, Nogueira? O que está havendo?

– Eu que pergunto. – mais firme.

– Não entendo. – como se estivesse com dúvidas.

– Liga *pro* financeiro e pergunta se a parcela já entrou? – igualmente firme.

Danilo se movimenta na cadeira, como quem vai usar o aparelho telefônico que está sobre a sua mesa. Não gostava daquela ideia de ainda ser mandado por Nogueira. Isso fora no começo. Agora era diferente. Nogueira tinha que respeitá-lo. Recostou-se novamente na cadeira.

– Nogueira! Vou verificar e depois lhe digo algo.

– Verifique agora. Assim ganhamos tempo. – sério. – Afinal, já estamos aqui. – sorri por mera formalidade, mas em tom de voz moderado.

Ambos se olharam por um instante. Sem movimentos, sem palavras. Olhos nos olhos como quem desafia e se sente desafiado.

Danilo sabia que ainda não era o momento de romper com Nogueira. Ele sabia demais e tinha muita influência. Era melhor ceder.

– Peça para o Rubens vir aqui. – Danilo pede para chamar o diretor financeiro.

Nogueira permaneceu em silêncio.

– Quer um café, uma água?

– Não, obrigado. Já tomei.

– Já? – estranhando. – Ali na recepção?

Nogueira apenas sorriu, como quem não deve satisfação.

– Pois não? – chega o diretor financeiro, sempre prestativo e educado.

– O Dr. Nogueira quer saber se já recebemos os valores daquela prefeitura do norte de Minas. Você sabe dizer alguma coisa? – Danilo.

– Já, já. Recebemos todas as parcelas. – feliz por sua competência. – Então... acabei de responder isso *pro* Dr. Nogueira. Não foi, Dr. Nogueira? – olha apenas para confirmação, mas sem esperá-la. – Ele foi lá tomar um café com a gente. – satisfeito. – Inclusive, ele estava achando que eram três parcelas, mas eu já expliquei tudo. São oito. Ainda bem que ele me perguntou, senão nem saberia.

– São oito parcelas, não é isso? – frisa Nogueira.

– Isso. Oito parcelas. Tudo pago e os valores são altos. – feliz por sua eficiência. Sua presteza deveria impressioná-los.

– Obrigado. – Danilo agradece incomodado.

– Só isso?

– Só isso. Obrigado. – repete Danilo.

– Obrigado. – Nogueira.

O diretor financeiro sai aliviado por conseguir responder aquilo que lhe fora perguntado e certo de ter causado boa impressão por sua competência. Sua satisfação era nítida.

Naquele momento Danilo estava arrependido de ter chamado o diretor financeiro à sua sala, aliás, de tê-lo contratado.

Nogueira estava satisfeito por ter descoberto mais uma de Danilo.

– Pois muito bem, Danilo. Estamos falando de oito parcelas e não de três. – como quem espera uma satisfação.

– Mas quem falou que eram só três? Você deve ter se confundido com o projeto de João Pessoa. – tentando se defender.

Nogueira nada disse. Não confiava em Danilo e estava cansado daquela mania que ele tinha de se achar mais esperto.

– Por falar nisso. – emenda Danilo. – Já pensou na proposta que eu te fiz? – não espera resposta. – João Pessoa é uma boa cidade. Lá teremos muito espaço e eu preciso de alguém de confiança como você.

– Vamos pensar. – querendo tratar depois esse assunto. – Depende de quanto dinheiro estamos falando.

— Muito dinheiro. – feliz por ter jogado a isca e acreditar que Nogueira a mordera. Quem tem dinheiro quer sempre mais. – Lá você será representante do instituto e você sabe como é que é, *né*? Ano de eleição, o dinheiro corre solto no Nordeste.

Nogueira permaneceu em silêncio por um curto período. Danilo mexeu na papelada que estava à sua frente.

— Bom... quanto às parcelas... – retoma Nogueira.

— *Ah*, sim! – como quem já tinha se esquecido do assunto. – Vou mandar apurar os valores para fazer os repasses. – remediando.

— Todos os repasses? Claro. – pergunta e responde.

— Lógico. Todos os repasses.

— Não se esqueça da parte do Deputado Pedrinho Rosa.

— Ele já recebeu a parte dele. – de rompante.

— Não foi o que ele me disse.

— O que ele disse?

— Que você repassou menos da metade dos valores que combinou. E, além disso, você tirou votos dele quando deixou outros candidatos subirem no palanque. – breve interrupção. – Ele não está bem com você, não.

Danilo sorriu, meio sem jeito.

— Você está rindo? – continua Nogueira. – Ele disse que se você não passar o restante dos valores, vai te pôr na cadeia. – ar ameaçador. – Fica esperto.

Danilo estava seguro de si.

— Pode deixar que eu resolvo isso.

Breve silêncio. Nogueira se levantou.

— Quando o dinheiro estará na minha conta?

— Ainda esta semana. – Certeza? – Sim.

Outra pausa.

— O que eu falo para o Pedrinho Rosa?

— Nada. Pode deixar que eu mesmo trato desse assunto com ele.

Certo incômodo no ar.

Nogueira põe o dedo em riste, como quem dirá algo em tom de aviso. Nada diz e vira-se na direção da porta.

— Danilo! – indo até a porta. – Você já viu como os boiadeiros atravessam as boiadas nos rios com piranhas?

— Não! – estranhando. Não tinha paciência para aquelas metáforas de Nogueira.

– Os boiadeiros escolhem um boi que dá para sacrificar e entram na água com ele. As piranhas vão todas nesse boi. Sequer veem a boiada inteira a poucos metros. Mesmo que venham a ver, já estão satisfeitas. A boiada passa ilesa.

– Legal! – apenas por educação. – Mas não entendi! Você é Ministro do Turismo ou virou biólogo?

Nogueira olhou-o firmemente.

– Nunca brinque comigo. – olhou firme. – Você é o boi que dá *pra* sacrificar. – com ar sereno.

– Ah, entendi! – com desdém. – E você é o boi que passaria com a boiada?

– Não. Eu sou o boiadeiro. Sou eu quem decide qual boi será sacrificado. – e sai fechando a porta atrás de si.

Por essa Danilo não esperava.

Fica resmungando por um tempo enquanto decidiu se repassaria o dinheiro de uma vez.

Capítulo II

Deitado no quarto de Bebel, as paredes pareciam lhe esmagar com a realidade. Doze tentava não demonstrar as preocupações que lhe passavam pela cabeça. Não gostava de ser tenso, mas era como se sentia.

Bebel, nua assim como ele, tinha uma felicidade delicada em seu rosto que iluminaria o mais escuro dos ambientes. Sua alegria em estar com Doze era tanta que nem percebera a expressão tensa que ele tentava disfarçar.

– Adoro essa tatuagem. – fala Bebel com ternura e suavidade. Passava a mão pelo antebraço de Doze, envolvendo-o e se envolvendo. – É legal. Esse fogo subindo. – faz ares sensuais ao se referir ao desenho de fogo com cores fortes da tatuagem que subia pelo braço de Doze. – Adoro teu fogo. – encosta mais seu corpo no dele. – É como se você estivesse sempre ardendo, cheio de energia. – faz com que a mão dele lhe tocasse. – Coisa de homem. Adoro isso. – e busca um beijo com os lábios abertos em sorrisos.

Doze corresponde e lhe beija com intensidade.

Adorava aquele frescor de Bebel, aquela alegria, a suavidade de seus gestos de alma impulsivamente viva. Ela era leve, doce, feliz em sorrisos contentes. As cores de Bebel enchiam os olhos de Doze. Era bom estar ali, com ela. Era bom tê-la em sua vida. Não sabia a medida do sentimento, mas sabia que sem ela a vida seria amarga.

Bebel era sua porção de alegria no planeta Terra, nesta sua vida de cortejo fúnebre de tragédias teatrais.

Ele adorava o sabor de Bebel. Ela vinha com toda aquela fúria sútil e feminina. Parecia dançar um *ballet* com o entorno. Parecia levitar sem gravidade. Naturalmente sensual, encostava seu corpo no de Doze, querendo ser dele. Ela tinha um corpo delicado, com pele macia e cheirosa. Bebel se contorcia toda em sinal de entrega. Finalmente se sentia de alguém.

Doze a possuiu com vontade, com desejo masculino, com fome, mas sempre gentil, mesmo sem perder o vigor, que era algo que ela lhe exigia em plena juventude.

– Você é perfeita. – ele passa a mão em seu rosto.

Bebel sorri. Linda e se sentindo mulher.

O confronto dos corpos para a satisfação carnal não tinha importância. Ali, sozinhos com seus desejos, longe das coisas do mundo que atrapalham a paz, o importante era se tocarem, ouvirem aquilo que não era dito, perceberem o que não se vê, permitirem o entrelaçamento de suas vidas pelo toque da pele.

Doze tinha algo estranho. Não estava alegre. Parecia distante. Parecia mais introspectivo.

– Que foi? Preocupado com alguma coisa? – ela finalmente perguntou-lhe.

– Não. – por reflexo.

– É por estar aqui em casa? – abraça-se a Doze sorrindo. – Já falei... todo mundo viajou. Vou ficar sozinha a semana toda. – achando ótimo.

– Eu te quero *pra* mim, Bebel. – ainda tenso. – Mas eu não vou conseguir te dar uma vida destas. – faz um círculo com o dedo, como se apontasse para todo o ambiente.

– Que vida? – sorridente.

– Você sabe.

– O quê? Dinheiro? - ainda mantendo o sorriso largo em seus lábios cumpridos.

– É. Não vou conseguir te dar este conforto. – realmente preocupado.

– Que bonitinho, Doze. – encantada. – Fica calmo. A gente *tá* só namorando. Você não precisa me dar nada – racional e emotiva. – Nunca te pedi dinheiro. Nunca te pedi nada. Quero você. Quero ser sua. Só isso.

– Eu sei. Mas um dia eu vou querer viver com você.

– Que lindo – abraço-o novamente. – Daqui até lá as coisas acontecem. – passa sua mão no rosto dele. – Não fica preocupado, não. Dinheiro a gente arruma. Pouco ou muito, ao longo da vida ele vem. Mas amor igual ao que eu sinto por você, a gente não acha por aí. – sorriu feliz com as palavras que encontrara. – Eu gosto de você e não do dinheiro que você tenha ou deixe de ter. Fica bem. – não gostava de vê-lo triste.

– Mas isso não é assim, Bebel. – ainda preocupado. – Depois pesa. – voz grave. – Tua família tem dinheiro, teus amigos têm dinheiro, você tem dinheiro... eu não.

– Não preocupa, Doze. Vai ser o que tiver que ser. Somos muito novos. Temos a vida inteira pela frente. – preocupada por ele. – Essas coisas a vida vai resolvendo. – novo abraço.

– Eu quero você *pra* mim... – ainda preocupado. – ... *pra* sempre. – completa.

– Que bom. Pensei que você seria eternamente rebelde aos relacionamentos. Amante da liberdade – sorri e olha-o de baixo para cima. – Sou. Realmente sou. Até ser tocado por você... aqui. – pôs a mão dela em seu peito, na direção do coração.

Novo beijo. Agora mais prolongado.

Juntaram-se como se fossem um só corpo.

Capítulo III

Igor estava no fundo do pequeno auditório do prédio da Polícia Federal. Assistia à coletiva de imprensa.

Alguns delegados sentados na mesa cheia de microfones. Explicavam o sucesso de mais uma operação, mas na verdade exibiam suas qualidades e massageavam seus próprios egos. Todos queriam aparecer na televisão. Era como se estivessem num filme. Sentiam-se importantes, embora estivessem apenas cumprindo com o dever.

Igor olhava desgostoso. Achava aquele circo inadequado. Por vezes, parecia-lhe que, para seus colegas, aparecer na televisão era mais importante que a própria operação. Havia a competição entre os delegados. Sabia de prisões precipitadas, apenas para estarem nos noticiários.

Ele não gostava, mas assistia mesmo assim. Sempre se arrependia e, invariavelmente, acabava apenas por confirmar que realmente não gostava de participar daquelas cenas.

Achava a corporação tão desorganizada, cheia de gente incompetente e acomodada, que chegava a sentir raiva daqueles delegados que se exibiam ao invés de se preocuparem com o trabalho.

Tanta gente que estava solta, rindo das autoridades brasileiras, por falta de iniciativa da Polícia Federal. Além disso, tinha a convicção que a corporação trabalhava mal e que estava ao serviço dos governos. Faziam o que Brasília [15] queria que fizessem. Tudo muito bem orquestrado.

Igor era apartidário, a simples ideia de usar a Polícia Federal com fins políticos já lhe incomodava. Se o Brasil fosse um país sério, essas coisas não aconteceriam.

---

[15] Capital do Brasil e sede do Governo Federal.

Acreditava no país, nem sabia dizer por que. Talvez fosse daquelas crenças sem explicação. Mas estar ali e saber de certas coisas, era algo que lhe incomodava.

Por outro lado, ele não era de grandes estardalhaços. Gostava de resolver as coisas com paz, com calma e sensatez. Fazia seu trabalho e não falava de ninguém, não criticava ninguém. Era focado em combater a corrupção e o tráfico de drogas. Isso já lhe ocupava demais. Não perdia tempo com conversas atravessadas ou falas em corredores com ares de cochicho.

– Igor. Estão te chamando. – avisa uma colega.

– Agora? – pego de surpresa.

– Sim. No segundo andar.

Igor foi pelos corredores daquele prédio.

Apenas rotinas de trabalho.

Capítulo IV

– Vai. Mais forte. – ela pedia mais vigor daquele homem em cima de si.

Ele atendeu ao pedido com satisfação. Era nítido o seu esforço físico para manter o ritmo e aumentá-lo a cada novo pedido dela.

Levou sua mão à boca dela e tampou-a. Não era para impedir a respiração, era apenas para impor-se. Ela gemeu prazerosamente.

– Vai – não parava de pedir mesmo com a boca tampada.

Ele manteve a intensidade. No entusiasmo deu-lhe um tapa sem força no rosto. Não era para machucar, era apenas para impor-se. Ela gemeu prazerosamente.

– *Me* beija! *Me* beija! – ela pediu-lhe quase que desesperada.

Ele interrompeu os movimentos e beijou-a.

– Não para! Vai! – ela pede querendo que ele se movimentasse.

Ele vira-a sem que ela reagisse. Obediente, ela se põe na posição que ele a obriga com agilidade.

Andresa adorava aquela posição. Os movimentos ficavam mais frenéticos e ela sentia a respiração dele na sua nuca. Intimamente torcia para que ele lhe puxasse pelos cabelos e tampasse a sua boca. Gostava de sentir-se possuída com vigor.

Para seu delírio, ele assim fez sem que ela pedisse. Ele era intenso.

Suas pernas tremiam, em parte pelo esforço e em parte pelo prazer. Queria mais. Estava disposta.

Ele mantinha o ritmo vigoroso. Suas mãos a seguravam com firmeza. Atuava com empenho e prazer.

Ela suportava a carga prazerosamente, embora parecesse sofrer. Ele parecia castigá-la, embora estivesse dando-lhe prazer. Parecia violência, mas era só sexo.

Ambos liberaram seus ápices ao mesmo tempo, para logo depois, desabarem exaustos nos lençóis desarrumados.

Lado a lado, recuperavam a respiração. Ela com gemidinhos, ele com urros.

– Como é que eu fui me apaixonar por você? – Andresa pergunta sem esperar resposta.

Realmente fora tudo muito rápido. Desde aquela vez que o vira almoçando na "praça de alimentação" de um *shopping* qualquer, até aquele momento, tudo acontecera de forma muito intensa, com muita velocidade.

Andresa gostava da ideia de sentir-se apaixonada, mesmo sabendo do risco de se machucar por amor. Não se defendia, escancarava seus sentimentos. Ela sabia que se entregava demais quando sentia atração. Não sabia explicar o que acontecera para desejar tanto aquele homem. Talvez porque ele a tenha desprezado num primeiro momento e assim, acabou por tornar-se uma obsessão para si. Quando ela se deitou com ele, apenas para provar para si mesma que ele a desejaria, descobriu o prazer que ele lhe dava. Ficou surpresa por não imaginar que poderia ser tão bom se entregar como ele a obrigara a fazer. A partir de então passou a sentir-se completa, feminina e mulher. Seus dias passaram a ser mais felizes, mais leves.

Contudo, Andresa não sentia reciprocidade. Embora ele se esforçasse para transmitir-lhe isso, não era o que ela sentia. Parecia que ele gostava de ficar com ela, especial nos momentos de intimidade, mas apaixonado ele não estava.

– O que eu tenho que fazer para você me amar?

– Nada – lacônico.

Os olhos dela brilhavam admirando aquele homem.

– Eu quero ficar com você *pra* sempre. – ela fala por falar.

– Já te falei que não tem jeito. A vida que eu levo não é *pra* você. Não dá para ter uma princesa igual você, não. – direto.

– Mas eu quero ficar com você mesmo assim. – resoluta. – Eu te sustento.

– E eu lá sou homem de ser sustentado por mulher? – nervoso. – Aqui quem manda sou eu. Mulher minha fala baixo. – batendo no seu peito e com expressão fechada.

– Nossa! Que delícia de homem.

– P...! Para de brincadeira, mulher. – segura-a em parte pelo queixo em parte pelo pescoço. – Vê se entende. – olhos nos olhos. – Você é princesa; eu sou bandido – tenso.

– Eu quero ser mulher de bandido – sensual, doce e pedindo um beijo. Ele lhe dá um pequeno tapa no rosto.

O olhar dela brilha.

— Vem, meu bandido... acaba com sua mulherzinha.

— Para com isso. Ninguém quer ser mulher de bandido. Bandido vai preso, bandido morre.

— No Brasil? – ela fala alisando o corpo dele.

— É, *pô*! – embora ele não se considerasse propriamente um bandido. Apenas tinha um jeito diferente de ganhar a vida.

— Eu quero. Acho *sexy*. Fico louca. – se agarrando nele.

— Mas é perigoso.

— Por isso mesmo. Minha vida é um porre. Eu só conheço gente chata e fraca. Com você eu me sinto protegida. Você é forte, você é homem, você é bandido. Vem! *Me* pega de novo... – realmente aquele jeito a seduzira. Das tais coisas que não têm explicação.

— As coisas não são assim. Isso aqui não é igual filme. Aqui a gente vai preso de verdade, pode tomar tiro de verdade. É perigoso e eu não quero você nisso.

— Mas eu posso te ajudar sem correr risco.

— É? Fazendo o quê? – provocando.

— Gastando o dinheiro. – sorri.

Breve silêncio com os dois se olhando.

— Não sei. Pensa em algo. – ela fala com esperança. – Eu quero ficar com você.

— É. Talvez seja possível mesmo. Você trabalha num banco. Quem sabe você pensa em algo.

— Assaltar um banco? Nossa! É muito perigoso.

— Não. Isso não. É arriscado. – tentando levar a conserva para onde pretendera desde o início.

— É mesmo – ela concordou.

— Mas, sei lá... – ele arrisca. – Você conhece os clientes. Sabe os dados e tudo mais... quem sabe? – joga a isca.

— O quê? – teve uma ideia. – Quem sabe eu passo o nome e endereço de alguns clientes. Tem gente com muito dinheiro.

— É. Mas é perigoso do mesmo jeito. – com pesar ensaiado. – Tinha que ser algo mais fácil. Ganhar muito dinheiro com pouco risco.

— Eu não posso fazer muita coisa. – de repente lembrou-se empolgada. – Tem gente que saca valores elevados e sai andando na rua mesmo, sem segurança, sem nada. – agora ela chegara aonde ele queria.

– É mesmo? – É. *Cê* nem acredita. Tem uns clientes que sacam alto e vão embora normalmente.

– Boa ideia, princesa! – como se a ideia fosse dela. – *Pra* eles fazerem o saque têm que pedir a reserva com antecedência, não tem?

– Tem. – sorrindo.

– Então. Você me avisa quando isso acontecer. Mas tem que ser grana alta. É arriscado. – faz ares pensativos. – Ouvi dizer que tem um instituto que eles fazem assim. É de um tal de Danilo.

– Isso mesmo. Ele sempre saca em dinheiro e sai normal na rua. – ela pensa. – Esse cara sempre me "canta". – riu por brincadeira. – Vamos ferrar com ele, vamos?

– *Vamo*! Não quero ninguém cantando minha mulher. – semblante fechado e satisfeito ao mesmo tempo.

– Ai, que delícia! – delirando. – Aí a gente foge junto?

– Sim.

– Nossa. Eu vou *dá* muito *pra* você. Adoro ser mulher de bandido. Vem, meu bandidão, vem.

Túlio teria a oportunidade que queria. Não fora assim tão difícil, ao contrário, fora divertido. Além disso, Andresa era do jeito que ele gostava: muito corpo, pouca cabeça.

Capítulo V

— Chega aí, garoto! – fala Túlio. – *Tá* tudo certo? – cumprimenta.
— Sim.
— Esse aqui é o Jonathan. Lembra dele? – Não.
Os três sorriram.
Mesa e cadeiras na calçada, de frente a um boteco qualquer. Havia cheiro de fritura na parede, nos copos que se apresentavam sujos, no sorriso sem dentes do dono do estabelecimento de algazarras patrocinadas pela bebida exagerada nas comemorações advindas do álcool.
— Não faz diferença. – Túlio continua. – Cê ainda é esperto na moto?
— Sou. Mas *tô* a pé.
— *Tá* sem moto, garoto? – sorrindo. – Não tem problema. A gente arruma uma *pro cê*. – *sério*. – Se quiser ajudar tem que ficar esperto. Não pode ficar sonhando com a tua *mina*, não. Cabeça na real. Beleza?
— Tudo bem. – concorda. – Como sabe da minha garota?
— Não importa. – sorriu. – Nós *vamo* aliviar um folgado. Ainda não tem data, não. Mas o esquema já *tá* acertado. – olha firme para os dois colegas. – Mas eu só posso falar se vocês estiverem dentro. – espera a resposta.
— Vai *tê* arma? – pergunta Jonathan. – Se *tive*, eu *tô* dentro. – empolgado.
— Depois eu falo. Respeita o garoto. – alerta Túlio.
— Arma? – estranhando.
— Nada não, garoto. Não preocupa. Você só vai fazer o transporte, *tá* ligado. – prático. – Você não participa de nada. Quanto menos você souber, melhor. Só na moto *pra* fugir *dos pilantra*. Você é piloto.
Balançou a cabeça concordando. Não gostava da ideia de contribuir com as coisas de Túlio, mas carregava o sentimento de dívida eterna. Fora ele que socorrera

seu pai quando este levou um tiro. Uns chamaram de "bala perdida", outros de "homicídio", alguns de "destino" e poucos de "tragédia", mas só Túlio acudiu.

Túlio olhou para Jonathan como quem espera a resposta.

– *Tô* dentro.

– Então, o seguinte. – se prepara, olha para os lados para ver se tem alguém atento à conversa e continua. – Tem um cara que faz saque em dinheiro num banco aí. Grana alta. Nós *vamo mordê* o cara.

– *Tô* dentro. – repete Jonathan.

Túlio aponta para o garoto e continua:

– Você vai esperar a gente. Vou te dizer onde. *Te* entregamos a grana e você desaparece. Depois a gente se encontra e divide em três.

– Não sei se quero participar disso.

– Qual é, garoto? Qual foi? – Jonathan atravessa o olhar, parecia querer ação desde já.

– Agora não tem mais volta, não. – Túlio complementa.

– Eu não concordo com esse tipo de coisa. – fala o garoto, pesaroso. – Quer dinheiro, vai trabalhar! – sentencia. – Tirar dos outros é errado. – fecha seu semblante.

Jonathan mostra-se nervoso. Túlio o acalma.

Um breve momento de mal-estar. Túlio continua:

– O cara é pilantra. – afirma.

– Ele desvia dinheiro de merenda, de remédio, de asilo. O cara não presta. Nós vamos dar uma lição nele.

Ele parecia refletir.

– Isso quem tem que fazer é o governo.

– No Brasil? *Cê tá* doido? Aqui só vai preso "pé rapado". *Se* liga *nos movimento, véio.* – fala Jonathan já se virando para Túlio. – Aqui, não deixa esse *muleque atrapalhá*. Eu quero entrar para o comando. *Assaltá* banco, carro forte e *escambal*. *Botá pra ferrá*!!! – tenso.

Túlio olha bem para um e depois para outro. Continuou:

– Doze, eu confio em você. – carregou a expressão. – Não preciso te lembrar o tempo todo do seu pai, preciso? – olhar firme. – Você me deve essa.

– Eu não devo nada. – misto de orgulho e raiva.

– *Tá* maluco, *muleque*? Fui eu que salvei a vida do teu pai.

– Se é *pra* cobrar, cobra dele.

– Não brinca comigo, garoto. Eu preciso de você e você precisa da grana. Você vai me ajudar nessa e pronto.

Concorda balançando a cabeça, parecendo a contra gosto.
Túlio pôs a mão no ombro daquele rapaz:
– Você não vai se arrepender, garoto.
– Depois não te devo mais nada, beleza?
– Combinado.
Breve silêncio.
– Vai dividir igual? – pergunta Jonathan.
– Vai. – responde Túlio.
– Mas o garoto não vai fazer nada. – contestando.
– Vai livrar a gente do flagrante.
– E se ele sumir com a grana? – nervoso.
– Por isso que ele tem que receber igual: *pra* não pensar em sumir e fazer justiça pela cabeça dele. – encara o garoto. – Mas se ele sumir, a gente acha... e quando achar, ele vai sumir de vez. – calmo. – Não é garoto?
– Eu não vou sumir. – seguro de si. – Eu cumpro o que prometo. Combinado é combinado.
Brindaram com uns copos de cerveja, sem algazarra, sérios, mas satisfeitos pelas possibilidades.

PARTE XII

Capítulo Único

Um dia como outro qualquer na capital mineira.
Pessoas em seus compromissos de vidas atribuladas. Passos largos de um dia estreito. Gravatas que enforcavam o colarinho fechado na abertura do semáforo.
Dias cheios, mentes vazias.
Relógios estressados pelo compromisso que sempre ganhava longa a corrida contra o tempo de horas curtas.
Cafés tensamente relaxantes. Remédios estranhamente estimulantes.
Caos buscando a paz que não chegava nunca, e quando vinha, era em rápidos finais de semana com disfarce de descanso.
Túlio estava alerta. Todos estavam a postos. Andresa já tinha avisado que houvera um pedido de reserva para o saque de uma boa quantia em dinheiro. Esse saque aconteceria a qualquer momento, precisavam ficar preparados.
Parado numa esquina próxima, Túlio esperava perto da moto. Jonathan também estava por ali, sem parecer que estavam juntos e sem chamarem a atenção.
Apenas observavam como se não observassem. Ficavam fora do alcance das eventuais câmeras do mundo moderno. Se consumissem algo nas redondezas, pois estavam por ali desde o início do expediente bancário, pagavam em dinheiro para não deixar rastros. Tentavam agir com o máximo de naturalidade possível, aproveitando o fato de estarem na Avenida Getúlio Vargas, uma das mais movimentadas da capital.
Andresa estava na agência aguardando o cliente chegar. Danilo fizera a reserva e o saque poderia ocorrer em qualquer horário do expediente bancário. Andresa nem saiu para o almoço, fez-se muito ocupada com o trabalho.

Estava em sua mesa quando dois homens se aproximaram:
– Você é Andresa? – pergunta um deles.
– Sou. – simpática.
– A gente é do Instituto. – um deles toma a iniciativa e se apresenta. – A gente queria sacar um dinheiro e o Danilo disse *pra* gente procurar você.
– *Ah*, claro. Pode sentar... só um momento. – levanta-se. – Vou adiantar tudo para vocês não precisarem ir *no* caixa. – sempre simpática. – Vocês estão com a identidade? Ele entregou procuração ou vocês podem movimentar a conta?
– Eu posso. – ambos entregaram a identidade.
– Eu já volto. – ela afastou-se.
Os dois ficaram de olho no corpo de Andresa e olharam-se como se fossem cúmplices de uma travessura. Um deles, mais descontraído, cutucou com o braço.
– *Ôh!* Gostosa, *hein?*
– *Pô!* – concordando.
Realmente Andresa chamava a atenção, e não sem querer, hoje estava especialmente atraente.
Eles nem repararam o que ela fazia, apenas olhavam para seu quadril e seu decote, que ela fingiu não perceber que estava generoso.
Aguardaram alguns momentos enquanto os malotes eram buscados. Assinaram os papéis, foram tiradas cópias dos documentos e registrou-se a retirada.
– Prontinho. – sempre simpática, entrega-lhes o dinheiro.
Eles levantaram-se e agradeceram, deixando escapar uma última olhada para aquela mulher. Andresa fingiu gostar e sorriu.
– Depois vocês voltam. – tom simpático e sedutor ao mesmo tempo.
– Claro. – ambos entusiasmados e com a certeza que poderiam olhar de forma menos discreta.
– Você é muito simpática. – arrisca um deles.
– Obrigada – provocante, mas com estilo. – Mas eu estou falando porque vocês têm que devolver os malotes.
– *Ah*, claro... os malotes. – sentindo-se o conquistador.
Ela sorriu e mexeu os ombros de forma a parecer que se sugeria, de um jeito que só as mulheres sabem fazer, ajeitando a camisa como se fosse tampar o decote, mas conferindo se eles estavam olhando.
– A gente volta aqui. – fala um deles mais animado do que nunca.

– Vou ficar esperando. – simpática, como quem disfarça o interesse. Eles se afastaram.

"Homens são todos iguais" – ela pensou.

Andresa tinha que ser rápida.

– Alô! – ela evitou falar nomes.

– Oi – Túlio sabia bem o motivo da ligação.

– Só para avisar que já estou saindo. – falando em código. – Você está de camisa preta ou azul? – se referindo às cores das camisas dos homens que acabaram de sair da agência.

– *Tá*! Vou escolher com calma e te falo – Túlio visualizou os dois homens saindo da agência. – Pode *deixa* que eu te ligo avisando. – desligou o aparelho e montou na moto. Andou um pouco e parou para Jonathan montar na garupa. Sempre de olho naqueles dois.

***

– Pronto. Aqui está. - fala a funcionária daquele laboratório entregando-lhe os exames de rotina pedidos pelo médico.

– Obrigada. - fala Bebel com um sorriso sempre preparado nos lábios e doce por natureza.

Afasta-se um pouco. Abre os papéis e fê-lo de forma desconcentrada. Foi lendo como quem não dá atenção enquanto caminhava para a saída. Estranhou determinado apontamento. Parou. Leu de novo e não entendeu. Depois entendeu e estranhou. Volta-se e vai até a funcionária que lhe atendera.

– O que é isto aqui? *Tá* certo? – conferindo o que lia e se o exame era seu mesmo.

A funcionária leu com atenção despachada de quem está acostumada àquela leitura.

– Você está grávida. Parabéns. - simpática e com aquele sorriso que uma mãe tem para outra.

– Como assim? – Bebel parecia não acreditar. – Como isso é possível? – daquelas perguntas que se fazem e não precisam de respostas.

– Você quer que eu explique? – sorri maliciosamente e simpática a atendente.

– Não. Claro que não.

Bebel não esperava por isso. Não conseguiu pensar direito. Mas o sorriso estava ali.

Olhava para o papel do exame como quem verifica se era aquilo mesmo. Mais uma vez apenas para confirmar. Era o que dizia ali. Estava grávida.

Mesmo sem esperar por isso, ficou feliz. Depois ficou apreensiva, para novamente voltar a sorrir.

Respira ansiosa e emocionada.

Tudo acontecera muito rápido. Não teve tempo de pensar.

Pensava como Doze reagiria. Ficaria feliz, com certeza.

Por um instante ficou parada no meio do nada, no centro do universo, com os exames na mão. Sorriu e chorou, tudo ao mesmo tempo.

– Estou grávida. – sussurrou para si mesmo. – E do homem que eu amo.

Nem acreditava. De repente ficou leve, sentindo-se a mulher mais importante do planeta. Andou para um lado e depois para o outro, sem saber bem o que fazer. Abraçou de felicidade incontida uma ou outra pessoa. Até que foi em direção à funcionária, com lágrimas que lhe escorriam e com o sorriso que lhe escapava: –

Estou grávida. – repetiu cheia de felicidade denunciada pelo tamanho do sorriso.

– Parabéns! – fala simpaticamente a funcionária.

– Obrigada. – realmente emocionada.

Queria abraçar todas as pessoas. Queria dividir sua alegria.

Tinha que contar para Doze. Tinha que contar para o mundo.

Não sabia como ele reagiria. Sempre tão despreocupado com a vida e excessivamente preocupado com tudo que lhe dizia respeito. Mas Bebel não queria ter que usar de estratégias, ter que escolher as palavras ou algo assemelhado. Ela conseguia ser espontânea com ele. Ela queria apenas contar-lhe e deixar claro que era algo especial para si. Afinal de contas, estava grávida do homem que amava. Se a notícia não fosse boa para ele, para ela era o máximo da felicidade. Teria um filho de Doze.

Veio-lhe uma pontada de dúvida. Depois voltou a alegria.

Tinha que avisar sua mãe. Ela com certeza ficaria muito feliz.

Abriu as portas de vidro do laboratório e ganhou a avenida cheia de vida. O mundo pareceu-lhe diferente.

Gostava do ambiente da Savassi, em especial da Avenida Getúlio Vargas.

Estava feliz e sentindo-se linda. Seria mãe.

Sabia da importância disso em sua vida. Parecia nem acreditar. Ainda não dava para notar qualquer diferença física em si, ela sabia bem, mas na sua mente já sabia que agora estava grávida.

Menino ou menina, tanto faz. Que viesse com saúde, inteligência e bondade no coração. Que pudesse ter o espírito de liberdade do pai, e a leveza das coisas da mãe.

Ela sorriu enquanto caminhava. Queria aproveitar aquele momento.

Ligou para Doze. Ele não atendeu.

Insistiu.

Novamente não atendeu.

Pensou no texto e mandou-lhe uma mensagem.

Queria dar-lhe a notícia pessoalmente e merecer o seu carinho.

* * *

Doze sente o celular vibrar. Puxa-o do bolso. Olha com atenção e não vê nada. Puxa o outro celular. Viu que era uma mensagem da Bebel pedindo que ligasse. Depois faria isso.

Agora era o outro celular que chamava.

– *Tá* na hora. – desliga.

Doze se prepara.

* * *

Túlio e Jonathan acompanharam os dois homens que se deslocavam num carro preto. Seguiam a certa distância para não chamarem a atenção, mas não perdiam o veículo de vista.

Aguardavam o momento certo para a abordagem. Sabiam para onde eles iriam. Sabiam também que teriam apenas uma oportunidade. Não poderiam falhar.

* * *

Dentro do carro os dois iam se vangloriando.

– *Mulhé* é tudo igual, *né*? Não pode *vê* dinheiro que fica doidinha, *hein*? – ainda se referindo a Andresa.

– Verdade. – um era mais sério.

– A gente podia *chegá* junto, *né*? Ela deu mole *pra* nós dois – satisfeito enquanto dirigia.

– Presta atenção no caminho. Não gosto de ficar andando com esse dinheiro todo.
– Quanto tem aí?
– Acho que uns R$800.000,00.
– Pô! Dinheiro demais, *hein*?
– Verdade.
– Eu queria *tê* essa grana toda. Ia *comê* até.
– *Tá* com fome. – gracejou.
– A *mulherada, pô*! – como se ofendido e achando graça ao mesmo tempo.
– É – mais alerta. – Presta atenção no caminho, por favor – em tom moderado. – Tem alguém seguindo a gente?
– Claro que não. Já conferi. – olhando novamente nos espelhos do carro.
– Então, vamos logo – preocupado. – Lembra que não é *pra* entrar na garagem. O chefe vai esperar a gente na portaria e dar as instruções. – olha para o colega. – Parece que esse dinheiro é *pra* entregar *pra* uns figurões aí.
– Sabe quem é?
– Claro que não! Isso aí só o chefe sabe. Aliás, eu não sei de nada – parecendo resmungar. – Acho tudo muito estranho – resmungando realmente.
– Um dia eu simulo um assalto e fujo com essa grana.
– O quê?
– Nada não – já arrependido.
– Se você fizer, eu vou junto.
Os dois se olham rapidamente, apenas para conferir que tom a expressão do rosto dava àquela fala.
– Você faria? – pergunta um.
– Sim.
– Você tem coragem de armar uma dessas.
– Claro. – animado. – Já pensou? R$400.000,00 *pra* cada um... fácil assim?
– É... – e os dois se puseram a pensar como se já estivessem de posse do dinheiro.
Depois de um curto silêncio:
– Por que é que o chefe saca esse dinheiro todo? Cheque é mais seguro, ou transferência bancária. Eu acho estranho.
– É *pra* pagar uns figurões... tem que ser em dinheiro e sem rastro. – como quem sabe o que diz. – Mas ele deve saber o que faz, *né*? Afinal de contas ele sabe ganhar dinheiro.

– Isso ele sabe mesmo. *Cê já foi nas festa dele?*
– Não. Ainda não.
– Bom demais! Bebida, *mulherada*... bom demais. – empolgado.

***

Bebel caminha suave pela calçada. Sentia uma leveza que até então nunca experimentara. Tinha urgência de contar a notícia, mas, ao mesmo tempo, estava gostando do sabor de guardar aquele pequeno segredo e aquela grande emoção por uns momentos só dela. O mundo estava do lado de fora, ela tinha em sua mente o carinho que iria dar e receber. Gerar uma criança veio-lhe como um prêmio divino concebido apenas às mulheres. A partir de agora ela seria uma dessas mulheres, que tem a sorte de ser mãe.

Um filho. Melhor ainda: um filho do homem que ela ama. Um filho de Doze.

Os olhos de Bebel brilhavam apesar de umedecidos.

***

– Ó, o chefe ali. – o carona aponta para o motorista que encosta o carro. Param ao lado de Danilo.
– E aí, chefe? Deu tudo certo. – informa.

Danilo, mais próximo da portaria do que do carro, cumprimenta com um sinal da mão e, com a mesma mão, sinaliza também para que lhe esperem, enquanto dava as últimas instruções a uma funcionária do instituto.

***

A certa distância, com a moto quase parada, Túlio cerra os olhos como quem mira a presa.
– Tá pronto, Jon?
– Tô.
– Sem tiro, hein! – Certo.

Acelerou a moto e foram em direção ao veículo.

Túlio para a moto ao lado do carro. Jonathan desmonta rapidamente e, com a arma em punho, dá a ordem:
– Ninguém faz nada, *hein*! Todo mundo calado aí. – aponta a arma vigorosamente.

Quando a vida cobra | 161

— *Me* dá isso aí. Rápido. – mostrando apreensão e pressa, apontando para os malotes.

Túlio vira a moto e põe-la no sentido contrário ao do carro.

Jonathan pega os malotes, põe-nos numa mochila. Tudo muito rápido. Foi até aqueles dois, arrancou-lhes os celulares e jogou-os no chão.

Voltou para a garupa da moto.

Túlio acelerou e foi em direção à Avenida Getúlio Vargas. Estavam nas proximidades do Tribunal Regional do Trabalho – TRT.

***

— *Ei*, mãe. – doce. – Tenho uma novidade *pra* te contar. – havia alegria em cada uma de suas palavras.

— Aonde você está, minha filha?

— *Tô* aqui, mãe, na Getúlio Vargas com Afonso Pena[16]. Sabe? – preparando para atravessar a avenida, queria comer algo na padaria da esquina, uma das famosas da cidade.

— Sei. – satisfeita por falar com a filha.

— *Tá* tudo bem?

— Sim. *Tô* tão feliz. – abriu um sorriso mesmo sabendo que falava para um aparelho telefônico.

***

— Filha da *p*...! – grita Danilo indo na direção ao carro. – *Os cara tão* levando meu dinheiro, *pô*! – segue trombando naqueles dois homens. – Vocês são incompetentes *pra c*...!

Enérgico como não lhe era comum, Danilo entra no carro e dá a volta no veículo para perseguir a moto.

À distância, vê a moto atravessar a Avenida Getúlio Vargas, passar pelo canteiro central e ir no sentido da Avenida Afonso Pena.

Ele não poderia fazer a mesma manobra com o carro, mas fez. Acelerou o máximo que pode.

Túlio foi para o lugar marcado, onde um terceiro colega lhes aguardava com outra moto e para ficar com o dinheiro enquanto eles escapavam. Túlio parou a moto para Jonathan desmontar.

---

[16] Duas das principais avenidas de Belo Horizonte.

Tudo muito rápido.

Jonathan sai da garupa de Túlio, já segurando a outra moto com uma das mãos e entregando a mochila com o dinheiro para o terceiro homem.

Agora, todos estavam com mochilas nas costas, mas aquela com dinheiro, somente o terceiro homem portava.

Túlio arrancou com a moto e seguiu em frente, cruzando a Avenida Afonso Pena. Foi na direção da Savassi.

Jonathan foi em direção à Praça da Bandeira, subindo a Avenida Afonso Pena.

Já o terceiro, em outra moto, pegou a Avenida Getúlio Vargas no sentido contrário, retomando a direção do TRT.

Quase que perdendo o controle do veículo, Danilo atravessou o canteiro central e seguiu na Avenida Getúlio Vargas em direção ao cruzamento da Avenida Afonso Pena, no sentido Savassi.

* * *

Bebel se prepara para atravessar a avenida. Primeiro atravessaria a Avenida Getúlio Vargas, de um lado para o outro, aproveitando o semáforo. Depois atravessaria a Avenida Afonso Pena, já do lado da calçada aonde ficava a padaria.

* * *

Do outro lado da Avenida Getúlio Vargas, o terceiro motoqueiro esperava o semáforo liberar o trânsito.

Foi quando viu, aquela mulher, bela em seu andar, atravessando a avenida do outro lado.

Prestava atenção em muita coisa, mas naquele momento não via nada. Era como se ela atravessasse lentamente para que ele a visse melhor. Andar leve, feminino em seus quadris, feliz em seu sorriso.

Acompanhou-a com os olhos. Ela chegara ao canteiro central da avenida e se preparava para atravessar a segunda metade, descendo a Avenida Afonso Pena.

Ela era linda. Sorriu por debaixo do capacete.

* * *

Danilo dirigia de forma atabalhoada, quase beirando o desespero.

Era seu dinheiro. Precisava dele. Não deixaria dois ladrõezinhos levarem aquela quantia toda.

Acelerava muito para aquela avenida movimentada e sempre com trânsito.

Viu que o semáforo estava fechado. Viu que os carros estavam parados.

Cortou o ônibus pelo lado direito, pois queria ser o primeiro a arrancar quando o semáforo abrisse.

Seguia nervoso e buzinando.

***

Bebel pensava em sua novidade.

Com certeza a gravidez lhe faria bem.

Seguiu distraída em seu caminhar. Foi quando de repente, saiu um carro por detrás do ônibus, que perdendo o controle, a atingiu.

***

Danilo, acabou por bater na lateral do ônibus, depois de um carro que estava estacionado ali e, sem controle, atingiu uma mulher que atravessava a rua.

Ele ficou atordoado no veículo.

Tudo muito rápido.

Os curiosos se aproximavam.

***

Do outro lado da avenida, o motoqueiro viu tudo.

Assim que pode, arrancou forte com a moto e foi em direção àquela mulher.

Visivelmente desesperado, parou a moto no primeiro lugar que pode parar e foi até a mulher deitada no chão.

Alisou seu rosto frágil.

***

Bebel ali estendida. Ainda buscava explicações em sua mente enquanto a dor se tornava insuportável.

Pensou em Doze.

Foi quando viu, em sua confusão, um homem com o capacete que lhe estendeu a mão. Pareceu-lhe ver a tatuagem de Doze em seu braço.

– Doze! Doze! É você? – sentindo sua mão lhe alisar o rosto.

Ela segurou-lhe o braço como quem queria agarrá-lo.

Parecia fazer um grande esforço.

***

Aquele motoqueiro se levanta e pega-a no colo. Vai em direção ao veículo. Cuidadosamente deita-a no banco de trás do carro.

Arranca o motorista do veículo e dá-lhe uma cabeçada ainda com o capacete.

– Depois eu acerto as contas com você – arranca-lhe os documentos.

Arranca o carro e segue para o primeiro hospital que se lembra.

***

Túlio entra num *shopping* da região da Savassi.

Estaciona a moto e rapidamente entra num veículo que deixara ali na noite anterior.

Jonathan faz o mesmo em outro shopping, no Bairro Belvedere.

Ambos, cada qual pelo seu caminho, irão para o local marcado em Ouro Preto[17].

***

Calado, entra no Pronto Socorro do Hospital João XXIII. Pega uma maca que estava ali e põe, com cuidado, Bebel nela.

Com pressa, vai em direção à porta de acesso.

É barrado por um segurança da portaria e logo se aproximam outros.

– Senhor! Não pode entrar aqui.

Ele tenta empurrá-los, abrindo espaço para Bebel.

É segurado novamente.

Nervoso, ele tira o capacete que, pela pressa, não tinha feito até o momento.

– Ela está morrendo. Foi atropelada. É melhor você deixá-la entrar. – nervoso, com o rosto vermelho e a raiva visível em seus olhos.

---

[17] Cidade histórica de Minas Gerais.

— Calma, senhor. — o segurança parecia buscar soluções.

Nesse ínterim, uma enfermeira procurava a pulsação em Bebel. Fez isso nas mãos, depois no pescoço, até que ela própria correu com Bebel para dentro do bloco hospitalar.

Ele ficou ali em pé, sem saber o que fazer ou o que poderia fazer.

De repente lembrou-se que estava com o dinheiro na mochila.

Não conseguia pensar em nada. Era Bebel que estava lá dentro.

Permaneceu em pé como se estivesse de sentido montando guarda no hospital.

De vez em quando, ia até alguém e perguntava se tinham alguma notícia. Nada.

A resposta era sempre fria e dura, dada por quem já se acostumara a ver o sofrimento alheio.

— Boa tarde! — um homem o cumprimenta.

— Boa tarde. — responde.

— Você que está acompanhando a moça que foi atropelada?

— Sim. Por quê?

— Sou da Polícia Civil. — apresentou-se. — Preciso que me relate o que aconteceu.

— Não vi direito.

— Diga o que sabe.

— Eu *tava* passando e ela foi atropelada. Pus dentro do carro e a trouxe *pra* cá.

— O carro é seu? — pergunta normalmente.

— Não.

— E de quem é. — ainda calmo.

— Olhe. Isso pode ficar para depois. Eu estou preocupado com a garota.

O policial pareceu estudá-lo com os olhos.

— E ela é o que sua?

Agora foi a vez daquele homem olhar para o policial.

— Nada.

— Nada? — fez ares de dúvida. — E por que essa preocupação toda?

— Por quê? Não pode mais ficar preocupado com uma pessoa?

— Pode, claro. Só é estranho. — olhou-o novamente. — Mas hoje em dia tem tanta coisa estranha, não é mesmo?

— Estranho é você ficar aí me interrogando. Fui eu que trouxe a moça, não foi a polícia nem a ambulância... fui eu. — elevando a voz.

– Calma, moço! *Tô* fazendo o meu trabalho. Posso?
– Pode, claro! – chateado. – Já acabou?
– E você, trabalha com quê?
Aquele homem o olha firmemente:
– Por quê?
– Nada, não. Só *pra* saber. – faz um ar pensativo. – Aparece aqui trazendo uma moça que não conhece. Fica aí, todo preocupado. Vem num carro que não é seu. Com roupa de motoqueiro. Deve trabalhar com essas causas humanistas, *né* não?
– Não. Sou estudante.
– Estudante?
– Sim.
– *Ah*. De medicina?
– Não. De direito.
– De direito. Já entendi.
– Entendeu o quê?
– Nada não. Todo o estudante de direito é meio afetado.

Lá do fundo vem uma enfermeira. Ele nem ouviu o que aquele policial estava dizendo agora. Apenas olhava a enfermeira e percebeu que ela vinha na sua direção.

Ela parou na sua frente.
– O senhor que está com aquela moça que foi atropelada?
– Sim, sou eu. – temerário. – Ela está bem?
– O senhor pode me acompanhar?
Ele sinalizou com a cabeça.
– Depois me procura ali. – fala o policial apontando para o local onde estaria. – Vou precisar dos seus dados.
– Tudo bem. – nem sabia o que dizer.
Foi levado até uma sala de espera do hospital.
– Só um momento que o médico já vem.
Ele sinalizou que entendera. Mais uma vez estava de sentido.
Veio uma mulher que parecia ser médica.
– O senhor que trouxe aquela moça, vítima de atropelamento?
– Sim.
– O senhor é parente dela?
– Não. O que houve afinal?
A médica fez uma cara de quem portava uma notícia ruim.

— Ela não aguentou.

Ele permaneceu parado olhando-a. Não sabia como reagir a esse tipo de notícia. Pareceu frio, sem reação, mas dentro de si havia uma revolta gigantesca. Sentiu um calafrio percorrer-lhe a espinha toda. Tremeu por dentro. O chão saiu-lhe dos pés. Viu-se sem rumo. Perdera uma parte de si.

A médica pareceu esperar um pouco o impacto.

— Conhece algum parente?

— Não.

— Ninguém?

— Não. Já disse que não. — não queria ser indelicado, mas não estava no seu normal.

— Você é o pai da criança?

— Que criança?!

— Ela estava grávida.

— Grávida?

— Sim. Vou ter que procurar alguém da família. Alguém que possa reconhecer o corpo.

— Posso vê-la?

— Não. Só parentes.

— Por favor.

A médica consentiu com um aceno de cabeça e pediu a uma enfermeira que o acompanhasse.

Ele andava como se anestesiado.

A cabeça erguida de andar seguro, agora olhava encolhida para um chão de tontura com os pés arrastados naquele caminhar incerto de quem sabe que vai em direção da masmorra.

Viu o corpo coberto.

Gentilmente retirou para ver o rosto de Bebel.

Lágrimas silenciosas escorreram-lhe pelo rosto.

— Ela sofreu? — voz dura e firme.

A enfermeira não sabia bem o que dizer.

— Não. — pensou em algo que lhe pudesse confortar. — Ela partiu leve. Falou "doze" um monte de vezes, enquanto teve força, depois partiu... *tadinha*. — com pesar.

— Ela falou "doze"?

— Um monte de vezes.

Ele sorriu. Beijou o rosto de Bebel como em despedida e endureceu sua expressão.

Virou-se para ir embora. – Não esquece de falar com o policial, viu?

Ele ouviu, mas não deu importância.

Saiu e misturou-se às pessoas até ganhar a avenida.

Tinha que encontrar Túlio e Jonathan, para depois pensar no que faria.

Olhou os documentos que tirara daquele motorista.

Teria contas a acertar com o tal de Danilo.

Por dentro, seu coração estava em sangue. O sentimento que tinha por Bebel, ele nunca tivera por ninguém. E ela estava grávida. Só de pensar nisso lhe dava vontade de esmurrar as paredes e matar aquele sujeito.

Faria isso.

Neste momento, estava com raiva da vida. Deixara de ter esperança. De repente, deixara de ter futuro. Dentro de si o coração batia em fúria incontrolável, com a velocidade dos pensamentos alimentados pela ira que sentia.

Punhos fechados, ferida aberta.

Bebel morrera. Alguém pagaria por isso.

Para já, mataria Deus dentro de si.

Se Ele fora capaz de levar Bebel, não merecia sua fé.

Suas ideias se movimentavam como numa parede formada por ondas em maremoto imprevisível, fomentada pela força descontrolada do sentimento da perda injusta.

Lágrimas secas de ódio escorriam-lhe pelos pulmões acelerados em corrida solitária numa maratona sem ponto de chegada.

Pernas de peso de chumbo lhe encaminharam em direção bêbada como se um navio desgovernado em mar estreito de entroncamentos rochosos.

Não tinha mais Bebel. Não tinha mais vida.

Tinha raiva.

Tinha um futuro de jazigo com lápides em branco acinzentado.

PARTE XIII

Capítulo Único

Era apenas mais um dia de trabalho naquele hospital.
Papéis corriam de um lado para o outro, sempre atrasados, carregados por parentes preocupados com seus entes e não com a burocracia burra.
Urgências à espera das confirmações de pagamento.
Alguém controlava a entrada e a liberação para atendimento. Enquanto isso, os familiares sofriam a angústia da incerteza e da demora.
Por vezes, chegava a parecer que o serviço administrativo, puramente operacional e padronizado, era mais importante do que as vidas que estavam por ali. Bastaria um equívoco, a ausência de um documento, de um dado qualquer, para atrasar o atendimento. Aquela triagem inicial nem tinha médico presente para avaliar o que seria mais urgente.
A vida ou o papel de documentos.
Ela sabia da importância de seu trabalho. Compor a equipe médica do Hospital João XXIII[18] fora sempre um motivo de alegria, para si e sua família. Era responsável por uma ala inteira do hospital. Já sonhava com ser a chefe de equipe e ir para o bloco cirúrgico.
Sabia que era nova. Mas sabia também ser uma funcionária de destaque. Tinha uma dedicação acima da média e um prazer especial em lidar com a profissão. Gostava de seu trabalho. Isso fazia com que atuasse com satisfação, com dedicação e extrema atenção aos pacientes e aos protocolos a serem seguidos. Tudo isso somado, fazia diferença no desempenho de sua atividade.
– Já preencheu o relatório na plataforma? – pergunta-lhe o coordenador do setor.

---
[18] Hospital referência em Belo Horizonte para atendimentos de urgência.

– Não. Ainda não consegui.

– Você tem até a semana que vem para resolver isso, senão eu vou te trocar. – firme.

– Tudo bem, mas ninguém me explicou como eu devo... – no meio de sua fala ele virou-lhe as costas e foi-se, caminhando nervoso em direção à sua sala de trabalho.

Ela não aguentou. Levantou-se e foi atrás dele.

– Posso falar-lhe? – ela era educadíssima. Era daquelas pessoas que quase não existem mais, de tão educadas são confundidas com pessoas fracas, sem pulso, o que, definitivamente, não era o caso.

– Pode. – ele era daqueles que confundem firmeza com má educação, liderança com poder, ordem com truculência, respeito hierárquico com submissão. – O que foi agora?

– Só para dizer que o senhor foi extremamente indelicado comigo. Sem necessidade e na frente de outros colegas, inclusive dos meus subordinados.

Ele nada disse, apenas moveu a sobrancelha como quem está dando-lhe atenção e inclinou a cabeça como uma menina na frente de uma sorveteria.

– Fiquei sentida com isso. – reforça.

– Tudo bem. Está registrado.

– É isso? – É isso. – inclinou a cabeça novamente, agora para o lado oposto.

– Pois não confunda minha educação com submissão. Não sou submissa a ninguém. Diga-me o que tem a dizer-me, mas com educação.

– Está anotado. – inclinou a cabeça e mexeu o ombro.

– Tudo bem. – mas insatisfeita por ele não ter reconhecido seu erro e sequer pensar num pedido de desculpas.

Ela era daquelas pessoas que conseguem fazer várias coisas ao mesmo tempo. Assim, enquanto conferia alguns dados na tela do computador, assinava os relatórios impressos e já lidos, falava ao telefone preso entre o ouvido e o ombro, lia a mensagem que recebera em seu celular e tentava entender o que duas colegas de trabalham estavam falando bem à sua frente ao invés de estarem trabalhando.

De repente, Helena sentiu algo estranho. Não soube explicar. Foi forte. Um calafrio ou algo do gênero. Estranho. Sentiu por dentro. Ficou imóvel por um tempo.

Parou de ler a tela do computador. Parou de assinar os papéis. Deixou cair o telefone e largou o seu celular. Parou de tentar ouvir a conversa das colegas.

Simplesmente parou. Ainda parada, tentava entender o que acontecera.

Pôs-se de pé e sentiu a necessidade de andar pelos corredores do hospital. Qualquer corredor. Sentiu novamente aquela sensação estranha. Um calafrio por dentro. Por um instante permaneceu parada no meio do corredor.

Racional que era, não entendeu.

As pessoas à sua volta também se mostraram preocupadas com a reação de Helena. Aliás, com a falta de reação dela. Afinal de contas, ela sempre fora tão ativa.

– Tudo bem, doutora? – pergunta uma das enfermeiras.

Helena apenas balança a cabeça em sinal positivo.

De imóvel que estava, de repente sai cheia de atitude e vai até o bebedouro. Enche um copo de água e bebe com sede. Mais um e, por fim, outro.

– O que foi, Helena? – pergunta uma colega preocupada.

– Não sei – parecia tentar entender.

– Deve ser trabalho demais, não? Você tem que diminuir o ritmo.

– Não é isso. Eu senti algo estranho dentro de mim.

– O quê?

– Não sei dizer. – ainda tensa. – Já passou. – acalmando-se. – Mas eu senti algo muito estranho. E senti um sabor esquisito na boca, sabe? Um gosto de flores de enterro. – fazendo uma expressão diferente, misturando repulsa com esquisitice.

A colega não entendeu, mas reagiu recuando o corpo.

– Quer que eu chame um médico? – mais por não saber o que dizer do que achando que era o correto a ser feito.

– Não precisa. Obrigada. Já passou. – com um sabor estranho em sua boca.

Helena ficou sem saber se voltava ao trabalho ou se aproveitava para ir embora, afinal o expediente já estava no fim.

Resolveu ir embora e no caminho pararia numa igreja, para rezar um pouco e pedir proteção divina.

Capítulo Incidental III

– A Casa Civil[19] quer que a gente ache alguma coisa contra a cúpula da oposição. – confidencia.
– Aqui em Minas?
– É.
Ambos falam com pesar.
– Ruim, *né*? – ficar usando a Polícia Federal *pra* isso. – apenas um comentário.
– Pois é. Mas se eu quiser voltar *pra* Porto Alegre[20], vou ter que achar alguma coisa.
– É fácil achar. Difícil é prender.
– Disseram que é *pra* gente agir rápido e dar bastante divulgação.
– Nó! Pior ainda. Vai pôr esses caras da *tv* na coisa. – preocupado. – É sempre assim. A gente diz que a missão é secreta e os caras tão lá, transmitindo ao vivo *pra* todo país. – com deboche. – Como é que ninguém acha isso estranho, *né*? E é sempre a mesma emissora, as outras nunca têm acesso a essas informações. – com mais deboche ainda. – O que será que rola, *hein*?
– Vai *sabê*. – despachando o assunto. – Aí, daqui há pouco *tá* lá, os delegados aparecendo na televisão, dizendo que foi um sucesso e aí vai. – com pesar. – Não gosto disso.
– É – solidário, mas pouco lhe importava.
– "Operação Vitrine". – sarcástico. – Mas se é o que eu tenho que fazer *pra* voltar pra Porto Alegre, eu faço. Além do mais, político *é tudo* corrupto

---

[19] Órgão governamental, com status de Ministérios de Estado, que dá assistência à Presidência da República no desempenho de suas atribuições.
[20] Cidade capital do Estado do Rio Grande do Sul.

mesmo. É nossa obrigação pegar os caras e desmontar o esquema. A parte do "carnaval" é fácil, quero ver é manter os peixes grandes na confusão. Nesse mar só tem tubarão. Tem que tomar cuidado, senão sobra *pra* nós.

— Saí fora. Eu nem apareço. Só faço o meu trabalho e a ordem tem que vir por escrito.

— Por escrito, é?

— Claro.

— Vai esperando uma ordem dessas por escrito. – quase com deboche.

— Quanto à investigação, é nossa obrigação, seja de que partido for. Concorda?

— Sim. – mexendo no aparelho celular enquanto ouvia o colega.

— Mas a execução, eu só faço se tiver ordem por escrito. Não vou ficar prendendo político graúdo *pra* no final sobrar *pra* mim. – sabendo o que dizia. – Já vi esse filme antes.

— E a estabilidade? Nós temos estabilidade *pra* isso. Não precisa ficar preocupado.

— Tenho estabilidade, mas quero ficar em Belo Horizonte. Não quero ir lá *pra* fronteira da Bolívia, da Venezuela, da Colômbia... quero ficar aqui.

— Então vamos trabalhar. – pragmático. – Você que vai lá para fronteira do Equador! – brinca e já solta uma discreta risada.

— Eu não! Vou para Porto Alegre. – repara o colega. – *Tá* rindo de quê, *pô*?

— Equador não tem fronteira com o Brasil, doidão! – rindo.

— Vamos trabalhar, vai! – fecha a cara, mas achando graça. Pega o jornal.

— Você viu isso aqui? – apontando para uma notícia.

— Não. O que é?

— Houve um assalto num instituto. Os caras estavam com R$800.000,00 em dinheiro. Tinham acabado de sacar essa grana no banco e foram assaltados.

— O que é que tem?

— Ora. Quem é que anda com R$800.000,00 em dinheiro?

— Os caras que têm dinheiro. – concluiu.

— Não. Quem sacou foram funcionários do instituto. Isso é dinheiro para pagar alguém. Tem cara de propina. Quando é assim tem esquema, tem dinheiro público sendo desviado. – conclui prematuramente, levado pela experiência.

— Deve ter mesmo. Esses caras são criativos.

— Criativos nada. É sempre o mesmo jeito. Nota fria, majoração de preços e caixinha *pra* lá, caixinha *pra* cá.

— Quando é assim tem alguém do banco envolvido.

— O povo não presta, não. Acabou esse negócio de carácter. – revoltado. – Com certeza tem alguém do banco. – acompanhando o raciocínio. – *Caboclo* acaba de sacar e é roubado. – pisca o olho em reflexo. Recolhe o jornal e se levanta. – E aí, vamos começar por aqui? Quem sabe a gente pega alguém da oposição.

— Boa.

— Vou pôr o Igor nessa. O que acha?

— O Igor vai bem. Cara correto.

— É. Mas ele não pode saber do pedido da Casa Civil. – pondo a condição. – Se não ele não vai aceitar a missão.

— É – lamenta. – O cara é cheio de ideologia. – quase uma crítica. – Aliás, melhor ninguém saber, concorda?

— Concordo.

Ambos se olham satisfeitos pela concordância mútua.

— Vamos almoçar?

— Vamos.

Encerram a pequena reunião no prédio da Polícia Federal.

PARTE XIV

Capítulo I

No trânsito complicado de Belo Horizonte, Grego e Romano seguiam em direção ao cruzamento da Avenida Afonso Pena com a Avenida Getúlio Vargas.

– Por que nos colocaram nesse caso? – pergunta Grego, apenas por curiosidade.

– Não sei. – Romano lacônico, como de costume. – Nós somos da Homicídios e alguém morreu – concluindo, sem deboche, apenas raciocinando em voz alta.

– Mas foi atropelamento. – despachado como sempre. – Caso encerrado. – sorriu ligeiramente.

Romano apenas olha para Grego. Este ia concentrado no trânsito.

– *Tá* escrito aqui no relatório. – Grego. – Eu li na papelada que veio do João XXIII.[21]

– Mas alguém morreu, Grego. A gente não julga, a gente investiga. Quem julga é o Poder Judiciário.

– É isso aí. Vamos apenas cumprir o nosso dever. – imbuído em uma seriedade repentina que chegava a ser cômica.

Enquanto Grego dirigia, Romano ia vendo as fotografias retiradas e os relatos registrados por outros colegas e pela Polícia Militar. Levantou a cabeça e olhou para localizar-se.

– Quando der, pode encostar – orienta Romano.

– Sim, senhor. – fazendo ares de obediência compulsória, provocando o colega.

– Você chegou a ver as fotos? – pergunta Romano.

– Não! Tem aí? – já encostando o carro.

---

[21] Como é comumente chamado o Hospital João XXIII.

– Tem. Dá uma olhada. – com pesar na fala. – Garota nova. Isabel, conhecida pelos amigos como Bebel.

– Bebel? – Grego deixa escapar sem perceber.

– Sim. Bebel. – Romano repete sem perceber.

Grego pega a pasta e dá uma olhada nas fotografias.

Nada disse, mas reconheceu a garota. Era Bebel, a garota com quem ele conversara momentos antes de Romano levar um tiro de Moisés[22]. Como ela era linda – pensou.

– E aí? Tudo certo? – pergunta Romano.

– Tudo certo. – não sabia bem o que dizer.

– Vamos lá? – se preparando para sair do veículo.

– Vamos.

Romano sai do carro e faz o de sempre: observa tudo e todos.

Grego sai do carro e faz o de sempre: olha as garotas e seu caminhar.

"O que será que houve aqui?" – se perguntava Romano olhando o entorno alhures.

"Nó! Como pode ser gostosa assim?" – se perguntava Grego olhando o contorno de alguém. Romano olha para o cruzamento e tenta imaginar o ocorrido. Avenidas movimentadas. Muitos carros, muitas pessoas.

Pela soma das informações, Romano tentava perceber os fatos.

– Um veículo desgovernado, atingiu uma mulher. – fala independente de Grego dar-lhe atenção ou não. – Ela, atravessava a avenida e não viu o carro, que saiu de repente, por trás do ônibus. O semáforo estava aberto para os pedestres.

Grego apenas acompanhava, dividindo a atenção com o colega e as garotas que passavam. – O relatório fala que ela foi socorrida por um motoqueiro, que a pôs no próprio carro envolvido no acidente e a levou para o hospital. Isso tudo, antes da polícia chegar.

Romano ia raciocinando com as informações em sua mente.

– Qual a lógica? – deixou escapar Romano.

– Qual a lógica? – repetiu Grego sorrindo para uma garota.

– Como pode ter tanta mulher bonita aqui e no meu bairro só ter as derrubadas?

– Quê? Falou comigo? – pergunta Romano, ainda concentrado.

– Não. – responde Grego, sempre desconcentrado.

Romano olha para o outro lado da avenida. Tenta imaginar a cena. "O que teria acontecido?" – se perguntava. "Quem era esse motoqueiro?

---

[22] Vide "O MERGULHADOR", segundo livro da série.

Por que o nome dele não aparece nos relatórios? Por que prestou socorro?" – ia raciocinando, pensando nos fatos e na sequência dos acontecimentos.

Segundo as informações, o motorista do carro era um tal de Danilo Orlando Varella. Ele tentou explicar o acidente, disse que foi roubado e saiu em perseguição dos assaltantes. Eles fugiram de moto. Foi na perseguição que acabou por cometer o atropelamento.

Romano olhava para todos os lados, tentando entender o que poderia ter acontecido.

– Grego! – chama o amigo. – Vamos falar com esse tal de Danilo. O endereço dele fica aqui perto.

– Vamos.

Entraram no carro e seguiram.

Um atento ao trânsito, outro introspectivo.

Capítulo II

– Por que houve um saque de valores tão elevado? – pergunta Igor, para Danilo na sala de trabalho dele no Instituto.
– Para pagar contas, fazer acertos... coisas de rotina. – visivelmente incomodado com a presença daqueles agentes da Polícia Federal.
Igor olhava-o desconfiado, mas mantinha boa expressão.
– Então vocês costumam fazer saques desse valor por aqui? Isso é comum?
– Sim.
– Você não acha perigoso andar com esse dinheiro todo por aí?
– Até então não. Agora acho. – sorriu.
– É perigoso. – sentencia Igor. – Inclusive põe em risco a vida de terceiros.
– A obrigação de segurança pública não é minha. Sou cidadão livre e faço o que eu quiser. – arisco.
Igor apenas olhou-o em silêncio.
Assistido pelo advogado, Danilo estava confiante em suas palavras.
– Aliás, sinceramente, não sei se posso ser útil à Polícia Federal, pois estamos tratando de um assalto... que eu saiba é assunto da Polícia Civil.
Igor apenas olhou-o. Danilo continuou:
– Além do mais, muito estranho a Polícia Federal estar preocupada com um assalto. Vocês não têm que investigar Senadores, Presidente da Câmara e ex-Presidente da República? O que é que fazem investigando um assaltozinho desses?
– Uma pessoa morreu. – afirma Igor.
– Isso é com a Polícia Civil.

– Recursos Federais foram roubados... isso é Polícia Federal. – Igor levantou-se e estendeu-lhe a mão com a sensação do xeque-mate.

– Muito obrigado. Já estamos indo. Se precisar de mim, aqui está o meu contato. – entregou-lhe um cartão de visita. – Muito obrigado. – misturando simpatia com arrogância.

Igor e seus dois colegas saíram da sala, atravessaram o corredor e foram para saguão, onde aguardaram o elevador.

***

Grego e Romano estavam no elevador. A sala de Danilo era no 11º andar. Nada falavam. Apenas aguardavam o elevador chegar.
Chegou.
A porta abriu.
– Boa tarde. – cumprimentam três homens que entraram no elevador, enquanto eles saíam.
Dirigiram-se à recepção.
– Boa tarde. – Grego na frente.
– Gostaria de falar com o Senhor Danilo, por favor.
– Quem gostaria? – despachada.
– Eu. – Grego por reflexo. – Ele também. – aponta para Romano.
– Qual o nome, por gentileza?
– Meu ou dele? – aponta para si e depois para Romano.
– Pode ser o seu. – enquanto o telefone tocava insistentemente.
– Grego. – apontada para si.
– E o dele? – sorridente e simpática por natureza e treino profissional.
– Romano. – completa Grego.
– Da onde? – Eu sou de Belo Horizonte.
– Não! – sorri. – De qual empresa?
– Não somos de empresa. – Grego.
– Senhor, eu preciso cadastrá-lo no meu sistema. Se não me informar a empresa eu não poderei dar sequência ao cadastro. – explica pedagogicamente.
– Mas não há a necessidade de me cadastrar.
– Senhor, todas as ligações e todas as visitas são cadastradas. – ainda em tom pedagógico.
– Isso é para sua própria segurança. – explica.

— Para minha segurança? — Grego acha graça. Romano apenas acompanha em silêncio. Faz um gesto com as mãos como quem pede para Grego ter mais agilidade.

— Sim, senhor. — ainda simpática.

— Se é para a minha segurança... eu abro mão da minha segurança. — Grego sorridente, achando graça de seu próprio bom humor.

— Senhor. Eu preciso da informação.

Romano se aproxima:

— Somos da Polícia Civil. — mostra a identificação da Polícia Civil.

— Sim, senhor. — sem o sorriso. Digitou alguma coisa e pegou o telefone para informar a secretária da presidência.

— Podem me acompanhar, por favor. — foram conduzidos pelo corredor até a sala de Danilo.

* * *

— Aqueles dois eram da Polícia Civil. — fala Igor para os seus colegas, se referindo a Grego e Romano. — Esse tal de Danilo vai ter trabalho daqui *pra* frente.

— O que pensa fazer?

— Escutas. Começa por aí. Esses caras sempre falam bobagem. Sempre escapa alguma coisa no telefone.

* * *

Entram na sala de Danilo.

Cumprimentos cordiais, sem simpatia, apenas Danilo que sorria como se fosse prazeroso receber dois policiais.

Romano estranhou o aperto de mão de Danilo, entregando a mão mole. Aprendera com seu pai, que isso era coisa de homem sem caráter, sem personalidade. Não gostou. Teve logo uma má impressão. Além disso, Danilo cumprimentou-o sem olhar-lhe nos olhos. Outro sinal de falta de caráter.

Grego achou a sala pequena para ser a destinada ao presidente do Instituto que se diz "mundial". De repente, aquele nome pareceu-lhe exagerado: "Instituto de Desenvolvimento Mundial".

Danilo estava calmo, afinal, a Polícia Federal era mais difícil de lidar do que a Polícia Civil. Estava despreocupado. Tinha dinheiro.

— A que devo a honra? – simpático, quase descontraído.
— O senhor é Danilo Orlando Varella? – pergunta Romano.
— Sou eu. – sorriso político.
— Eu sou Romano e este é meu colega Grego. Somos da Polícia Civil.
— Sim, claro. Minha secretária me avisou. Fiquem à vontade. – ajeitando alguns papéis na sua mesa.
— Em que posso ajudar?
— O senhor atropelou uma jovem, que faleceu. Somos da Homicídios.
— Foi acidente. – seu semblante mudou.
— Acidente, claro. Conte-nos como foi.

Danilo contou a sua versão dos fatos. Disse que foi em perseguição aos assaltantes, quando no cruzamento das avenidas a vítima apareceu de repente.

— Entendi. Então a culpa foi dela? – fala Grego, não satisfeito com a versão.
— Não disse isso. – sorridente e sem jeito. – Só disse que eu não tive culpa.
— Mas na sua versão, foi a garota que apareceu de repente. Só falta você dizer que ela se jogou na frente do carro!
— Não. O que eu disse é que eu não a vi. O sinal estava verde e ela quis atravessar a avenida. – não conseguia olhar nos olhos deles.
— O sinal estava verde? – Romano com sua voz grave.
— Sim.
— Tem certeza, senhor Danilo?
— Claro que tenho.

Romano olha para Grego. Este deixa escapar de seu rosto uma expressão de desgosto pela resposta.

— Não estava, não. O semáforo estava vermelho, fechado para você. – Grego acaba por dizer.
— Como sabe? Você não estava lá? – agora com dúvidas daquilo que poderia dizer.
— Não, não estava.
— Então! Eu não avancei o sinal – com convicção.
— Não é o que mostram as fotos do "avanço de semáforo"[23] – sereno. – Não o que dizem as testemunhas.

---

[23] Equipamento de controle de trânsito, com sensores eletrônicos, que fotografa os veículos que ultrapassam o semáforo quando este está vermelho.

Danilo fica em silêncio, mas não perde a pose.

– Se estava verde para você, por que os outros veículos estavam parados? – indaga Grego.

– Não sei dizer. Eu falo por mim. Não falo pelos outros. – sorri de forma cínica.

Romano o olha firmemente. Por um curto momento, parecia estudá-lo. – Por que você estava com tanto dinheiro vivo na mão? – indaga Romano.

Agora era a vez de Danilo pensar nas palavras.

– Por quê? Não pode? – ar dramático. – É crime carregar dinheiro? Silêncio.

Romano e Grego apenas olham para aquele sujeito que assumira postura de quem se achava muito esperto.

– Era muito dinheiro, não era?

Danilo olha para Romano, depois para Grego.

– Por que a pergunta? – sem responder.

– Se não fosse muito dinheiro, você não teria ido atrás dos assaltantes, nessa perseguição alucinada... E talvez, a garota não tivesse morrido.

– Verdade – pensa. – Mas se houvesse Segurança Pública, o assalto não teria acontecido... nem o acidente – ar de desafio, achando-se inteligente pela sua fala. – E ela estaria viva – encara os dois sem olhá-los de forma desafiadora, apenas olha-os. – Segurança Pública é assunto da polícia.

Romano fecha o semblante, dá um breve olhar para Grego e retruca:

– Segurança Pública é assunto da polícia. – concordando. – Perseguir bandido é assunto da polícia.

– Concordo – pausa breve.

– Então.

– Então o quê? – já impaciente.

– Então era muito dinheiro? – olhando-o de forma intimidadora. – Lembre-se que amanhã vou perguntar isso no Banco que você fez o saque.

– Não era muito dinheiro. – ares de modéstia.

– Era pagamento de propina? – Romano indaga com naturalidade.

– O senhor está me acusando. – como se ofendido, mas calmo e com um sorriso cínico no rosto.

– Não! Você mesmo é quem está se acusando.

Danilo levantou-se da cadeira ofendido e ficou de costas para os dois. Serviu-se de um café e de um copo de água para si. Não ofereceu para os dois policiais.

Acabou por virar-se, tentando demonstrar tranquilidade. – Por que vocês falaram de propina? – breve pausa sem esperar a resposta. – Será que é porque a Polícia Civil é um dos órgãos com maior corrupção que existe no país?

– Cuidado com suas palavras – sereno, mas firme. – Com base em quê que você afirma isso? – pergunta Romano com paciência.

– Esse cara é folgado! – Grego sem paciência.

Houve um silêncio desafiador.

– Não fale da corporação. Não é porque é policial que é corrupto – Romano tentando manter a calma nas palavras e no tom moderado.

– Não é porque havia dinheiro vivo que ele seria usado para o pagamento de propina – Danilo fala como se tivesse dado o xeque-mate.

Romano pensa antes de falar.

Grego fala antes de pensar:

– Esse cara é folgado, *hein*, Romano?

Certo mal-estar.

Romano pergunta depois de firmar o olhar em Danilo, que o desvia sistematicamente:

– Por que a Polícia Federal estava aqui?

– Não sei dizer. Fizeram algumas perguntas e foram embora. – olhou-os. – Assim como vocês: farão algumas perguntas e irão embora. Aliás, já está na hora de irem, não?

– Cê é folgado, *hein*! – Grego mais uma vez, agora parecia ofendido.

Danilo era o tipo de pessoa em que, a única coisa importante, era o seu próprio bem-estar. Não conseguia firmar os olhos em Romano, mas falou como se fosse pessoa de convicções:

– *Tá* certo. Eu sou folgado. Só isso? Mais alguma coisa? Estou liberado? Preciso ligar para a polícia? Chamar meu advogado?

Grego segura sua arma e com certa calma na voz, mas intranquilidade no rosto, diz:

– Você considera a morte da garota um acidente? – gesticulando com a mão esquerda e com a mão direita na arma.

– Claro. – tentando manter-se calmo.

– E se eu atirasse na tua testa, seu imbecil, seria um acidente? – saca e aponta a arma.

Danilo pôs as mãos à frente como se isso fosse lhe proteger de um possível disparo.

– Aí é assassinato. – fala nervoso, mas já sem arrogância.

– E o que você acha que a família dela pensa? Que foi sem querer? – tenso. – Você matou aquela garota para correr atrás de dinheiro de corrupção, seu filho da *p*...! – joga-se contra Danilo e põe a arma na testa dele. Agora, nem Romano tinha certeza se aquele ato era parte de encenação ou se Grego estava realmente nervoso. – Detesto corrupção! Detesto gente que se acha esperta! – com voz controlada e olhar tenso. – Detesto esse sorrisinho que não sai da tua cara, safado!

– Calma, Grego. – pede Romano realmente preocupado.

Grego olhava para Danilo que nada dizia e evitava se mexer. A tensão estava no ar.

– Para quem era aquele dinheiro? – pergunta Grego apertando mais ainda o cano da arma na testa de Danilo.

– Não posso falar – trêmulo.

– *Pra* quem era? – aumentando a voz e a pressão.

– Se eu falar, eles me matam.

– Eles quem?

– Não posso falar. – ele próprio não sabia de quem estava falando, apenas sabia que havia gente acima dele. – Eu não conheço ninguém. Só recebo ordens.

– De quem você recebe as ordens?

Danilo não disse nada e parecia firme nessa decisão.

– Posso resolver isso a meu modo, Romano? – pergunta Grego, sem relaxar.

– Não, claro que não. – fala Romano.

– Ele vai falar. Tranca a porta. Ele vai falar. – Grego.

– Melhor não! – alerta Romano.

– O que vai fazer? – pergunta Danilo preocupado.

– Vou fazer você falar.

– Eu tenho meus direitos constitucionais. – Danilo imponente e impotente ao mesmo tempo.

– Tem? – Grego olha para Romano. – Aí, mais um entendido em direito. – e sorri. – Vou arrancar as unhas do teu pé até você falar quem é o teu contato e para quem era aquele dinheiro.

Danilo olha para Grego, como quem não acredita, e para Romano, como quem pede ajuda.

Romano vai até a porta e a tranca.

– Pode começar, Grego. Mas fica só no pé... *pra* não aparecer – recomenda.

– Não! – fala Danilo. – Vocês não podem fazer isso, podem?

– Não. Não podemos. Quer que a gente grave para você mandar uma denúncia para os jornais?

– Eu vou *na* corregedoria. – ameaça.

– Você vai é *pra p... que p...!* – fala Grego irritado. – E se encher muito o *saco*, eu quebro seus pés, seu *f... da p...!*

– Vocês não podem fazer isso. – tentando resistir.

– Quebra um pé só, Grego. Os dois é mais difícil de justificar. Um foi acidente.

– Verdade. Vai ser apenas um. Primeiro as unhas. – e se prepara para forçá-lo a tirar os sapatos.

– Espera! Eu falo.

Ambos esperam um pouco. Danilo continua:

– O dinheiro era para o Dr. Nogueira. É ele quem faz os repasses. Eu não sei de mais nada.

– Não sabe mesmo? – Grego.

– Não. – ainda tenso.

– Eu acho que você sabe mais.

– Não sei – reitera.

– A Polícia Federal vai ficar na tua cola pelo dinheiro público. Nós vamos ficar na tua cola para entender a morte da garota. De um jeito ou de outro, nós vamos te ferrar! – Grego nervoso. – Não fui com a tua cara. Não gostei de você. Você tem o jeito de ser daqueles caras que teve uma infância ruim e hoje fica aí, tirando onda com todo mundo. Mas na verdade não vale nada. – Romano nem reconhecia o colega. – Não gosto de gente sem caráter.

– Você não sabe nada sobre mim. – voltando a ganhar confiança. – Você é um policialzinho de *m...!* Não tem onde cair morto. Eu subi na vida. Eu tenho dinheiro para comprar essa tua moralzinha de fome. Você é medíocre.

Grego, que já guardara a arma e estava um pouco distante de Danilo, se aproxima dele e, de forma muito rápida, dá-lhe uma pancada forte no rosto. Danilo vai ao chão imediatamente.

Romano apenas gesticula pedindo calma, a exemplo de um árbitro em uma luta de boxe. Nada disse. Não aprovava aquele tipo de conduta, mas pelo menos agora, fora merecida.

— Levante-se. — Romano fala em tom de ordem para Danilo e pedindo que Grego se mantivesse afastado. — Senta ali. — fala com Danilo apontando para a sua cadeira atrás da escrivaninha.

Danilo, ainda mexendo em seu rosto pelo soco, levantou-se constrangido e fez, sem pensar, aquilo que Romano sinalizara.

— Vou ferrar com vocês dois. — fala Danilo nervoso, mas sem gritar. Deu um soco em sua própria mesa.

— Não vai descontar nos funcionários, *hein* trouxa? Gente como você tem a mania de bater nos mais fracos. — Grego parecia estar com ódio de Danilo. — Você vai me *ferrá*? Eu vou te pôr na cadeia, seu idiota. — Grego estava realmente nervoso, acima do normal.

— Vamos embora, Grego. — pede Romano afastando o amigo e conduzindo-o para a porta da sala.

Ambos vão, um puxando, outro sendo puxado. Romano aponta para Danilo como quem lhe dá um aviso. Por fim, saem.

Nada falam e vão diretos para o saguão do elevador. Entram neste assim que chegou e saíram do prédio.

Grego esperava a fala de Romano. Sabia que ele iria fazer-lhe algum tipo de reprovação, era seu feitio. Tinha consciência que exagerara. Manteve-se em silêncio. Esperaria Romano falar algo.

Romano não entendeu o excessivo nervosismo de Grego. Sabia que ele diria algo, era seu feitio. Tinha consciência que deveria falar-lhe algo, mas talvez aquele não fosse um bom momento. Manteve-se em silêncio. Esperaria Grego querer falar algo.

Capítulo III

Doze dá três batidas na porta de madeira daquela casa do período colonial brasileiro, espera um curto instante e dá mais três batidas. Fizera como combinado.

Jonathan abre-lhe a porta.

É o garoto. – anuncia satisfeito em vê-lo.

Túlio também sorri.

– Trouxe a mochila? – pergunta Túlio.

– Está aqui. – quase sem força na voz. Doze ainda trazia consigo a dor pela morte de Bebel.

– Ótimo.

Dera tudo certo.

Túlio e Jonathan não conseguiam esconder a alegria.

Doze entrega-lhes a mochila com o dinheiro. Túlio, mais rápido e com mais iniciativa, põe o dinheiro em cima de uma mesa de madeira.

– Vai dividir por quanto? – pergunta Jonathan.

– Quatro. – responde Túlio.

– Quatro! Por quê? – estranha Jonathan.

– Eu, você, o garoto e a Andresa.

– Você tinha falado que ia dividir por três! – insiste Jonathan.

– Por quatro. – retruca Túlio. – Ela também participou.

– A parte dela sai da tua – argumentando.

– Claro que não. Ela que deu o serviço.

– Deu o c...! – nervoso –, ela deu foi *pra* você, "Zé Ruela"! – gesticulando. – Só porque você *tá* de namorinho vai *dá* o dinheiro *pra mulhé*? Nem *f...* – insatisfeito –, ela é tua *mulhé*, você resolve com ela.

– Deixa de ser burro, Jon. Se você dividir com ela, ela vai dar outros serviços. Se você não dividir, vai secar aqui.

Silêncio. Jonathan parecia refletir quanto à possibilidade.

– É... talvez seja melhor mesmo – como quem puxa pelo raciocínio. – Túlio, a mulher sempre entrega o cara *pra* polícia. É só você fazer alguma bobagem... que ela corre lá. – em tom de conselho.

– Com ela é diferente – calmo.

– Todos acham isso até...

– Ela é diferente – insiste.

– Diferente por quê?

– Porque foi ela quem deu a fita. Ela vai junto.

Momentos de breve reflexão.

– Não interessa, cara! Quando *mulhé qué ferrá* com o sujeito, ela ferra mesmo! Nem pensa em mais nada – convicto.

– Concordo. – ponderado. – Mas vamos dividir por quatro, que pelo menos ela não nos ferra desta vez.

– É! *Tá* certo. – sinaliza Jonathan.

Breve silêncio.

– Divide por três! – fala Doze que até então apenas assistira à conversa.

Túlio e Jonathan o olharam sem entenderem.

– Por quê? Vai abrir mão da tua parte, garoto? – apenas provocando.

– Vou. Não quero esse dinheiro.

– Por quê?

– Isso é comigo. Problema meu. – seguro. – Não quero esse dinheiro. – seus olhos estavam em vermelho de sangue.

Túlio tentava entender aquela decisão. Jonathan tentava fazer as contas de quanto receberia a mais.

– Tem certeza, Doze? – pergunta Túlio.

– Tenho. – sério.

– *Tá* certo. – Túlio avalia o rapaz. – Mas bico fechado, *hein*?

– Eu sei. – sem expressão. – Minha moto *tá* aí?

– A Boss[1]? *Tá* lá nos fundos.

– Vou nessa. – com pressa, mas com os movimentos pesados.

– Espera, garoto. Come alguma coisa. Descansa aí. Amanhã você segue seu caminho.

– Melhor eu ir logo. Não gosto desta cidade.

---

[24] Modelo Boulevard M 1800, B.O.S.S., da Suzuki.

– Não vai, não, garoto. – Túlio sério e mostrando preocupação. – Você *caguetou* a gente?

– Não. Claro que não. – nem ligando para a acusação.

– Então *tá* querendo ir embora, por quê? Não gosta de ficar com os amigos?

– Não sou amigo de vocês. Vocês não são meus amigos. Eu quero ir embora. Só isso. Já fiz a minha parte. – olhou bem para Túlio e para Jonathan. – Não estou com vontade de comer; não estou com vontade de dormir; e não estou com vontade de ficar. – manteve o olhar firme, mas sem ser desafiador. – Não *caguetei* ninguém; não quero dinheiro. Apenas quero ir embora.

– Esquisito não querer o dinheiro e estar cheio de pressa. – comenta Jon. – Não acha, não, Túlio?

– Não acho nada. Se der problema *pra* mim, vai *dá pra* ele também.

Olharam-se por um instante.

– Só quero ir embora. Só isso.

– Vai lá. – Túlio desconfiado.

Silêncio. Por um instante ninguém diz nada.

Não havia nada a ser dito.

Doze se vira e vai na direção da porta.

– Garoto! – chama Jonathan. – Por que o pessoal te chama de "Doze"?

Ele olha para os dois, parecia que a dúvida era de ambos.

– Sabe aquele filme: "Os Doze Condenados"?

– Não.

– Então... – olha para os dois. – Dizem que eu pareço com o Charlies Bronson.

– "Os Doze Condenados"... – Jonathan pareceu divertir-se. – Eu que não quero ser um deles – riu contente com o dinheiro na mão.

Túlio olhou firme para Doze, que manteve com personalidade:

– Você não sabe de nada, *hein*, garoto? – adverte.

Doze concorda com um aceno de cabeça.

Túlio entregou-lhe as chaves da moto e deu-lhe algum dinheiro.

Doze foi-se.

Capítulo IV

– Ó, lá! – fala o marido para sua esposa dentro daquele carro alto com gente baixa. – Esse garoto *vai vir* aqui de novo me pedir dinheiro. – parecia satisfeito e irritado ao mesmo tempo.
– O que você vai fazer? – pergunta-lhe a esposa preocupada ao vê-lo levar a mão para debaixo do banco.
– Espera *pra vê*. – com o sabor de quem sabe um segredo.
Ele aguardou.
O garoto realmente foi até o carro dele e tocou-lhe no vidro, como quem pede para que este seja abaixado.
O vidro é abaixado.
– Você que mexe com fogo, não é rapaz? – pergunta em tom sarcástico. O garoto o reconheceu e recuou. – Então toma fogo aqui, garoto! – e põe-lhe um revólver na cara como se fosse atirar. Fez ares ameaçadores. – Não me pede dinheiro nunca mais, seu *m*...! – deu a ordem e arrancou o carro de uma vez.
Mateus afastou-se e quase foi ao chão.
Dentro do carro, mesmo recriminado por sua esposa, o motorista se desmanchava em regozijo.
– Nunca mais esse garoto vai me pedir dinheiro! – sorria.

PARTE XV

Capítulo I

Doze anda pesadamente. Parecia anestesiado depois da morte de Bebel. Seus olhos não tinham luz. Seu rosto não tinha expressão. Sua vida não tinha sentido.

Seu coração estava vazio.

O cemitério estava cheio.

Recebia vários velórios ao mesmo tempo. Uns disputados, outros nem tanto. Vidas que iam, pessoas que vinham. Eram amigos, parentes, vizinhos, colegas, conhecidos, curiosos, primos e tios. A tristeza do momento, por vezes, não combinava com a alegria despercebida daqueles que não se viam há muito e ali se reencontravam em lembranças divertidas e piadas fora de hora.

Doze caminhou como se não visse ninguém ou, simplesmente, ninguém lhe importasse. Alguns colegas da faculdade iam lhe cumprimentando. Doze não respondia. Não era má educação, simplesmente não os via.

Estava cego ao mundo. De tão perfeita que era Bebel, chegou a acreditar que a vida era perfeita. Agora caminhava como se desligado da realidade. Seu peito pulsava ao ritmo desinteressado de um coração em sangue de fluxo contínuo. Doze seguia como a um mergulhador em mar escuro, indo para o fundo sem perceber o perigo que o envolve com a leveza da água, que logo depois, o sufocará.

Foi até Bebel.

Aproximou-se em passos que não percebera. Não há como descrever a expressão de seu rosto. Seus olhos viam sem querer ver. Era Bebel naquele caixão. Era ela...

Pôs as mãos no caixão e, em silêncio, fez uma oração – mais por sentimento do que por fé. Ao final, desejou dias melhores –, mais por fé do que por sentimento.

Tinha os olhos vermelhos com a cor da fúria que se construía dentro dele. Expressão fechada de uma dor advinda do amor, do sofrimento que tem somente quem conhece a alegria.

Olhou Bebel por um instante lento. Indagou como a vida poderia valer tão pouco. Perguntava-se por que Deus a levara. Chegou, timidamente, a questionar Deus, como antes fizera Bebel. Ela questionara por mera travessura inconsequente de palavras sem pretensões. Doze não. Ele questionava em conflito interno que bombardeava sua razoabilidade.

Tentou entender por que a morte de Bebel ocorrera quando ela descobrira que estava grávida. Na sua mente nada fazia sentido. Num pensamento ligeiramente egoísta, perguntou-se o que seria dele depois de Bebel. Era novo, ainda tinha muita vida pela frente. Simplesmente não conseguia imaginar sua vida, sem Bebel ao seu lado. Ela era a mulher que ele desejara. Ela carregava o filho que ele queria.

Seu racional lembrava-o a todo o instante, que essas coisas passam, para que ele tivesse calma, que o tempo curaria essas feridas. Mas Doze não queria ter calma nem esperar. Ele tinha que fazer algo e algo ele faria. Pensou com raiva no idiota que dirigia o carro. Depois pensou com uma raiva respeitosa no que Deus fizera. Tirar, num só golpe, a vida de Bebel e a sua. A diferença é que ela já se fora, e ele, mesmo vivo, estava morto e demoraria um pouco mais para ir ter com ela.

Não lhe pareceu justo com Bebel e sua alegria de viver. As pessoas de alma boa não deveriam morrer cedo. Pelo menos Bebel. Ela não.

Acalmou-se e puxou a respiração no fundo de seus pulmões.

Permitiu-se um momento de contemplação como se buscasse a paz na guerra interior que travava.

A dor estava em sua expressão.

Doze não chorou. Nenhuma lágrima escapou à sua ditadura de força. Porém a dor era perceptível em seus olhos.

Identificou os familiares.

– Eu sou Doze. – apresentou-se em cumprimentos cerimoniosos.

A mãe chorava contida, porém, inconformada. O pai tinha os olhos vermelhos e repetia a palavra "fatalidade" às pessoas que se aproximavam.

Doze olhou para Bebel como quem pretende guardar para sempre sua imagem. Seu rosto era doce, sempre com paz em sua pele.

O que ele tinha para viver fora com Bebel.

Agora, apenas iria rastejar seu corpo por aí, perdido sem ter o que buscar, sem ter Bebel.

Doze saiu de perto do caixão.

Caminhou decidido e com o passo pesado.

Montou em sua moto, com seus olhos em vermelho negro. A raiva estava em sua expressão, se misturando ao sofrimento e à angustia que sentia no peito.

Seu silêncio era sepulcral.

Dentro de sua mente era travada uma luta. Doze não sabia bem o que fazer, mas tinha plena convicção de que algo faria.

A incompreensão o massacrava. A revolta com Deus crescia.

Ele forçava seu pensamento em Bebel.

Duas pessoas; um amor; uma vida; uma morte; e nenhuma esperança.

***

– Você acha que foi uma boa ideia termos vindo até aqui? – indaga Grego em tom cerimonioso.

Romano apenas balança a cabeça em sinal positivo.

A postura era de respeito. Grego estava visivelmente incomodado.

– Não gosto de cemitérios. – comenta por comentar.

Romano apenas balança a cabeça dando sinal que entendera.

– Esse monte de gente em volta de defunto. Não gosto, não. – reforça Grego. – Não tenho medo de fantasma... não é nada disso. Só não me agrada. – convicto.

Romano balança a cabeça e olha para o colega como quem já entendeu e pede silêncio.

– Será que tem lanchonete aqui? – indaga Grego depois de um tempo.

Romano o olha em sinal de reprovação.

– Comer? – estranha Romano e acaba por falar.

– É! – estranha Grego a indagação do colega.

Romano fecha o semblante, parecendo concentrado.

– Já volto. – Grego se afasta.

Um rapaz se aproxima com ar carregado. Faz uma prece perto ao caixão. Cumprimenta a família e vai-se em silêncio, sem conversa, sem alarde, sem abraços, sem comoção. Caminhava tenso com os olhos carregados de dor, aquela dor que sai do coração e não da convivência, que conclama a ausência e não a perda, que esvazia o sangue e não se recompõe nunca mais.

Romano acompanhou apenas com o olhar, até vê-lo montar numa moto e ir-se.

Sem saber bem por qual motivo, comoveu-se com aquele rapaz.

Capítulo II

Andresa continuava trabalhando normalmente no banco. Nem poderia ser diferente, pois poderia levantar suspeitas sobre si, se simplesmente pedisse para sair. Ninguém poderia desconfiar de sua participação no assalto.

Em sua mente, não sabe bem explicar o motivo, tratava aquilo como uma aventura juvenil, quase uma travessura de criança e não como uma participação em um crime. Afinal de contas, a única coisa que fizera fora dar um telefonema.

Depois da visita da Polícia Federal, sabia que teria que ter mais cautela. Era sempre melhor esperar as orientações de Túlio. Ele era o "chefe", e ela era a mulher do "chefe". Adorava essa ideia. Parecia-lhe emocionante. Quebrava a rotina de sua vida monótona e sem emoção.

Estava tão feliz com Túlio. Como era bom ser de alguém. Como era bom ser mulher de um homem só. Até sorria sozinha sempre que se lembrava dele.

Sentia-se completa, preenchida e protegida. Ele era seguro, bravo, tinha atitude de homem. Ela sabia que ele a protegeria se fosse preciso.

"Ela era mulher de bandido" – adorava aquilo. Só não falava com ninguém, mas isso, por si só, também era excitante.

Suas amigas nem imaginavam isso. Elas ficavam lá, com aqueles namoradinhos mimados, cabelos certinhos e roupa engomada.

Sem perceber, lembrou-se de um namorado seu que usava secador de cabelo, que chorava deitado na cama feito menina e era ruim de pegada. Perto de Túlio, ele seria quase uma mulher. Agora sim, ela estava feliz, tinha um homem.

Voltou a concentrar-se no trabalho.

Foi conversar com o seu supervisor, conforme orientação de Túlio. A conversa fluía bem:

– Por que você quer mudar de agência, Andresa? – perguntou-lhe o supervisor.

– Estou com medo de trabalhar aqui – fazia ares de fragilidade, sabia que isso funcionava com os homens. – Prefiro ir para outra. Pode ser agência de bairro, pequena. Ou em outra cidade. O que for melhor para o banco. Só estou com medo de ficar aqui.

– Tudo bem. Mas e o treinamento que o banco te deu? Todo o investimento feito em você? – pondo dificuldades.

– Por favor. – ela pede se expressando com todo o corpo.

– Não sei. Vou pensar.

– Até quando eu posso esperar uma resposta.

– Não sei, mas eu te aviso.

– *Tá* bom – ela sai da sala.

Ficou na dúvida se teria feito o certo. Talvez aquele pedido pudesse chamar a atenção da Polícia Federal. Por outro lado, estava tranquila, pois fizera o que Túlio lhe orientara, e ele sempre sabia o que fazer.

Mal via a hora de ficar abraçada com ele, pele com pele. Adorava ficar quietinha, agarrada com Túlio. Adorava ser usada por ele, ser a mulher dele. Fora ele quem a fizera sentir-se mulher de verdade. Fora ele quem a domara. Em suas fantasias, adora ser possuída à força, ser submissa e obediente. Sentia-se mais mulher, mais viva, mais satisfeita.

Lembrou-se que estava no ambiente de trabalho quando o corpo começou a reagir aos seus pensamentos. Sentiu seu instinto aflorar-se. Pressionou as pernas, uma na outra, e gostou da sensação.

Melhor pensar em outras coisas. Voltou a concentrar-se no trabalho, mas manteve um sorriso maroto em sua expressão.

Capítulo III

– Eu sei que você está escrevendo sobre o Danilo. – afirma Camila sem rodeios naquele apartamento sem espaço.
– Como sabe? Foi ele quem contou? – pergunta Daniel, igualmente direto.
– Sim. – categórica. – Biografia.
– Como você me achou? – intrigado.
– Ele me deu seu contato.
– Por que ele faria isso?
– Acho que ele quer que eu fale dele com você.
– Será?
– Só pode ser. O que seria? – ela dá de ombros.
– Não sei. – ele sorri e a olha maliciosamente, percorrendo o corpo todo com a fome nos olhos.
Ela demonstra sua rejeição. Daniel retira o olhar, mas mantém o sorriso distraído. Acaba por perguntar:
– E o que foi que ele disse? – curioso.
– Isso não importa. O que importa é o que eu vou te dizer agora.
– O quê? – ainda curioso.
Ela conta sua desventura.
Daniel não sabe bem o que dizer.
Aquele pequeno quarto que lhe servia de escritório, de repente ficara menor ainda. Não havia lugar para esconder as lágrimas que escaparam dos olhos de orgulho ferido de Camila, nem a falta de reação de Daniel.
– Mas, por que você está me contando isso? Estupro é coisa grave! – não sabia bem o que dizer. Aparentou certo constrangimento e seu rosto ficou rubro.

— Na verdade, não sei – enquanto se recompunha. Não era fácil lidar com uma violência dessas.

Houve um pequeno período que as palavras não saíam.

— Talvez porque ninguém faça nada. Ele *tá* aí solto e deve ter feito isso várias vezes. Mas ninguém se expõe, *né*?

— E o que você espera que eu faça? – tentando ser lógico.

— Nada. Só quero que você saiba que esse cara não presta.

Daniel parecia querer refletir sobre o assunto.

— Você sabe que eu estou escrevendo sobre ele? – mais afirmando do que perguntando. – E que ele está me pagando para isso?

— Sei.

— Então. Quando é assim, a gente só escreve coisas boas. Isso não dá *pra* contar. Não é um trabalho jornalístico sobre o fulano. Não é investigativo. – tenta explicar. – Eu escrevo somente aquilo que ele autoriza.

— Então você será tão mentiroso e sem caráter quanto ele! – dura.

— Eu não sou como ele. – pensou mais em defender seu caráter do que seu trabalho. – Nunca estuprei ninguém. – firme.

— Então escreva sobre isso.

— Claro que não. – arredio. – Ele já me pagou. – sem saber onde por as mãos aflitas em gestos. – Não posso escrever isso. – pensou mais em defender seu trabalho do que seu caráter.

— Você é igual a ele.

— O fato de fazer a biografia dele não me torna igual a ele.

— Então escreva a verdade. – incisiva.

— Sem chance. – convicto. – Além disso, como sei que você diz a verdade?

— Ora! Por qual motivo eu mentiria? Por qual motivo eu viria até aqui?

— Não sei. Eu não te conheço. – refletiu. – Não ter motivo para mentir não transforma uma mentira em verdade. – pensou – pensou em voz alta. – Às vezes você tentou extorquir dinheiro dele, não conseguiu e, agora, quer se vingar. – arriscou sem convicção. – Você é uma prostituta! Como posso confiar no que diz? – gaguejou na fala.

Ela olhou-o com calma, mas com olhar fulminante.

— Meu nome de profissão é Natália. Fui violentada por esse crápula. Se você não quer a verdade, há quem queira. – levanta-se. – Vou para os jornais. – decidida. – Quando sair seu livro, terá perdido a oportunidade de falar a verdade sobre esse crápula.

— Calma! Calma! melhor pensarmos com calma. – segurando-a pelos ombros. – Não faça nada. *Me* deixe pensar até amanhã. Aí a gente vê o que faz. Pode ser?
— Pode. Até amanhã, às 18 horas, eu espero. Depois disso, já sabe. – despachada.
— *Tá* certo, então! Amanhã eu te respondo.
Despediram-se. Ela saiu satisfeita pela conversa. Não descansaria enquanto não desmascarasse Danilo, enquanto ele não pagasse pelo mal que lhe fizera.

***

— Danilo? – pergunta Daniel pelo telefone.
— Sim, sou eu.
— Aqui é o Daniel.
— Grande, Daniel! Prêmio Nobel de Literatura – rindo. – O que você manda?
— Não. Nada – inseguro.
— Que foi? O pessoal não te entregou o dinheiro?
— Entregou, claro.
— Pode *falá*, então! Qual é o problema?
— É constrangedor. Meio sem graça. É melhor conversamos pessoalmente.
— Não dá. *Tô* com muita coisa.
— Então *tá*. Vou falar – como quem avisa.
— Pode falar.
— Então – se prepara –, uma garota me procurou *pra* falar de você – como quem vai continuar.
— Sim – espera a continuação.
— Ela se chama Natália.
— *Ham*... o que é que tem?
— Posso falar livremente?
— Claro que pode.
— Ela falou que foi violentada por você – aguarda a reação.
— Ela é uma garota de programa! Uma *puta*! – explica.
Daniel ficou em silêncio. Aguardou um pouco.
— E o que é que ela quer? – pergunta Danilo, com aparente tranquilidade na voz – Dinheiro?
— Não.

– Então o quê?

– Ela está com muita raiva de você. Disse que se eu não escrever sobre isso na biografia vai para os jornais.

– Escrever sobre o quê?

– Sobre o estupro.

– O que você falou *pra* ela?

– Não muita coisa. – pausa breve. – Rascunhei um capítulo. Ficou bom. – arrisca Daniel.

– *Cê tá locô*? Claro que não! Isso não pode sair no livro. De jeito nenhum.

– Tudo bem. Eu tiro.

– Então tira.

– Mas, Danilo...

– Quê? – irritado.

– Eu queria que você entendesse que eu dediquei algumas horas importantes do meu trabalho a esse tema... e agora vou ter que refazer.

– *Ham...* o que *tá* dizendo?

– Nada, não. Eu só iria pedir a reposição dessas horas. Apenas uma compensação pelo trabalho, pela dedicação.

– De quanto você está falando?

– Deixo a seu critério. Foram várias horas de trabalho. Se puder me pagar, eu agradeço.

– No mesmo valor que você já me cobra? – sabendo que perdera a negociação.

– Sim.

– Amanhã eu mando entregar esse dinheiro aí. – chateado. – Mas não quero mais ouvir falar desse assunto, *hein*? Combinado?

– Combinado. – satisfeito.

Daniel desliga o telefone com a certeza de que a história de Natália era verdadeira, caso contrário, Danilo não iria dispor do dinheiro com tanta facilidade. Danilo não gostava de trabalhar, ele gostava do dinheiro. Gostava mais da fama de ser conquistador do que das garotas. Gostava das festas e não da alegria. Gostava de usar as pessoas para ganhar dinheiro e por dinheiro.

Danilo não tinha escrúpulos e era assim que raciocinava.

***

Capítulo IV

Doze estava na estrada a caminho do Parque Estadual Serra do Rola-Moça, nas proximidades de Belo Horizonte.

Montara na moto e no meio do caminho para lugar nenhum, decidiu ir ter com Bebel no passado.

Ela estava ali.

Aquele lugar tinha Bebel por todo o lado. Fora até ali diversas vezes com ela, experimentar a liberdade de suas vidas e de seus corpos. Ia lá, especialmente, para usufruir das cores que eram só dela.

Agora, uma angústia se fazia presente. Os ombros de Doze tinham um peso que não era comum. Seus olhos estavam vermelhos como se chorassem sangue. Seu coração estava apertado como se quisesse saltar de seu peito por grito inconformado.

Doze estava com raiva da vida por ter-lhe tirado Bebel, mas estava com mais raiva da própria vida que teria sem ela.

Ele sentira-se livre ao lado de Bebel, mesmo prisioneiro de seu sentimento. Tenha prazer em sentir-se preso a quem lhe fazia tão bem. Era um tipo de prisão que ele não queria libertar-se. Doze sentiu-se forte com Bebel ao seu lado, exatamente pela fraqueza que sentia por ela.

Estava pronto para conquistar a imensidão do mundo com ela a seu lado. Bastava ela sorrir-lhe que ele sentia-se bem. Era só abraçá-la que o mundo ficava melhor. Doze não conseguia imaginar um dia inteiro sem Bebel. Precisava dela, da sua imagem, do seu perfume, das suas palavras, do seu calor, do seu olhar, do seu carinho. Mas acima de tudo, da sua crença de uma vida feliz.

Ao lado dela não pensava nos problemas que a vida lhe aguardava para o futuro ou em obstáculos que a vida lhe pusera no passado. Ao lado dela pensava nela e somente no prazer de estar com ela, sempre com aquela luz que a acompanhava.

Os olhos de Bebel o hipnotizavam, a boca dela lhe enchia de apetite e seu jeito delicado o mantinha imobilizado pela beleza.

Doze deitou-se no chão silvestre. Não esperava nada. Não queria nada. Apenas estava ali com sua amada nas lembranças que vinham pelo coração.

Naquele momento, tentava não ter raiva. Queria ter pensamentos leves e elevados. Mas a incompreensão fixara-se em sua introspecção. Tentava entender por que Bebel tivera que ir tão cedo. Por qual motivo ele passava sempre por tantas provações. O que era isso? Vida? Destino? Deus? Como entender aquilo que está fora da nossa compreensão? Como aceitar sem reagir? Como reagir sem se rebelar?

Tentou construir um muro em sua memória disciplinada, para que Bebel fosse preservasse dentro de si sem chance de fugas. Não queria esquecer sua fisionomia com o passar do tempo. Não queria nada sem ela. Aliás, já nem sabia se queria viver.

Doze deu-se conta que talvez aquilo tudo fosse um exagero momentâneo, que, como tudo na vida, passaria com o tempo. Porém, ele não queria que tudo aquilo passasse, queria ter a imagem de sua donzela sempre consigo.

Respirou na tentativa de ver-se por dentro. O sentimento que nutrira por ela não lhe pareceu exagerado, bem como o sofrimento que lhe abatera parecera-lhe normal. Estranho seria se soubesse lidar com isso.

Já tivera muitas perdas em sua vida, mas nenhuma daquela proporção. Afinal, não perdeu apenas Bebel e tudo que ela trazia consigo, perdeu toda a força que estava dentro dele. Perdeu sua ideia de futuro.

De conquistador dos mundos para um desolado mendigo do sentimento em esquinas de pranto sem moedas.

Perder Bebel assim, parecia perder o rumo de caminhos que nunca tivera. O seu futuro pareceu-lhe escapar enquanto ele se postava incapaz. Seus planos de vida feitos em silêncio com Bebel, enquanto seus olhos eram cúmplices dos sonhos comuns, ruíram em catástrofe instantânea. Ele não percebera o quão era dependente dela. Dependente de seu amor.

Viu-se sem caminhos, sem lugar no universo. Era como se sua vida só fizesse sentido se estivesse entrelaçada à dela.

Sem perceber, saltou à sua memória a vida sem sabor que tivera até ali. Fora Bebel quem lhe mostrara as cores do céu, a paz do sorriso, o perfume da vida, o toque da intimidade, a sutileza da alma, a feminilidade dos gestos, o valor da vida em seu olhar de alegria.

Doze sentiu Bebel com seu perfume de mulher. Viu seu rosto de menina. Sentiu-se tocado pela leveza em seu rosto pedindo que ele erguesse a cabeça, que não perdesse a altivez que tanto lhe encantara quando o conhecera. Ele fez, como quem desafia o mundo, ou o destino.

Ela estava ali.

Era como se pudesse tocá-la, puxá-la para si novamente. Seu corpo tinha memória do corpo dela. Seu sentimento tinha memória do toque dela. Sua vida tinha saudades da vida dela.

Bebel era linda. Tinha gestos delicados, como se fosse uma bailarina numa dança interminável. Tinha pele macia com toque de pétalas como se soubesse que seria admirada incansavelmente. Seus lábios eram donos de um sorriso que fazia seus olhos brilharem de felicidade e o entorno render-se ao seu exibir de simpatia. Seu rosto parecia um desenho de estátua grega em homenagem à beleza feminina. Seus cabelos cheios davam-lhe o tom de extraordinária harmonia, mesmo sutil em sua aparência delicada com suavidade de cristais. O vento vinha sempre com cuidado para vê-la, sem tocar sua beleza, apenas realçá-la. Essa era Bebel, linda em todas as suas formas.

Cada palavra dela vinha numa devoção à vida, numa reverência à alegria, num pacto com a felicidade, como quem entrega um tributo em agradecimento de eternas orações.

Ela lhe fazia bem. Ela deixara-o com esperança na sua própria vida de percalços que pareciam infindáveis.

Ele a desejava com tanta intensidade que teve receio de ser sufocante. Ele queria estar com ela o tempo todo. Tudo lhe fazia lembrar-se de Bebel. Tudo que fazia era por lembrar-se de Bebel.

Não queria sofrer, mas sabia que o sofrimento estava ali, dentro dele, com seu peito em lágrimas que não findavam.

Deitado no chão com os barcos abertos, Doze olhava o céu. Olhava, mas não via. O azul era infinito, simplesmente não acabava, parecendo clarear todo o planeta. Mas seus olhos não estavam ali. Buscavam Bebel dentro de si.

Quis chorar, mas não chorou. Nenhuma lágrima se prontificou a registrar aquele momento.

Doze não entendeu. Sabia que tinha sentimento por ela.

Quis berrar, mas não berrou. Não saiu de sua garganta nenhum urro de guerra anunciando a sua perda.

Não entendeu. Sabia que tinha um grito guardado para ela.

Quis levantar-se, mas não se levantou. A noite caiu e o abraçou com toda a sua escuridão de estrelas. Imaginou qual delas seria Bebel. Com certeza, aquela que brilhasse mais.

Quis fazer uma oração, mas as palavras não saíram. Não entendeu. Sabia que acreditava em Deus, mas, naquele momento, simplesmente não entendia o motivo pelo qual Ele fora tão perverso.

Tentou tirar a angustia que se prendeu em seu peito como se orbitasse em torno de seu coração. Ele agora, era um falcão sem asas, mas ainda podia lutar.

Fechou os olhos e absorveu a raiva que estava dentro dele. Tentou ver Bebel, mas tudo ficara confuso em sua mente.

Quando abriu os olhos havia uma negritude mortífera em sua expressão.

A vingança estava em seu semblante cerrado.

Pareceu-lhe razoável matar em nome de Bebel. Pareceu-lhe razoável vingar-se de Deus fazendo valer-se do pecado capital da vingança.

Sua amada estaria viva em suas ações.

O sujeito que a matou pagaria com a vida, a vida que tirara de Bebel. Doze seria o instrumento para que isso acontecesse. Doze declarara sua pequena, mas intensa, "guerra santa".

Matar o assassino de sua amada.

Para isso, primeiro mataria deus dentro de si.

Se viver por amor fazia sentido, viver sem amor não fazia sentido algum. Se viver com Bebel fazia sentido, viver sem Bebel não fazia sentido algum. E mesmo que fizesse, Doze não queria viver sem ela. Queria sua donzela.

Foi injusta a morte de Bebel.

Deus não deveria ter deixado isso acontecer.

Doze iria vingar-se por Bebel.

Doze iria vingar-se de Deus.

Lança-se como um cavaleiro solitário na sua cruzada em busca da "terra santa". Combater Deus para estar mais perto Dele. Vingar Bebel para estar com ela a todo o instante.

Doze doma sua fúria e enfrenta a angústia que se apresenta para torná-lo passivo e conformar-lhe.

Ele não aceita.

Quer a guerra permanente ao destino que lhe foi traçado.

Sua inquietude será sua única arma, Bebel sua inspiração e o amor por ela sua bandeira.

Doze abre os braços como se rasgasse seus pulmões. Sua garganta solta um urro que não sai, mas se faz sentir com toda a sua expressão de dor e na pressão das veias que saltam em seu pescoço numa força angustiante.

Ficou ali parado como se gritasse com fúria e pusesse sua honra em regime de servidão. Manteve-se parado tentando entender o que Deus fizera. Procurava a lógica no que lógica não tinha. Procurava entender aquilo que não tem explicação alcançável para o ser humano.

Não há como compreender o que não tem explicação racional.

Queria se conformar, mas não cabia na camisa-de-força que o destino lhe dera nesse roteiro de tragédia que ele não sabia atuar. Sentiu-se um leão acorrentado, querendo libertar-se do cadeado cuja chave não existe. Doze era um soldado com a arma na sua própria cabeça por ter raiva do inimigo que desconhece.

Desejou ser a fúria de um maremoto do que a calmaria de um oceano cândido. Queria ser um predador voraz para engolir seu próprio destino. Queria ser dono do passado para desenhá-lo com os contornos de Bebel. Queria ser um Deus para de Deus vingar-se.

PARTE XVI

Capítulo I

– O que você acha que está havendo? – pergunta Igor ao colega responsável pelas escutas.

– Não sei dizer. Mas já está na hora de aparecer alguma coisa.

– Mas até agora não apareceu nada? – estranhando, afinal já estavam nesse trabalho há meses.

– Apareceu. Mas é muito pouco *pra* dar o pulão nos caras. – com convicção.

– Mas o que você tem?

– Nada demais.

– Precisamos de algo. A chefia já está me pressionando. Ou seguimos em frente ou deixamos *pra* lá. – como quem avisa que uma decisão teria que ser tomada brevemente.

– Pode deixar. Vou juntar as coisas e lhe passo. Aí *cês* resolvem lá *pra* cima.

Igor saiu atarefado e preocupado.

Sentia cheiro de confusão, mas sem provas, não adiantava fazer nada. Poderia até prender alguém, mas, para manter preso, precisava de provas. Até agora não tinha nada de concreto.

Mesmo assim, sabia que em algum momento pegaria Danilo, afinal de contas, fica sempre algum rastro. O problema era a pressão por resultados que vinha de cima. Se entendessem que aquela operação não resultaria em nada, poderiam suspendê-la e acabariam por deslocar toda a equipe.

A prioridade era da operação com mais importância. O critério de mais importância, passava por mais impacto, mais prestígio, maior índice de acerto.

Ele sabia que as coisas funcionavam assim. Nem sempre concordava, mas como todos, ele também obedecia ordens de alguém. Para si, o aparato do Estado deve ser usado para os fins que justificam sua existência, independente do custo das operações e do grau de repercussão. Porém, não é como pensavam os atuais gestores.

Dinheiro no Brasil há muito. O governo arrecada muito em tributação, o problema é como esse dinheiro é administrado. O Brasil gasta mal seus recursos. Além disso, o nível de corrupção sistemática é absurdo.

Igor já vira tantas coisas. Contudo, houvera casos que ele não conseguira reunir provas suficientes para prender alguém. Isso era mais frustrante do que quando se enganavam numa investigação.

Havia uma em especial que o revoltava. Era o hábito de prefeitos do interior do Estado virem para a Capital mineira com desculpas variadas, como congressos, seminários, reuniões políticas e outras desculpas, instalarem-se em bons hotéis e usufruírem da companhia de prostitutas. Tudo pago pelos cofres públicos.

Aquilo revoltava Igor. O uso indevido do dinheiro público.

Porém, para prender alguém ele tinha que conseguir reunir provas, e isso, nem sempre era tarefa fácil. E mesmo quando achava que tinha provas suficientes, era comum que o Judiciário não condenasse o político. Isso era revoltante. Igor começava a imaginar se o Judiciário também era podre como o Executivo e o Legislativo. "As pessoas no Brasil não prestam", pensava com raiva.

A ausência de comportamento cívico também era algo que incomodava Igor.

Via isso no cotidiano das pessoas. Alguém que para em fila dupla e atrapalha o trânsito todo, alguém que estaciona na vaga destinada a veículos de pessoas com necessidades especiais ou idosas, o furar filas, a falta de respeito entre as pessoas, a falta de educação com as mulheres, a desobediência à regra, o atestado médico falso, o correr atrás da ambulância para furar o trânsito; entre outras.

Igor estava um pouco cansado dessas coisas, mas tentava simplesmente viver sua vida, sem querer corrigir o mundo.

Capítulo II

— Não entendi por que está insatisfeito. — Danilo fazendo-se sempre muito ocupado.

— Porque não tenho a minha Carteira assinada. — fala com forte sotaque gaúcho.

— Mas eu te pago o que nós combinamos.

— Sim.

— E, além disso, nós combinamos que você receberia como pessoa jurídica e não como funcionário.

— Eu sei. Mas essa situação está me incomodando. Eu não recebo meus direitos trabalhistas.

— Mas nós combinamos assim. Aliás, você e os outros. Quase todos aqui recebem como pessoa jurídica.

— É, eu sei. Mas eu não quero mais essa situação *pra* mim. Preciso ganhar mais. Eu aumentei minhas responsabilidades, mas não aumentei meu ganho.

— Combinado é combinado. Se não está satisfeito...

Gaúcho esperou que Danilo completasse a fala, mas este não o fez.

— Ou melhora a minha condição ou vou sair. Não gosto da ideia de emitir nota fiscal todos os meses como se fosse um fornecedor se na verdade eu sou funcionário.

— Por que diz isso?

— Ora, eu cumpro horário, eu sigo suas ordens, eu dependo dos meios do instituto para trabalhar, e uma série de outras coisas. Prefiro seguir a lei.

— Não. Eu perguntei por que você não se sente bem em emitir as notas fiscais.

– Por que não corresponde à verdade dos fatos. Eu não sou fornecedor, eu sou funcionário.
– Mas isso te incomoda?
– Sim. – firme. – As coisas são o que são, não o que queremos que sejam.
– Não tem jeito. O que eu fizer *pra* você vou ter fazer *pra* todos.
– Eu falo só por mim.
– Os outros pensam assim também?
– Já ouvi uma ou outra fala nesse sentido. – concordando.
– Vou pensar no assunto – Danilo não gostava de tomar decisões das quais não tirasse proveito. Adiar era sempre mais fácil. – Então faz uma proposta *pra* mim por escrito e eu vou analisar. Pode ser?
– Proposta de quê?
– De quanto você quer ganhar. Mas tem que ser como pessoa jurídica. Não vou pagar como pessoa física.
– Por que não?
– *Pra* você eu posso falar. – com ares de mistério e esperteza ao mesmo tempo. – Por que a nota fiscal da pessoa jurídica eu lanço nos projetos. Assim, eu diminuo a despesa com pessoal e os gastos trabalhistas.
– Isso é certo?
– Ora, desde que seja combinado...
– Mas eu não sabia disso. – joga. – Eu só aceitei essa condição porque precisava trabalhar.
– E agora, não precisa mais? – Danilo também sabia jogar.
Gaúcho, constrangido, nada fala. Danilo dá sequência:
– Se quiser continuar será como pessoa jurídica. Se quiser ir embora, peço que me avise com antecedência. – devolve.
Breve silêncio. Danilo retoma:
– Faz a proposta que eu vou analisar.
Era o melhor a ser feito.

Capítulo III

Antes de entrar no bar, Doze olha como se estudasse o ambiente.

Lugar esquisito. Ficava na Avenida Paraná que, de noite, tinha sempre um aspecto estranho. Há muito que Doze não passava por ali. A avenida ficara bonita com as mudanças que foram feitas, contudo continuava com o mesmo tipo de frequentadores. Pessoas de todos os feitios davam aspecto feio àquela urbanidade.

Naquele bar, cachaça e cigarro convencional era somente para os mais conservadores, que bem se comportavam. Bebida pesada e droga leve era apenas para os iniciantes.

Doze entra e vai até o balcão. Pede dois copos de uma pinga qualquer. Não queria beber, mas era o sinal combinado.

Um homem se aproxima com um copo de cerveja na mão.

– Você é o Doze?

– Sim.

– Chega *pra* cá. Vamos conversar.

Foram para uma mesa de plástico com cadeiras de plástico que ficava no fundo do bar, que era mais para o comprido do que para o largo.

– Então? – introduz o homem. – Animado? – fala por falar.

Doze o olha.

O homem põe cerveja num copo e o põe à frente de Doze, antes, bebeu a pinga que estava num dos copos.

Doze apenas acompanhou os movimentos. Sua expressão era dura. Não queria conversar, não queria beber. Antes queria mudar o mundo, mas isso já passara, agora queria apenas resolver o assunto e ir-se embora.

– Então? – tenta de novo o tal homem. – Trouxe o dinheiro?

– Trouxe.

O homem se movimentou por debaixo da mesa e entregou um revolver para Doze. Este olhou-o rapidamente.

– Está com munição?

– Claro.

– E o número de série?

– Raspado.

Silêncio.

O homem encostou-se na cadeira.

– Você entende de arma?

Doze permanece em silêncio, mergulhado em sua mente.

– Você vai usar isso mesmo? – insiste o homem.

– Vou. – sério.

O homem o olha com ar desconfiado.

– Já usou isso antes?

– Já.

Não houve insegurança nem convicção, apenas uma resposta.

Ainda desconfiado o homem pergunta:

– É para algum trabalho ou proteção?

– Faz diferença? – tenso. – Isto aqui é compra e venda ou interrogatório? – expressão fechada.

– Doze, deixa eu te falar um negócio, filho: se você puxar a arma *pra* alguém, você tem que matar. Não pensa que a vida é igual filme, não – porque não é. Se você está na dúvida é melhor não levar.

– Não estou na dúvida. – reage. – Só não compro um revólver todos os dias. – tira um pacote e o põe na mesa. – Pode conferir aí, tio. *Tá* tudo aí. – referindo-se ao dinheiro.

– Que é isso? Que indelicadeza. – puxa o pacote. – Não vou conferir nada, não. *Tá* tudo certo. Você não iria me passar a perna, iria?

– Claro que não.

Os dois se olham.

– *Me* responda uma coisa. – fala – fala o homem.

– Pode falar.

– Por que "Doze"?

Doze o olha e faz ar de mistério.

– Por causa da arma que eu usava na roça. – esclarecendo.

– *Ah*, é? Uma doze, é?

– É isso aí. Uma doze. – levantou-se. – Até... – apertando a mão do sujeito e saindo.

Capítulo IV

– Você sabia disso aqui, Romano? – pergunta Grego segurando um documento numa das mãos, enquanto a outra empurra uma gaveta carregada de papéis.

Romano levanta a cabeça para dar atenção para o colega.

– Quê? – lacônico como lhe era comum.

– O cara tem uma acusação de estupro.

– Quem?

– O tal de Danilo – entrega o documento para Romano examiná-lo com seus próprios olhos.

Depois de uma breve leitura, Romano aponta o endereço indicado no papel:

– Vamos visitá-la.

– Ótimo. Vamos pegar esse cara.

Romano olhou para Grego como se o reprovasse.

– Que foi?

Calmo, Romano respondeu:

– Não deixe sua raiva decidir por você. – aponta para a cabeça. – Pense sempre com a razão.

– Pode *deixá*! – despachado. – Vamos lá de uma vez ou você vai ficar aí com a razão. – debochando.

Romano levanta-se:

– Melhor irmos de uma vez.

– Melhor pegarmos esse cara agora e enchermos a cara dele de "razão" – mostrando o punho fechado.

PARTE XVII

Capítulo Inominado I

– Não vou abortar. – Inês fora categórica.
– É importante que saiba que a lei permite que você faça o aborto. – em tom moderado, típico dos psicólogos.
– Mas eu não quero. – com a irritação esperada de quem se sente pressionada.
– Talvez fosse melhor conversar com a sua mãe e com o seu pai antes de tomar essa decisão. O que acha? – propõe.
– Eu já estou decidida. – firme. – Não vou fazer o aborto – olha-a de forma severa. – Essa decisão é minha e de mais ninguém.
– Você sabe que estará carregando uma criança fruto de um ato de violência.
– Eu sei. Não precisa ficar me lembrando disso toda a hora.
Ela consentiu com um leve aceno. Nada disse. Inês sentiu a necessidade de complementar sua fala:
– A criança não tem culpa. Eu não vou fazer o aborto e não quero mais tratar desse assunto. – dentro de si tentava reunir forças para as suas convicções.
– As lembranças virão sempre à tona – como quem dá um último aviso.
– Eu sei. Pessoas como você, como minha mãe, farão questão de me lembrar disso o tempo todo. – ela pondera. – Eu quero essa criança, não por ser fruto de estupro, mas por ser a vitória da vida contra a maldade.
A psicóloga não concordava, mas...
– Quero ser responsável por alguém. – Inês continua. – Quero educar alguém da forma que eu penso, dar-lhe os valores que eu tenho. Quero ter alguém que eu possa dar amor incondicional. – sorriu para si mesma.

Houve um silêncio leve, daqueles que as pessoas fazem quando estão mergulhadas em suas próprias mentes.

O posicionamento de Inês surpreendeu a todos.

Ela parecia frágil demais para tomar uma decisão tão forte.

A família ainda estava em choque, tanto pelo o ocorrido, como pela decisão de Inês.

Todos procuravam motivos, culpas e desculpas.

Todos pareciam inconformados com os fatos.

Não entendiam o motivo de tanta violência. Como alguém podia praticar estupro?

Não entendiam o motivo de tanto amor. Como alguém podia cuidar de uma criança fruto de violência?

Inês estava arredia, transtornada, inconsolável, mas muito segura da sua decisão. Tornara-se mais calada e menos festiva.

Fechara-se dentro de seus pensamentos que, vez por outra, deixavam escapar poucas lágrimas. Estas vinham numa descida fria, sem emoção, apenas protesto.

Teria o filho e esperaria as explicações de Deus.

Capítulo Inominado I

Eduarda já perdera muito sangue.

O parto naquelas condições estava cada vez mais complicado. Ela se esforçava, mas sentia suas forças lhe abandonarem a cada nova tentativa.

Ela percebeu que teria a criança, mas que sua hora havia chegado.

Era como se seu propósito na vida já tivesse sido cumprido.

Ouviu a médica comemorar o nascimento:

– São duas meninas.

– Duas? – mal conseguiu falar. Estava fraca demais, mesmo assim, abriu um sorriso largo. – Agora eu sei o que é ser mulher. – ao ritmo da respiração ofegante, soltou com sua voz fraca, trêmula, mas convicta.

Percebeu que ser mulher não era apenas a entrega para um homem, era bem mais do que isso: era ser mãe. E agora, ela era.

Ser mãe não lhe fez entender as razões da vida, nem as complicações da humanidade, não acrescentou nada à sua inteligência, nem lhe deu visões filosóficas ou teológicas, mas fez com que Eduarda se sentisse completa, pura, divina e com uma leveza que nunca tivera.

A médica também parecia feliz, mais do que o normal.

A vida é sempre um milagre.

Não há como não se emocionar.

– Eu vou morrer. – afirma Eduarda com voz frágil, mas com satisfação naquele olhar quase adormecido e um tímido sorriso nos lábios.

– Vai nada. – a médica decidida. – Vamos tratar de você agora.

Os olhos de Eduarda tombam para trás.

– Eu sabia que eram duas meninas. Eu sabia. – sem força nas palavras.

– Descansa um pouco. Sua família vai ficar feliz. – a médica estava preocupada. Ia conversando apenas para perceber as reações de Eduarda.
– Doutora. – Eduarda abriu os olhos como quem faz um último esforço. – Não tenho família. Fica com elas.
– Não posso.
– Mas eu vou morrer. – recupera-se. – Traz *elas* aqui.
A médica deixou que as crianças fossem colocadas junto à mãe.
– Dá *pra* adoção de boa gente. – pediu Eduarda com sofrimento nas palavras. Nunca tivera uma alegria tão grande. Mas sabia que a vida não a deixaria aproveitar isso.
Parecia incontida ao ter as meninas no colo.
Quem estava ali ficou em silêncio, respeitando o silêncio de Eduarda. Ela se comunicava com as crianças com os olhos, com as mãos e com o amor.
Olhou para uma das crianças e disse:
– Esta é Isabel, a Rainha Santa. Tudo que tocar virará rosas. – parecia satisfeita em ouvir suas próprias palavras.
Olhou para a outra e continuou:
– Esta é Helena, a princesa de Tróia. Todos se encantarão com sua beleza e personalidade. – realmente estava satisfeita.
Seus olhos lançaram-se lentamente para trás e Eduarda não acordou mais de seu sono eterno.
Corpo frágil, espírito forte.
Em seu rosto havia um sorriso insistente. No final, ela vencera a tristeza de sua vida e sentira-se feliz na morte.
Vida triste, morte feliz.

Capítulo Inominado III

— Ela vai fazer o aborto e eu não aceito discussão. — adverte o marido em tom firme, se referindo à filha.
— Mas isso não se decide assim, querido. — pondera a esposa.
Ele estava nitidamente irritado com a situação.
Sua única filha grávida tão jovem. Era inadmissível.
— Juntos nós podemos superar isto. É só uma fase. Depois passa.
Ele nada diz, mas suas feições eram de reprovação.
Priscila entra na sala.
— Eu quero fazer o aborto.
O pai a olha. A mãe acompanha o movimento.
— Eu sou nova. Posso ter outros filhos. Mas juventude eu só terei esta e não quero estragá-la. Além disso, quero estudar para ser juíza igual o papai. Uma criança agora, apenas atrapalharia.
— Mas você não pode pensar assim, minha filha. — fala a mãe com doçura.
— Deixa. Ela já tomou a decisão. — interrompe o pai.
— É mais seguro, mamãe. Não vou arriscar o meu futuro.
— Mas quem disse que você arrisca o seu futuro, filha. Nada vai mudar. Eu cuido dessa criança. — insiste a mãe.
— Não. Já decidi. Vou fazer o aborto.
— Mas aborto é crime! — a mãe realmente estava preocupada.
— Papai diz que resolve essa parte.
— Como? Crime é crime.
— Já disse que resolvo. A decisão está tomada e não se fala mais disso.
— Mas você é juiz! Como que vai deixar sua filha cometer um crime? — inconformada a mãe tenta mais uma vez.

– Crime *pros* outros. *Pra* minha filha, não. – tenso. – Se necessário for, fazemos na Holanda[2]. – decidido.
 – Não sei se essa é a melhor decisão, minha filha. – insiste a mãe. – Olhe! Às vezes, as coisas consideradas ruins no presente, se mostram bênçãos no futuro. – em tom conciliador.
 – Mãe. Eu já me decidi.
 A mãe parecia não aceitar.
 – Filha! Quando eu era jovem, fiquei grávida.
 – Isso não está em questão. – o pai tenta interromper.
 – Seu pai estava decidido. Ele quis que eu fizesse o aborto. – com lágrimas. – Sabe o motivo? – ela mesma responde sem dar tempo. – Segurança financeira. Era isso que seu pai dizia,. "Não temos dinheiro".
 – *Pra* que falar disso novamente? – tenta interromper, mais uma vez.
 – Ele me pôs para fora de casa. Brigou comigo em discussões intermináveis. Eu quase não aguentei a pressão. Mas sabe, filha, eu tive um bebê lindo, a quem eu pude dar todo o meu amor. E foi essa criança que nos fez crescer enquanto pessoas. Ou você acha que seu pai nasceu juiz?
 – Era eu mãe?
 – Sim. – com lágrimas.
 – Pra falar disso? – o pai estava inconformado.
 – Você quis que mamãe fizesse o aborto? – o pai nada responde. – Eu não estaria aqui hoje.
 A mãe concorda, mesmo em silêncio.
 Todos se olham. Cada qual com sua expressão.
 – Filha. – a mãe fala com serenidade. – O amor sempre vence no final. – passa a mão no rosto de Priscila. – A vida vale a pena.
 Priscila mantém-se de cabeça baixa, pensativa.
 O pai nada diz, afinal o que haveria para dizer?
 A mãe levanta-se e sai da sala com altivez inabalável de quem sabe que tomou a decisão certa no passado e com a torcida para que a filha fizesse o mesmo agora.
 Priscila acompanha o andar da mãe. Espera mais um pouco antes de se dirigir para o pai:
 – Eu quero fazer o aborto. – confidencia em sussurro.

---

[25] País onde o aborto é regulamentado por lei desde o início da década de 70.

PARTE XVIII

Capítulo I

– Olá, meu filho! Está tudo bem? – pergunta preocupado pondo a mão no ombro daquele rapaz sentado no fundo da igreja.

Ele levanta a cabeça, parecendo mais pesada que de costume.

– Sim, padre. Está tudo bem, obrigado – a expressão de seu rosto era carregada.

– Posso ajudar em alguma coisa, meu filho? – realmente preocupado, embora falasse em tom sereno.

– Não, não pode – categórico.

– Por vezes uma conversa basta para nos aliviarmos – repetindo a suavidade na fala.

– Uma conversa com quem? Com Deus?

– Sim – balançou a cabeça concordando –, ele sempre nos escuta.

– Escuta nada! – ainda revoltado, mas lutando para controlar-se.

– Há algo que te aflige, meu filho?

– Não – ponderou. – Sim – emendou.

– Qual seu nome? – sempre em tom calmo.

– Doze.

– Nome curioso – nem percebeu o que dissera. – É nome mesmo ou apelido.

– Nome – falou sem dar importância.

O padre olhou-o como quem esperava uma complementação.

– É por causa dos doze apóstolos? – com certo humor, perguntou por perguntar.

– Sim – com certo mal humor, falou por falar.

– Ora, viva. Que bela homenagem.

– É.

Olharam-se por um instante.

– Meu filho – em tom de conselho –, ore um pouco.

– Sim. Embora não adiante nada – resmunga.

– Quem lhe disse isso?

– Eu mesmo. Conclusão minha – escárnio nas palavras.

– Não pense assim. Por vezes, Deus nos prega peças. Não conseguimos entender.

– Peças? – inconformado. – Então Deus é um grande brincalhão?

– Não. Claro que não – calmo. – "Deus escreve certo por linhas tortas" – pondera.

– Quando Deus foi criado não havia a escrita – revoltado.

– "Deus foi criado"? – sem entender. Sem resposta. – É comum que não consigamos entender como as coisas acontecem, mas sempre têm seu propósito. – continua. – Sendo vontade de Deus, você deve se conformar e buscar o conforto Nele mesmo. – pequena pausa. – Na maioria das vezes, não conseguimos ver o bem futuro de um mal presente.

Não tenho futuro. – voz grave.

– Mas você está aqui, meu filho! Viva o presente que o futuro chegará a seu tempo – como um conselheiro. – Não antecipe as coisas. Viva o presente.

– Não tenho presente. Estou aqui, mas estou sem vida.

– Tenha fé.

– Não tenho fé. Minha crença não existe mais. – ríspido.

– Mesmo assim você está aqui. – sinalizando a própria igreja.

– Mas não venho reafirmar minha crença. – tenso. – Eu vim me despedir.

– *Se* despedir? – sem entender.

– Sim. Vim me despedir de Deus.

– Mas Ele estará sempre com você. Você queira ou não.

– A partir de agora não. – levanta-se. – Não adianta tentar explicar para o senhor, padre. Mas a partir de agora, Deus não poderá me acompanhar. A partir de agora eu caminho para o inferno. – tenso e com o semblante fechado.

– Ore, meu filho. – preocupado e fazendo o sinal da cruz. – Vou orar por você.

Doze segue pelo grande corredor daquela construção.

– Que Deus ilumine seu caminho. – fala o padre um pouco mais alto.

– Amém. – baixo.

Capítulo II

— Eu acho que já dá *pra* pegar os caras.
— Eu ainda não tenho convicção. – argumenta Igor naquele pequeno debate no gabinete de seu superintende.
— Nós temos gravações. Sabemos das notas frias [3]. Temos o saque e o pagamento em dinheiro para os figurões. Tem fala de um deles dizendo que andam armados. O resto eles mesmo vão falando. É só apertar que sai . – um dos colegas mais convencido do que Igor.
— Aí a gente baixa na casa dos sujeitos, prende essa turma e eles falam.
— Mas não vai conseguir manter esses caras presos. – Igor mais uma vez mostrando sua resistência.
— Não interessa. – seu colega fala mais ríspido. – A gente prende. Os caras ficam espertos e não vão fazer de novo as bobagens. Nós estamos falando de dinheiro público. Essa farra tem que acabar.
— Mas não temos nada substancial. – tenta Igor mais uma vez.
— Pô! De que lado você está, Igor?
Igor ignora a pergunta. O colega continua.
— O cara viajou *pra* Europa. *Tá* lá queimando cinco mil euros [4] por dia. – tenso. – Quando voltar a gente pega o cara e todo mundo que *tiver* junto. – determinado.
— *Tá* certo, senhores. Podem deixar. Eu vou pensar um pouco e depois informo minha decisão. – o superintendente.
Os dois pareceram se conformar.
— O Igor *tá* sempre com medo, viu chefe. – resmunga o colega.

---
[26] Referência a notas fiscais.
[27] Moeda usada na Comunidade Europeia.

– Não tem nada disso. Ele só é mais cauteloso.
– Você que gosta de aparecer na televisão. – fala Igor, tranquilo, mas firme.
– Cê é louco?
– Medo de quê? Eu trabalho correto. Não sou igual você. – calmo.
– A operação está sob minha responsabilidade. – corta o superintende. – Vou decidir e falo com vocês. – pondo fim a qualquer eventual discussão.

Os dois se retiram nitidamente contrariados, não sem antes se olharem com desdém e ares de desafio mútuo.

Igor era mais legalista. Seu colega não tinha receio de usar todos os meios para pegar os investigados. O importante era a prisão.

Claro que a Polícia Federal agia nos limites da lei, mas não era incomum algumas situações onde a interpretação da lei era mais elástica.

Capítulo III

  Mais um dia de trabalho ficara para trás. Por vezes, ela mal se lembrava da vida de sacrifícios que tivera. Nunca sentira assim, mas com a consciência da fase adulta, conseguia olhar para trás e perceber todo o esforço de sua família.
  Helena sempre vivera dentro dos padrões da típica classe média brasileira de sua época. O fato de ser adotada, nunca pesou no carinho que dava e recebia de seus pais adotivos.
  Seu pai era gerente de banco. Suas amigas diziam-lhe que ele era rico.
  Não era.
  Como qualquer um no seu tempo, tinha um apartamento de 100 m², adquiridos com um financiamento bancário, para ser pago em 30 anos. Além disso, apenas um carro normal, para transportar a família, igualmente financiado por anos. Como qualquer um da classe média, seu pai fora para a escola pública, conseguiu entrar na faculdade e dedicou-se ao trabalho. Foram dezessete anos de estudo, para depois ter outros trinta e cinco anos de trabalho e merecer a aposentadoria com a vida se encerrando.
  Rico?
  O que talvez fosse um exagero, uma pequena estripulia, eram as televisões da casa, uma na sala e outras nos quartos. Aquilo sim, parecia luxo.
  Certa vez, orgulhosa de seu pai, perguntou para as amigas por que o consideravam rico. Na inocência anterior a uma década de vida, elas disseram que era por causa de um monte de coisas. Talvez o mais marcante fosse o fato dela ter mesada, tomar refrigerante todos os dias na sua casa, ter bolo, carne, iogurte, um monte de brinquedos e uma bicicleta rosa.

Ter uma bicicleta rosa significava nunca ter que dividi-la com seu irmão mais velho. Aquela bicicleta era só sua.

Ela ficava inchada por realmente sentir-se rica. Se os critérios eram aqueles, ela sentiu-se rica.

Sua mãe era uma mulher do seu tempo. Trabalhava fora com o complexo de culpa por não cuidar da filha. Seu dinheirinho era para as suas coisas e para os mimos da filha. Pouco ajudava nas contas da casa, mantendo intacto o orgulho de seu marido.

Quando seu dinheiro acabava, pedia para o marido, sem sequer imaginar o que aconteceria se o dinheiro do marido acabasse um dia.

A filha era boa aluna, algo que eles faziam questão.

A vida de Helena seguiu normalmente.

Sua adolescência foi como a de qualquer jovem garota de sua época. Acreditava que era livre, mas meninas não podiam tudo. "Meninas não podiam nem isso, nem aquilo" – era o que ouvia. Assim, aprendera a ser contestativa nas ideias e comedida nas ações.

Certa vez usou gíria na frente de seu pai. Este censurou-a logo. Sem perceber, ela reagiu com um palavrão, e a bronca veio em forma de tapa, apenas um, seguido da expressão "filha minha não fala assim".

Ela aprendeu e compreendeu que era assim mesmo, apesar da dor do não poder isto nem aquilo só porque era menina.

Não cresceu com raiva de nada, apenas não gostava que lhe pusessem limites, sempre com a explicação de que ela era uma menina, depois uma garota e mais tarde uma mulher.

Ela queria mandar em si mesma. Não queria alguém lhe controlando o tempo todo. Ela mandava em si mesmo. Não seria a sociedade a dizer-lhe o que poderia ou não.

Apesar das contradições da adolescência, ela preservou-se virgem, enquanto suas amigas já conclamavam os prazeres do sexo.

Helena gritara por liberdade sexual, mas era extremamente tímida. Além disso, não faria simplesmente por fazer, para mostrar que era livre. Queria alguém que fosse envolvente. Saberia quando isso acontecesse.

Preferia assim. Aconteceria a seu tempo, quando ela quisesse e não quando os outros quisessem.

Helena era o tipo de pessoa que influenciava as outras com sua naturalidade, com seu jeito alegre e pelas palavras. Não fazia força, isso apenas acontecia. Contudo, dificilmente era influenciável. Tinha suas convicções e as defendia com muitos argumentos. Sempre com muita vida nos olhos.

Era bonita, era inteligente. Sentia que tinha a vida inteira pela frente e que conquistaria o mundo. Mesmo assim, por vezes se apanhava sem propósito, sem caminhos, sem destino, sem ninguém.

Acreditava que o sentimento eterno de carência vinha da ideia de ter sido abandonada pela mãe. Disseram-lhe que a mãe morrera no parto. Helena achava que aquela fora a forma que encontraram para amenizar um possível trauma quanto ao abandono, que para si, tinha certeza, era o que de fato acontecera.

Disseram-lhe que tinha uma irmã gêmea. Talvez isso explicasse sensações constantes que lhe acompanhavam. Ela sempre sentia um vazio, um espaço a ser preenchido. Ela sempre tinha a sensação de que algo faltava, nunca atingia a plenitude.

Contudo, dava importância para isso apenas nos momentos em que o assunto surgia. Não fazia disso uma cruzada, muito menos era obstinada em saber da verdade. Apenas gostava que as coisas tivessem nexo, e para si, o abandono fazia mais nexo que a morte no parto, embora, para todos, o contrário seria o mais razoável.

Nunca lhe contaram o ocorrido com precisão. Uns sabem de uma coisa, outros de outras. Nunca conseguiu juntar os fatos, mas também nunca fizera disso uma preocupação sua. Teve a curiosidade natural. Depois veio a repulsa e o sentimento de carência eterna. Por fim, o período dos agradecimentos aos pais adotivos.

Era algo que não lhe incomodava, mas preferia não falar muito a respeito.

No ritmo da vida, sequer se lembrava disso. Apenas vinha-lhe à memória quando a carência se apresentava mais robusta. Depois passava.

A vida valia a pena.

Capítulo IV

Vicente não queria ser introspectivo, mas era assim que estava.
Acostumara-se a falar pouco e assim agia.
Olhava o entorno. Observava e dava asas aos seus pensamentos, contudo, não se permitia falar.
Tudo que dizia merecia críticas de seus pais. Era melhor não dizer nada.
Se fizesse algo era criticado. Se nada fizesse, era igualmente criticado.
Já não entendia como as coisas funcionavam.
Durante um tempo entendera bem. Era simples.
Seu pai trabalhava. Sua mãe ficava em casa para cuidar dos filhos.
Seu irmão mais velho era mais forte do que ele, então desafiá-lo era sempre a última opção.
Seu pai era mais forte que seu irmão, então desafiá-lo sequer passava pela sua cabeça.
Já sua mãe era diferente. Era mulher. Era ela quem cuidava dele, que lhe dava carinho e afeto. Adorava a comida de sua mãe.
Ela trazia uma tristeza no olhar que Vicente demorara para perceber e demorara mais ainda para entender.
Onde está a felicidade que tanto aparece na televisão? Nas novelas que sua mãe não perde? Será que é para lá que sua mãe levou sua alegria? Para aquele mundo de imaginação?
Por que ela chora tanto quando cai a noite? Por que o avançar das horas traz tanto lamento? Por que adormecer é tão difícil?
Sem que percebesse, a alegria alheia foi se transformando em afronta para sua mãe. Sem que percebesse, ela foi se tornando mais amarga e amargurada.

Para onde fora aqueles sonhos todos que tivera na juventude?

Onde estava aquela alegria toda que ela via na televisão todos os dias?

Seria assim para si também? Vicente se perguntava isso quase todos os dias, sempre que se lembrava que tinha que decidir sua vida.

Ele queria mudar o mundo, mas sequer podia mudar o guarda-roupa de lugar.

Queria decidir seu futuro, mas sequer conseguia escolher qual tênis usar.

Queria compreender os segredos da vida, mas sequer conseguia entender a "Tabela Periódica".

Mas de algo ele tinha certeza: não queria ser amargurado como sua mãe. Não permitiria que seu futuro fosse triste por coragem de tomar decisões.

Tinha seus sonhos e não os deixaria escapar sem luta.

Sua vida era sua e não seria seu pai a dizer o que ele deveria fazer dela.

Pré-capítulo II

Estava frio da sala de interrogatório.
– Então você não fez nada?
– Não. – preocupado e com a voz arrastada.
O policial estava sem paciência.
– Seu colega já dedou você. Pode falar o que aconteceu.
– Já contei. Eu não fiz nada. Apenas ouvi o que aconteceu. Não vi nada.
– Nós vamos te pegar. Sabe por quê?
– Não. – encolhido.
– Porque nós somos da polícia e você é bandido.
– Mas eu não fiz nada. – sua fala era trêmula quanto seu caráter.
Breve silêncio.
– A gente acaba te pegando, safado. Vamos te jogar na cadeia e você vai virar a mulherzinha de marginal.
O garoto estava inseguro.
– Meu pai tem dinheiro. Ele vai me ajudar.
– Eu não aceito dinheiro de bandido.
– Sempre tem alguém que aceita. – trêmulo.

Capítulo Pretérito III

Cinco anos atrás...

Ficara até mais tarde dentro da sala de aula.

Lecionava numa das melhores faculdades de Belo Horizonte. Era professor no curso de direito. Adorava lecionar, mas estava cada vez mais cansado dos alunos e das ingerências em sala de aula.

Tudo em nome do dinheiro. E o acadêmico ia ficando, cada vez mais, em segundo plano.

O perfil dos alunos mudara nos últimos tempos. Não havia mais a preocupação com a excelência acadêmica, havia apenas a necessidade de obtenção do diploma. Assim, o professor que outrora era um aliado pela busca do conhecimento, passou a ser visto como um obstáculo para a obtenção do título.

Já não se sentia respeitado e admirado pelos alunos. Junto com seu desgosto, a paciência tinha ido embora também.

"Professor ganha muito mal no Brasil" – pensava. Para ter algum conforto, precisava lecionar em duas instituições e em dois turnos. Estava sempre exausto. Para si, a importância social do professor era inquestionável, afinal de contas, a sociedade é feita por pessoas e o professor é uma dessas pessoas que contribui para a formação científica de várias outras. Assim, ensino de má qualidade terá reflexo direto no comportamento social dos indivíduos e, se avaliado em escala, a proporção é descomunal. Ocorre que os salários praticados, não atraem bons profissionais, o que gera um ensino de má qualidade. Por outro lado, a classe média que pressionava por qualidade no ensino, saiu da escola pública e migrou para a escola privada. Por consequência, o nível do ensino público caiu e acontece a mesmice chata de um país em desenvolvimento: o ensino de qualidade é apenas para quem tem condições financeiras. E, assim, acaba havendo uma confusão entre ter educação, ter cultura e ter dinheiro, típica de países emergentes sem planejamento social. Além disso, o país continua com a conveniente aparência de igualdade para todos, mas não tem a igualdade real, não tem a igualdade de oportunidades, apenas a igualdade perante a lei. A igualdade como ponto de partida não corrige distorções históricas, apenas as mantém.

Em sua opinião, a sociedade sabe a importância social do professor, mas não o remunera de forma compatível.

Sabe da importância, pois aos 4 anos de idade, no mais tardar aos 6, a criança é retirada do convívio familiar e posta nas escolas. E a criança já vai sob a ameaça de que "se não estudar, não vai ser ninguém na vida". Isso tudo, porque para a maioria das pessoas, ser "alguém na vida" está diretamente relacionado a conseguir dinheiro através do trabalho, para adquirir-se coisas e bem-estar. E conseguir um bom emprego está relacionado aos estudos.

Contudo, a outra mão dessa via, seria exatamente exigir políticas de ensino e qualidade, a começar pela boa remuneração do corpo docente. Um professor estadual, em regra, ganha quinze vezes menos que um deputado estadual. Um professor universitário federal ganha cerca de nove vezes menos que um deputado federal. Além disso, políticos têm regalias como auxílio moradia, auxílio terno, carro à disposição, indenização de combustível, entre outros – coisas que os professores não têm.

A importância política dos deputados não se põe em causa, mas em termos sociais, causa estranheza a supervalorização destes e a baixa valorização dos professores.

Era apenas mais uma opinião.

Ele era mais acostumado a ouvir do que a falar. Já falava demais em sala de aula. Emitir opinião significava estar pronto para receber opiniões contrárias e críticas pelas coisas que dizia. Muitas vezes dizia apenas para gerar a polêmica e provocar as ideias. Porém, já não tinha a mesma paciência da juventude idealista para os debates. Por isso, muitas vezes, acabava por guardar seus pensamentos e suas opiniões para si, debatendo consigo mesmo e com a leitura que devorava.

Sua vida sempre fora assim: ouvindo muito, falando pouco; lendo muito, fazendo pouco.

Hoje era dia de prova e, ao contrário dos outros dias, sempre havia o aluno que permanecia em sala até o último minuto da aula.

Otávio, já a contragosto pelo horário, tivera que aguardar o último aluno entregar a prova.

– Tchau, professor! – disse o aluno por dizer.

– Tchau! Boa sorte. – respondeu por responder.

Desligou as luzes da sala e teve a nítida sensação de ser a última pessoa dentro daquele prédio.

O edifício deveria ser do início do século passado. Tinha linhas tradicionais, com pé direito alto e construção sóbria. As salas de aula eram espaçosas, as janelas de madeira assim como o piso, davam amplitude ao ambiente. Apesar da construção ser antiga, o prédio fora adaptado para as modernidades dos tempos atuais. A eletrônica estava presente.

Com o prédio vazio, seu caminhar parecia pesado e fazia eco pelos corredores, como se um exército inteiro estivesse marchando consigo. Caminhava na penumbra do encerramento da jornada. Ao longe ouviu uma porta bater e algumas vozes distantes.

Parecia o cenário para um filme de suspense mais apreensivo. Lembrou-se do filme "O Iluminado"[5], com Jack Nicholson, passado nos grandes corredores de um hotel deserto. Arrepiou-se e riu de seu próprio calafrio.

Racional, continuou sua caminhada pelos corredores.

Foi até a sala dos professores para um último copo de água e assinar o ponto. Outra coisa que o revoltava. Exigir-se ponto de professor. Mas era apenas mais uma de suas opiniões, daquelas que as pessoas têm, mas guardam para si.

Voltou pelo corredor para ir embora. Queria chegar em casa, afinal, amanhã cedo já teria aula novamente.

Caminhando pelo corredor, regozijava-se com aquele barulho de marcha. Otávio caminhava apreciando o som de seus próprios passos. O barulho lhe fez sentir um soldado cheio de confiança em marcha firme.

Numa das passadas de seu andar pesado e concentrado em sua imaginação, pareceu ouvir alguém chamar-lhe. Em reflexo, voltou-se para trás. Concluiu ser um aluno qualquer.

Ouviu novamente. Não era de seu feitio sentir medo imotivado, mas preferiu apertar o passo. Aquele prédio tinha um ar sinistro, daria para confundir com aqueles edifícios dos filmes de terror.

---

[28] Filme de 1980, com o nome original de "The Shining", do diretor Stanley Kubrick, adaptado do livro de Stephen King.

Seguiu apertando o passo e apelando ao racional.

Ao longe ouviu uma porta bater, provavelmente cedendo à força do vento.

Achou melhor seguir para a saída com mais velocidade, porém, sem correr, afinal, não era para tanto.

Ouviu mais um barulho sem identificá-lo. Ficou preocupado.

Mais alguns passos e apurou o ouvido.

Nesse momento foi puxado violentamente para dentro de uma das salas de aula.

Tentou reagir e não conseguiu.

Sentiu a pressão em seu corpo e demorou instantes para perceber que estava sendo atacado com uma faca.

Aquele homem, com habilidade, segurou-lhe de uma forma que obrigou Otávio a ficar de joelhos.

– Você! – quando viu o rosto de seu algoz.

Muito rapidamente sentiu a faca agredindo sua carne. Uma de suas orelhas foi arrancada.

Otávio soltou gritos e tentou reagir.

Tudo muito rápido.

A faca entrou-lhe no pescoço e o sangue escorreu-lhe.

Já não conseguia reagir.

Com Otávio caído, aquele homem cortou-lhe a segunda orelha, deixou-a próxima à primeira, junto ao corpo sem vida.

Fim de um dia para um.

Fim de uma vida para outro.

PARTE XIX

Capítulo I

– O que você acha que foi, Romano? – pergunta Grego curioso ainda dentro do carro procurando vaga para estacionar.

– Não sei, Grego. Mandaram a gente vir... Aqui estamos. – enquanto seu colega estacionava dentro daquele *shopping center* de Belo Horizonte. Ficava na zona sul e era um dos mais movimentados da cidade.

Caminharam sem pressa enquanto tentavam se localizar.

Num dos corredores, ouviram a insatisfação de uma cliente gritando com uma vendedora.

A cliente era uma mulher com boa apresentação e aparentava revolta em sua fala.

Romano, por reflexo, quis ajudar.

Grego, por reflexo, não tirou os olhos daquela mulher de bela estampa.

– Boa tarde. – fala Romano, apresentando-se. – Posso ajudar?

– Pode. – fala despachada a cliente. Romano prepara-se para ouvir. – Eu vim aqui mais cedo e comprei este sutiã. – balançou a peça no ritmo de sua indignação. – Essa daí – referindo-se à vendedora –, disse que se não ficasse bom, eu poderia vir aqui trocar e agora, ela não quer fazer a troca.

– Eu não falei nada disso, moço. – fala a vendedora rapidamente, antes que seu silêncio pudesse ser mal interpretado.

– Calma. – Romano tenta manter a calma, observado por Grego, mais preocupado em manter os olhos na cliente. – O que tem de errado com essa peça, senhora? – sem graça com a sua própria pergunta.

– Nada, não. Só que não é o meu tamanho e dá *pra* ver debaixo da blusa o sutiã todo.

Romano não entendeu bem a reclamação.

— É possível efetuar a troca? – dirigindo-se à vendedora.

Grego olhava fixamente para o rosto daquela moça. Depois, sem querer e sem perceber, olhou para o decote da cliente e imaginava aquilo que o momento permitia.

— Não sei nem se eu tenho o número dela. – fala a vendedora igualmente insatisfeita com a situação, se referindo ao tamanho da peça de roupa.

— E qual que é o número? – Grego deixou escapar sem tirar os olhos dela.

— Este não cabe. – a cliente fazia o gesto como se fosse usar a peça.

— Realmente não cabe. Tem que ser maior. – escapa novamente e Grego percebe o olhar de censura de Romano, que àquela altura já estava arrependido de ter sido prestativo. – Mas o tamanho é bom. – tentando consertar e adorando estar ali.

— Eu também acho que o tamanho está bom. – fala a vendedora.

— Mas o sutiã é pequeno. – emenda a cliente.

— Está ótimo. – Grego com o olhar quase hipnotizado.

— Mas esse é do número que você pediu. – retruca a vendedora.

— Eu sei. Mas lembra que você falou que essa fabricação usa numeração diferente?.

— Lembro.

— Então. Aí eu falei que *tava* com pressa e que iria experimentar em casa. Lembra?

— Lembro.

— E aí você falou que eu poderia trocar se não ficasse bom. Lembra?

— Não. Eu falei que essa peça era da promoção e que não poderia trocar se não ficasse bom.

Romano ficou sem saber como conduzir aquele debate.

— Mas há a possibilidade de você verificar se há o número dela? Só para resolvermos esta discussão.? – tentou.

— Vou olhar. – resistente.

— Sem pressa. A gente fica aqui o tempo que precisar. – Grego deixa escapar mais uma vez e mais uma vez recebe o olhar de Romano.

— Grego. Temos que ir procurar a administração do *shopping*. – lembra Romano.

— Pode ir *na* frente enquanto eu resolvo isto aqui. – faz ares de seriedade, adorando estar ali.

— Eu te aguardo. – Romano, já arrependido de sua presteza.

Instantes depois, volta a vendedora.

— Tem esse aqui, mas é um pouquinho mais caro. – como se desse explicações para Romano. – Mas eu vou trocar. – olha para Romano. – Por você, não por ela. Ela é muito mal-educada.

— Mal-educada o seu nariz. – retruca rapidamente a cliente. – Você que é muito atrevida.

— Calma, senhora. – pede Grego quase a segurando e, sem querer, pondo as mãos exatamente na altura dos seios, mesmo sem tocá-la.

— Senhora! Eu? – agora sim ela ficara ofendida, achando que o termo se referia à sua aparência.

— Não! Claro que não. É só jeito de falar. – tentando explicar a expressão "senhora". – É só porque não sei seu nome.

— Isso não importa. – vira-se para a vendedora. – *Me* dá esse sutiã. Aqui eu não volto nunca mais.

— Tomara. – revida a vendedora com desdém.

A cliente virou-se e foi-se embora.

— Que coisa! – resmunga Romano.

— Que linda! – elogia Grego.

Os dois se ajeitam e se despedem da vendedora.

— Você reparou, Romano?

— O quê?

— Nela.

— O quê?

Indo em direção à administração.

— Ela?

— O que é que tem, Grego?

— Não tenho certeza. Mas você não a achou parecida com alguém que a gente conhece?

— Não. Quem?

— Com a Isabel?

— Com a Isabel? – Romano tenta puxar pela memória. – Não achei. – pensa. – Será?

— O quê?

— Sei lá.

— O quê?

— Que a Isabel não morreu e na verdade fugiu com o dinheiro do assalto? – grave.

— Será?

– Sim. – olhando para Grego.
– Será?
– E no caixão? Quem era?
– Não sei. – Grego pensativo.
– Você anda assistindo muita novela, *hein*, Grego?
– Eu? – sem entender.
Chegaram na administração.
Mais um caso de roubo dentro do *shopping*.
– Teve morte? – pergunta Romano sem cerimônias.
– Não! – responde o diretor estranhando a pergunta.
– *Pô!* – resmunga Romano estranhando estar ali. – Nós somos da Homicídios. Toda a vez a mesma coisa. Só porque a gente estava aqui por perto... – realmente chateado.

Grego concordava com Romano, mas estava achando ótimo ver todas aquelas mulheres, andando de um lado para o outro com suas sacolas e suas imagens bem cuidadas.

Capítulo II

Comia um sanduíche sem sabor de uma lanchonete sem importância, num *shopping center* sem silêncio.

Viu Grego e Romano passarem, mas não os chamou. Estavam com pressa. Romano concentrado no caminho, Grego esticando o olhar para as mulheres.

Estava preocupado com seu filho. Quer dizer, não era seu filho, mas era como se fosse.

Sem ligações, nem avisos. Ele sumira.

Sabia que estava tudo bem, pois mandava notícias, mesmo sem dizer onde estava. Mas mesmo assim, como era natural, estava preocupado.

Voltou a concentrar-se no sanduíche. Tinha que voltar ao trabalho.

Capítulo III

– Já *tá* tudo pronto, Igor? – abrindo a porta da pequena sala de trabalho sem cerimônia alguma.

Igor tira os olhos dos papéis à sua frente e levanta a cabeça.

– Vai ser segunda mesmo?
– Sim.
– *Tá* tudo pronto? – ainda na porta e segurando a maçaneta.
– Está tudo pronto – responde Igor ao seu superintendente. – O cara já voltou da Europa... No início desta semana, já *tá* por aí.
– Já avisou a imprensa?
– Não. Claro, que não – calmo.
– Como que não? Eu não falei *pra* fazer isso.
– Falou.
– E então...? – como quem espera uma justificativa.
– E então que eu disse que não faria – estranhando ter que repetir.
– Por quê? – sem gostar daquela desobediência. – Agora eu tenho que te convencer a trabalhar, Igor?
– Não – lacônico.
– Parece – nervoso e se preparando para um discurso.
– Acontece que eu trabalho na Polícia Federal e não na televisão – expressão séria. – Eu não quero aparecer na televisão e acho que isto tudo não deve aparecer na televisão.
– Por quê não? – ainda nervoso.
– Porque ainda não temos certeza de nada.
– Claro que temos!
– Temos?

– Temos – quase que gritando.

– Então qual é o esquema? – espera um pouco. – De quanto dinheiro estamos falando? De quantas pessoas estamos falando? Qual a origem daquele dinheiro vivo e *pra* onde ia? Qual será a acusação? – aguardou a resposta.

– Isso é você quem tem que saber – despachado.

– Ocorre que eu ainda não sei. Por isso mesmo que eu acho que está cedo. Deveríamos esperar mais *pra* dar o pulão.

– Não. Isso tem que ser rápido. Este mês ainda.

– Será este mês. – como quem já não quer responder, mas responde.

– E avisa a imprensa.

– Isso eu não vou fazer. – olha-o com firmeza. – Não sou da assessoria de comunicação – sem desviar os olhos. – Se você faz tanta questão, com todo o respeito, avisa você – sem mudar o tom. – sorri levemente. – Você não é ator, você é policial.

– Com todo respeito, Igor, vá se *f*...! – bate a porta e sai.

Igor retorna sua atenção para os papéis.

Não gostava daquele exibicionismo. Por mais que lhe explicassem que havia estratégia naquela aparição na mídia, Igor não gostava.

Contudo, gostava menos ainda da corrupção. E se fosse necessário fazer-se espetáculo para inibir a corrupção, que se fizesse o espetáculo.

Igor era revoltado com a corrupção no país. Estava por todos os lados e em todos os partidos. Políticos milionários com a própria política – é óbvio que algo está errado.

Porém, o mais revoltante eram as leis, feitas pelos próprios corruptos, que, não estranhamente, os protegiam. Penas menores que as do crime de roubo. Desvios superiores à casa dos bilhões.

Triste.

Um país inteiro se afundando em sua própria mesquinhes de caráter.

PARTE XX

Capítulo Único

O interfone tocava com certa insistência. O som parecia distante, mas era aquela distância advinda do sono matinal.

Tainara desperta ainda confusa. Espera mais um pouco para confirmar. Ouve o som mais uma vez.

Ainda sonolenta, vai até o aparelho. Por curiosidade, e para poder reclamar com alguém, olha para o relógio.

– Oi. – ainda sonolenta, encosta-se na parede mais próxima.

– Dona Tainara? – pergunta o porteiro.

– Sim. – com voz de sono.

– A Polícia Federal está subindo aí. – fala com tom de lealdade.

– Quem? – sem entender.

– A Polícia Federal – repete como quem conta um segredo.

– Aqui? Na minha casa?

– Sim.

– *Tá* bom. Obrigada. – desliga o aparelho.

Agora, já acordada com o susto, vai rapidamente até o quarto e avisa o marido.

– A Polícia Federal está vindo *pra* cá.

Sem entender, mas de um salto, o marido se levanta. Seus movimentos são sonolentos, e sua mente tenta entender o que poderia estar acontecendo.

A campainha anuncia a chegada da Polícia Federal.

– Quem é? – pergunta Tainara, já sabendo a resposta.

Do outro lado da porta, ninguém diz nada.

– Quem é? – insiste.

– Polícia Federal.

– Um momento. – realmente o porteiro estava certo.

Tainara abre a porta.
– Pois não?
– Bom dia. – se anunciam e mostram o mandado de prisão e de busca e apreensão.
– Vocês vão precisar revistar minha casa?
– Sim.
– Só um momento, por favor. – decidida.
Tainara pega seu filho no colo e o leva para o apartamento vizinho. Retorna.
– Agora podem ficar à vontade.
– Onde está seu marido?
– Estou aqui. – Gaúcho se apresenta já entrando na sala.
– O senhor é Cristóvão? – indaga o policial confirmando o nome escrito no mandado.
– Sim. Sou eu.
– O senhor terá que vir conosco. – informa.
Vários homens entraram naquele apartamento. Outros esperavam do lado de fora do prédio.
O trabalho transcorreu com certa tranquilidade. Não houve resistência, gritaria, nem choradeira.
Igor observava. Difícil dizer se aquela calma era de quem já passara por isso ou por isso estava à espera, ou se eram pessoas serenas.
Gaúcho entregou o celular, seu computador de uso pessoal e alguns documentos que trazia consigo.
– Você guarda dinheiro em casa? – pergunta o fiscal do Ministério da Fazenda.
– Não. Por quê? – Gaúcho.
– Onde você guarda?
– Não tenho dinheiro em casa. Só um trocado de uso pessoal.
– Vamos quebrar esse teto de gesso, *hein*? – avisa já dando ordens.
– Não tem nada aí. – reitera Gaúcho.
– Ninguém vai quebrar nada, não. – Igor dá o comando. Volta-se para Tainara. – Vamos ter que revistar a casa. A senhora permite?
Ela apenas balança a cabeça positivamente.
Igor sinaliza com o olhar e alguns agentes fazem o seu trabalho.
Era uma segunda-feira clara, com aquele sol que abraça a todos.
Gaúcho foi conduzido para a sede da Polícia Federal.
Já no prédio da Polícia Federal, vê alguns colegas, entre eles estava Danilo.

PARTE XXI

Capítulo I

    Doze tomava café num boteco do centro. Daqueles estabelecimentos em que o café não tem sabor, o pão de queijo não tem queijo e o dono não tem educação. Mas tinha uma televisão pendurada numa das paredes.
    Foi nessa televisão que Doze viu Danilo sendo conduzido para o prédio da Polícia Federal.
    Doze pagou e montou na moto.
    Sozinho com suas convicções, iria para a sede da Polícia Federal.

Capítulo II

Camila, pela televisão, vê aquele canalha do Danilo sendo conduzido pelos policiais. Ele caminhava algemado e andava de cabeça baixa.
– Agora você não é homem, *né?* Seu covarde. – solta para a televisão sem perceber o pequeno ato de descontrole.
Sentiu repulsa ao vê-lo, raiva ao lembrar-se do acontecido, por fim, sentiu prazer em vê-lo naquela condição.
Agradeceu pela punição daquele traste.
Sem saber bem a quem agradecer, atribuiu a Deus.
Ela não tinha feito nada, mas estava com uma sensação boa de justiça.
Jogou-lhe algumas pragas.
Voltou para a sua rotina.

Capítulo III

– Já soube do Danilo? – por telefone.
– Já. Acabei de ver na televisão.
– Pois é. Foi ele e mais uma turminha.
– Isso não pode subir, Nogueira. – alerta.
– É tudo "café pequeno". – mostrando despreocupação.
– São esses que dedam. – adverte. – Dá um jeito de estancar por aí mesmo. – voz tranquila e preocupada ao mesmo tempo, como quem está acostumado a esse tipo de pressão. – Ele foi orientado?
– Sim. Mas tem um problema.
– Qual?
– Tive a informação que virão me buscar também.
– Tem certeza?
– Não. Mas a pessoa que me falou é confiável.
– Ela é lá de dentro?
– É. Da Polícia Federal.
Breve silêncio.
– Você já sabe o que tem que fazer, não sabe?
– Sei.
– Então está resolvido. Melhor não nos falarmos mais por estes dias. Concorda?
– Concordo. Mas eu vou ter ajuda?
– Vai, claro. Deixe apenas acontecer. A Polícia Federal precisa do holofote. Depois a gente articula e resolve esta situação.
– Conto com você.

– Claro, amigo. Lealdade vale ouro. – pequeno riso. – Até logo, Nogueira. Vamos resolver isso juntos. Ano que vem tem eleição e Copa. A gente resolve. – desliga o telefone.

Nogueira prepara-se para receber a "visita" da Polícia Federal.

"Se não me ajudarem, levo todo mundo" – pensa consigo.

Capítulo IV

– E aí, Romano? Já viu os jornais? – pergunta Grego.
– Não. – dando atenção a um relatório antigo da polícia. – O que foi que houve?
– Prenderam um pessoal aí. Acusados de desvio de verba pública. – pondo o jornal à frente de Romano. – Aquele carinha, o tal de Danilo, *tá* no bolo.

Romano se interessa. Pega o jornal e se recosta na cadeira.
– Por que você lê estes relatórios antigos? – pergunta Grego.

Romano levanta os olhos. Não gostava de ser interrompido quando começava a ler.
– São casos "em aberto". Gosto de ler, para ver se acho alguma coisa que tenha passado despercebido. – dá atenção para o artigo enquanto Grego vai mexendo na papelada, por mera distração. – Então é por isso que a Polícia Federal estava lá naquele dia. – se referindo ao dia que foram falar com Danilo na empresa dele.
– É. Deve ser. – concorda Grego. – O que é isso tudo aqui? – acaba por perguntar.
– Então, Grego. Tô só olhando, mas... – não completa.

Grego espera com curiosidade. Romano continua:
– Arrancaram a língua desse cara. – joga um relatório na mesa. – Investigação não concluída, em aberto até hoje. Já tem uns dez anos.

Grego olha as fotografias. Romano continua:
– Este aqui, cortaram as orelhas.
– Feio, *hein*?
– Também está sem conclusão. – pensativo.

– E o que você acha?

– Por enquanto só acho estranho. Esse tempo todo e estavam sendo tratados de forma separada, como se não houvesse conexão.

– E tem?

– Com certeza. E deve ter com o nosso escritor sem olhos.

– É mesmo. Doideira, *hein*? O cara arranca a língua de um, as orelhas de outro e os olhos de mais um. Doideira mesmo, *hein*? – reflete. – O que será? *Tá* montando um espantalho? – ri sozinho.

– Pode ser. Já vimos de tudo, *né*?

– Deve ser um desses médicos que surta de vez em quando, não? – arrisca Grego.

– Não – pensativo.

– Não? – querendo a complementação.

– Não. Os cortes são grosseiros, feitos com raiva e sem precisão.

– Então açougueiro – e ri.

– É. Deve ser.– raciocinando. – Esses casos estão abertos – olha para Grego. – Sabe quem chefia a equipe de investigação?

– Não.

– Antunes.

– Quem é?

– Antunes, *pô*! – estranhando Grego não reconhecer o nome.

– Não sei quem é.

– O cara é um das antigas. Prende todo mundo. Sempre acha quem foi. – com certa admiração.

– Não sei se conheço – Grego.

– Pois é. E os arquivos *tavam* jogados aí no fundo desse armário.

– Às vezes é por isso – fala Grego. – O cara não deu a solução e jogou aí para ninguém ver.

– É. Pode ser. É uma possibilidade – duvidando. Antunes fora inspiração para Romano, e era um policial dedicado. – Vou ver se encontro a relação entre estes casos. Quem sabe se, ao encontrar o assassino de um, na verdade estarei encontrando o assassino de três casos.

– Verdade – fala Grego mexendo naquele armário. – Tem mais um aqui – segura outra pasta e abre-a. – Parece ser um estupro.

– Estupro. Não deve ter relação – Romano sumariamente. – Deixa *eu* dar uma olhada.

– Toma – prestativo. – Quer café? – já pondo um para si.

– Sim – Romano volta a concentrar-se na leitura da notícia do jornal e gostando daquela cortesia incomum do colega.

Grego pôs café numa xícara e esta na mesa de Romano. Depois pôs o açucareiro próximo à xícara.

Romano, com os olhos na notícia, tira a tampa do açucareiro e põe duas colheres no café. Mexe a colher para misturar bem e leva a xícara à boca.

Nesse momento, Grego abre a porta para sair da sala.

Quando Romano dá o primeiro gole no café, quase o cospe, mas acaba por engolir.

– Credo! – deixa escapar.

Grego dá uma última olhada e sai da sala.

Romano olha para o líquido como quem o examina. Pegou o açucareiro e examinou-o também. Pôs o dedo no conteúdo do açucareiro e levou-o à boca.

– *Tá* certo! – sem sorrir, mas achando graça. – Vai ter volta. – não era açúcar, era sal.

Romano manteve a postura, como se nada tivesse acontecido, para o caso de Grego retornar à sala.

De repente, Grego entra trazendo um colega.

– Ei, Romano. Tudo bem? – pergunta.

– Sim. – sem tirar os olhos da leitura. O que mais poderia responder. Não daria aquele gosto para Grego.

– Romano. Este colega está querendo falar com você. – Grego anuncia.

– Sim. Tudo bem. Pode deixar entrar. – Romano faz um gesto com a mão sem levantar a cabeça.

– Olá, Romano. – cumprimenta o tal colega.

Romano olha-o e levanta-se para cumprimentá-lo com um aperto de mão.

– Este aqui é o Antunes. – dirigindo-se a Grego.

– *Ah*, é ele?

– É. Acabamos de falar de si, Antunes. – amistoso. – Como vai?

– Bem. – responde Antunes. – Falando de mim?

– É. – confirma. – Coincidência.

– E o que seria? – por hábito de abordagem.

– Nada. Na verdade, estava falando destes casos que estavam sendo investigados por você. – aponta para as pastas. – Ia até te procurar para falarmos.

– Achei que você era mais velho. – fala Grego.

– É? – Antunes. – E por quê?
– Sei lá. Fiquei com essa sensação.
– Sinto desapontá-lo. – leve sorriso.
– Fique à vontade. – fala Romano indicando uma cadeira. – Café? – pergunta.
– Sim, por favor. – responde Antunes.
– E você, Grego? Café? – Romano estende a pergunta para o amigo.
– Não, obrigado.
– Ora, não faça essa desfeita. – Romano já pondo o café nas xícaras que estavam por ali. – Quantas colheres de açúcar, Grego? – já pondo algumas e se divertindo por dentro.
– Sem açúcar, por favor. – deixando escapar um sorriso.
– Então deixa que eu tomo essa. – interrompe Antunes ao ver que Romano já tinha posto "açúcar" numa das xícaras.
– Não. Pode deixar. Grego toma com açúcar. Ele só está brincando. – Romano estende a xícara para Grego. Volta-se para Antunes. – Aliás, eu acho que este café já não está muito bom. – vira-se para Grego. – Toma aí e vê se está bom, Grego. Qualquer coisa a gente pede outro.

Grego fingiu que tomou, mas não tomou.
– Está bom. Pode tomar. – sentou-se e fez ares de seriedade.
Romano deixou o café por ali.
– Não sei se está bom. – apontando para a xícara.
– Posso tomar ou não? – Antunes.
– Pode tomar. – Romano.
Antunes pegou a xícara. Pôs algumas colheres de "açúcar", misturou e bebeu.
Romano e Grego o olharam esperando alguma reação.
Nada.
Esperaram alguma fala.
Nada.
Romano pergunta:
– E aí? O café está bom?
– Já tomei piores. – sem terminá-lo, mas sem alarde.
– *Qué* isso? – Grego deixa escapar.
– Vim falar com você. – Antunes vira-se para Romano. – Posso?
– Claro.
Romano e Grego lhe dão atenção.

— Quero saber sobre esse tal de Danilo que você está investigando.

— O que exatamente? — pergunta Romano, ainda pensando no café.

— Não sei bem. Estou olhando à toa. Ele foi preso hoje por causa de desvio de verbas públicas.

— Sim.

— E ele tem uma acusação de estupro. Estou dando uma olhada e queria saber o que já sabemos dele.

— Estupro?

— É.

Romano olha para Grego.

— Eu pego. — Grego solicito busca uma pasta no arquivo.

Entrega a pasta para Romano. Este dá uma breve olhada e, por sua vez, entrega para Antunes.

— É o que temos.

— Posso levar? — pergunta Antunes.

— Você é dos que devolve? — Romano.

— Claro. Você me conhece.

— Sim. — Romano olha-o sério. — Quero saber de tudo que achar desse sujeito. Combinado?

— Combinado. — com a pasta na mão. — Chega de filmes de bandido. *Tá* na hora dos policiais serem os mocinhos desta brincadeira.

Antunes levanta-se para sair. Grego levanta-se junto.

— Só vou acompanhar o colega e já volto.

— Antunes. — Romano chama-o ainda sentado. — E estes casos, o que você tem para me dizer?

Antunes dá uma olhada para saber do que se trata exatamente.

— Uai? Vocês estão analisando esses casos?

— Só dando uma olhada.

— Já não lembro bem.

— Não? — estranhando. Antunes era conhecido por sua boa memória.

— Não. — reitera. — Acho que não achei muita coisa e larguei para lá.

— Mas você é conhecido por nunca desistir de uma investigação.

Antunes pareceu ficar sem resposta. Olha para Romano e depois para Grego:

— Perco tempo com as investigações que eu sei que vou descobrir o culpado. Por isso meu índice de sucesso é alto. — com segurança na fala. — Mais alguma coisa? *Tô* liberado? — sabendo que não precisava pedir licença para ir.

– Claro. Depois você me devolve a pasta.
– Até. – despedindo-se.
– Só vou ali. – fala Grego para Romano.
– Você volta? – Romano apontando para o trabalho em cima da mesa.
– Claro. Você me conhece. – brinca Grego. – Adoro trabalhar nesta sala.
Romano o encara sem querer brincadeiras.
– Preciso que volte para falarmos do caso do sal.
– Sal! – fazendo ares de espanto. – Não lembro desse caso.
– Farei com que se lembre.
– Já volto. – sai.
No corredor:
– O que é que foi, Grego? Estão investigando roubo agora? – pergunta Antunes.
– Roubo? – estranha.
– É. De sal!
– Ah, não! – sem saber bem o que dizer. – É um caso de falsidade ideológica que estamos concluindo. – sorriu para si, sempre bem disposto. "Sal se passando por açúcar" – riu por dentro.

Capítulo V

Mateus sentia-se humilhado pela vida.
O Estado brasileiro maltrata seu povo.
O dinheiro público estava lá no Congresso Nacional, com luxo exagerado, com mordomias pagas pelo dinheiro público e os exageros legalizados pelas leis que eles mesmos aprovavam. Era usado por pessoas que apenas pensam em seu próprio benefício, sem preocupação real de servir ao Estado, à população. Pessoas com visão egoísta e não de estadistas. Em um país com organização capitalista, não era possível ter-se políticos e servidores públicos milionários, com fortunas reunidas através de esquemas. Nessa organização, a riqueza é prerrogativa da iniciativa privada, dos grandes empresários, jamais do político ou do funcionário público.
O dinheiro público estava lá no Poder Executivo com seus quase quarenta Ministros de Estado[6], o que é um exagero se comparados aos

---

[29] Em 2015, o Brasil tem 39 Ministros e 24 Ministérios, ao custo de R$58,4 bilhões. Isso ocorre porque alguns cargos tidos de primeiro escalão não são Ministérios, mas têm *status* como se fossem. São os Ministérios e as 15 pastas de primeiro escalão: (1) Ministério da Agricultura, Pecuária e Abastecimento; (2) Ministério da Defesa; (3) Ministério das Cidades; (4) Ministério da Ciência, Tecnologia e Inovação; (5) Ministério das Comunicações; (6) Ministério da Cultura; (7) Ministério do Desenvolvimento Agrário; (8) Ministério do Desenvolvimento, Indústria e Comércio Exterior; (9) Ministério do Desenvolvimento Social e Combate à Fome; (10) Ministério da Educação; (11) Ministério do Esporte; (12) Ministério da Fazenda; (13) Ministério da Integração Nacional; (14) Ministério da Justiça; (15) Ministério do Meio Ambiente; (16) Ministério de Minas e Energia; (17) Ministério da Pesca e Aquicultura; (18) Ministério do Planejamento, Orçamento e Gestão; (19) Ministério da Previdência Social; (20) Ministério das Relações Exteriores; (21) Ministério da Saúde; (22) Ministério do Trabalho e Emprego; (23) Ministério dos Transportes; (24) Ministério do Turismo; (25) Casa Civil; (26) Banco Central do Brasil; (27) Secretaria-

menos de dez da Alemanha, por exemplo. Além disso, ainda há o exagero de mordomias e a corrupção como prática natural.

O dinheiro público também estava no Poder Judiciário, que se escondem atrás da imagem de conduta ilibada e de conhecedores das leis para garantirem regalias incompatíveis com os cargos que ocupam. Sem falar daqueles que negociam decisões judiciais e muito mais.

Contudo, o que mais doía em Mateus, era saber que havia muita corrupção no país. E o desvio ocorria em setores críticos, como na aquisição de remédios e manutenção de hospitais, no sistema de educação e merendas, das obras e suas medições, do sistema prisional, da segurança pública e etc.

A sensação que tinha era que o país estava na Idade Média. Assassinatos, atritos banais, insegurança permanente e medo do futuro. O Brasil chega a ter 56 mil homicídios por ano.

Mateus vive num país que não dá educação robusta para a sua população, comprometendo gerações e um país inteiro. Os mesmos políticos que desviam verbas, são as pessoas que pagam pelo estudo dos filhos, pelos planos de saúde privados para suas famílias, os carros para nunca terem que andar no transporte público, os sistemas de segurança privado e pagam, às vezes muito, para ficarem afastados do povo que sofre com a ausência do Estado.

Todos os dias, Mateus ia de metrô para o centro da cidade. Transporte sempre cheio, sem conforto, sem segurança e sem perspectivas de melhora. Além disso, ainda aconteciam assaltos e mulheres eram molestadas.

Com esses pensamentos, Mateus desce na Praça da Estação, sempre apressado em passos ritmados em marcha entrosada com a maioria dos trabalhadores da alvorada alaranjada que rasgava o concreto acinzentado. Ninguém desfrutava da imagem da praça e do desenho peculiar do edifício, sequer observavam a estátua no centro da praça. Todos aceleravam o passo para atravessarem a larga avenida assim que o semáforo autorizasse.

Geral da Presidência da República; (28) Gabinete de Segurança Institucional; (29) Advocacia-Geral da União; (30) Controladoria-Geral da União; (31) Secretaria de Relações Institucionais; (32) Secretaria de Comunicação Social da Presidência da República; (33) Secretaria de Assuntos Estratégicos da Presidência da República; (34) Secretaria de Políticas de Promoção da Igualdade Racial; (35) Secretaria de Políticas para as Mulheres; (36) Secretaria de Direitos Humanos da Presidência da República; (37) Secretaria de Portos da Presidência da República; (38) Secretaria de Aviação Civil da Presidência da República; (39) Secretaria da Micro e Pequena Empresa.

Mateus seguia com passos do tamanho de sua convicção e esperança de uma vida melhor. Não tinha preguiça, não procurava culpas ou culpados. Não procurava desculpa, nem queria ser desculpado. Resolvia seus problemas, lutava pelas suas vontades. Sempre com educação, lisura e caráter. Tentava crescer com atos positivos. Nunca diminuía aquele que admirava, ao contrário, tentava copiá-lo usando-o como inspiração.

Ele não tinha dinheiro para se divertir. Nem pensava nisso. Conversava com a mãe, com amigos, se desligava ao ligar a televisão, mergulhava em fantasias ao ler um livro.

Não gostava de reclamar – esse não era o seu feitio.

Sabia que tinha que ajudar sua mãe e pronto. Fazia sem reclamar, de forma branda, com a leveza que a vida espera de quem tem alma boa, coração puro e paz de espírito. Tudo isso apesar das marcas em sua carne, em seu passado, em sua perseverança.

Sua mãe perdera o emprego. Esforçara-se para conseguir outro aos mesmos moldes. Não conseguiu. Durante certo tempo, ela esforçou-se para manter o padrão. Mateus repetiu-lhe, por diversas vezes, que não precisava de nada, bastava a companhia dela e algum alimento. Lembra-se de falar-lhe, como se já fosse adulto, para que ela não se preocupasse tanto, que ele resolveria as coisas.

Ele cresceu e compreendeu coisas que não queria compreender.

Andava desconfiado das atividades de sua mãe. Relacionava os vários homens que lhe ligavam ao dinheiro que ela trazia para casa. Ao mesmo tempo, não sentia coragem de perguntar diretamente à mãe. Ora por respeito, ora com receio da verdade. Fato é que, o cerimonial era sempre o mesmo: o telefone tocava, ela saía por algum tempo, depois voltava e guardava o dinheiro numa das gavetas de seu quarto.

Mateus via, mas preferia não ver.

Sabia que ela era uma mulher bonita e que muitos homens a olhavam de forma diferente. Mas ele era seu filho. Muito difícil lidar com essa realidade. Imaginar sua mãe nessa condição era algo que lhe incomodava. A simples hipótese já era aterrorizante.

Parado no cruzamento de sempre, Mateus achou melhor largar esses pensamentos e se concentrar na sua atividade.

Pintou o rosto e, assim que pode, posicionou-se na frente dos carros para seu pequeno "número circense".

Sorriu, mesmo sem motivo.

Mostrou entusiasmo, mesmo não tendo.

Viu aquele carro branco passar. Encarou-o, mesmo sem motivo. Mostrou coragem, mesmo não tendo.

Fez aquilo que estava acostumado a fazer e ignorou o veículo.

Recebeu algumas moedas de outros e caminhou para retornar à calçada.

O semáforo ficou verde e os veículos avançaram. Aquele carro branco seguiu lento até aproximar-se de Mateus. O vidro abaixou. O motorista olhou-o nos olhos e chamou-o como que sinalizando com dinheiro.

Mateus aproximou-se.

Quando perto já estava, o motorista fez uso do extintor e jogou-lhe uma espuma branca no rosto e no corpo, para logo depois, arrancar com o veículo às gargalhadas.

Mateus permaneceu sem reação. Parado. Apenas parado.

PARTE XXII

Capítulo I

Já no presídio, Danilo tentava manter-se tranquilo, mas sabia que era só aparência. Por dentro, sua mente estava inquieta e seu sistema nervoso abalado. Sabia que tinha que manter a situação sob controle, não poderia falar certas coisas, nem certos nomes. Mas manter as ideias claras naquele lugar não era tarefa fácil.

Seu comportamento era sempre observado por outros presos. Uns pareciam gostar dele, embora ele soubesse que era uma aproximação com algum tipo de interesse. Outros pareciam querer se vingar de toda a sorte de frustrações pessoais, afinal de contas, ali dentro, ele era o "bandidinho rico".

Danilo sentia-se injustiçado. Todos os seus colegas já haviam sido liberados, só ele que não conseguira o *habeas corpus*.

Seu advogado tinha sido muito bem pago para isso, inclusive advogaria para todos do grupo. Embora Danilo fizesse parecer que era um ato de bondade, na verdade tratava-se de pura estratégia. Assim, sendo o mesmo advogado para todos, ninguém jogaria as culpas nele, apenas tentariam se esquivar cada qual das suas acusações respectivas.

Mário, o "Formiga", era uma espécie de secretário pessoal de Danilo. Tinha uma empresa registrada apenas para administrar os bens e as despesas pessoais de Danilo. Há muito Mário estava descontente e tentava largar aquele trabalho. Não gostava do que fazia e não gostava de Danilo. Mas, como qualquer um, precisava de dinheiro para seu sustento e o de sua família, assim, se curvava às necessidades e engolia suas frustrações pessoais.

Cristóvão, o "Gaúcho", tinha boa visão empresarial. Por isso, fazia a organização da execução dos projetos. Insatisfeito, também movimentara, em paralelo, sua própria empresa de eventos.

Fabrício, o "Piloto", fazia toda a parte financeira do instituto. Achava-se mais importante do que realmente era. Gostava de se exibir dessa forma: importante. Por ser vaidoso, era facilmente manipulado por Danilo.

Carlos, o "Biss", era da família de Danilo e, por isso mesmo, gozava de extrema confiança dele. Andavam sempre juntos, mas havia sempre um mistério entre os dois. Carlos achava que Danilo evitava falar de alguns assuntos com ele, em contrapartida Danilo achava que Carlos sabia demais.

Rubens, o "Merenda", era aquele que fazia tudo que lhe fosse mandado. Primeiro fazia, depois pensava – quando pensava. Era tipicamente um homem para trabalhos de execução sem questionamentos.

Para driblar a legislação trabalhista e deixar de pagar os encargos, Danilo remunerava todos eles, e outros, como pessoas jurídicas, como se fossem prestadores de serviços e não funcionários. Isso gerava certo mal-estar, mas todos cediam, em virtude de suas necessidades próprias.

Todos foram presos, e agora, apenas Danilo não conseguira o *habeas corpus*. Ele estranhara, afinal o dinheiro era dele. Fora ele quem pagara o advogado.

As noites foram ficando mais difíceis. A imaginação não lhe trazia boas possibilidades, ao invés, parecia trazer-lhe sempre o pior cenário.

Estava abalado, contudo tentava mostrar serenidade.

Encostado numa parede qualquer daquele presídio tão esfolado quanto as vidas que estavam por ali, Danilo esperava por notícias boas que não vinham. Naquele lugar, o tempo não passava. Tudo era muito lento.

– Podemos conversar?

Danilo olha para aquele homem que se aproximou sem que ele tivesse notado. Andava apoiado em duas muletas e, mesmo assim, tinha um ar imponente.

– Quem é você?

– Isso não importa. Importa quem você é. – em tom firme, mas educado.

– E quem eu sou? – experimentou com um sorriso abobado.

– Não vim aqui para joguinhos. Não brinque comigo, Danilo. – dá o aviso fazendo questão de frisar o nome.

– Aqui todo o cuidado é pouco. – novo sorriso sem graça.

Os homens se estudaram.

– É sobre isso que vim conversar com você.

– O quê? – estranhando.

– Eu posso te dar proteção aqui dentro.

Danilo olha bem para ele e acaba por apontar para as muletas.

– Desculpe, não quero ser indelicado, mas como você poderia me proteger? Além disso, me proteger do quê?
– De "quem" é a pergunta certa. – breve pausa. Olha firme para Danilo que não consegue sustentar o olhar. – Aqui dentro tem gente que não gosta de você.
– Por quê? Não fiz nada *pra* ninguém?
– Sentimento de injustiça. – encara-o como se fosse um filósofo preparando a defesa de sua tese. – Você desviou dinheiro público.
– Não fiz isso. Isso é o que dizem que fiz.
– Isso também não importa. Aqui dentro você já chegou condenado. O pessoal estava só esperando a tua turma sair e ver se você ia ter o *habeas corpus*. – olhou-o em desafio. – Todos saíram e você não. Portanto, *pra* todo mundo aqui dentro, você é culpado.
– Não entendi a relação. – começando a ficar preocupado.
– O boato que *tá* correndo é que todo mundo da tua turma era inocente e só você é culpado. – repete.
– Doideira, *hein*? – tentando ficar calmo e manter a lucidez de pensamento. – Mas eu ainda não fui julgado. Aliás, não tem nem acusação contra mim.
– Aqui dentro tem.
– Qual?
– E você já foi condenado.
– E desde quando vocês são Poder Judiciário? – com escárnio.
– Não somos. O Judiciário tem as regras dele, que eles chamam de lei. Nós temos as nossas, que nós chamamos de sobrevivência.
Danilo ficou preocupado.
O homem olhou-o bem e continuou.
– Tem gente aqui dentro que sabe que você tem dinheiro lá fora. Tem gente lá fora que sabe que você pode entregar alguns nomes aqui dentro *pra* se livrar. – esperou a reação de Danilo. – Ambos vieram falar comigo. Querem a minha opinião.
Danilo tentou raciocinar.
– Você está precisando de quê? – tenta Danilo.
– Nada.
– Quem é você?
– Ninguém.
Houve certo impasse.
Depois de um tempo aquele homem retomou a fala:

— É simples: quem está lá fora pediu para te calar aqui dentro mesmo. Para tanto, garantiu certos benefícios para o meu grupo, quem está aqui dentro quer arrancar de você o dinheiro que dizem que você tem escondido. Para tanto, boa parte desse dinheiro viria para o meu grupo. – esperou a reação que não veio. – *Pra* mim, tanto faz. Ambas as ações seriam boas para mim e para os meus.

— Não tenho dinheiro. – sem mudar a expressão. Às vezes, Danilo defendia mais o dinheiro do que a ele próprio.

— Pior *pra* você. – com calma. – Isso nos leva a um impasse. – aguardou um pouco. – Pois quem não quer dinheiro quer que você morra para não dizer o que sabe, quem quer dinheiro quer que você viva para dizer onde ele está. – esperou mais um pouco. – *Pra* mim é indiferente, ganho do mesmo jeito. Ou dinheiro, ou benefícios.

Danilo tentou não mudar as suas expressões.

— Tem outro jeito da gente resolver isso?

— Não sei. – com o sorriso de quem acaba de dar o xeque-mate. – Fiquei de responder para o pessoal amanhã, às 15 horas – uma pausa. – Pense e me dê uma resposta, senão eu tomarei uma decisão.

— Mas você falou que poderia me proteger.

— Falei?

— Sim, falou.

— Isso foi antes de eu te conhecer pessoalmente. – encarou-o. – Agora é diferente: não fui com a tua cara.

Danilo pareceu encolher.

Aquele homem afastou-se em ritmo lento, já que as muletas não lhe permitiam grande desenvoltura.

Danilo permaneceu parado. Estava visivelmente preocupado.

Notou que tinha um rapaz sentado ali perto.

O rapaz não olhava para Danilo, mas parecia vê-lo pelo canto dos olhos. Fumava um cigarro que fazia muita fumaça.

Danilo aproximou-se.

— Você viu aquele cara de muleta? – aborda.

— Não vi nada, não. – respondeu baforando o cigarro e em tom pouco revelador.

— Quem é ele?

— Ele? – sorriu com ares de mistério. – É o Moisés. Não brinca com ele, não. O cara é *f*...!

– Como assim?

– A rapaziada respeita demais o Moisés.

– O cara me falou umas coisas aí. Fiquei preocupado.

– É *pra* ficar mesmo. Se você não sabe quem é Moisés, um dia saberá. – sorriu, levantou-se e foi saindo. – Vai com fé, irmão.

– Mas me fala do cara.

Uma baforada no cigarro.

– O que quer saber?

– Não sei. O que você sabe?

– O que todo mundo sabe. – outra baforada. – Deu um tiro num polícia e se ferrou. – puxa forte aquele cigarro exausto. – Dizem que ele é bandido esperto. Tudo legalizado, usando o governo para ganhar dinheiro junto com o próprio governo. – acaba com o cigarro. – Sujeito esperto. Trabalha sozinho.

– E daí?

– Esses são os mais perigosos. Não deve nada *pra* ninguém e *tá* sempre solto *pra fazê as doideira* que *dé* na telha. – acendeu outro cigarro. – Boa sorte. "Que Moisés te proteja". – saiu sem olhar para trás.

Capítulo II

Doze soube que Danilo iria depor novamente na Polícia Federal. Foi até lá.
Não planejara nada, não tinha plano algum. Mas queria vê-lo novamente, como um predador que estuda sua presa antes do ataque.
Acelera sua moto na Avenida Raja Gabaglia, ignorando o limite de velocidade, ignorando sua própria concentração. Em sua mente desfilavam imagens de Bebel e a determinação de caçar Danilo.
Fica próximo à entrada da Polícia Federal. Para sua moto perto da portaria e por ali fica observando em silêncio, enquanto contém sua ansiedade e a sua ira, mantendo uma aparência calma.
Doze aparentava ser apenas mais uma pessoa que passava por ali, mais um curioso. Internamente havia um turbilhão na sua mente, era um homem em comoção prestes a explodir.
Não conversava com ninguém, apenas esperava.
Olhar tenso, gestos lentos, expressão carregada, coração ferido. Este era Doze naquele momento. Sua carne ardia em ódio pelo sangue do sentimento.
Tudo era confusão em sua mente, exceto a vontade de se vingar por Bebel. Era o amor que tinha por ela que lhe gerava tanto ódio pelas coisas, pelas pessoas, pela vida.
Ouvia atentamente o que diziam os repórteres e os familiares que estavam por ali. Falavam de várias pessoas e de vários casos. Não se interessava por nada daquilo.
Queria saber apenas de Danilo.
Em determinado momento chegou o comboio de carros vindo do

presídio. Pararam os veículos do lado de dentro dos portões, mas de forma a que a impressa pudesse filmar. Os agentes não conseguiam disfarçar a necessidade de exibirem Danilo para as câmeras de reportagem, como quem exibe um troféu.

Danilo, com o cabelo raspado, vinha vestido com um uniforme vermelho do presídio. Estava algemado pelos pulsos e acorrentado pelos tornozelos. Os passos curtos aos quais estava obrigado em virtude das correntes davam o tom da humilhação à qual era submetido. A mesma humilhação que o clamor social pede e a Polícia Federal faz questão de mostrar como se fosse uma confirmação de sua vitória institucional. Uma necessidade permanente de mostrar que o bem vence o mal.

Doze não teve pena de Danilo, mas achou aquele teatro desnecessário.

"*Mas ao mesmo tempo, o que esperar de um país como o Brasil?*" – se perguntou em silêncio.

Ali estava Danilo, de cabeça baixa, humilhado, sem arrogância, sem sorrisinhos, nem piadinhas. Seu olhar era de acuado. Conduziram-no para dentro do prédio.

Doze ficou ali. Paciente, em silêncio e com o pensamento fixo em Bebel.

Sua raiva estava por dentro, embora seu semblante serrado o denunciasse.

Não sentia fome, não sentia sede, não sentia sono. Apenas raiva.

Ficou onde estava até ver Danilo ser conduzido de volta para o presídio.

Danilo saiu com os mesmos trajes e a mesma figura apática.

Doze ficou com a mesma raiva e a mesma certeza convicta.

Capítulo III

— Hoje é aniversário do Reinaldo. – anuncia um colega abrindo a porta da sala, interrompendo Grego e Romano que estavam concentrados.

Grego levanta a cabeça e olha-o.

— *Que* Reinaldo? – pergunta em tom despachado enquanto ajeitava alguns papéis em cima da mesa.

— O coordenador. Reinaldo Queirós. – informa prontamente.

— Hã... E daí? – pergunta Grego.

— O pessoal *tá* recolhendo dinheiro para comprar um presente, salgadinho e refrigerante. – tinha um sorriso de quem cumpre o seu dever com presteza.

— Você é novo aqui? – Grego.

— Sou! – sem entender o motivo da pergunta, mas cheio de orgulho. Breve silêncio. Grego olha para Romano, depois novamente para o rapaz. Romano se levanta.

— Vou buscar um café. Você quer? – dirigindo-se a Grego.

— Não, obrigado. – não sabia se viria com sal.

Quando Romano foi passar pelo rapaz, este agiu convicto de sua missão.

— Você não vai ajudar, não? – quase que ofendido pela saída de Romano.

Este olhou-o fixamente por um curto instante. Depois olhou para Grego e balançou a cabeça.

— Ele responde por mim. – indicando Grego. Seguiu pelo corredor e deixou aqueles dois.

O rapaz voltou a atenção para Grego e parecia-lhe fazer a pergunta com a sua simples presença.

— Qual o maior valor aí na lista? – Grego ao rapaz.

Prontamente mostrou uma lista e apontou o maior valor.

– Tudo isso? – Grego se surpreendeu – faz assim, põe o nome do meu colega aí: Romano. No dobro desse valor aí mesmo.

– Legal. – abre um sorriso.

– Aqui... – Grego o chama. – Mas não fala nada *pra* ele. Ele é muito emotivo. Sabe como é que é... Ele gosta muito do Queirós.

– Mas, senhor... eu preciso do dinheiro. – constrangido.

– Claro. Mas faz assim: compra no cartão de crédito e depois você cobra dele.

– Tudo bem. – animado com a solução.

– E você? – pergunta.

– Eu não posso. Se meu colega souber... ele é meio ciumento. Sabe como é que é, *né*? – e piscou o olho.

– Não sei de nada, senhor. – constrangido. – Amanhã eu volto para pegar o dinheiro então, pode ser?

– Claro. Até amanhã. Mas cobra na minha frente. Combinado?

– Combinado.

Romano vinha pelo corredor retornando com o café. O novato seguia no sentido contrário.

– Obrigado, senhor. – fala o rapaz sorridente e feliz com o valor da contribuição.

Romano estranha, mas retribui o agradecimento sem saber o motivo.

Quando entra na sala vê em Grego um sorriso incomum, daqueles que só aparecem quando ele apronta alguma coisa. Imaginou que fosse pela conversa que tivera com o novato.

– E aí? Tudo certo? – Romano curioso.

– Sim. – Grego com ar satisfeito. Tentou retornar sua atenção para a papelada.

– *Tá* rindo de quê?

– Nada. – olha para Romano. – Só achei engraçado. – sorriu.

– O quê?

– O novato vir te pedir para ajudar na festinha do Queirós.

– É. – Romano concorda. – Mas ele não tinha como saber. – ajeitando-se na cadeira.

– Se você pudesse quebrava o cara no meio. – animado.

– Sim. Não gosto dele. Não gosto de gente sem caráter. O cara não presta. Fica aí armando *pra* todo mundo só *pra* não perder o cargo. É um idiota. – Romano ficava nervoso só em tocar no nome daquele coordenador de setor. – Não gosto nem de ouvir o nome dele. Com ele eu não trabalho.

Grego ouvia em silêncio e em regozijo total.

– Eu acho que ele iria gostar se você participasse da festinha dele.

– Sim. Claro. – sarcástico. – Você vai?

– Não posso. – fez ar pesaroso. – Já tenho compromisso.

– É? – duvidando. – Amanhã você já tem compromisso, é?

– É. Amanhã eu não posso. – dispara. – Vou ficar de plantão.

– É. – solidário. – Mas o novato falou que seria hoje, no final do expediente. – achando que pegara Grego.

– Pois é... O plantão começa hoje. – rindo e provocando o riso em Romano.

Capítulo IV

Antunes estava sentado em sua sala de trabalho quando viu as imagens de um sujeito sendo conduzido pela Polícia Federal.

A televisão estava ligada, mas sem som.

Antunes firmou o olhar e prestou atenção nas imagens.

Indagou-se se aquilo era realmente necessário. Acabava sempre por concluir que o pessoal da Polícia Federal era exibicionista.

Voltou sua concentração para a papelada que estava à sua frente. Pastas cheias de pó de um passado arquivado junto com a sujeira.

Ele assumira consigo tratar de alguns assuntos antes da sua aposentadoria.

Estava cansado e desiludido. Vira certas coisas ao longo da sua carreira que o fizeram pensar várias vezes em mudar de vida. Mas de tudo que vira, duas eram-lhe particularmente doloridas. A primeira era a corrupção no seio da polícia. A segunda era a descrença completa no sistema jurídico e no Poder Judiciário.

Capítulo V

Camila resolveu visitar Danilo no presídio.

Ela não tinha certeza do que estava fazendo, mesmo assim resolveu ir e não pensar muito no assunto.

Estava com raiva de tudo e de todos. Nem sabia ao certo de quem deveria ter raiva: do delegado, do promotor, do juiz, de todos eles ou somente do próprio Danilo.

Talvez a raiva fosse da vida, daquilo que se tronara.

Ela tentava entender o que acontecera em relação à sua acusação e estupro. Simplesmente não consegui entender. Faziam questão de usar palavras que ela não conhecia, ou quando conhecia não sabia o significado: inquérito, denúncia, queixa, tipificação, publicação de portaria, processo judicial, distribuição, corpo delito, comarca, jurisdição, competência, escrivão, revelia; contumácia, laudo, confissão, defesa prévia, oitiva de testemunhas, acareação, sanção, progressão de regime, liberdade provisória, prisão preventiva, *habeas corpus*, mandado de citação, ônus da prova, remédios constitucionais, investigação criminal, instrução processual penal, prova fraudulenta, etc.

Não entendia por mais que lhe explicassem.

Contudo, o que não entendia mesmo era como alguém que comete crime fica solto. Alguém lhe falava uma daquelas expressões novamente e dava o assunto por resolvido: presunção da inocência.

Ela fazia que entendia.

Queria falar com Danilo. Pôr-lhe o dedo na cara. E usaria palavras que ele entendesse.

Capítulo VI

    Daniel estava chateado de ter que escrever a biografia de uma pessoa medíocre, que enriquecera desviando dinheiro público e se achava importante. Pessoas assim não deveriam ter valor social nenhum. Fazem mal para a sociedade toda, para as instituições e ainda se acham especiais por terem dinheiro, mesmo sem terem caráter.

    Isso feria os princípios Daniel, contudo o dinheiro que lhe foi oferecido prevaleceu.

    Mas agora ficara sabendo do estupro. Aquela mulher estava disposta a falar. Daniel viu ali uma forma de receber mais dinheiro de Danilo sem precisar escrever sobre ele.

    Falaria com jeito. O dinheiro viria, tinha certeza.

PARTE XXIII

Capítulo I

O advogado de Danilo finalmente conseguira o deferimento do seu *habeas corpus*.

Ambos estavam satisfeitos. Um pela vitória jurídica e o outro pela liberdade.

Danilo percebeu seus olhos em lágrimas quando viu a liberdade naquele portão cheio de grades, naquele corredor cheio de guardas... naquela vida cheia de tropeços.

Liberdade.

Quanto valeria a sua liberdade?

Para o advogado isso foi medido em dinheiro. Mas para si, naquele momento, a liberdade pareceu-lhe ter valor incalculável.

Já saía preocupado com assuntos a resolver.

O mais urgente era relacionado ao dinheiro. Tinha que mantê-lo escondido, mesmo sabendo que a polícia estaria no seu encalço.

Depois tinha que resolver o problema com sua turma. Eram muitos para ficarem soltos por aí com tantas informações. Talvez oferecer-lhes o mesmo advogado fosse uma boa estratégia. Assim, manteria todos sobre seu controle.

Mas se todos morressem não seria ruim – pensou.

Havia ainda aquele escritorzinho, que estava fazendo a sua biografia e queria dinheiro para não incluir certas informações que tivera.

Danilo não gostava de chantagem. Era ele quem estava acostumado a fazê-las, não estava acostumado a ser ele o chantageado.

Tinha que resolver isso.

Capítulo II

Camila acompanhou pela televisão a saída de Danilo da prisão. Antes, vira horrorizada a notícia de uma família inteira que fora assassinada num assalto numa das estradas mineiras.

Era muita violência – pensou.

Sem querer percebeu a raiva que trazia dentro de si, ao ponto de querer causar mal a Danilo, e, ao mesmo tempo, a repulsa pela violência na sociedade, pareceram-lhe incompatíveis. Era como se no seu caso tivesse justificativa, enquanto que para os outros, era apenas violência pela violência.

Um pouco revoltada, um pouco satisfeita, viu aquele homem nojento pelo visor e pela memória. Queria andar para frente, se convencer que a vida tem que seguir, mas aquele assunto a incomodava. Insistia em estar em sua mente e a lembrar-lhe o tempo todo o quanto se sentira humilhada. Só não sabia dizer da onde vinha essa humilhação que sentia, se era das pessoas ou da vida. Só sabia que era algo que estava dentro dela e lhe corria pelas veias. Quando a vida parecia-lhe sorrir, esse assunto voltava a pesar-lhe a face.

Queria a paz que tivera escondida nas noites de sono profundo. Não queria mais ver as coisas do mundo. Seus sonhos partiram com a violência da vida, e seu coração foi levado junto.

Era uma mulher sozinha no mundo. Sem pais, sem companheiro. Tinha o filho para cuidar. Mas ninguém para cuidar de si.

Nunca fora de desejar mal para os outros. Contudo, no seu íntimo, todos os dias desejava mal para Danilo e Nogueira em orações disciplinadas. E de simples pensamentos, evoluiu para vontades, até chegar ao ponto em que se encontrava: o de querer fazer algo.

O desejo de vingança era permanente.

Pensamento que vira desejo, desejo que vira ação.

Sabia que isso era perigoso.

Agora seria mais fácil se aproximar de Danilo, afinal, estaria solto por aí.

Acreditava que neste início, ele talvez fosse prudente, mas, dali a alguns dias, ele iria relaxar e faria alguma bobagem.

Ela queria estar por perto. Queria atingi-lo de alguma maneira.

Ainda não sabia bem o que faria, apenas sabia que faria.

Primeiro Danilo, depois Nogueira.

Amanhã teria uma conversa séria com aquele escritor. Precisava saber o que ele faria.

Enquanto isso, ia assistindo a um filme qualquer: "Cruz de Ferro". Não dava muita atenção.

Capítulo III

Demorara muito tempo para acertar algumas contas. Agora estava perto de conseguir isso.

Certas imagens vinham-lhe constantemente à memória.

Até aqui tudo correra bem. Faltava pouco para encerrar e não havia desconfiança sobre si.

Amanhã já estaria caminhando para o final. Depois disso, estaria perto de cumprir o compromisso que assumira consigo.

Sociedade sem justiça. A impunidade passeava lhe agredindo todos os dias.

Sentiu-se mais respeitado por si e sua vida, quando resolveu agir.

Fosse como fosse, a vida sempre vem buscar a prestação de contas. A vida cobra.

Parecia administrar a ansiedade, inclusive por se livrar daquela "cruz", daquele peso todo que o arremessava de volta ao passado. Ao mesmo tempo, parecia que se acostumara àquele fardo, e estar tão perto do fim era algo estranho. É como se deixasse de ter o que fazer. Afinal, convivia com aquela busca há anos e, agora, finalmente, estava preste a encerar aquele assunto; a fechar o ciclo.

Ninguém entenderia. Mas não era preciso que alguém entendesse. O melhor mesmo, era que ninguém soubesse.

Pré-capítulo III

— Esse aí também diz que não fez nada? – comenta o policial com o colega.

Ambos observavam através de um vidro que lhes garantia o anonimato.

— Ele disse que apenas ficou olhando, mas que nem tocou na garota. – o colega continua.

— Todos são inocentes. – duvidando dos depoimentos e tentando manter a calma.

— Vamos prender todos eles.

— Tomara que a Justiça faça sua parte. – pessimista. – *Tô* cansado de mandar bandido *pra* cadeia *pro* juiz soltar.

O colega não tinha a mesma confiança.

— O que foi? – indaga com pressa na resposta.

— O garoto disse que o pai dele é Desembargador do Tribunal de Justiça.

— Não interessa. Vamos prendê-lo. – nervoso.

— Prender filho de Desembargador? – duvidando. – Quero até ver.

— Por quê? As leis pra eles são diferentes?

— As leis podem até ser iguais, mas a aplicação é diferente.

PARTE XXIV

Capítulo Único

Debruçado sobre a mesa de trabalho em seu escritório doméstico, Daniel estava com a cabeça em cima do teclado do computador, imóvel, sem vida e com o sangue que escorrera num passeio noturno, com um vermelho vivo em nome da morte.

Daniel estava morto. Não viu aquela manhã acostumada ao labor. Perdera os dias de mesmices sem imaginação, com as cobranças das rotinas de um mundo coercitivamente sovina. Horários urravam em despertadores cheios de compromissos com a produtividade. Dormir um pouco mais era interpretado como preguiça, e esta, era tida como um pecado mortal no mundo capitalista. Nesse mundo do autossustento todos deveriam trabalhar e demonstrar profissionalismo.

Daniel se acostumara à sua própria rotina. Virara escritor por prazer e profissão, embora nem sempre escrevesse sobre os temas que lhe davam prazer, por vezes escrevia sobre temas que lhe davam o dinheiro do sustento. Não obstante, escrever lhe dava prazer, fosse como fosse.

Não gostava de escrever biografias. Elas limitavam sua criatividade, pois tinha que se cercar de pesquisas e entrevistas, quando possível, para aproximar-se das informações corretas. Contudo, nestes tempos que ninguém lê, mas todos querem saber da vida dos outros, biografias sempre geravam uma boa renda.

A biografia de famosos vivos costumava vender bem. Gerava um estranho interesse nas pessoas, próximo ao que seria uma fofoca, contudo, gabaritada por um livro. A biografia de famosos mortos, também costumava vender bem. Despertava o interesse nos curiosos.

Contudo, na sua maioria, Daniel escrevia biografias por encomenda. Ou seja, de pessoas vivas que faziam força para serem famosas, mas não eram. Por óbvio, este perfil limitava as vendas. Por vezes, nem os familiares ou os amigos do "famoso" adquiriam exemplares. Por isso, Daniel cobrava por trabalho e, depois, um pequeno percentual do resultado.

Quando começava a escrever, quase desaparecia do mundo. Mal saía do seu apartamento. A impressão que dava era a de que viajara.

Seus livros de ficção eram sistematicamente rejeitados pelas grandes editoras. Ele não conseguia entender os motivos, pois achava suas obras interessantes e com apelo comercial.

Sua vontade de escrever era maior que seu talento. Porém, sua necessidade de sustento era maior que sua vontade de escrever. Pôs de lado suas criações e dedicou-se cada vez mais às encomendas.

Atualmente, escrevia sobre Danilo. Na visão de Daniel, Danilo era apenas mais uma pessoa no planeta Terra, sem importância nenhuma, sem interesse algum. Não tinha grandes feitos, não tinha sequer inteligência que merecesse registro.

Por óbvio, Daniel tentava valorizá-lo ao máximo, quase que criando um personagem.

Não gostava do que fazia. Iria até o fim pelo dinheiro e pelo compromisso assumido. Queria concluir aquele trabalho rapidamente e ficar livre daquilo.

Tinha repulsa de precisar vender-se intelectualmente daquela forma.

Estava sentindo aversão à trajetória de Danilo Orlando Varella. Cheia de artimanhas, joguetes, armações e tramoias. "Sujeitinho sem caráter" – pensou. Esquema atrás de esquema. Havia o desvio de dinheiro público, as prostitutas e o consumo de drogas. Daniel não gostava muito dessas coisas. Contudo, sabia que se explorasse bem as narrativas, poderia ter um texto rico e interessante. Assim, tentava dar ao tal Danilo, um estatuto de pessoa pública com inúmeros feitos e ativismo social.

O personagem que criara era muito superior ao Danilo real.

Pelo menos era essa a sua estratégia.

Mas, de repente, veio-lhe o tiro trazendo-lhe a morte.

Foi assassinado antes de concluir.

Teve seus olhos arrancados.

Não sofreu. Apenas teve descanso.

PARTE XXV

Capítulo Único

– Estranho, Romano. Arrancaram os olhos dele!
– É. – concordando, mas parecendo dar pouca atenção para Grego.

Em sua mente, Romano tentava entender o que teria acontecido. Sabia não ser normal aquele tipo de atitude. Isso indicava vingança, ou algum tipo de relação entre o assassino e a vítima.

Em sua rápida avaliação, sabia que um crime cometido por impulso, raiva momentânea, ou algo que se equivalha, a pessoa mata e fica desorientada. Fica mais preocupada em ir embora do local do crime, do que em encobrir provas. Ou de se entregar para a polícia do que pensar em fugir. As reações eram diversas. Contudo, nesses casos, ninguém teria a preocupação de arrancar os olhos da vítima ou algo do gênero.

Em tese, esses detalhes extremos facilitam as investigações. Basta estabelecer o vínculo com a vítima.

Grego e Romano se preparavam para analisar o segundo corpo que estava no quarto de casal, quando ouviram disparos.

Todos correram. Grego e Romano também.

***

Danilo desce correndo pela escada de incêndio do prédio.

Seus passos eram apressados, mas cautelosos. Não queria que ninguém o visse.

Já na garagem, abre uma porta pesada e avança com passadas largas após verificar que não havia ninguém.

Foi em direção ao seu carro.

– Danilo! – chama um rapaz que sai de trás de uma das colunas com uma arma apontada na direção de seu interlocutor.

Danilo tomou um susto.

– Calma, meu jovem! – preocupado. – O que você quer?

– *Me* dá a chave do carro.

– Toma. – pareceu tranquilizar-se por achar que se tratava de um assalto.

– Anda. Você vem comigo. Entra aí. – decidido e abrindo o porta-malas do veículo.

– Não! Toma aqui meu dinheiro, meus cartões – estendendo a mão.

– Anda logo. – mais firme. – Não quero o teu dinheiro. Quero te matar. Quer rezar? – duro, já obrigando Danilo a se ajoelhar encostado a uma das colunas daquele prédio.

Danilo não se mexeu.

– Entra logo. – tom de ordem com olhar de ameaça.

– Não vou com você. – fala Danilo. – Prefiro a polícia.

Aquele rapaz dá um tiro para o chão, mostrando que não estava de brincadeira. Danilo se assusta e fica sem reação. Outro tiro.

– Não estou brincando. Entra logo.

– Quem é você?

– Entra logo. Não vou falar de novo. – pôs a arma na testa de Danilo, que pula rapidamente para dentro do porta-malas, visivelmente tenso.

***

Grego e Romano seguem em direção ao som dos disparos.

Não conseguem perceber qual seria o local exato dos tiros.

Há a movimentação de alguns colegas. A maioria sinalizava como se os disparos tivessem vindo de um dos andares da garagem. Todos agiam com iniciativa, mas de forma cautelosa, conforme aprenderam nos treinamentos.

Grego na frente, chega ao andar indicado e abre uma porta pesada com cuidado. Romano vem logo atrás.

Veem apenas um veículo preto, grande, saindo e mais nada. Já não dava tempo para correrem, o veículo já havia ganhado certa distância.

– Pede para alguém ir atrás daquele carro. – fala Romano com pressa nas palavras para Grego, que age com pressa nas ações. – Usa o rádio. – sugere.

Romano ainda se recuperava da corrida. Põe as mãos nos joelhos, por causa da respiração. Vê uma das cápsulas e volta a ficar ereto para manter a postura. Depois, abaixa-se e a pega.

Olha em volta e tenta entender o que teria acontecido.

Vê uma moto largada no meio do corredor da garagem.

– Confere *pra* mim, Grego. – apontando para a moto.

– *Podeixá*.

Vários policiais chegaram nesse momento. Também pareciam tentar entender o que teria acontecido.

– Vamos, Grego. – Romano chama. – Vamos ver o que houve no apartamento. Mas não deixa de verificar essa moto.

Grego concordou com a cabeça.

– Outro motoqueiro. – resmunga Romano.

– Não entendi. – Grego.

– No assalto foram motoqueiros, não foram?

– Foram.

– É...

Talvez não fosse nada, mas para Romano era importante tentar encontrar essas possíveis relações entre os fatos.

***

Naquela confusão dentro do apartamento de Daniel, Grego e Romano pedem passagem.

Romano não gostava do tumulto, preferia trabalhar em silêncio e sem muita gente. Para Grego tanto fazia, parecia gostar exatamente da confusão.

Quando entram no escritório, cômodo onde estava o escritor assassinado, veem outro colega do Departamento de Homicídios.

Romano balança a cabeça em cumprimento. Sem a preocupação de ser educado.

– E aí? – Grego cumprimenta com um chiclete na boca.

O colega os olha. Nada fala. Mantém a postura calma com as mãos nos bolsos da calça.

– Estranho, *né*? – Antunes acaba por falar.

Grego e Romano concordaram com a sobrancelha. Nada disseram.

– Confusão, *né*? – fala por falar.

Grego e Romano concordam, desta vez além de mexerem a sobrancelha, também deram de ombros.

– Você veio com qual equipe? – Romano pergunta depois de um tempo.

– Nenhuma. Estava por perto. Ouvi o chamado pelo rádio. Vim dar uma olhada. – olhou para Romano, depois para Grego. – Quem sabe eu poderia ajudar, *né*? Nunca se sabe. – Antunes deu uma boa olhada geral e foi em direção à porta. – Até logo. – se despede.

PARTE XXVI

Capítulo I

Danilo acorda confuso. Estava preso em uma cadeira.
O lugar era escuro. Não conseguia enxergar direito.
Também não ouvia nenhum barulho.
Tentou entender onde estava, mas não conseguiu.
Parecia um porão. As paredes eram de pedra, ao estilo de uma fazenda colonial. Algumas toras de madeira grossa faziam colunas e seguravam o teto. Não viu porta ou janela. Não viu escada. O lugar era úmido. Ao sentir seu corpo tremer, Danilo achou que era pelo frio, mas só então percebeu que estava sem roupas.
Indagava-se o que estaria acontecendo. Será que era o tal de Cola a mando de alguém? Ou era o Nogueira pondo fim em tudo aquilo para eliminar quaisquer riscos?
Sua mente estava acelerada. Seu coração estava acelerado. Seguiam o ritmo da angústia.
O lugar era sombriamente escuro.
Gritou algumas frases sem sentido. Quase que pedindo ajuda para as quatro paredes que o vigiavam solitárias.
Sua visão foi-se acostumando à escuridão. Mesmo assim, não via nada direito.
Naquele lugar, havia apenas um feixe de luz que procurava um canto para se esconder. Seguiu a luz com os olhos e viu uma janela coberta. Tentou mexer a cadeira, mas não conseguiu. Tentou novamente e novamente não conseguiu. Acabou por desistir, com receio de tombar de vez e ir ao chão.
Sua mente tentava entender a situação.

Poderia ser apenas um sequestro. Alguém que quisesse o seu dinheiro. Tentou raciocinar enquanto o frio entrava na sua pele e o fazia tremer.

Não sabia o que aconteceria, mas sabia que não queria dar seu dinheiro para ninguém.

Capítulo II

– A moto é roubada. É de São Paulo. – fala – fala Grego.
Romano juntava um monte de papéis e parecia concentrado.
– Não entendo qual poderia ser a relação. – fala Romano preocupado.
– Como assim? – Grego.
– Da moto com os assassinatos.
– Às vezes não tem ligação. – despachado.
– O carro da vítima estava na garagem, certo?
– Sim.
– Então, é possível, que o assassino tenha chegado de moto e ido embora de carro?
– Sim, é possível.
– Mas o porteiro disse que ninguém no prédio tem um carro igual àquele, certo?
– Certo. O que é que tem?
– Ora, quem trouxe o carro? – raciocinando. – Assim, seriam duas pessoas: um que veio de moto e outro que veio de carro. – faz a pausa. – E na hora de ir embora deixam a moto? Qual a lógica? – compenetrado.
– Fazer a gente seguir uma pista errada. – fala Grego. – São dois caras e estão juntos. – conclui veemente. – A moto é para iludir a gente.
– Mas e os tiros?
– O que é que tem?
– Se eles estão juntos, por que haveria tiros?
– É mesmo. – raciocina. – Só para enganar a gente.
Breve silêncio. As coisas não se encaixavam.
– Pegou as imagens das câmeras? – Romano.

– Peguei. Uma porcaria. A imagem é distante. Não dá *pra* ver nada.
– É. Deixa *eu* ver.
Grego pega um computador portátil e busca os arquivos.
– Aí. – anuncia para Romano. – *Tá* vendo aqui? São dois caras. Eles não estão juntos. – encosta-se na cadeira. – O que será que houve?
– Difícil saber. – comenta Grego.
– Já sabe quem são?
– Ainda não. Deve ser mais um ladrãozinho. – arrisca.
– Não. É alguém com motivo – Romano fala por falar, quase sem dar importância e mantendo os olhos nas pastas cheias de papéis e fotografias.
– Arrancou os olhos da vítima e não levou nada do apartamento. – Grego explicando para si mesmo.
– É isso aí.
– Não levou nada que a gente saiba.
Romano olha para Grego como quem espera a resposta do seu próprio raciocínio.
– E se foi alguém lá para retirar algo que nós nem sabemos.
– Por exemplo.
– O livro que ele estava escrevendo.
– Difícil, *né*? Já olhei. Ele estava escrevendo uma biografia qualquer de uma pessoa qualquer. Dificilmente teria algum valor financeiro.
Breve silêncio.
Grego olha para Romano sem nada dizer.
– Uma hora a gente descobre.
Em silêncio, Grego também parecia procurar explicações, fazendo a relação entre os fatos.
– Já conseguiu fazer a relação? – pergunta Romano vendo o esforço do colega.
– Ainda não.
– E esses dois caras? Temos que descobrir quem são. O que estavam fazendo ali?
– Tudo muito estranho.
– É... – concorda Romano.
– De quem era a biografia?
– Daquele tal de Danilo.
– Será só coincidência?
– Já aprendemos a desconfiar das coincidências.

Breve silêncio de ambos.

— Temos que retornar ao apartamento do Daniel. Sempre acabamos por achar algo que passa despercebido.

— Verdade. Tudo muito complicado. Quem será que foi?

— Não sei, Grego. Vamos ter que descobrir. Esse é o nosso trabalho. — sem grandes elucubrações.

Grego parecia procurar explicações em seus raciocínios ligeiros. Nunca procurava teorias complexas. Preferia aquelas mais fáceis de entender e de acontecerem. Explicações muito elaboradas não combinavam com a vida real, eram mais comuns nos filmes policiais.

— Temos que voltar lá *no* apartamento. — insiste Romano.

— Tem doido *pra* tudo. — Grego deixa escapar.

Silêncio de quem procura caminhos.

— Tudo muito estranho. — Romano fala como quem ganha tempo para raciocinar.

— Também acho. — Grego segue o colega.

— O Daniel estava escrevendo a biografia desse tal de Danilo. Pode ser que alguém que não gostasse dele o tenha matado. — fala por falar.

— Não gostasse de quem? Do Danilo ou do Daniel?

— Não sei dizer. — buscando explicações.

— Às vezes, não tem explicação mesmo. Simplesmente aconteceu.

— Arrancaram os olhos dele, Grego! — insistindo no tema. — Isso não é normal. — fechando a expressão. Olha para o colega. — Sempre tem explicação. Vamos achar.

— É isso aí.

Romano parece procurar mais papelada.

— As fotos já chegaram? — pergunta para Grego.

— Já. Guardei ali. — aponta para uma pasta qualquer sobre a mesa de Romano.

Romano, por vício, procurava alguma explicação.

— Arrancar os olhos! — parecia querer raciocinar enquanto mexia naqueles papéis que estavam por ali.

Grego estava inquieto.

— Vamos *pra* rua, Romano? — sugere.

Romano apenas o olha de sobreolho.

— Aqui não tem nada. Esses caras estão na rua. — insiste Grego. — Temos que procurar esse tal de Danilo.

Romano apenas o olha. Grego continua:

– Morreu o carinha que estava escrevendo a biografia dele. – sem conseguir encaixar as coisas. – Vamos procurar esse tal de Danilo.

– Vamos. – falou mais pela experiência do que pela convicção.

– Mesmo que não tenha sido ele, é bom ouvi-lo. – sugere Grego.

Agora Romano tinha que concordar com o colega. Fecha uma pasta e a atira de forma displicente sobre a mesa.

– Então vamos. – sem entusiasmo.

– Certo. – Grego se empolga.

– Vamos *pra* onde? Onde você vai procurar?

– Não sei. Mas eram dois caras. Uma hora vão fazer bobagem.

– Concordo. Mas não adianta sair por aí, quando a resposta pode estar aqui. – aponta o próprio gabinete e para aqueles papéis.

– Mas eu não aguento ficar parado. – Grego reclama.

– Então me ajuda a procurar aqui. Eu tenho um palpite.

– Qual?

– Eu me lembro de crimes assemelhados. Caras cortando partes do corpo das vítimas ou algo assim. Vamos procurar nos arquivos. Às vezes, a gente vê algum padrão de comportamento... sei lá. – arrisca.

– Procurar o que exatamente? – Grego chateado, querendo ir para a rua.

Romano não sabia responder. Mas custava-lhe ir para as ruas sem ter um roteiro, sem ter planejamento. Responde por responder:

– A maioria dos casos a gente resolve com a inteligência, e não com a força. – aponta primeiro para a cabeça, depois para a arma, por fim sorri com os olhos.

– Lá vem o filósofo. – Grego sarcástico. – Quero ver na hora que um cara desses estiver na tua frente, se você vai usar a filosofia... Vai fazer o quê? Jogar um livro no cara? – riu imaginando a cena, ao invés de Romano puxar a arma, atiraria o livro de filosofia no sujeito. Disparou a rir.

Não teve jeito, Romano não conseguiu se conter e riu junto.

Depois de um tempo, tentando se refazer, Romano sugeriu a Grego, ainda sob o efeito do riso:

– Depois procura nos arquivos. Tem esses casos que as vítimas tiveram as orelhas cortadas, língua... Essas coisas. Às vezes, há relação. Quem sabe?

– Sim, senhor. – rindo e fazendo o gesto de quem arremessa.

PARTE XXVII

Capítulo I

Mário, o "Formiga", enfrentava o trânsito de Belo Horizonte dentro de um carro que acabara de adquirir.

Olhava os outros veículos, ouvia a música descontraída do rádio descomprometido, reparava o painel do carro em desenhos modernos. Qualquer ocupação passava com muita velocidade por sua mente. Ainda tinha a fixação sobre as investigações da Polícia Federal.

Nunca imaginou que o trabalho que fazia pudesse levá-lo à prisão. Experiência que não desejava para ninguém. Acreditava piamente que apenas pagava contas e emitia notas fiscais. Apenas isso.

Em sua mente, já elaborara muitos planos de vingança contra Danilo. Sabia que não executaria nenhum, mas divertia-se, à sua maneira, ao imaginar. Ficara com muita raiva de Danilo. Sujeito mau caráter, com jeito e cara de mau caráter. Mas tinha dinheiro... Parecia que esse era um encantamento que aproximava as pessoas dele. E Danilo sabia disso.

O semblante de Mário estava cerrado enquanto sua mão ia dando pequenos socos no volante do veículo.

Seu físico, seu perfil e seus gestos realmente remetiam à imagem de uma formiga. Era impossível desassociá-lo do apelido.

Finalmente chegara. Naquele horário, as ruas do seu bairro já eram pouco movimentadas, mas mesmo assim, viam-se pessoas, um ou outro comércio aberto e um pequeno fluxo de veículos. A escuridão já se fazia presente naquele bairro que à noite metia medo.

Formiga pensou se iria até a casa da namorada ou não. Pegou o celular para ligar-lhe e encostou o carro.

— E aí, gostosa? *Vamo comê* um sanduíche? – aguardou a resposta. – Beleza. Então *tô* te esperando aqui.

A mãe de sua namorada, desde que ele fora preso, não permitira mais que eles se vissem. Assim, ele aguardava na esquina da rua de cima e ela ia lá ter com ele. Já estavam nisso há meses. Ele achava errado, mas era melhor assim do que deixar de vê-la. Além disso, tinha aquele gosto do namoro escondido, era mais emocionante.

Distraído, vê um rapaz passando do outro lado da rua, olhar para dentro do carro e balançar a cabeça positivamente, como quem dá um sinal.

Não deu tempo para pensar.

Outro rapaz encostou-se à janela do veículo e anunciou o assalto.

— Fica calmo aí e sai rápido. – dá a ordem e levanta a camisa para mostrar a arma.

— Não entendi – Formiga fora pego de surpresa. Achava que essas coisas aconteciam apenas com os outros.

— Anda, rapaz. Vaza fora ou pula *pro* banco de lá. – tenso e com pressa.

— Mas cê *tá* me assaltando? – achando que poderia levá-lo na conversa. – Eu sou do bairro também. Sou trabalhador.

— Tu *é polícia*? – e passou a mão na cintura de Formiga para ver se ele estava armado.

— Não.

— Então anda logo, *p*...! – abre a porta do carro e começa a empurrar Formiga para o outro banco.

— Eu não vou com você, não! – preocupado.

— Então sai logo, *c*...! – tenso na fala, mas com gestos calmos. – Anda logo! – puxando Formiga para fora.

Formiga sai e fica em pé perto do veículo, como se tentasse acreditar no que estava acontecendo. Nem raciocina quando vê o rapaz pular para o banco do passageiro. Por trás dele aparece um outro homem.

— Sai fora, *vacilão*! – voz rouca.

— Vá *tomá* no c... *cês* dois! – nervoso ao testemunhar a iminência de perder seu carro.

O rapaz, com seus quase dois metros de altura, já ia entrando no carro, quando interrompe o movimento e fica em pé perto de Formiga.

— Tu *é locô* ou o quê? – Formiga nada diz. Perto dele parecia ainda menor. O rapaz olha bem nos seus olhos. – *Tá* lembrado de mim, Formiga?

— Não! – estranhando. – Deveria?

Quando a vida cobra | 289

– Eu sou o Túlio, da quadra de futebol. *Tá* lembrado, não? – raiva no olhar.
– Não lembro, não! – estranhando.
– Não lembra, não? Lá do parque... – encara Formiga. – Não lembra, não? Filha da *p*...!
O companheiro dentro do carro pede pressa:
– Anda, meu! *Vamo bóra!* – querendo sair dali.
– Espera aí! Só *resolvê* isso aqui. – sem tirar os olhos de Formiga. – Não lembra, não? – nervoso.
De repente, a situação que já era tensa, parece ter ficado pior.
– "Não grita, *viadinho*! Não grita!" – fala como se imitando uma voz. – Lembra agora, seu desgraçado?
– Pô! Lembrei! *Nó, véio!* Tem tanto tempo, *hein*? Cê cresceu *pra caramba*! E aí? A turma te chamava de "Tuti", *né*? – numa reação estranha, sem saber se era bom conhecer o seu algoz ou não.
– Cê lembra, *né*? "Tuti-fruti". Era assim que me chamavam. – semblante pesado com raiva na voz.
– Lembro. Mas você era pequeno.
– Lembra daquele dia no vestiário? Depois do jogo?
– Não! – buscando na memória e suando muito.
– Não lembra?
– Não! Tem muito tempo, *né*? – sem graça.
– Eu tinha dez anos e só queria jogar futebol! Lembra disso? – gritando e cuspindo as palavras com saliva.
– Não! Não lembro de nada! – já temendo o pior.
O rapaz saca a arma e dá um tiro na cabeça de Formiga. Sem explicação, só com raiva perceptível no olhar.
– Pois eu lembro. E lembro bem, filho da *p*...! – entra no carro, engata a marcha e acelera para desaparecer.
– Cê é doido? *Pra* quê isso? – pergunta o companheiro de dentro do carro. – *pra* quê *matá* o cara? – preocupado.
– Não *te* mete, não. Assunto meu. Eu tinha que resolver isso.
– Beleza. – respeitando o colega. – Assunto resolvido.
Formiga sequer teve tempo de absorver o acontecido. Seu corpo despencou no chão.
O sangue escapava-lhe pelo furo do tiro na cabeça.
Sua namora chega e solta um grito que faz eco pela emoção.

***

– Mãe! Posso ir jogar bola lá no parque?
– Pode, meu filho. – feliz pelo menino cheio de saúde e com o vigor típico dos seus dez anos de idade. – Cuidado com os meninos mais velhos, viu filho?
– Eu sei, mãe. Pode *deixá*. Eu só vou jogar futebol e volto.
– *Tá* bom, meu filho. *Se diverte, tá?* – deu um beijo no seu menino e abriu um sorriso, satisfeita ao vê-lo correr empolgado para o futebol.

O garoto, orgulhoso de si mesmo e confiante na sua habilidade para o futebol, seguiu carregando a bola debaixo do braço e o tênis novo no pé. Os sonhos, iam na cabeça.

Túlio corria feliz pela rua. Imaginava-se um jogador de futebol. Adorava fingir que era um jogador famoso. Seu sonho era esse: ser jogador de futebol.

Tanto fazia-lhe a roupa que usasse, o tênis que calçasse, o importante era a bola debaixo do braço. Às vezes, usava camisa azul com calção branco – fingia ser a seleção italiana. Outras vezes, o mesmo calção branco com uma camisa laranja, fingindo ser a seleção holandesa. Tinha ainda a camisa vermelha, fingindo ser a seleção portuguesa e uma amarela, que fingia ser a da seleção brasileira.

Camisa de seleção mesmo, não tinha nenhuma. Mas não precisava. A fantasia bastava para tornar real aquela mania de futebol.

Chegando à quadra de futebol do parque municipal, no princípio ficou inibido. Os meninos que estavam jogando eram mais velhos do que ele. Sua mãe não gostava. Não sabia bem por qual motivo, só sabia que ela não gostava. Talvez porque eles fossem maiores e mais fortes, assim, sua mãe tinha medo que eles o machucassem. Mas ele sabia que tinha habilidade para jogar contra os meninos maiores. Não teria problemas com isso.

Pensou em silêncio e tomou a decisão de pedir para jogar. Sua mãe não ia saber mesmo e ali no parque, nada iria acontecer. Afinal, era só futebol.

– *Ei*, pessoal! Posso jogar?

Ninguém lhe deu atenção. Repetiu um pouco mais alto e não teve resposta. Resolveu esperar a hora que saísse um gol. Mesmo assim caminhou devagar, por fora da quadra, até um dos goleiros.

Esperou até que saísse um gol.

– Entra aí, *muleque*! Um *pra* cada lado, *hein?* – alguém grita e Túlio, junto com outro garoto, se despacha para entrar na quadra todo empolgado.

Quando a vida cobra | 291

Ele sabia que poderia jogar de igual para igual com os garotos mais velhos. Tinha habilidade e o tamanho não importava.

A expressão de Túlio até mudou ao tocar na bola pela primeira vez. Sentia-se importante, sentia-se um jogador de futebol.

Ganhou confiança com a bola vindo no seu pé várias vezes. Seus colegas de time já confiavam nele o suficiente para tocarem-lhe a bola.

Túlio chegou a fazer um gol e convenceu-se de que realmente jogava bem.

"Cê é bom de bola, *hein* garoto?" – falava um.

"Cê é fera!" – falava outro.

Com isso, Túlio convencia-se de que era bom jogador, que teria um futuro pela frente. Sua imaginação ia longe a cada gol que marcava. Comemorava como se estive num estádio lotado pela torcida. Fazia pose quando perdia a bola. Sentia-se numa partida de futebol de profissionais.

– *Acabô*! – gritava alguém em virtude do horário do parque.

Da quadra alguém rebateu:

– Último lance!

Terminaram a jogada e a turma parou. Uns iam cumprimentando os outros pela partida e já se despediam até a próxima. Outros foram beber água e outros ainda, foram para o vestiário do parque.

– E aí, Túlio? *Cê* joga bem, *hein*? – fala um dos rapazes.

– Obrigado. – sem querer ser convencido.

– Cê vai ser jogador de futebol?

– Vou. – achando legal aquele garoto mais velho querer falar com ele.

– Eu jogo na escolinha, sabia?

– É mesmo? – admirando o rapaz.

– Quantos anos você tem?

– Dez. Mas pareço mais.

– É. Você é grande *pra* idade. Mas não sei se dá!

– Se dá o quê?

– *Pra* te levar lá na "peneira".

– O que é isso?

– Meu treinador vai escolher mais cinco carinhas *pra* fechar o time.

– Que legal. Posso ir? – feliz pela possibilidade.

– Não sei. Teu pai tem que deixar.

– Eu moro só com a minha mãe.

– *Ué*, e teu pai?

– Não sei, não. – como quem reflete. – Mas precisa dele?

– Não.
– Senão tem meu avô.
– Não, não é importante.

Iam caminhando em direção à saída do parque.

– *Ah*, quase que eu esqueci. Minha mochila *tá* no vestiário. – interrompe a caminhada. – *Vamo* ali comigo?

– Não. Melhor eu ir embora... – Túlio falou lamentando com a voz arrastada, no alto da maturidade de seus dez anos de idade.

– Mas eu preciso te passar o endereço e a ficha de inscrição. *Tá* tudo na minha mochila. – sorrindo. – Chega aí, *sô*! É *rapidão*. – repara na indecisão de Túlio. – *Tá* com medo de quê, *sô*? Deixa de *sê* bobo. Jogador não pode ter medo de entrar no vestiário, não. É vergonha?

– *Tá* bom. – acanhado e sem certezas nos movimentos, acompanhou o rapaz.

Entraram no vestiário. Típica obra pública feita sem capricho, mas feita para durar. Muito concreto, capaz de tornar tudo funcional, mas sem preocupação alguma com a estética.

– Senta aí. – fala simpático apontando para o lado vazio do banco. Depois aponta para a mochila. – Acho que deixei aqui.

Formiga começa a mexer na mochila, como quem procura algo. Tira a camisa como quem exibe um corpo atlético, o que definitivamente não era o seu caso, e se mantém ocupado com ar compenetrado.

– Você não vai tomar banho, não? – pergunta para Túlio como se por acaso, sem interesse na resposta.

– Não. Melhor, não. – acanhado. – Eu tomo em casa.

Formiga olha para Túlio, de cima em baixo.

– Mas você é menino, *né*?
– Como assim?
– Você não é menina, não, *né*?
– Claro que não! – achando esquisita a pergunta.
– Menina não pode entrar no time. Só menino.
– Eu sou menino. – querendo engrossar a voz.
– Mas e esse cabelinho comprido?
– Eu uso assim mesmo. – estranhando.

Formiga espera um pouco. Parecia uma cobra esperando o melhor momento para o ataque.

– Não *tô* achando. *Peraí*. – correndo a mão na mochila.

Olha novamente para Túlio.

Quando a vida cobra | 293

– Você está com vergonha?
– Vergonha de quê? – sem jeito.
– Lá todo mundo toma banho junto, sabia? O vestiário é um só. Você não pode ter vergonha de ficar pelado no vestiário do time, senão eles vão achar que você nunca jogou bola, entendeu?
– Mas eu não tenho vergonha. Só não quero tomar banho agora.
Formiga fez ares de dúvida.
– Aí eu já não sei se vai *dá pra* te *levá* lá!
– Por quê?
– Não vou te levar lá no time sem saber se você é menino ou menina... e sem saber se você consegue tomar banho junto com o pessoal ou não. – ar de dúvida. – Senão eles vão achar que eu levei um *fracote*, tipo uma bala de tuti-fruti, entendeu?
– Mas eu sou menino, já disse! – perdendo a paciência.
– Então *deixa eu* ver? – olhando na direção da genitália de Túlio.
– O quê? – sem entender.
– Se você é menino.
Túlio não soube como reagir. Formiga fala:
– O seu já fica duro?
Túlio tem uma pequena reação de repulsa. Não entende e começa a se sentir incomodado.
Formiga arrisca:
– Se você não "brincar" comigo, eu não posso te levar no time. A gente chama isso de "batizado". – e toca no órgão de Túlio com a mão, primeiro com vontade reprimida, depois com mais carinho.
Túlio não sabia como reagir. Não conhecia seu corpo, muito menos aquelas coisas do sexo. Estranhou e seu corpo recuou num primeiro momento, para logo depois, com a insistência de Formiga, permitir aquele toque com as mãos, em movimentos que lhe pareceram prazerosos. Foi estranho.
Túlio sentiu que seu membro estava ereto. Nunca tinha experimentado aquela sensação. Por vezes, até acordava assim, mas nunca fora tocado assim.
Mas tentava tirar a mão de Formiga, como quem briga mais com o instinto do que com o colega.
– É gostoso, é? – pergunta Formiga sem esperar resposta.
Túlio não sabia bem o que fazer. Queria interromper, mas tinha o futebol. Queria interromper, mas estava sentindo prazer.

Formiga mergulhou e utilizou-se da boca para dar e ter prazer. Túlio até tremia em certos momentos.

As mãos de Formiga buscavam tocar Túlio em vários lugares de seu corpo ainda em formação.

Tremendo nas pernas, Túlio sentiu um prazer que nunca experimentara. Formiga pareceu especialmente feliz em receber a precipitação amarga de Túlio em sua boca festiva. Sorriu e limpou-se ligeiramente com as mãos.

– Gostou? – meigo.

– Gostei. – tímido. Parecia estranho, mas Túlio gostara.

As mãos de Formiga continuavam alisando o corpo de Túlio. De repente, o semblante de Formiga mudou. Com força nas mãos, segurou Túlio e o virou de costas para si.

– Agora é a minha vez. – sussurrou ao ouvido de Túlio que tentava entender o que estaria acontecendo.

Da boca, Formiga leva a mão ao corpo de Túlio para molhar um canto que ele não conhecia.

Túlio estranhou e tentou se libertar. Foi igualmente estranho sentir um prazer inicial enquanto Formiga usava o dedo em si.

Formiga forçou Túlio contra a parede e preparou-se para a ação.

– Não grita! – tom sereno, com jeito de pedido e conselho.

– O que você vai fazer? – preocupado, realmente sem entender.

– Calma. – sussurrando e agindo lentamente.

Túlio sente a invasão sem entender se aquilo era certo, se era errado, se era bom ou se era ruim.

Estava doendo muito. Mas tinha o futebol...

– Para! – pede Túlio tentando se libertar.

– Fica quieto! – Formiga dá a ordem e faz o movimento mais firme.

Túlio grita. Formiga lhe tampa a boca.

– Não grita, *viadinho*! Não grita! – Formiga parecia transtornado naquela busca violenta pelo prazer. Seus dentes apareciam como os de um animal selvagem. As veias de seus braços e as do pescoço pareciam que iriam explodir a qualquer momento. Os olhos de Formiga pareciam de uma pessoa possuída pelo mal.

A dor era insuportável. Túlio tentava libertar-se, mas não conseguia.

A dor era insuportável. Túlio tentava gritar, mas não conseguia.

– Não grita, *viadinho*! Não grita! – tudo aquilo parecia excitar mais ainda aquele animal raivoso que se transformara Formiga.

Ele libertou seu prazer parecendo que se libertava do ser que o possuíra. Sorriu e atirou Túlio ao chão.

– Não conta *pra* ninguém, *hein*? Se não eu mato tua mãe! – sorriu, parecia estar feliz.

Túlio não teve reação.

– Não grita, *viadinho*! – parecia cantarolar. Apontou o dedo para Túlio como quem dá um último aviso e foi-se embora.

Túlio demorou para reagir. Demorou para sair dali.

A vida demorou a querer Túlio de volta.

Capítulo II

Vinha pela via principal daquele bairro movimentado. Sempre achara o nome daquela avenida engraçado e acabava, repetidas vezes, por falar sozinho, quando por lá passava: "Sinfroneo Brochado – quem poria esse nome num filho? Sinfroneo já não é assim tão bonito, agora, Brochado!", e logo depois emendava: "eu não sou Sinfroneo e faço questão de não ser Brochado!" – e ria para si de sua própria graça.

Do Barreiro iria para a Avenida do Minério, e de lá seguiria até a agência bancária. Banco era sempre igual: "quando ele precisava de dinheiro, não emprestavam; quando não precisava, vinham com o tal de crédito pré-aprovado".

Fazia o percurso com certa má vontade. Não gostava desses assuntos, contudo, sabia que era melhor resolver logo de uma vez. Era melhor não protelar os assuntos financeiros, e eram os juros quem lhe convenciam disso a cada boleto.

Envolto em seus pensamentos ia pilotando uma motinho ao estilo vespa. Seguia com cuidado, mais cuidadoso do que de costume.

Gostava das motos maiores, mas pilotar aquela tinha sua graça e dava-lhe um sabor especial, pois ela fora sua primeira "moto".

Ele gostava de contar que comprara aquela motinha de um traficante do Rio de Janeiro. Acreditava que essa fala impunha respeito na sua turma do bairro. Por dentro, achava graça, afinal, sequer fora ao Rio de Janeiro uma única vez em sua vida, muito menos conhecia algum traficante. Mas gostara da sua invenção e deixava que as pessoas acreditassem e deixassem se levar pela imaginação.

Em momento algum a sua consciência pesou pela mentira contada. Na verdade, havia roubado aquela motinha, e esse ato, igualmente nunca lhe pesou a consciência. Chegava a achar cômico como era fácil roubar. Tanto o ato em si, como a construção da justificativa: "o cara é riquinho, depois compra outra"; ou ainda: "*tá* no seguro, o cara não vai ficar no prejuízo". Convenceu-se que estava fazendo "justiça social" para si mesmo – apenas isso.

Toda vez que montava naquela Biss, sentia um prazer especial de passado. Era daqueles passados que vinham com cheiro na lembrança boa. Depois dela vieram motos maiores e melhores. Mas somente a Biss ia ficando, as outras sempre foram passageiras e sem despertarem apego algum.

Aliás, agora, a Biss era a única coisa que tinha. Fora preso, perdera o emprego, ficara endividado e sua mulher o largara.

Por causa dela, Carlos ganhara o apelido de Biss.

Gostava de ideia de ser seu próprio justiceiro. Se para ter as coisas que tinha era necessário pegá-las à força, pegaria. Quem mandou a vida ser injusta consigo e dar-lhe apenas a sarjeta?

Não aceitaria que as elites capitalistas rissem de si e o jogassem cada vez mais para baixo.

Parou no semáforo enquanto pensava nesses assuntos tentando não pensar e se prometendo ser otimista.

"Eu devia era assaltar o banco" – pensou.

"Vou achar uma turma e me dar bem" – já convencido.

Ali, parado no semáforo, pegou-se pensando na vida. Como as coisas aconteciam de forma tão rápida. Como tudo passara tão depressa. Como era veloz a transição entre aquele garoto de educação severa e valores familiares fortes para um homem descrente que ganhava a vida enganando os outros.

Depois da morte de seus pais, sua vida mudara completamente. Antes, havia dinheiro para pagar as contas e dar uma vida relativamente confortável. Lembra-se de ter refrigerante em casa, carne quase todos os dias, tênis de marca para calçar e de sair com seus pais aos finais de semana. Depois, fora para casa dos avós. Lá tudo era mais regrado e os desentendimentos em virtude do choque de gerações eram comuns. Foi quando tomou a decisão de ir para as ruas e viver sozinho.

Quando percebeu, roubar, extorquir e enganar as pessoas passou a ser mera rotina, acompanhada da desculpa da sobrevivência. Começou assim, dando-se a desculpa de ser uma necessidade para sobreviver, depois passou a ser um estilo de vida, até se tornar uma necessidade para manter certo padrão que acreditara ter conquistado com seu o "trabalho".

A única regra era sobreviver.

A culpa disso tudo era da própria sociedade. Não era dele.

Foi quando seu primo, Danilo, lhe chamou para trabalhar com ele. Nova mudança. Ao invés de ganhar dinheiro enganando as pessoas, iria enganar o governo. Dinheiro público era mais fácil de roubar.

Era diferente, teria que tomar alguns cuidados.

Enganar a administração pública não era propriamente o termo, pois para isso, os administradores participavam de cada esquema. Assim, gostava de pensar que era uma parceria e que, na verdade, teria que ludibriar as autoridades fiscalizadoras.

Cada político que participava dos esquemas dava suas desculpas, mas fato é que boa parcela deles participava dos esquemas de desvio de verbas públicas. Cada um apresentava suas justificativas. Com isso o dinheiro público servia para enriquecer particulares.

De qualquer sorte, Carlos achava que isso era muito melhor do que enganar pessoas.

Nunca tivera peso na consciência por essas coisas, sempre se justificava dizendo para si mesmo que "trouxa era a pessoa que confiava nele". Ele gostava desses pequenos golpes, faziam-no sentir-se inteligente, vivo, esperto.

Agora com Danilo, sua habilidade para enganar ganhara outro patamar. Era muito mais dinheiro.

Sabia que seu primo não tinha nenhum caráter, mas isso não era propriamente um defeito para aquela área de atuação. O caráter de Danilo não importava, o importante era o dinheiro, e isso, Danilo tinha e sabia onde buscar.

Às vezes, para ganhar dinheiro, o caráter atrapalha. Além do mais, estavam falando de dinheiro público: todo mundo rouba – acreditava piamente e era assim que se justificava.

Estava junto com seu primo há quase quinze anos. Desviar dinheiro público tornara-se sua especialidade e era um grande negócio. Seu primo tinha a combinação perfeita: muito dinheiro e nenhum caráter.

Biss gostava dessa combinação.

Além do mais, o esquema era infalível, pois tornava "sócios", políticos, fiscais, juízes e alguém disposto a fazer isso, no caso, esse alguém era Danilo.

Fora Danilo quem lhe mostrara, na prática, como era mais seguro desviar dinheiro público do que enganar pessoas. A lógica era simples. Uma pessoa de poucas posses seria capaz de reagir e se movimentar para tentar recuperar uma moto roubada, um dinheiro tirado, um carro desmontado, um celular e etc. Já o dinheiro público, não é de ninguém, e quem fiscaliza entra no jogo também. Quem deveria coibir, passa a proteger e entra na estrutura da corrupção. Por fim, não haverá nenhum pai de família tentando recuperar seu carro, seu salário ou algo do gênero. Público é público.

Muito mais fácil e seguro. Além disso, claro, os valores são bem maiores. Trata-se de muito mais dinheiro. Isso sem falar que as punições previstas na lei são muito baixas. Vale a pena.

Contudo, agora Carlos estava com raiva de seu primo. Eles foram presos pela Polícia Federal. É certo que ainda não conseguiram provar nada contra eles, mas sua vida virara o caos depois da prisão, enquanto que Danilo seguia sua vida de pequeno burguês, como se fosse milionário.

Biss estava em conflito interno. Sentia raiva de seu primo, mas sabia que não era por ter sido preso, era por não estar mais no grupo. Agora, Danilo montara um novo grupo, com rostos que a Polícia Federal não conhecia. O esquema era sempre o mesmo e funcionava, mudavam apenas os personagens.

Enquanto a educação de base do Brasil não sofrer mudanças profundas, serão pessoas como Danilo que se aproveitarão de suas riquezas, desviando dinheiro público de todas as formas possíveis e imagináveis.

Assim, Carlos fora sacado. Ele não imaginava que um dia isso aconteceria. Já era um rosto conhecido pela polícia.

Tinha que voltar a trabalhar com Danilo. Queria voltar a ganhar dinheiro e a ter aquela vida de festas, bebidas e garotas.

Não queria voltar para os pequenos golpes no mercado. Também não gostava muito da ideia do crime pesado.

Foi nesse momento, quando começara a pensar como falaria com Danilo, que não precisou pensar em mais nada.

Parado no semáforo esperando sua liberação pela cor verde, Biss não percebeu quando o carro veio sem controle em sua direção, derrapando pela pista em alta velocidade. Bateu forte em Carlos e o arremessou em direção ao ônibus que também estava parado aguardando o sinal.

A força do impacto foi estrondosa. O corpo de Biss não teve nenhuma chance contra a dureza do ônibus impaciente.

Vieram os curiosos, a Polícia, o atendimento de emergência e por fim o Corpo de Bombeiros.

Não adiantava mais nada. Biss fora arremessado violentamente em direção ao ônibus. O capacete que usava protegeu-lhe do impacto somente pelo lado de fora, internamente, o dano já estava causado.

Muitos procedimentos, muitos equipamentos, mas terminara para Biss. Personalidade fraca, entalada com seu corpo destorcido na lata forte do ônibus com desenho aerodinâmico e linhas simétricas.

Alguns carros mais apressados começaram a buzinar tentando seguir para seus compromissos. Alguns se mexiam, mas a maioria queria espiar o acontecido.

– Perdi meu dia. – reclama um motorista de táxi resmungando dentro do veículo.

– E eu perdi meu dinheiro aqui parado no táxi. – questiona o passageiro.

– Uma pessoa morreu e vocês com suas preocupações egoístas. – falou outra passageira sem pensar muito bem.

– Ora, aí está. Aquele ali já não tem mais problemas. – outro motorista se referindo ao corpo. – Eu ainda tenho muita conta *pra* pagar.

No aglomerado que se formara, Biss era o astro principal.

– O que houve? – perguntavam os curiosos.

– Não sei, não. – respondiam os mais solícitos.

– Veio o carro de lá, fugindo da polícia.– explicavam outros. – Perdeu o controle e foi direto nesse daí. – com pesar nas palavras. – Coitado, não tinha nada a ver! – faz um gesto com as mãos. – O carro era roubado, os policiais estavam atrás do cara e quem morre é esse aqui. – aponta para Biss com pesar e ar de profeta. – É a vida, *né*? Esse aí é pai de família e morreu. O bandido mesmo, *tá* solto por aí. – falava assim, mesmo sem conhecer Biss.

– Você conhecia? – pergunta outro popular curioso, dentro do aglomerado que se formara em torno de Biss e apontando para o corpo.

– Conhecia, *sô*! – como se indignado da desconfiança. – Ele era daqui do bairro. Pessoa muito querida. Todo mundo gostava dele – com peso nas palavras.

– Que dó, *né*? – sensibilizou-se uma senhora com ouvidos atentos.

– Nada! Esse cara aí não presta, não *sô*! – alertava outro.

– Por quê? – curiosos.

– Esse cara roubava carro e moto aqui no bairro. *Roubá* no bairro é errado. Roubá tudo bem, mas tem que se lá dos *playboy*, *né* não?

– Então tem mais é que *morrê* mesmo!!! – sentenciou alguém.

Uns concordavam, outros discordavam, mas todos ficavam por ali, pela curiosidade e para assistir a tragédia humana de camarote.

Capítulo III

Rubens, o Merenda, estava cansado. Trabalhara tanto para não ter nada. Era sempre muito trabalho e muita conta. Sentia que trabalhava para pagar as contas e só.

Olhando para sua vida não conseguiu separar algum momento que tivesse valido a pena. Queria separar em sua memória alguma lembrança boa. Alguma pessoa que valesse a pena lembrar. Alguma aventura. Alguma emoção. Alguma coisa.

Nada.

Não lembrava de nada importante. Nada.

Não lembrava de ninguém importante. Ninguém.

Morava num quarto alugado. Tinha algumas roupas que se escondiam dele numa velha cômoda e num armário corcunda. Tinha alguns poucos objetos pessoais que não conseguiam evitá-lo. Tinha também uma televisão exausta pelo uso, que ficava ligada com a missão de fazer-lhe companhia.

Aliás, era a televisão quem lhe lembrava da vida, das pessoas, das coisas. De certa maneira, havia sempre alguém com ele por causa da televisão. Por diversas vezes já se pegara conversando com o aparelho e seus personagens. Fosse em novelas, filmes, séries, e até com os repórteres dos jornais.

As emoções que Rubens vinham da tela da televisão.

Todas as mulheres que sonhava, estavam nela. Às vezes, só falavam; às vezes, dançavam; chegavam até a tirar a roupa – dependia do programa e do horário. Fazia pose de conquistador e lamentava, por elas, que não o conheciam, pois se o conhecessem, saberiam o que era um homem de verdade.

Tudo que queria aparecia na televisão. Os carros, os lugares, as casas, os ternos, os relógios, a elegância das pessoas... Tudo.

Gostava de fingir que era como aquelas pessoas. Tinham tudo e eram felizes. Mas achava que combinava mais com os vilões dos filmes. Então, gostava de fingir que era misterioso e que ninguém o entendia. Procurava algum segredo em seu passado para justificar suas ações no presente. Eram essas fantasias que o faziam adormecer sem a dor real da rotina solitária.

Acabava por adormecer, dia após dia, com o sonho dos programas da televisão. Tudo era possível, mas nada era real.

Rubens não tinha força de vontade, não tinha confiança em si mesmo, não tinha prazeres. Não tinha nada.

Rubens tinha sempre muitas dúvidas. Era inseguro e cheio de complexos. Porém, tinha a certeza de ser infeliz. Disso ele tinha certeza.

Desde que fora preso, sentia que além de tudo, não tinha caráter, não tinha vergonha na cara.

Com isso, os dias passaram a vir com certo desânimo, seus ombros foram ficando cada vez mais pesados, suas palavras cada vez mais lentas e sua vontade para as coisas foi desaparecendo aos poucos.

Olhou para o teto do quarto. Era um forro branco, cor de passado, feito aos retângulos que se juntavam em entrelace. Durante a noite, dependendo da quantidade de álcool, aquele forro parecia mexer-se como o mar de um oceano inquieto. Tudo ficava estranho. Tudo balançava. Rubens sentia que tudo girava, mas o teto não, esse caía para esmagá-lo como se fosse uma guilhotina faminta.

Do teto saía um fio que, devotamente, segurava uma lâmpada solitária. A lâmpada não era das mais obedientes. Ora acendia, ora não. Parecia ter vontade própria. Invariavelmente Rubens desistia de sua teimosia e usava a luz da televisão para iluminar o quarto. Então, quando se deitava, pronto para o sono largar seu corpo no colchão, a lâmpada iluminava o mau humor de Rubens para os azares da vida. Ele acreditava que ela ria de si. Essa era a única explicação possível para a desobediência contumaz daquela lâmpada risonha.

As paredes pareciam mais apertadas quando ele estava infeliz. Seu branco tinha sempre o jeito de cinza sepulcral, daqueles que se vê nos cemitérios das histórias de suspense. Aquelas paredes frias de tinta chorosa não gostavam de quadros, mas permitiram alguns pregos que seguravam imagens de Santos. Rubens não gostava de olhar para as imagens que pareciam julgá-lo a todo o instante. Olhos severos em cobranças por atitudes que não vinham. O máximo que Rubens fazia era secar o suor e rezar alguma prece decorada, sem se esforçar para compreender as palavras e sua força.

Rezava em voz alta para que os Santos lhe ouvissem. Rezava mecanicamente para que ele não se ouvisse.

No canto, uma cômoda incomodada com a falta de espaço fazia ranger sua madeira que esperara melhor sorte. Suas gavetas tinham que brigar com o criado mudo e com uma cadeira de pernas finas. Já Rubens tinha que brigar com as próprias gavetas sempre que queria algo. Elas não cediam facilmente. Era como se lutassem contra qualquer um que quisesse tirar-lhes algo. Rubens tentava não se irritar com isso, mas sempre que ia abrir uma gaveta, já ia, irritado, pronto para a irritação.

Uma brisa vinha da janela de madeira que já fora branca com um vidro que já fora limpo. Uma cortina vermelha sem gosto, balançava com o vento que parecia querer arrancá-la. Fazia-lhe companhia um puxador de plástico igualmente vermelho, para levar a cortina para um lado ou para o outro. Ele dançava com o vento e dava pequenas pancadas na parede que fora ficando com pequenas pontas avermelhadas em sinal do espancamento ocasional.

Rubens estava ali, sentado na beira cama. Naquele quarto sem nada, com aquela vida sem nada.

Olhava seus sapatos. Tinha que tirá-los, parecia estar na dúvida em levar a mão até o cadarço. Os pés estavam longe e ele teria que dobrar o corpo.

Primeiro desabotoou a camisa que se apresentava num bege suado e surrado. Depois tirou o cinto sufocante e liberou o esforçado botão da calça. Tirou o relógio de borracha sem bateria.

Finalmente tirou os sapatos. Um pé, depois o outro. A seguir, as meias. Um pé, depois o outro.

Olhou sua barriga.

Estava com fome.

Talvez a comida fosse a única coisa que lhe desse prazer. Emendou-se rapidamente em seu pensamento, afinal, gostava muito de dormir também.

Comer e dormir. Sorriu para si.

Não tinha nada, mas tinha apetite e sono. Isso ele tinha.

A fome era daquelas que vinham a qualquer hora para qualquer comida. Isso explicava seu excesso de peso.

O sono era daqueles que permanecia com ele em qualquer lugar, em qualquer hora e por qualquer motivo. Isso explicava seu excesso de preguiça.

Por vezes, a preguiça era tanta que dormia sem comer.

Por vezes, a fome era tanta que comia mesmo com sono.

Quando a vida cobra | 305

Havia uma luta rara entre os dois prazeres, pois normalmente, um cedia espaço ao outro.

Rubens adorava comer e adorava dormir. Se pudesse, dormiria o tempo todo, acordando apenas para comer.

Agora estava num desses momentos de dilema. Permaneceu sentado enquanto decidia se iria comer algo, ou se pela preguiça, era melhor dormir de uma vez.

Ainda alisando a barriga, vinha-lhe a própria consciência julgá-lo por ter feito aquelas coisas. Achara errado ter sido preso. Mas sabia bem que aquilo que fizera também fora errado.

Em vários projetos, a pedido de Danilo, fez constar nas notas fiscais itens de merenda que os alunos nunca receberam. Além disso, majorava o preço para desviar valores. Ou seja, aumentou o preço e diminuiu a comida.

Logo ele, que na sua infância, por diversas vezes, teve na merenda escolar a sua única refeição do dia.

Rubens se penalizava por isso. Acreditou que seria fácil conviver com isso. Mas não era.

Por estar tenso, resolveu comer para sentir-se melhor. Ou talvez fosse melhor adormecer para não ter que pensar nos problemas.

Ouve a batida na porta do seu quarto.

– Quem é? – sem convicção, sem se mexer, sem vontade alguma.

– Sou eu. – anuncia a dona do imóvel. – O rapaz veio te entregar o sanduíche.

Rubens se levanta numa coragem repentina. Abre a porta sem abri-la toda.

– Sanduíche, Dª. Olga? – mostrando apenas o rosto. Pergunta estranhando, pois não pedira sanduíche. Mas perguntou com cuidado para não parecer que estaria recusando.

– É. Ali do *trailer*. – também sem entender bem a pergunta de Rubens. – Você não pediu, não? O rapaz disse que já está pago – despachando no ritmo que seus mais de setenta anos permitiam.

– Então *tá, né?* – já segurando a inesperada refeição. – Obrigado. – deu de ombros e voltou para o seu assento na beira da cama.

Olhou para o sanduíche e limpou a boca com a mão para recebê-lo.

Por certo era uma gentileza do pessoal do *trailer*, afinal, ele era cliente costumeiro.

Ou talvez fosse só um engano. Mas agora o sanduíche já estava ali.

Amanhã resolveria isso.

Agora queria comer e dormir.

Comeu o sanduíche todo com vontade ritmada, acompanhado por uma lata de refrigerante.

Sorriu. Estava satisfeito. Gostava de comer.

Seu semblante até parecia melhorar.

Deitou-se.

Na televisão passava um programa com praias de uma beleza extraordinária. O apresentador aconselhava a todos a saírem de suas casas e viajarem pelo mundo.

Enquanto considerava essa hipótese, Rubens sequer conseguia levantar-se para ir escovar os dentes.

Acompanhou as falas da televisão até adormecer.

A noite veio para Rubens, mas o dia não. Adormeceu para não acordar mais. Nunca mais.

A morte viera ao seu encontro naquele quarto com teto acinzentado, paredes envelhecidas, imagens sisudas, cômoda teimosa, cadeira cansada, cama heroica e uma lâmpada cheia de personalidade. A morte foi até lá para buscar uma vida acinzentada, sem cor. Uma vida precocemente envelhecida num corpo sisudo. Uma vida cansada de uma teimosia desanimadora; sem heroísmos e sem personalidade. Era daquelas vidas que ficavam à espera da morte. Daquelas que ninguém choraria, que ninguém sentiria falta, quando a morte chegasse igualmente desinteressada.

Assim, a vida sem graça de Rubens não poderia ter escolhido lugar melhor para ceder sua vez à morte, que o buscou sem estardalhaço, sem emoção, sem vontade, sem esforço. Bem ao estilo de Rubens. Preguiçosamente, a morte foi buscá-lo, alimentando-se de sua vida.

Rubens viveu dormindo. Rubens morreu dormindo.

Capítulo IV

– Não tem jeito não, "chefia"! Vai *tê* que *voltá pra* cadeia. – tenta explicar o policial já dentro do quarto daquele hotel barato no centro de Belo Horizonte.
– Mas por quê? – espantado. – Eu não fiz nada! – Fabrício, o Piloto, tentava entender o que estaria acontecendo.
– Ordens do delegado. – o policial parecia feliz em cumprir o seu dever.
– Mas qual a acusação?
– Lei Maria da Penha[7]. Sua mulher que te entregou.
– Mas eu não fiz nada.
– Aí você conversa com o Delegado.
– Falar o quê? – tenso.
– O que você quiser. Não tenho nada com isso. – pondo fim à conversa enquanto um colega punha as algemas em Fabrício.
– Não precisa de algema, não. – seguro. – Eu vou tranquilo.
– Melhor. – com tom compreensivo. – Põe a algema. Dá de você querer nos dar trabalho, *né* não? – sorriu falando com a experiência de ter feito aquela mesma operação inúmeras vezes.
Fabrício foi posto na viatura da polícia e conduzido para a delegacia.
No caminho, ia olhando pela janela como se hipnotizado. A cidade passava com suas cores de luzes noturnas. Alegria nos bares que, invariavelmente, terminavam mal depois da bebedeira. Mulheres que, mais pareciam prostitutas, se ofereciam àqueles que tivessem mais dinheiro. Homens sempre prontos para a briga. E ele dentro de um carro de polícia.

---

[30] Nome popular dado à Lei n. 11.340/2006 que trata com maior rigor os homens que cometem violência doméstica contra a mulher.

Sua vida parecia passar-lhe na cabeça naquele instante. Não sabia dizer algo que tivesse significado especial. Alguma coisa que tivesse feito para merecer ser lembrado. Alguma pessoa para dar-lhe importância. Não deixaria nenhuma marca.

Não tinha filhos e sua mulher o odiava. Ela sempre aprontara com ele, mas ele gostava dela. Ela dizia que a culpa era dele. Ele, por sua vez, dizia que era dela. No final das contas, tanto fazia de quem era a culpa. A culpa teve importância no período das brigas, depois, deixou de ter. Jogar a culpa no outro era tentar absolver-se da própria culpa.

Estavam se separando, mesmo assim, Fabrício ainda nutria esperanças. Ia arrumando desculpas para tudo que ela fazia ou deixava de fazer.

De repente, sentiu uma tristeza profunda tomar conta de si. Percebeu que sua vida estava sem sentido e que perdera o prazer em viver. Brigar pelo amor ou pelo ódio da sua mulher era a única coisa que ele tinha de importante.

Quando se conheceram, Fabrício ganhava bem. E com o dinheiro, Fabrício se divertia e conseguia fazer coisas que sequer imaginara quando garoto.

Numa dessas noitadas regadas a champanhe barato na qualidade, mas caro no preço, Fabrício conheceu sua futura esposa. Naquele momento, ele achara que estava levando uma mulher bonita por aparentar ter mais dinheiro do que realmente tinha. Já ela, achou que ele estava com sorte em ter um *mulherão* como ela aceitando ficar com ele, embora não se achasse assim tão bonita.

Viveram juntos uma alegria falsificada. Ele sempre no limite para ganhar mais dinheiro, pois só assim mantinha o padrão que sua mulher exigia. Ela, sempre ocupada com a beleza, pois só assim ele ficaria com ela.

Eram acostumados às festas. Gostavam da noite e se achavam cheios de *glamour*.

Nesse ritmo, Fabrício gastou o dinheiro que tinha e o que não tinha.

Quando sentiu pela primeira vez a pressão da vida, despejou-se na bebida como se os copos fossem capazes de resolver-lhe os problemas financeiros.

Fabrício bebia cada vez mais e, comumente, ficava fora do controle.

Nas festas, dançava com qualquer mulher que quisesse, partia para cima das esposas de outros homens e agarrava quantas pudesse. Isso, estando na presença de sua esposa ou não. Simplesmente perdia o controle.

Sua mulher ia aceitando por falta de opção. Ela não sabia fazer nada. Não queria ter que trabalhar. Sem ele, ela teria uma vida de pobreza. Era ele quem lhe dava dinheiro e conforto. Sem ele não teria chances.

Com o descontrole da bebida, veio a cocaína.

Dali para frente, Fabrício tem poucas lembranças. Bebia para ficar espontâneo, cheirava para ficar cheio de energia.

Acreditava que isso era aproveitar a vida, apenas isso.

Mas a cocaína é cara e arrasadora. Manter o consumo ao nível que ele queria não era fácil.

Muito dinheiro subiu pelo seu nariz.

Muito dinheiro foi virado num copo.

Até que o dinheiro começou a faltar.

O dinheiro para as coisas da casa foi diminuindo e as brigas foram aumentando.

A bebida foi deixando de ser a estrela e a cocaína chegou devastando tudo. Veio com uma fúria insana, tomando conta de Fabrício e descontrolando suas ações.

Sua mulher drogava-se junto. Contudo, depois de um tempo, o comportamento dela passara a ficar estranho. Agora era ela que se aventurava por outras companhias. Estando ou não na frente de Fabrício.

Parecia que tinham que viver no limite. Não contentes, ultrapassaram os limites até, simplesmente, perdê-los.

Fabrício fingia não ver sua mulher com outros homens. Brigava de vez em quando, só para mostrar que gostava dela.

Da mesma forma que exigia liberdade para si, acreditava que tinha que dar liberdade para sua mulher.

No dia seguinte, a ressaca vinha com a culpa de quem se entrega aos excessos e permitira os exageros.

No início, ela fizera isso para chamar-lhe a atenção. Depois, não. Passara a gostar. Ser possuída por vários homens ao mesmo tempo era algo que lhe excitava. Sentiu-se mal apenas na primeira vez. Nas seguintes, se entregava com mais entusiasmo e com mais experiência. Delirava de prazer.

Ela acreditou que, além do prazer momentâneo de estar com outras pessoas, outros corpos, havia a vingança que ela queria impor ao marido. Vingar Fabrício pelas humilhações que ele já lhe fizera passar.

Ela queria que Fabrício lutasse por ela.

É como se ele tivesse que provar que gostava dela sempre que ela se sugerisse para alguém. Ela achava que Fabrício tinha que brigar, discutir e fazer um escândalo. Mas nem sempre isso acontecia. Ele gastava mais tempo e dinheiro com a cocaína.

Fabrício deixara de brigar com aquelas situações. Se ela queria outros homens, o que ele poderia fazer? Era como se não importasse mais. Como se ela não tivesse mais importância para ele.

Depois, passaram a brigar o tempo todo. Ou porque ele reagia aos outros homens, ou porque ele não reagia.

No início das brigas finais, Fabrício saía de casa e voltava sempre com esperanças renovadas; ela sempre o esperava ansiosa.

Ambos estavam usando muita droga., já não agiam com normalidade.

Quando o dinheiro partiu, ela quis ir embora junto.

Logo depois vieram as dívidas e Fabrício começara a beber como nunca bebera. Sempre com a cocaína como companheira interesseira. Só estava lá se houvesse dinheiro.

Bebida goela abaixo, cocaína nariz acima.

Agora, a separação parecia-lhes a única solução. Mas ele não queria.

Brigar por ela era a única coisa que ele sabia fazer.

Brigar com ela tornara-se um hábito diário.

— Anda! O Delegado já está te esperando. — fala o policial tirando-o da viatura e trazendo-o de volta para a realidade.

Fabrício foi levado até uma sala da delegacia.

Apenas uma mesa e duas cadeiras em quatro paredes geladas, num branco sujo pelo uso.

Um policial entrou na sala e deu-lhe a ordem para sentar-se.

Fabrício obedeceu. Estava sem ação. Sem usar a bebida ou a cocaína, ele sentia-se estranho. Era como se não fosse ele naquele corpo. Para ficar sóbrio, tinha que estar bêbado.

Logo depois entrou outro homem.

— Tudo bem? — pergunta o Delegado para o colega.

— Tudo. O rapaz *tá* calminho aí.

O Delegado sentou-se e permaneceu olhando fixamente para Fabrício. Este não conseguiu sustentar o olhar.

— Sua mulher disse que você bateu nela. — começa o Delegado.

— Não bati em ninguém. — um pouco apático, sem perceber a gravidade da situação.

Silêncio.

Fabrício de cabeça baixa. O Delegado firme no olhar.

— Você não bateu em ninguém, é?

— Não. Já disse que não. – sério, mas inseguro nas palavras que saíram arrastadas com uma tosse sem álcool.

O Delegado colocou algumas fotografias na mesa.

— Olha aqui o olho roxo. – aponta. – O nariz quebrado. – outra fotografia. – Vermelhão no pescoço. Rosto inchado. – apontou. – Não foi você?

Fabrício olhou e balançou a cabeça negativamente.

— Isso aí foi quando ela fez operação plástica. Eu nem encostei nela.

— Não é o que ela diz.

— Mas é a verdade. – decepcionado pela mentira da mulher.

— Não quero nem saber. O que eu sei é que eu tenho a ordem judicial para te prender e você está aqui. – breve pausa. – Sabe o que acontece quando os outros presos ficam sabendo que você "é da Maria da Penha"?

Fabrício balançou a cabeça negativamente.

— Hoje você vai saber. – sorriu sarcasticamente. – Vai virar mulherzinha.

Fabrício se esforça para lembrar das coisas.

— Não fui eu. Isso aí foi da operação plástica que ela fez. Isso aí não fui eu. – e rogou umas pragas para a mulher.

— Mas tem um jeito de você não dormir aqui essa noite. – fala o Delegado.

— Qual? – tentando respirar melhor a plenos pulmões.

— Basta você me confirmar alguns nomes.

— Não entendo.

— Vou trazer fotografias de um monte de "carinhas", você vai me dizer se é fornecedor ou consumidor. – semblante sério. – Quero nomes grandes.

Fabrício ficou em silêncio, mas sinalizou concordando.

Vieram as fotografias.

— Lembre-se: é o único jeito de você não virar menininha esta noite. Entendeu? – em tom de aviso e conselho.

— Entendi.

— Então, olha com calma e pensa bem antes de falar. Não quero pista furada. Ou sabe ou não sabe.

— Eu não sei muita coisa, não.

— Vai ver que sabe. Meu pessoal está cansado de te ver na roda alta, buscando cocaína *pros* amigos e *pros* inimigos. – sorriu. – Nós sabemos. – avisa. – Mas eu preciso de testemunhas.

— Não vou testemunhar, não. – quase que implorando.

— Você que sabe. – ares de dúvida. Vira para o colega. – Põe o cara na cela *dos alemão*.

– Não. Tudo bem. Põe as fotos aí que eu falo. – sério. – Mas depois *tô* liberado, não *tô*?

– Combinado. Depois eu deixo você ir embora.

– Então pode começar. – determinado.

As fotos foram se seguindo e Fabrício foi apontando as pessoas que conhecia.

Com cuidado, o Delegado pôs duas fotografias maiores, e esperou a reação de Fabrício. Ele levantou a cabeça e olhou para o Delegado como se estivesse com dúvidas.

O Delegado cobrou uma resposta sinalizando com a cabeça.

Fabrício balançou a cabeça positivamente para as duas fotografias.

– Consumo ou venda?

– Este consome e este vende. – esclarece Fabrício.

– Você já viu?

– Já.

O Delegado sorriu.

– Beleza. Vou te liberar.

Fabrício pareceu satisfeito pelo desfecho, mas ficou preocupado.

Fora da sala, o Delegado deu as últimas instruções para dois policiais. Estes retornaram:

– Vamos lá! O *Doutô* mandou te levar de volta *pro* hotel.

Fabrício levantou-se. Sentiu seu corpo mais pesado do que o normal.

– Quer um café? Um cigarro? Alguma coisa? – simpático.

– Não, obrigado. Só quero ir embora. Não quero ficar aqui.

Entraram no carro. Dois policiais na frente, Fabrício atrás com outro policial.

Fabrício seguia meio adormecido pela realidade. Questionava os caminhos da vida, tentando entender o que fizera consigo mesmo. Não conseguia sentir raiva de sua mulher, é como se acreditasse que merecia ser punido. Só queria um gole e uma cheirada. Isso era suficiente para trazer-lhe prazer de novo.

Os policiais iam em silêncio.

Entretido em seus pensamentos, Fabrício nem prestara atenção no trajeto que seguiram.

– Que caminho é esse aqui? – pergunta Fabrício.

– Não preocupa, não. É só uma passada rápida e depois a gente vai *pro* hotel.

— Como assim? — preocupado.

— O Delegado mandou te arrumar um pouco de pó *pra* você ficar tranquilo. Você quer?

— Claro. — sorriu novamente e encostou a cabeça no vidro, já mais relaxado.

Fabrício chegou a adormecer. Não sabe dizer por quanto tempo, mas quando acordou só viu mato à sua volta.

— Onde a gente *tá*? — pergunta curioso.

Silêncio.

Fabrício observa o entorno e só vê mato naquela estrada de terra.

— Onde a gente *tá*? — pergunta preocupado. — Onde vocês estão me levando? — pergunta quase que desesperado.

— Fica tranquilo que é melhor. Daqui a pouco a gente te explica.

Fabrício foi ficando tenso.

O carro parou. Os três policiais saíram do carro e puxaram Fabrício para fora também.

— O que *tá* havendo? — já desesperado, prevendo o pior. — O que vocês vão fazer?

Não lhe respondiam, apenas forçaram-no a andar poucos metros do carro.

— Aqui *tá* bom. — fala um que parecia o líder. — Põe o sujeito de joelhos.

Forçaram Fabrício a se ajoelhar.

— Então vai lá. — puxando a arma. — Você não merece, mas só para não ficar sem explicação. — olhou firme para Fabrício. — Naquelas foto lá, você reconheceu um candidato à Presidência da República e um Vereador, não foi?

Fabrício concordou.

— Pois é. Esse é o motivo que a gente precisava *pra* dar um sumiço em você, seu *cheiradô* de pó! — tenso nas palavras, mas sereno nos gestos. — Mas você sabe por que a gente quer te dar *uns pipoco*?

— Não.

— Nem imagina, *né*?

— Não.

— Então eu vou te falar, sem vergonha. — com a arma na mão. — Uma vez, no Guarujá, você deu um remedinho para uma garota. Ela adormeceu e você foi lá e abusou dela. *Tá* lembrado?

— Não. Eu não faço isso. — parecia falar a verdade.

— Eu sei que fez.

– Eu dou bebida e cocaína, mas remedinho não. Isso eu não faço. – sério.
– Você fez que eu sei. O nome dela é Sabrina, *tá* lembrado?
Fabrício parecia puxar pela memória:
– Tô. Isso que ela falou, foi?
– Como assim? Foi isso que aconteceu.
– Você é o que dela?
– Eu sou o namorado dela.
– Aqui, na boa, não leva a mal não, mas ela que quis dar *pra* mim.
– Como é que é? – irritado.
– Ela é vagabunda, *sô*. Sai fora dela. – sério. – Isso aí ela contou só *pra* ficar bem com você. Ela que veio *pra* cima de mim, *véio*. Deixa de *sê troxa*!
– *Cê tá* maluco, *p*...?
– Essa bobagem de comprimido quem faz é o Danilo. Eu pego é na tora. *Qué dá* eu como. Se a *mina vié* eu traço. – cheio de si. – Ela é a *maió* vadia e falou que você é brocha, seu *viado*! – completamente sem noção.

Agora fora a vez da arma falar. Cinco tiros foram dados. A raiva veio com cheiro de pólvora e rastro de sangue.

Capítulo V

– Esse trânsito é horroroso neste horário. – reclama por reclamar Cristóvão, o Gaúcho, para sua esposa.

– É. – ela era toda falante, mas naquele momento havia pouco a ser dito.

– Será que a gente chega a tempo no aeroporto? – insiste Cristóvão puxando assunto.

– Sim. – mais uma vez, Tainara fora econômica nas palavras.

Estavam na Avenida Pedro I, em direção ao aeroporto de Confins. Desde que as obras começaram, o trânsito que já não era bom, ficara pior.

– Você está tensa? – tenta mais uma vez.

– Não. – olha para trás em direção ao filho de três anos que ia sentado na cadeira para crianças.

– Então o que aconteceu que você nem conversa?

– Nada. Só estou preocupada.

– Preocupada com *quê*?

– Não quero que você continue tratando com o Danilo. – cara fechada, mas com carinho nas palavras.

– Mas eu não estou fazendo mais nada com ele, não! – sério. – Uma vez na prisão é o suficiente.

– Vamos embora – pedindo. – Vamos *pra* São Paulo, *pro* Rio, *pra* Porto Alegre, *pra* onde você quiser.

– Mas isso não é assim. Vamos embora e pronto?

– Então é como?

– Não sei. Mas começar tudo de novo?

– Tudo o quê? A gente tem um apartamento e um carro. A gente vende e começa em outro lugar . – a lógica parecia estar a favor dela.

– E os amigos?
– Que amigos? Quando você ficou preso não apareceu ninguém. Eles são teus amigos de farra e só.

Ele permaneceu introspectivo. Ela parecia ter razão.

– Largar tudo e viver na beira da praia. – ele sorriu com a ideia. Soava um pouco descompromissado demais, mas poderia ser bom. – E o futuro do nosso filho?

– Aí é com ele. Nós faremos o nosso melhor. – sorridente por acreditar que estava convencendo o marido.

– E as coisas que você gosta? – parou no semáforo.

– Tipo o quê?

– Sapatos? Roupas? Bolsas? Cinema? E etc.. – olha para ela sorrindo e com carinho nos olhos.

Ela olha para ele, igualmente com carinho.

– Não sei, não. – Gaúcho parecia na dúvida ainda.

Ela olha para seu marido e para seu filho.

– *Tá* vomitando. – ela anuncia preocupada e já saindo do carro para acudir a criança.

Gaúcho, por sua vez, liga o alerta do veículo e sai pelo seu lado.

Ele desprende a criança da cadeira e a segura no colo, dando-lhe espaço para expelir. A mãe chega com um lenço umedecido para a limpeza preliminar.

Gaúcho parado ao lado do veículo e pedindo calma aos outros motoristas. Sua esposa ao seu lado preocupada com a criança. Gaúcho toma o filho no colo e já começava a preocupar-se em voltar para o carro.

Nesse momento, em que Gaúcho se achava todo despachado, o viaduto cai sem aviso algum. Aquela quantidade de concreto vai ao chão e destrói o carro de Gaúcho, além de outros veículos.[8]

Poucos segundos de estado de choque, mas rapidamente Cristóvão reage e puxa sua mulher para trás, afastando-se do viaduto com a rapidez que a perplexidade permitiu.

Depois, já seguro, Cristóvão fica parado incrédulo. Primeiro, sem acreditar na queda do viaduto; depois, na sorte que tivera, ele e sua família, em sair do veículo exatamente no momento que seriam atingidos; por fim, por

---

[31] Em julho de 2014 houve a queda do viaduto Batalha dos Guararapes, em Belo Horizonte. No acidente, duas pessoas morreram e outras 23 ficaram feridas. Posteriormente o viaduto foi implodido.

não saber o que deveria fazer com a vida que acabara de ser-lhe confirmada.
– Vamos embora daqui. – fala de estalo. – Vamos viver na praia. Nova vida longe daqui. Deus já me deu sinais demais. Vamos embora.

PARTE XXVIII

Capítulo I

– Cara gordo, *hein?* – solta Grego displicentemente.
– É. – Romano fala por falar.
– Quando eu cheguei já estava assim. – Dª. Olga, tentando um espaço atrás dos dois que estavam na entrada do quarto de Rubens.
– O que houve? – pergunta Grego.
– Não sei. Cheguei aqui ele já estava assim. – ela repete.
Romano olhou para as coisas do quarto e para aquele corpo enorme. Percebeu que Grego acompanhava a agitação nervosa de Dª. Olga que, mesmo parada, se mexia muito. Finalmente olhou para aquela mulher franzina, baixa, magra, de aparência tão frágil que parecia que iria desmontar a qualquer momento, mas ao mesmo tempo, era cheia de vigor. Sua postura, pensou, lembrava o arco longo dos ingleses na batalha de Agincourt: franzina, arqueada e cheia de força.[9]
– Qual a última vez que o viu, Dª. Olga? – pergunta Grego apontando o cadáver.
– Agora. Olha ele aí. – séria, acreditando ser essa a resposta adequada.
– Vivo, Dª. Olga. – Grego não percebeu se ela falara por brincadeira ou se por completa falta de noção. Olhou-a mais firmemente.

---

[32] Batalha de Agincourt foi travada entre franceses e ingleses em 25 de outubro de 1415. Imortalizada por Shapespeare na peça Henrique V, essa vitória dos ingleses, que eram menos de 6 mil homens, sobre os aproximados 24 mil franceses, se deve especialmente ao lamaçal do campo de batalha, que limitou a cavalaria pesada francesa, e ao arco longo inglês (ou arco galês), que tinha alcance entre 165 a 300 metros, dependendo do tamanho do arco, que variava de 1,2 a 1,8, podendo chegar a 2 metros.

— Uns dois dias atrás. – esclarecendo e deixando transparecer em sua expressão que somente agora tinha entendido a pergunta.
— E ele parecia normal? Estava bem?
— Sim. Entreguei o sanduíche... Depois disso... – deu de ombros.
Romano viu o embrulho do sanduíche na cabeceira da cama.
— Da onde é? – apontou.
— O sanduíche?
— Sim.
— Do *trailer* da esquina.
— Bom?
— Acho que ele gostava. Ele sempre pedia.
— A senhora que comprou ou ele que pediu?
— Ele pediu. Veio um entregador novo. Um que eu nunca tinha visto. Tinha uma argola no nariz. – com expressão de nojo. – Essa juventude. – girando o dedo perto da cabeça.
Romano observa.
— Ele era sozinho? – acaba por perguntar.
— Era. Não falava muito. Cheio de problemas.
— De que tipo?
— Não sei dizer. Mas ele sempre falava que estava cheio de problemas. Sempre reclamava da vida.
— Há quanto tempo ele mora aqui, com a senhora?
— Morava, *né*? – ela corrige Romano fazendo caretas e se mexendo, parada no mesmo lugar.
"É sem noção mesmo" – pensou Grego olhando para seu colega.
— É, morava. – Romano sem muita paciência.
— Quero ver quem vai pagar o aluguel. Ainda bem que eu cobro adiantado, *né*? – leva o dedo ao olho como quem mostra que é esperta. – Primeiro paga, depois mora.
— Bem... – Romano continua esperando a resposta.
— É! – Dª. Olga se recompõe. – Já tem um tempinho. Uns dois anos, mais ou menos. Desde que ele foi preso pela "Federal" que ele veio *pra* cá. – comenta.
— Federal? Polícia Federal?
— É. – com convicção. – Vocês não sabiam?
— O quê?
— Agora ele *tá* morto, *né*? Eu posso falar, *né*? – afinando os olhos como se fosse uma estrategista em uma partida de *poker*.

Tanto Grego como Romano lhe deram atenção.

– Ele foi preso por desviar dinheiro de merenda escolar. Um horror! – continua fazendo ares de desgosto. – Onde já se viu? Tirar comida da boca de criança. – parecia ofendida.

Romano nada diz.

Grego balança a cabeça.

Ela continua:

– Ele *tava* nesse negócio aí de "Operação Esgoto". *Prenderam ele*. Rasparam o cabelo dele. Foi um escândalo só. – ares de revolta. – Depois veio *pra* cá, pedir para alugar o quarto. – fez cara de nojo. – Quando perguntei *pra* ele, ele falou que fazia isso sem pensar, era pelo dinheiro. Ele dizia assim: "cada um com os seus problemas", "dinheiro era dinheiro". – imitando a voz e as expressões. – "Todo mundo faz", "O mundo é dos espertos". – com asco na voz. – Sem vergonha. – sentencia com sobrancelha em riste.

Romano nada diz.

Grego balança a cabeça.

Ela continua:

– Quando ele veio aqui eu o reconheci da televisão. Safado... Ladrão de criança. Onde já se viu? Tirar comida de criança? Quem faz isso? Só monstro mesmo. E se dizia todo religioso. – julgando. – Tinha mais é que morrer mesmo. – como se fosse um carrasco no dia da execução.

Aquele radicalismo todo não combinava com a sua imagem frágil, contudo, sem delicadeza.

– E a senhora alugou o quarto *pra* ele por quê? – pergunta Grego.

– Ora, meu filho, por causa do dinheiro. Não posso ficar pensando nessas coisas, *né*? Dinheiro é dinheiro. – categórica. – Cada um com seus problemas, *né*? Eu fingia que não sabia de nada e *tava* tudo certo. Agora, se ele não me pagasse... Aí, sim, a chinela ia *cantá*, meu filho. – tensa e autoconfiante.

– Entendo. – Grego balança a cabeça. Romano nada diz. Ela continua:

– Além disso, eu não estou aqui para julgar ninguém, *né*? – convencida do que dizia, embora estivesse fazendo seguidos julgamentos.

Grego balançou a cabeça, concordando por concordar.

Romano nada disse.

Ela continuou:

– Quem julga é Deus. – apontou para os quadros na parede, com imagens de Santos. – Por isso que eu deixei *ele* pôr esses quadros ai. – sentindo-se piedosa. – Achei que ele estava arrependido de seus pecados.

– Ele *que* pôs? – Grego.
– Foi. Eu até estranhei... Mas ninguém pode achar ruim um "homem de fé". Mas me enganei, pois achei que ele era crente... – apontando para as imagens dos quadros na parede.
– Mas não era então? – indaga Grego.
– Crente não acredita em "Santo". – explica Dª. Glória. – Crente reza direto. – e aponta para o teto como se apontasse para céu, morada de um ser superior e celestial.
– Entendi. – Grego se convence.
Permaneceram em silêncio por um curto período.
– Está tudo do jeito que estava quando a senhora entrou ou mexeu em alguma coisa? – pergunta Romano.
– Não mexi em nada. – semblante decidido.
– Já veio alguém aqui ou somos os primeiros a chegar?
– Não veio ninguém. – aproxima-se deles e se prepara para contar um grande segredo. – Mas eu acho que ele estava com o demônio. – cochichando.
– Por quê? – Grego.
– Quando eu abri a porta eu ouvi o barulho de uma coisa cair no chão. Tipo uma caneta, dessas de plástico. – ares de mistério. – Acho que era o demônio indo embora.
– Entendi. – fala Grego.
– Depois, sempre que eu entro aqui, eu ouço esse barulho do demônio indo embora. – ar tenebroso. – É porque eu rezo muito. Ele deve ter medo de mim. – conclui.
Breve silêncio.
Não havia nada racional que pudesse ser dito.
Instante sem palavras.
– A senhora poderia nos deixar a sós, por favor? – pede Grego.
– Claro. – mas curiosa. – Vou passar um café. – já despachada.
– *Pra* mim, não, obrigado – Romano recusa fazendo um gesto com as mãos.
– Eu quero, obrigado – sorri.
Ela vai em direção à cozinha. Parecia contente por Grego ter aceitado o café.
Grego fecha a porta atrás dela.
Romano estava concentrado.
– Estranho, Grego.
– Deve ser o demônio – zomba.

– Com certeza. O demônio está em todos os lugares – cético.
– Depois é melhor darmos uma olhada nesse *trailer* – conclui Grego.
– É – Romano concorda. – Mas que está esquisito, está?
– O quê? – Grego. – O demônio? – rindo.
– Não – querendo seriedade. – Você já reparou que a turma toda está morrendo?
– Os caras da "Federal"?
– É.
– Da "Operação Esgoto"?
– É.
– Então é Deus e não o diabo – Grego sorri.
– Só faltava essa – sério e incrédulo.
– Você acha que tem alguém matando a turma toda?
– Parece, não parece?
– Parece. Já vimos de tudo, *né?* – olhando o entorno.
– E quando é assim, é trabalho de profissional.
– Por quê?
– Não deixa rastros. Faz parecer acidente ou coisas de rotina. Amador deixa pistas. Se for assassino em série gosta de deixar a charada *pra* gente adivinhar. *Pra* eles o jogo é mais importante que a perfeição.
– Será que é militar de novo?
– Não. *Tá* com cara de "Federal" ou "Civil" – sério.[10]
– Por quê? – querendo entender a lógica do colega.
– Militar é mais direto. Mesmo com todo o planejamento, eles pensam na ação. Pôr veneno no sanduíche não combina com militar.
Grego concordou sem muita convicção.
– A boca esta amarelada, as mãos e os pés inchados.
– Veneno?
– É. Militar não age assim.
– Então como age militar? – querendo saber.
– Diferente. – ainda examinando a cena. – Ou dá logo um tiro e pronto, ou tem imaginação para outro tipo de acidente. – olha para Grego.
- Por exemplo?
– Mata por asfixia e deixa o corpo aí, como se fosse morte natural. – mera suposição. – Ou convida o cara a se suicidar. – continua com as suposições. – Ou o de sempre...

---

[33] Polícia Federal e Polícia Civil.

– O quê?

– Faz parecer que foi um assalto, briga de rua, acerto de contas, essas coisas. – breve silêncio. – *Pra* isso, os militares têm menos imaginação. "Federal" e "Civil" têm imaginação de sobra.

– Você acha?

– Mero palpite.

Grego observa Romano enquanto pensa sobre os acontecimentos.

– E o barulho que a Dª. Olga disse que ouviu? – Grego.

– Não sei. Mas por via das dúvidas, vamos procurar uma caneta ou algo do gênero no chão.

Romano olhou pela janela, depois abriu as gavetas. Olhou por debaixo da cama e dentro do armário.

Nada chamava a atenção, o que, por si só, já lhe chamava a atenção.

Normalmente, na disposição das coisas, ele percebia o que poderia ter acontecido.

Romano sabia ser assim. Nos crimes sem testemunhas eram as coisas quem falavam. Ele tentava entender aquilo que as coisas diziam.

Um sapato fora do lugar ou cuidadosamente posto no lugar, um retrato caído ou pendurado no sítio de sempre, uma caneta no chão... qualquer detalhe era importante. Saber encontrá-los e analisá-los era o desafio.

Romano olhava uma das gavetas. Grego estava agachado procurando algo no chão.

Dª. Olga entra segurando uma bandeja.

– Olha o café. – em tom agradável.

– Você ouviu? – pergunta Grego enquanto Romano já se virara à procura do som.

– Ouvi. – confirma.

– Eu também! O demônio voltou! – Dª. Olga parecia assustada.

– Grego, sai e abre a porta, por favor. – pede Romano.

Grego faz isso. Sai do quarto e fecha a porta. Alguns instantes e abre-a.

Ouviram novamente. Romano procurou.

– Achei. – anuncia com ar de desgosto. – É isso aqui. – segura o puxador de plástico da cortina. – Abre a porta de novo. – permaneceu segurando o puxador.

Grego fez o movimento novamente.

Agora não houve barulho.

– Graças a Deus não é o demônio! – Dª. Olga agradece. – Eu sabia que eu era abençoada. – realmente aliviada.

Grego e Romano tomam o café. Um com vontade, outro sem graça de recusar.

Entre um gole e outro, Romano percebe pelo reflexo da luz nos quadros, que um deles estava cheio de marcas de dedos.

– Esses quadros são seus, Dª. Olga?

– Não. – e faz o "sinal da cruz". – Ele que trouxe *pra* cá. – apontando para o cadáver de Rubens.

De repente, aquela cena pareceu estranha. O corpo de Rubens tomado pela morte, o café tomado por Grego e Romano, e Dª. Olga tomada pela fé. Corpo sem vida, café sem açúcar, palavras sem som.

Romano se aproxima daquele quadro e percebe que somente ele está com as marcas de dedos, enquanto os outros estavam cobertos de pó.

Devolve a xícara para Dª. Olga e agradece. Ela permanece estática na frente de Romano. Grego continua sem entender porque Romano gostava tanto de ficar olhando para quadros e sempre procurar algo místico neles.

– Dª. Olga, podemos ficar mais um pouco?

– Claro. – mexendo-se toda sem sair do lugar.

Romano olha-a como quem a espera sair.

– Ah! Já estou saindo. – entendeu.

Romano e Grego a acompanham com o olhar.

Assim que ela sai, Romano volta a dar atenção para aquele quadro.

Grego fica parado observando o colega.

Romano, com cuidado, retira o quadro da parede e vê, atrás dele, um pequeno pedaço de papel com algumas anotações. Havia oito conjuntos de números agrupados em seis, seguidos de pontos de interrogação e dispostos uns abaixo dos outros, como se houvessem linhas no papel.

– O que é isso aí? – pergunta Grego.

Romano entrega-lhe o papel.

– O que significa? – insiste Grego.

– Não faço ideia. – já se preparando para ver se havia algo nos outros quadros.

Eram gravuras pequenas, postas em moldura com vidros à frente. Tinham cerca de 40 cm de altura e 20 cm de largura. Totalizavam seis quadros. Todas as imagens eram de "Santos" e vinham com os nomes escritos na própria imagem. Pareciam retirados de alguma revista religiosa.

Retirou o segundo quadro e olhou por detrás. Também tinha um pequeno pedaço de papel com alguns números anotados. Apenas um conjunto de seis números.

Olhou o próximo e não tinha nada. Estranhou.

Mais um quadro, mais um conjunto de seis números. O próximo também tinha outro conjunto de seis números e o último tinha outro conjunto seguido de seis números, mas seguido da palavra "sorte".

Romano tenta entender.

Dos seis quadros, um não tinha nenhuma anotação, outro tinha uma anotação do conjunto de seis números seguido pela palavra "sorte", outro tinha vários conjuntos de seis números seguidos de pontos de interrogação, e os outros três, tinham apenas um conjunto de seis números.

Romano não tirou os quadros da ordem. Queria entender primeiro.

Grego observa, mas estava acostumado à inteligência do colega, nem tenta entender o que poderiam ser aquelas anotações.

Romano observa as imagens e tenta estabelecer algum tipo de relação entre elas.

Eram imagens de Santos, como dissera Dª. Olga. Eram imagens distintas, desenhos com diferentes estilos. Talvez não tivessem importância, talvez não tivessem relação com as anotações, mas Romano tinha que observar, pois poderiam ser uma pista importante.

Era comum que assim fosse: aquilo que aparentemente não tinha importância, depois se mostraria essencial.

– O que você está matutando, Romano?

– Será que as imagens têm alguma relação com as anotações atrás?

– Não. Esse gordo morreu de tanto comer. Vamos embora. – sério.

Romano apenas olha para Grego em sinal de reprovação.

– Quê? – Grego dá de ombros.

– Respeita o morto. – pede Romano.

– Quê? Só por que eu falei que ele é gordo? – nervoso.

– Você poderia falar de outra forma, Grego. – tentando se concentrar.

– P..., Romano! Você adora chamar a minha atenção, *hein*?

– Não estou chamando a tua atenção, Grego. Só não acho adequado.

– Mas o cara é gordo mesmo, *pô*!

– Tudo bem, Grego. *Tá* certo. *Me* deixa pensar em silêncio, por favor.

– Nó! Hoje *tá* tenso, *hein*?

Romano apenas o olha com a censura em sua expressão. Depois, volta a dar atenção para as gravuras.

– Você nem sabe se foi ele que pôs esses papéis atrás dos quadros. – fala Grego como quem desafia o colega. – Pode ter sido a D̪ª. Olga, por exemplo.

– Deve ter sido ele mesmo. – certo de seu raciocínio.

– Como sabe?

Romano olha para Grego, como se lhe exigisse atenção e respeito ao mesmo tempo.

– Está vendo estas marcas no vidro? – mostra as marcas de dedos.

– Sim. – concordando, mas querendo discordar – E daí?

– Então... *tá* vendo? Se fosse a Dª. Olga as marcas seriam menores, de dedos menores. Esses dedos são grandes, devem ser dele mesmo.

– Grandes?

– É. Está vendo?

– Você quer dizer "dedos gordos", *né* Romano? – sentindo um gosto especial em dizer aquilo.

Romano sorri levemente e volta a se concentrar.

– E por que você acha que ele faria algum tipo de anotação? Pode não ser nada com nada. Saiu escrevendo e pronto. Esses caras são doidos mesmo. – Grego despachado.

– Deve ter algum significado, Grego. – Romano com sua convicção na lógica das coisas.

– Por quê? – gostava de ouvir e de duvidar dos raciocínios do colega.

– Ele põe um sapato do lado do outro, a calça dobrada em cima da cadeira, a camisa pendurada no cabide, o relógio do lado da carteira e dos documentos, a chave com a imagem do chaveiro para cima...

Não termina a fala.

– O que é que tem? – insiste Grego.

– Isso é coisa de gente metódica, organizada. Esses quadros devem ter uma razão e devem obedecer uma ordem qualquer. Qual será o critério? – pergunta para si mesmo em voz alta.

Romano põe os quadros enfileirados no chão, na mesma ordem, com os respectivos pedaços de papel a baixo, de forma que pudesse ver tanto a imagem como a anotação.

Grego resolve ajudá-lo e observa os pequenos pedaços de papel também.

Romano lia os nomes em voz alta enquanto raciocinava:

— "São Cristóvão"[11]; "São Damião"[12], "São Roque"[13]; São Mateus"[14]; "São Francisco de Assis"[15]; "São Carlos"[16]. Qual será a ligação?

Romano não conseguia estabelecer uma relação. Realmente poderia não haver, mas ele resolve observar mais um pouco.

— E aí, Romano? Alguma coisa?

— Estou tentando entender. Talvez não haja relação.

— É. — Grego também acha não ter. — Estou preocupado. — fala Grego com um sorriso malicioso.

— O que foi? — Romano já se prepara para a bobagem que Grego soltaria a seguir.

— Acho melhor a gente ir embora antes que o pessoal chegue para buscar o nosso amigo aí. — se referindo ao cadáver.

— Por que a pressa?

— Os caras não vão conseguir carregá-lo. Vão acabar pedindo a nossa ajuda *pra* carregar esse gordo aí! — sorriu.

Romano o olha com nova reprovação e Grego se sente realizado.

Na sequência, Romano fecha o semblante e volta a concentrar-se. Mas antes, solta um resmungo:

— Você é um piadista, Grego. Não há como te levar a sério. — leve sorriso em tom de conformismo.

Grego, ainda no seu espetáculo teatral, põe o dedo em riste e diz em tom dramático:

— Estou *pra* ver o dia que você vai me respeitar, Romano. Quero ver se um dia você vai deixar de me repreender por eu falar o que penso.

Romano apenas o olha. Grego continua em seu festival.

— Vou fazer questão de anotar o dia que isso acontecer! O dia que você me respeitar será um dia histórico! — quase num discurso.

— Fazer o quê, Grego? — sério.

---

[34] São Cristóvão, nascido na Síria, mártir em 250. Seu nome vem do grego *Kristophoros*, que significa "portador de Cristo". É uma alusão à lenda, segundo a qual ele teria transportado o menino Jesus aos ombros, na passagem de um rio.

[35] São Damião, junto com São Cosme foram mártires no reinado de Diocleciano, em 287. São padroeiros dos cirurgiões.

[36] São Roque de Montpellier, protetor contra a peste e padroeiro dos inválidos e cirurgiões.

[37] São Mateus, apóstolo e evangelista, martirizado cerca do ano 70.

[38] São Francisco de Assis, fundador da Ordem Monástica dos Franciscanos.

[39] São Carlos de Borromeu, foi um Cardeal italiano e Arcebispo de Milão, sendo o primeiro bispo a fundar seminários para a formação dos futuros padres.

– É brincadeira, Romano. – como quem pede para o colega ficar calmo.

– Anotar o dia... – Romano pega os papéis. – São datas, Grego. Isso aqui são datas. – conclui Romano.

– Datas! Datas de quê? – querendo entender.

– Não sei. – tentando relacioná-las aos quadros.

Grego pega seu bloco de anotações.

– P...! *Cê tá* certo, Romano. – compara as anotações dos pedaços de papéis com as suas próprias anotações. – São datas mesmo!

– É?

– Olha só. – querendo a atenção de Romano. – São as datas que a turma foi morrendo.

Romano comparou:

– É mesmo. Cada quadro se refere a um deles. A relação devem ser as iniciais dos nomes de cada Santo, entendeu Grego?

– Não. Explica.

– São Cristóvão, é o Cristóvão. Tem a palavra "sorte" escrita na frente. Depois temos que verificar o que aconteceu com ele. – pausa. – São Damião, deve ser o Danilo. Não tem data nenhuma, pois o cara ainda *tá* vivo. – aponta outro quadro. – São Roque, é ele mesmo: Rubens. Várias datas com pontos de interrogação. Já deveria estar esperando a morte a qualquer momento. – muda para outro quadro. – São Mateus, deve ser o Mário. A data deve ser a da morte dele . Confere, Grego?

– Confere. É isso mesmo.

– São Francisco de Assis era o Fabrício. A data confere?

– Confere.

– E São Carlos era o Carlos mesmo.

– A data confere. – Grego se adianta.

Romano levanta-se e olha para Grego.

– Por que será que ele estava anotando as datas?

Grego dá de ombros.

– Deve ter alguém matando essa turma, Grego.

– É o que parece.

– Vamos até o *trailer* saber mais desse sanduíche.

Saem despachados e despachando Dª. Olga. Levam suas dúvidas e suas certezas.

Romano ainda não conseguira entender o que poderia estar acontecendo. Quando ficava assim, sem entender, o assunto não lhe saía da cabeça.

Antes de entrarem no carro, Romano lembra:
– Vamos ali, Grego. Quero fazer umas perguntas. – se referindo ao *trailer*.
Grego acompanha Romano. Aproximam-se do lugar.
– A gente podia comer um *sandubão*, *hein* Romano? – propõe Grego.
Romano não responde.

O cheiro era de gordura, saída de uma fumaça proveniente da carne posta na chapa. Nesta, bacon, ovos e hambúrguer ardiam numa companhia aflita para o mesmo destino.

Dois homens estavam trabalhando dentro daquele lugar apertado e quente. Suavam e não faziam questão nenhuma de esconder isso dos clientes. Estes, por sua vez, pareciam não ser exigentes, queriam mais quantidade do que qualidade. Viesse como viesse, o importante é que o sanduíche estivesse recheado de ingredientes. Dentro do mesmo pedaço de pão, além do hambúrguer, do bacon e do ovo, lá estavam batata palha, milho, cebola, pimentão, ervilhas, cenoura, molho especial e toda a sorte de ingredientes.

Romano observa antes de perguntar.
– E aí? Boa noite. – Grego fala antes de observar.
– Opa. – responde em cumprimento o homem que fazia o atendimento, enquanto o outro permanece concentrado na chapa borbulhante em gordura. – O que vai ser?
– Nada não. – como se escolhesse algo no cardápio que estava no balcão.
– Nada não?! – estranha.
– Aqui... Você trabalhou ontem?
– Sim.
– Aqui?
– Sim. – estranhando.
– E vocês fizeram entrega naquela rua ali? – aponta.
– Não sei. – desconfiado. – Por que quer saber?
– Nada não. – Grego. – Só curiosidade. – mostrou o distintivo e sorriu levemente.
– Curiosidade mata. – sorriu também mostrando o espaço de alguns dentes que haviam partido.
– Isso é uma ameaça? – olhou firme, mas com o sorriso aberto, como quem ri de uma piada que não tem graça.
– Não. – desviou o olhar. – Só jeito de falar.
Grego encarou-o por alguns segundos, até que ele recolhesse o sorriso.

– Algum colega seu usa argola no nariz?
– Argola no nariz? – repete como quem estranha.
– É. Uma argola no nariz. Meio esquisitão, *né*?
– É. – concordando sem grandes convicções. – Oh, "doidão". – chama o colega. – Esse aí *tá* querendo falar com você. – anuncia sem cerimônias.

O homem acabou o sanduíche que estava fazendo e virou-se.
– O que foi, aí? – pergunta sem interesse. No seu nariz, uma argola pendurada. – *Qualé*?
– O cara aí, *tá* falando que é esquisitão usar argola no nariz. – alerta o colega se divertindo.

Aquele homem parecia enorme, em altura e em tamanho.
– Argola no nariz é estranho, *né*? – voz grossa, apenas para se impor.
– Cada um usa o que quiser, mas que é esquisitão é. – Grego sem receio, ao seu feitio.

O homem se dobra sobre o balcão:
– Você veio até aqui *pra* falar da minha argola no nariz? – tom pesado.
– Não. Claro que não. – sem se deixar intimidar. – Quero saber se você entregou algum sanduíche naquela rua, na casa da Dª. Olga?
– Eu sou cozinheiro. Não faço entregas. – ergueu-se. – Mais alguma coisa.
– Vocês têm entregadores?
– Sim.
– Algum usa esse troço aí? – aponta para seu próprio nariz.
– Não sei. – firme. – Não reparo em homem.
– *Tá* certo. – nada produtivo. – É isso aí. – já virando as costas.

Romano percebe a troca de olhares entre os homens atrás do balcão e se dirige até lá:
– Alguém fez entrega ontem na casa da Dª. Olga?

Os dois homens se entreolharam novamente.
– Não. Que eu saiba não. – o outro concorda.
– Um homem morreu ontem depois de comer "*saporra*" de sanduíche. – Romano esperou a reação. – Intoxicação alimentar.
– O sanduíche era nosso?
– Era. – taxativo.
– Não tem jeito. Ninguém fez entrega lá.
– Mas pensa aí. – sugere. – Às vezes, alguém comprou um hambúrguer aqui e levou *pra* lá – apontando para a rua.
– Muita gente compra aqui. – desconversando.

– Não deve ter muita gente com argola no nariz. – Romano insiste.
Os dois homens voltam a trocar olhares.
– *Tá* esquisita essa troca de olhares. – atravessa Romano. – Se vocês sabem de algo é melhor falar logo... Daqui há pouco alguém vai falar que o cara morreu com sanduíche estragado... e o sanduíche é daqui. Ou você vai fazer hambúrguer na cadeia. É isso que você quer?
– *Qué* isso! *Pra* que essa violência, chefia?
– No meu relatório eu ponho o que eu quiser. – virando-se para Grego.
– É isso aí. – prontamente.
– Isso é ameaça?
– Não, só jeito de falar. – fala Romano para delírio de Grego, que já estava com o sorriso aberto.
– Beleza. – começa o homem do caixa. – Ontem veio um cara aqui, tinha uma argola no nariz mesmo e comprou um sanduíche. Perguntou qual era a rua da casa da Dª. Olga e foi *pra* lá. Não sei de mais nada. – acanhado.
– Alto, baixo? Gordo, magro? Branco, negro? Velho, novo?
– Baixo igual ele. – aponta para Grego, que não era baixo. – Branquelo, fortinho... normal. Não sei dizer.
– Tipo de roupa?
– Normal. – tenta lembrar-se. – Camiseta preta, calça jeans e tênis. Não sei de mais nada.
– É isso aí. Obrigado. Bom trabalho *pra* vocês. – Romano se despede e caminha até o carro.
Grego sempre com pressa. Romano nem tanto.
– *Pra* onde vamos? – pergunta Grego.
– *Me* deixe na Biblioteca Municipal. – pede.
– Sim, senhor – quase que batendo continência. – Está com pressa?
– Sempre com pressa. – Romano já imbuído em seus pensamentos.
– Ligo a sirene? – pergunta Grego e sorri esperando a resposta do amigo à provocação.
Romano nada diz, sabendo que isso era suficiente para Grego sentir-se provocado por si.
– O que vai fazer na Biblioteca?
– No caminho eu explico.

Capítulo II

Doze sabia que não poderia ficar naquela casa por muito tempo. Túlio e Jonathan poderiam voltar a qualquer momento e não queria que eles o vissem com Danilo. Afinal, eles sempre vinham para Ouro Preto depois de alguma ação.

Tinha que resolver rapidamente o que faria.

Agira pela dor e, até então, estava convicto em acabar com Danilo. Tirar-lhe a vida fora sua decisão. Agora, que chegara a hora, parecia estar com menos certezas. A ideia do certo e do errado sempre fora muito forte em sua mente.

Dentro de si, debatia-se em dilema. Não era certo matar alguém. Mas esse sujeito tirara a vida de Bebel. Isso justificava toda aquela raiva silenciosa dentro dele. Raiva que se impunha ao racional, que fazia com que Doze agisse por instinto, sem freios e sem limites.

Quem lhe frearia? A moral? A religião? O direito?

De qual moral estar-se-ia falando? Vingar a morte de um ente querido já foi uma exigência moral. Por que Doze agora deveria se submeter à ordem das coisas? Por que não poderia fazer a justiça a seu modo e acalmar a revolta que se instalara em seu fado? Moral é um conceito flexível e, embora tivesse clareza do certo e do errado, era exatamente por ter essa clareza que se instalara o conflito interno. Havia uma luta dentro dele. A razão de Atenas contra a explosão de Esparta. A imposição persa contra o ímpeto macedônico. A vontade de romana contra a resistência franca. O sangue lusitano frente à grandeza oceânica. As confusões da alma de Franz Kafka e as almas de angústia de Joseph Conrad; os delírios da crença de Dante Alighieri e a ilusão cética de Homero; a crítica sem bandeiras de Eça de Queiroz e a pureza aflitiva de Cervantes. Victor Hugo ou Dostoiévski? Shakespeare ou Melville? O que esperar de quem deseja a morte como conforto?

Religião não lhe poria freios. Não aceitava a imposição divina sobre suas decisões. Rompera com Deus. Ao mesmo tempo, era fácil justificar suas ações pela religião, pois agisse como agisse, seria o caminho escolhido pelos tais deuses, sejam eles quais forem. Doze sempre conduziu seus caminhos, sempre derrubou barreiras e abriu sua própria trilha. Além disso, pusera a culpa em Deus pela morte de Bebel. Simplesmente não conseguia entender como um Deus bondoso deixaria Bebel morrer e Danilo viver. Isso era coisa de um Deus mal, um Loki da modernidade. E se esse Deus era mal, Doze teria a missão hercúlea de combatê-lo. Sua espada de caráter não abaixa ao primeiro discurso fundado na Bíblia. Suas convicções pessoais estão acima de uma possível existência mística. Mas o conflito estava instaurado. Que Deus era esse que lhe tirara tudo? O que Ele esperava de Doze? O que Ele queria que Doze fizesse? Que se conformasse? Ora, fora esse mesmo Deus quem lhe dera personalidade forte, como esperar que ele agora se anulasse em sinal de provação? Que adoração cega seria essa? Doze não quer provar nada, nem sente essa necessidade. Apenas quer o sabor do sangue como forma de satisfazer sua ira, como maneira de retirar o sabor de ausência da sua boca. Sangue por sangue. A religião já justificou muitas mortes, esta seria apenas mais uma em milhões. A morte seria a forma de acalmar o "deus" que possuíra seu corpo.

Restara o direito. Ora, o direito. Esse seria o mais fácil de lidar. Moral e religião a cobrança dá-se pelas convicções pessoais, o peso é de dentro para fora. Não há como fugir daquilo que vem com o disfarce de consciência. Já o direito, a cobrança é das convicções externas, não dói tanto no trato, mas dói mais quando da imposição, pois não há a convicção pessoal para aceitação, e aí cada um fará a sua leitura de injustiça. Doze não aceitaria o comportamento moldado em prateleiras de catálogos pré-existentes. Jusnaturalistas, contratualista? Doze pensa como pensa. Ele escreve suas teorias e convicções de vida. Não se curva à imposição do direito ao dispor dos detentores de poder. Se tiver que ser preso, que seja, mas se decidir matar Danilo, não será o direito a impedi-lo. Sangue por sangue. O direito já foi assim. O direito tem muito critério e pouca justiça.

Queria dar cabo de Danilo. Seu primeiro pensamento era esse e acreditava que isso estava certo, portanto, era o que iria fazer. Afinal de contas, apenas estaria acertando as contas em nome de Bebel. Contudo, quando o sangue voltava para o lugar chamado pela sensatez, o seu racional, sabia que não podia fazer justiça com as próprias mãos. Sabia que era errado.

Ora queria se convencer de uma coisa, ora de outra.

Cabeça fria ou sangue quente? Qual seguir?

Acreditava na razão humana e na vida em sociedade. Os homens abriam mão de fazer justiça a seu modo e delegavam essa atribuição para o Estado. Seria este a aplicar a justiça aos humanos. Homens julgando homens. Sabia que Danilo estava sujeito a essa justiça. Mas sabia também que a justiça é falha, pois é feita por homens, com suas vaidades, cobiças e defeitos. Não queria que Danilo escapasse da justiça. Afinal, ele tinha dinheiro suficiente para pagar pela liberdade e fazer a justiça se curvar. Pagar advogado, juiz, promotor, agente penitenciário, policial, ou qualquer outro que aceitasse a facilidade do dinheiro.

Por outro lado, havia a justiça divina – se é que havia. Mas essa era-lhe menos palpável. Ficava em outra esfera. Não lhe daria o sentimento de vingança.

Na justiça humana não confiava, na justiça divina não tinha certeza.

Melhor agir por si mesmo. Em seu nome ou em nome de Deus, o importante era vingar Bebel.

Convenceu-se.

Estava convencido.

Doze acreditava piamente que vingar Bebel seria uma forma de aplicar a justiça com certeza, tanto a terrena como a divina. Não poderia permitir que Danilo saísse ileso, nem pelo dinheiro, nem pela fé.

Somado a isso tudo, vinha acompanhada a vontade de fazer algo em nome de Bebel. Precisa extravasar aquela raiva que o angustiava. Precisava aliviar aquele sofrimento. Ficar sem Bebel fora um duro golpe do destino. Destino ou Deus? Não entendia por que a vida resolvera castigá-la daquela forma.

Chegara a projetar a imagem de encontrar-se com Bebel em outro plano. Já se imaginava abrindo os braços para recebê-la em conforto. Sabia que era sua imaginação lhe pregando peças, mas sempre lhe parecia tão real que gostava de repetir aquelas imagens seguidas vezes em sua mente.

Estava decidido, iria até o fim. Faria o que fosse preciso.

Essa dor era algo que ele não conseguia entender. Nunca sofrera por ninguém. O tempo que tivera com Bebel não fora tão longo assim, mas fora extremamente intenso. Ainda sentia seu beijo, seu toque, seu sabor. É como se ela ainda estivesse com ele. Bebel estava no seu dia de ocupação e na sua noite de solidão. Ocasionalmente, Doze conversava com ela, como se ela estivesse à sua frente. Ocasionalmente, Doze deixava suas próprias mãos lhe abraçarem como se fossem as de Bebel. Sentia saudades de seu carinho intenso com jeito maroto. O perfume de Bebel vinha com o gosto doce de seu corpo. A pele macia ainda estava por ali no sentimento de Doze, quando na batalha diária para adormecer em paz.

Não entendia, simplesmente não entendia.

O que a vida esperaria dele agora? O que a vida reservara para ele? Por que a vida dera-lhe Bebel para logo depois tirá-la? Para onde ir agora?

O semblante de Doze ficou carregado. Fechou-se para o mundo e para a felicidade.

Postou-se sentado na varanda que o vigiava como quem cerca um manicômio. Olhou para o céu como quem espera um sinal. Ouviu o balançar das árvores pelo vento que trazia a noite de cobertas com jeito de aconchego.

Em sua mente parecia procurar a aprovação para suas ações.

A mata densa e escura à sua frente parecia querer convencê-lo que a morte sempre fez parte da história humana. A floresta em silêncio noturno com seus próprios sons de imaginação, aceitaria mais um corpo em sua terra que, sempre indiferente aos sentimentos, transformava a morte em vida com o trabalho diário da natureza.

Doze imaginou como faria com Danilo. Onde poderia enterrá-lo ou se o deixava jogado como ele deixou Bebel. Seu semblante estava fixado e refletivo. Parecia soltar gritos de angustia sem emitir sons. Seus olhos mantinham-se carregados em vermelho de fúria.

Iria matar Danilo.

Doze sabia das consequências. Tinha consciência de seus atos, mas por vezes, era exatamente essa consciência que ele parecia querer perder.

Planejara pegar Danilo e vingar-se. E a vingança não viria em dor, viria em morte.

Agora, tudo parecia mais sério do que sua ira lhe permitira raciocinar.

Imaginar era diferente de agir.

Olhou o horizonte de grandes árvores à sua frente e decidiu fortalecer-se. Olhou para dentro de si e não permitiu a fraqueza da dúvida. Buscou ar para os pulmões como quem busca convencimento para as ações.

Tomaria um café. Foi até a cozinha. Amanhã tomaria a decisão de como fazer.

Curioso pensar que do outro lado do mundo, já era o dia de amanhã. As pessoas já estariam tomando suas decisões cotidianas, enquanto ele deixaria para depois. Melhor agir com calma e acertar, do que agir nervoso e errar.

De qualquer sorte, a cidade estaria mais movimentada amanhã, com a vinda do novo Secretário de Segurança Pública à Faculdade de Direito de Ouro Preto.

No meio de muita gente, ele seria mais um. Passar despercebido seria mais fácil.

Preferia ser um soldado morto em combate do que um animal enjaulado para o espetáculo.

Capítulo III

— Túlio! Nós vamos para Ouro Preto amanhã ou não? – fala Andresa andando pelo apartamento apenas com a peça íntima em seu corpo e com os seios à mostra.

— Vamos, já falei, *pô*! – parecia irritado. – Quantas vezes eu tenho que falar, *caramba*? Tem que ficar repetindo sempre a mesma coisa? Presta atenção. – não deixando dúvidas de sua irritação.

Ela parou na frente dele e ficou em posição de sentido.

— *Tá* nervoso, é? – sorriu maliciosamente.

— *Tô*. – curto e tenso. – O Jonathan já era *pra tê* dado notícia e não deu. *Tô* preocupado. – de repente nota a nudez de Andresa. – Pô! Já falei *pra* você não ficar andando pelada, *car*...! Os vizinhos ficam de olho! – mas sem ação e olhando pela janela para vigiar as janelas curiosas dos prédios em frente.

— Deixa eles. – sorri e acompanha o olhar para as janelas, passando suas mãos em seus seios de forma sensual e provocante. – Eu sou sua mesmo. – ele a olha com o semblante fechado enquanto ela sorri orgulhosa de seu corpo. – Eu sou gostosa. – novo sorriso e alisando-se enquanto se mexe em curva com movimento de cobra encantadora de flautas.

— Vai vestir alguma coisa. – dá a ordem com o sobreolho carregado.

— Adoro homem bravo! – ainda em pé postada à frente de Túlio. Ela abre as pernas e põe a mão na sua intimidade feminina. – Eu sei como te acalmar. Quer? – oferecendo-se de forma obscena, quase em dança, ao som da tentação.

— Sai, Andresa. Eu preciso pensar, *pô*! – nervoso. – *Tô* preocupado com o *Jon*.

— Preocupado com o *Jon*!? – ela se aproxima. – Se eu fosse você, ficaria preocupado comigo. Vem, pega sua mulherzinha, vem? Depois você pensa no *Jon*. – ainda provocadora.

– Sai, Andresa. – Túlio se levanta empurrando-a.

Andresa estranha e o olha.

– O que foi? – já em tom diferente. – O Jon é mais importante que eu?

– Quê? – sem entender o cunho da pergunta. – Claro que não. Só estou preocupado.

– Então arrumou outra?

– Não. – semblante fechado.

– Virou brocha?

– Não é nada disso. – definitivamente irritado. – Sai *pra* lá. *Me* deixa quieto – olhar carregado e agitando os braços.

– *Te deixá* quieto! Eu *tô* aqui, pelada na tua frente e você quer que te deixe quieto! – inconformada. – Pensando no Jon! Qual foi, Túlio? Virou *viado*?

– Você me respeita, sua vagabunda! – tenso.

– Vagabunda? – igualmente tensa. – Isso você fala *pra* suas vadias, *pra* mim não.

– Que vadias? *Nó*! Sai fora. – gesticulando irritado.

– Ou você me come ou eu vou *pra* rua...

– Que *pra* rua, nada! Fica quieta aí e não me enche! – nervoso.

– Você virou *viadinho* mesmo, *né*?

– Fica quieta, *p*...! Eu sou muito homem – fazendo o gesto.

– Então me pega, *pô*! – desafia já sem roupa nenhuma e se esfregando nele, mas agora o tom perdera a sensualidade e ganhara ares desafiadores.

– Não quero. – refutando.

Andresa se afasta:

– O que foi, Túlio? Arrumou outra vagabunda? – tom sério. – Só pode sê! Como eu não percebi? – primeiro condena Túlio, depois a si.

– Não tem nada disso. – sem paciência.

– Quem é a vagabunda, seu cachorro? É outra que você vai dar o golpe?

– Golpe! Que golpe?

– Igual você fez comigo. Disse que eu ia ter uma vida de rainha... cheia de aventuras... que eu ia ser mulher de bandido... ia me encher de joias... – olha-o com descaso – olha aí onde eu caí! Sou eu que te sustento e nem me *dá* um pega você me dá.

– Para de falar bobagem! Já te falei que eu não posso gastar o dinheiro do assalto. Tem que esperar um pouco.

– Um pouco? Quanto tempo?

– Não sei. – impaciente.

– É... deve *tá* guardando *pra gastá* com uma lambisgóia qualquer.
– Não tem nada disso.
– Ah, não tem? – nervosa.
– Não. Já falei que não.
– Se você não me quer é porque tem outra! – conclusiva.
– Claro que não.
– Então o que é que é?
– Nada, não. – cansado daquela mesma discussão.
– Muito estranho.
– Não tem nada estranho. Amanhã eu vou buscar o dinheiro lá em Ouro Preto e pronto, assunto encerrado, beleza?
– Eu vou com você.
– Não vai, não. É perigoso. – firme.
– Vou sim. Depois você pega esse dinheiro e me deixa *pra* trás.
– Você não vai. – repete.
– Por quê? Tem outra lá?
– Nó! Que pensamento fixo.
– Então por que eu não posso ir?
– Então, *tá*. Amanhã você vai comigo.
– Muito estranho, Túlio. – desconfiada, olha-o de cima abaixo. – E por que você não me quer? Tem outra, sim. – insiste.
– Não tem nada disso. Você não me excita mais! Só isso. – com igual descaso. – Você é fraquinha na hora do *vamo vê*. Não aguenta o tranco.
– *Que não guento!* Quem *falô*? Você que não sabe me pegar de jeito. Vem, me pega? – desafia. – *Me* pega? Acaba comigo, seu frango. Seu brocha, viadinho – vai em sua direção. – Vem. Vira homem. Quem é essa que você *tá* comendo? Ela faz melhor que eu, é? – de nervosa, deu um tapa nele sem perceber seu próprio movimento.
Túlio a agarra pelos cabelos.
– Você é louca?
– Ela te chupa melhor do que eu? – pronta para humilhar-se.
– Para com isso, Andresa! – segurando-a firme.
– Você é meu. Só meu. – quase em desespero.
– Eu nunca te prometi isso. Eu nunca disse que não teria outras.
– O *que é que é*, Túlio? Eu não sirvo para você? Olha *pra* mim! O que é que ela faz que eu não faço? Fala! – nervosa.

– Escuta aqui, Andresa. Você é muito dondoca. Eu gosto de *puta* na cama. De mulher que não regula nada. Não é igual você que fica aí cheia dos "não me toque". – olhar firme. – Não pode isso, não pode aquilo. Eu gosto de *puta*. – ainda lhe segurando pelos cabelos com força.

– *Me* solta, seu idiota. – Andresa cospe no rosto de Túlio e lhe dá alguns tapas sem direção e sem força.

Túlio revida em reflexo. Um dos golpes é mais forte e Andresa cai na cama em choro. Cobre o rosto com as mãos e põe as pernas em posição de defesa, como se estivesse em luta. Escondeu-se entre os travesseiros e os lençóis que estavam por ali.

Túlio, mesmo tenso, ficou preocupado e tentou acalmá-la. Talvez tivesse exagerado na força. Mas permaneceu onde estava, imóvel, apenas assistindo.

– Você me bateu! – ela fala misturando palavras a soluços, que vieram juntos com a repentina frustração e o incontido choro.

– Desculpa. Não era para te machucar.

– Você não presta! – com choro contido. – Você é um covarde.

– Foi sem querer. Desculpa aí. – e tenta dar-lhe um beijo no rosto. – Nunca acontecerá de novo.

– Sai daqui, seu grosso. – ela dá a ordem. – Você é brocha e covarde. *Me* deixa. Vai embora.

Túlio se levanta da cama e parecia preocupado com a situação, mas melhor fazer o que Andresa pedira. Prepara-se para vencer a pequena distância até a porta.

– Túlio! – ela grita. – Onde você vai? – com o travesseiro quase tampando a boca e num choro que se confundia com revolta e desespero.

– Sair! – sem entender a pergunta. – Você falou para eu sair.

– Não! Não é *pra* você ir! – fala misturada ao choro. – Você tem que pedir para ficar aqui comigo e me dar carinho. – em tom mimado pronto para o choro.

– Carinho!? – não entende bem. – Mas você não pediu para eu ir embora? – estranhando.

– Você não entende nada. – em choro contido. Ar frágil e delicado. – Eu falei, mas é para você ficar. Você tem que me querer. Você tem que lutar por mim.

– Mas eu te quero.

– Então fica comigo.
Túlio volta a pôr-se ao lado dela. Alisa-lhe o rosto.
– Você tem que pedir para eu te perdoar. – em tom mimado.
Túlio não entende.
Ela se enrosca em seu corpo.
– Você me ama? – Andresa pergunta no auge da incerteza alimentada pela carência.
Túlio permaneceu calado.
Achou curioso. Já tinha mentido tantas vezes em sua vida, que não conseguia entender a dificuldade que tinha para apenas mais uma mentira. Pequena ou grande, não importava, simplesmente estava acostumado a mentir e agora a mentira parecia não querer sair de sua boca treinada no jogo de palavras evasivas.
Desviou o olhar e abraçou-a. Sem olhar nos olhos era mais fácil.
– *Te* amo. – não pareceu convencer.
– Mesmo? – ela queria ter certeza, mesmo sabendo que era um daqueles momentos que preferia ouvir uma mentira suave a uma verdade dura.
– Claro. – e beijou-a para que a pergunta não voltasse.
No meio do beijo Andresa sorriu. Voltou a sentir a felicidade. Ela tinha que provar que era melhor que qualquer outra mulher que Túlio pudesse ter. Puxou-o para si.
– Tira a roupa, tira? – pede enquanto o beija intensamente e alisa seu membro, mesmo coberto pela calça, querendo seu homem.
Túlio não mostrou mais resistência.
– Eu sou sua mulher. Vem? – pedindo por Túlio. – Você é meu homem. Só meu.
Ele a toma em seus braços. Alisa seu rosto e se rende ao instinto.
Andresa se entrega como nunca permitira a ninguém.
– Acaba comigo, seu cachorro! – ela pede sem medir palavras.
Eram momentos que a etiqueta não cabia. Sexo é instinto, se feito com quem se gosta, aquilo que seria sujo parecerá puro, quase uma dádiva da natureza exigente em vontades incontroláveis, com aquela sede que não cessa. Sexo é irracional e sem protocolos, feito para valer a pena, mesmo quando não vale.
Era a carne quem comandava aquela matemática de desenho erótico, sem contorno de traços cubistas, sem rascunho ou ensaios, sem esboço ou enquadramento poético. Não tinha filosofia, nem literatura capaz de

resumos, traduções ou explicações contundentes. Fotografia fora de foco; curva fora do eixo. Mar em direção à rocha; céu que cai nas montanhas; luz que se esconde nas cavernas.

Era a pele se esfregando na pele. O movimento dos corpos misturados na penumbra de desenhos em grafite de cartazes de carbono negro. Permissões de avanço eram concedidas em silêncio, pelos sinais do desejo e pelo apelo do prazer, pelo encaixe dos corpos de animais libertados.

Andresa queria ser dominada. Queria sentir a força e o vigor daquele homem, como se aquele empenho acontecesse somente para si. Era seu instinto quem pedia em suplicas feitas pelos olhos de vontades e lábios de desejos. Suas lágrimas se misturaram ao sorriso sensual advindo da entrega de seu corpo. Queria ser castigada pela vontade de Túlio. Queria sentir o prazer pela dor. Queria sentir-se livre estando presa por ele. Queria ter sua delicadeza de volta ao se entregar com vigor selvagem e revigorante.

Ele não poderia ser de mais ninguém, só dela.

Ela implorava que ele a possuísse com força. Quanto mais ímpeto ele mostrasse, mais ela ficaria convencida de seu querer.

Naquele momento pouco interessava a verdade, o prazer era mais importante.

Queria atingir a pureza pelo castigo; a fé pela descrença.

Queria o amor através da raiva; a leveza pelo escárnio.

Queria a paz que advém da guerra; o relaxar pelo esforço.

Capítulo IV

Parado na mureta daquela igreja de Ouro Preto, Antunes apenas observava os movimentos da rua.

Sabia que Doze estava na cidade.

Tinha que encontrá-lo, mas não queria que ele soubesse.

Os últimos dias foram cansativos. Sentia-se velho para tanta ação.

A noite caíra fechada do céu acompanhada de um frio que driblava os agasalhos.

Apesar do casaco no tronco e o capuz na cabeça, Antunes sentia o frio sorrateiro.

Decidiu andar aleatoriamente pela cidade. Sabia como encontrar as pessoas e com Doze não seria diferente.

Por dentro, a revolta que lhe envolvia o peito há longos anos que pareciam não acabar. Agora tudo estava próximo de chegar ao fim.

Aquela revolta que o acompanhava, grudada em sua pele, era ao mesmo tempo, o mal que o consumia, mas também o motivo que fortalecia sua convicção para seguir em frente.

A trajetória de uma vida inteira para chegar a lugar nenhum.

Agora que estava preste a cumprir sua tarefa de longa dedicação, a indagação quanto a ser feito era inevitável. Sua filosofia rasteira de vida complexa começava a questionar se fizera a coisa certa.

Não conseguia responder, afinal, por vezes o errado era tão certo que ganhava justificativa plena, com *status* de acertado.

Sentia-se assim. Com certezas, mesmo na dúvida; com dúvidas, mesmo na certeza.

"Está feito." – falou para si tentando convencer-se.

Sobrancelhas cerradas, punho fechado e caminhar confiante. Antunes descarregava pequenas doses de sua raiva acumulada numa caminhada em marcha forte pelas ruas inclinadas da cidade. Andava a esmo como um animal que procura algo sem saber se encontrará, apenas com a certeza que parado não pode ficar.

Não sofria pela raiva que sentia. Aprendera a deixá-la fazer-lhe bem. Fora a raiva que o motivara esse tempo todo. Apenas estava cansado.

Cansado da própria raiva. Cansado de tudo. Cansado de nada. Apenas cansado. Acordar todos os dias; trabalhar todos os dias, ver sempre as mesmas pessoas, ir sempre aos mesmos lugares, sempre as mesmas chatices tolas nos mesmos lugares de mesmices repetidas à exaustão.

Estava cansado. Acordava cansado, adormecia cansado... Vivia cansado.

A paciência diminuiu enquanto a idade aumentara.

Seus nervos endureceram. Sua pele ficou castigada. Sua vida avançou sem sair do lugar.

Ali estava Antunes mais uma vez. Naquele ponto da vida em que sabe o que procura, mas não sabe o que enfrentará.

"Um tiro no pé", "um tapa na cara".

"Um lugar cativo nunca ocupado", "um carro de coleção nunca dirigido".

"Navio em alto mar", "planador em céu aberto".

Lançara-se de paraquedas, não havia muito em que pensar.

Capítulo V

– Aí! Chega aí, garoto!
Mateus demorou para perceber que era com ele.
– Anda logo, *muleque*! Chega aí! – dando ordem.
Ele se aproxima desconfiado.
– O que é que foi?
– Senta aí, *muleque*. *Vamo conversá*.
– *Conversá* o quê?
– *Peraí*, que é bom *pra ti*.
– É? O que, então? – ainda desconfiado.
– Seguinte. *Cê* fica aqui o dia todo, não fica?
– Fico. – achando prudente responder.
– Então. Quanto *tu* tira por dia aí? Uns cinquenta conto?
– Mais ou menos isso. – achando que o cara iria tirar-lhe dinheiro. – Mas hoje *tá* fraco. Acho que eu vou embora.
– Vai, não. Fica mais. – levanta a camisa ligeiramente e mostra a arma prateada.
Agora Mateus ficou preocupado.
– O que eu tiro é *pra* comer.
– Não esquenta, não. Não quero teu dinheiro. – olha bem para o garoto. – Eu quero te *dá* dinheiro. Tenho uma proposta.
– Proposta?
– É. Fala aí quanto *cê* tira por dia?
– Mas por quê?
– Aqui, deixa te *falá*: *tá* vendo aquele banco ali? – se referindo à agência bancária na esquina.

– Tô.

– Então. Preciso que *cê* vigie por uns dias. Só *pra* eu *vê qualé* que é, *fraga*? – olhou firme para Mateus. – *Te* pago o que *cê* ganha por dia aqui, *pra cê ficá* de olho lá, *tá* ligado?

– Não vou fazer nada, não?

– Não? Por quê?

– Não quero encrenca.

– Encrenca você vai *tê* se não *fizé* o que eu mando.

– E quem é você?

– Não interessa. Trabalho *pra* a polícia, mas não posso falar.

– Você é policial? Por que não falou antes?

– Para de *reclamá* e faz o que eu falei.

– Só *ficá* de olho?

– É. De boa. Vai *tê* que *olhá* umas *parada* aí *pra* me *dá* as *dica tudo*. Quando eu *chegá*, *cê* vai me *falá* esse monte de coisa aqui, *tá* ligado? – entregou-lhe um papel com algumas anotações.

– *Tá*. Mas por quê?

– Fica esperto, *muluque*! – já nervoso.

– Alguém vai assaltar o banco?

– Vai depender de você.

– Como assim.

Jon apontou para o papel.

– Você que vai ajudar nisso. – olhou diretamente no olho. – *Ma* tem uma coisa aí!

– Quê?

– Vai *tê* que *sumi* por uns dias.

– Por quê?

– E não vai *podê falá* nada, *hein*?

– Por quê?

– Porque *os bandido* vão *sabê* quem *tu é*, *ôh* doidão.

Mateus pensa um pouco:

– Você paga esses dias?

– Claro, já falei que pago. – confirmando.

– Então, *tá* bom.

– *Fechô*. – satisfeito.

– Beleza. – dinheiro fácil, foi o que ele pensou, e estaria do lado da polícia, foi o que ele achou.

***

Jon foi embora satisfeito.

Ninguém prestaria atenção no garoto. Era só ficar ali parado e anotar as rotinas da agência bancária.

Fácil.

Depois, era só fazer o serviço.

Sentia que estava subindo de grau. Agora seria levado a sério e sairia da sombra de Túlio. Aliás, Túlio estava cada vez mais esquisito depois que aquela Andresa começou a dar palpite em tudo.

– Frango. – deixou escapar em voz alta.

Estufou o peito. Sentiu-se forte e confiante.

"Agora vão ter que me respeitar" – pensou orgulho de si.

PARTE XXIX

Capítulo I

– Olha aí, Grego. – Romano lhe lança uma cópia de um jornal.
– O que foi? – tenta dar atenção.
– Outra morte? – pergunta Grego com o papel à sua frente.
Romano aponta e permanece em silêncio.
– Olha a data. – alerta.
– *Antigão, hein?* – comenta. – Isso que você achou na Biblioteca? – concentra-se. – Qual a relação?
– Não sei. Estou tentando estabelecer – fala Romano se referindo à notícia de um crime de estupro em Ouro Preto. Alguns garotos foram acusados, mas ninguém foi condenado. Romano precisava pesquisar mais. a reportagem preservava o nome da vítima.
– Você não acha estranho? – pergunta Grego.
– O quê?
– Esse monte de gente morrer do nada?
– É. Eu acho. Ainda não consegui fazer a relação. – preocupado. – Parecem coisas diferentes. É como se estivéssemos tratando de dois casos distintos ao mesmo tempo.
– Como assim? – Grego tentando entender.
– São mortes diferentes. Têm estilos diferentes. – concentrado. – São duas linhas diferentes. Nós é que estamos achando que é um único assassino e aí, misturamos tudo. Mas as mortes são bem diferentes. Devem ser dois assassinos. – raciocinando em voz alta. – Acho que são dois. – pensativo. – O que acha, Grego?
– Não acho nada. Só quero resolver logo essa joça.
– Eu estive pensando, Grego. – querendo continuar seu raciocínio.

– É só o que sabe fazer, Romano. Precisamos ir para a rua pegar esse cara que *tá* matando por aí. – cheio de razão e gesticulando ao seu estilo.

– De novo, Grego. Toda a vez é a mesma conversa! – firme. – Vamos *pra* a rua *pra* onde? Andar feito idiotas? Não sabemos quem procurar? Quem é esse cara?

– Uma hora a gente tromba com ele. – falando por falar. Sabia não estar certo, mas só de ver Romano irritado já valia. Grego queria ação, não gostava de ficar pensando em teorias.

– Pensa comigo, Grego. – pôs algumas fotografias em cima da mesa. – Um grupo é deste jeito. – apontou para algumas fotografias. – Outro grupo é desse jeito. – outras fotografias. – Viu? São diferentes.

– Diferentes, por quê? *Tá* todo mundo morto do mesmo jeito. – convicto. – É tudo igual. – despachado. – "Presunto" do mesmo jeito.

– Presta atenção, Grego. – chama a atenção do colega – olha aqui. – aponta. – Neste grupo, os caras foram mutilados. O assassino deixa sinais. Eu que ainda não os entendi. Mas olha só. – bate com o dedo nas imagens. – Deste arrancou a língua, deste as orelhas e deste os olhos. Percebeu?

– O quê? Não entendo, Romano. Qual a diferença? Morto é morto – querendo resolver as coisas com mais velocidade. – Nenhum deles fala, ouve ou vê. Estão todos mortos. – direto.

– *Tá* certo. – com paciência acadêmica. – Neste outro grupo não há mutilações. Por quê?

– Sei lá, Romano. Se forem dois, pegamos os dois e "ferro neles". Qual a diferença? Um ou dois assassinos, temos que prender do mesmo jeito!

– Você não está me ajudando a pensar. – Romano retoma. – Neste grupo não houve mutilações. O assassino tentou dar às mortes a impressão de acidente. Concorda?

– Concordo. – mudando a postura.

– Então, são dois padrões diferentes. Um com cara de acidente. Outro com jeito de assassino em série. – olha para Grego. – São dois caras – raciocinando enquanto ouvia sua própria voz. – Por isso que a gente não consegue fazer a relação entre estas mortes e estas – aponta para um grupo de fotografias e depois para o outro. – Mortes com mutilação, em geral, demonstram algum tipo de relação entre a vítima e o assassino. Há a necessidade de matar e deixar sinais – refletindo. – Que é diferente destas. – aponta para o outro grupo. – Nestas as mortes parecem acidentes, há a tentativa de encobrir. Ou seja, um mata e deixa sinais, outro mata e encobre sinais. Percebeu que são diferentes?

– Sim.
– Este grupo: mata e deixa sinais. – apontando para um grupo de fotografias para em seguida apontar o outro, forçando seu próprio raciocínio. – Já este: mata e não deixa sinais.
– É mesmo. Você tem razão. – com expressão cerrada. – Agora ficou melhor. São dois grupos. Dois assassinos – vibrava. – Então vamos pegar dois caras.
– Agora consegui entender o padrão. – convencendo a si mesmo. – Assim é mais fácil. São dois mesmo. – concluiu. – Vamos achá-los – levantou-se. – Vamos pegar esses caras – animado.
– Como? – preparando-se para a ação. – Já sabe onde eles estão?
– Já. – seguro.
– Onde? – empolgado.
Romano olha firme para o amigo:
– Por aí. – gira o dedo no ar em círculo. – Na rua. "Uma hora a gente tromba neles" – imitando a fala do amigo.
– *Ah*. Vá se *f...*, Romano. – bravo. – Eu achei que você já sabia até a cor *das cueca* dos caras – sorriu. – A pasta de dentes que eles usam, se usam pijama *pra* dormir, o trauma de infância... – revoltado.
Romano manteve-se sério.
– Vai ter volta. – Grego ameaça sorrindo.
Romano concentra-se novamente nas fotografias.
– E aí, Grego? Deu *pra* ver que são dois caras diferentes?
– Parece mesmo. – prestando atenção nas fotografias. – E estas aqui? – segurando algumas na mão. – Já tiveram solução? Quem são esses caras?
Romano olha as fotografias:
– Peguei no arquivo. Sem solução. – aponta. – *Tá* vendo? Neste aqui cortaram a língua, neste as orelhas e do nosso escritor os olhos – semblante fechado. – Talvez tenham ligação. – desafiando seu próprio convencimento. – O estranho é que esse da língua aconteceu há uns dez anos. O da orelha há uns cinco anos. E o dos olhos somente agora.
– Porque estranho?
– Se for a mesma pessoa, por que esperar tanto tempo? Se agisse por impulso, seriam mortes seguidas em menor espaço de tempo. Isso demonstra que o assassino é meticuloso e controla sua vontade de matar.
– Lá vem você e suas teorias. O cara mata e tem que ser preso. Só isso – pragmático como sempre.

Romano ignora e dá sequência:

– Pensa bem, Grego. Se o cara quer vingança, ele a administra há muito tempo.

– Verdade.

Romano fica parado olhando as fotografias. Depois de um tempo de reflexão:

– Este aqui era jornalista. Zacarias. Arrancaram-lhe a língua.

– Devia falar demais. – Grego ri. – Já investigaram a mulher dele? Às vezes, a mulher não aguentava mais o cara na orelha dela. – achando graça sozinho.

– Este aqui era professor. Otávio. Arrancaram-lhe as orelhas. – Romano olha firme para Grego com censura, antes que este voltasse a fazer alguma piadinha.

– Não falei nada. – Grego já se defendendo. – Não adianta, ele não ia ouvir mesmo. – não resistiu.

– Por fim, este aqui: escritor. Daniel. Arrancaram-lhe os olhos.

– E aí? Qual a conclusão?

– Não tive tempo de verificar. Mas estas mortes não foram apuradas. Estavam jogadas no arquivo ali. – aponta para uma confusão de pastas.

– Isso quer dizer alguma coisa?

– Não. Mas vou verificar. É possível que haja alguma relação. – ora olhava para as fotografias, ora olhava para Grego, mas sempre com ar pensativo. – Vou ler os relatórios com calma.

– E esse caso de Ouro Preto?

– Não sei ainda. Vou ler com atenção. Acho que tem relação. Estupro em Ouro Preto.

– Qual a relação?

– Esses caras estudaram em Ouro Preto. – conclusivo.

– Quem? "Língua", "orelha" e "olho"? – com descaso.

– Sim.

– Casos antigos. Difícil, *né*? – descrente.

– Assassinatos do mesmo estilo. Às vezes dá certo. A gente acaba encontrando. – responde quase que automaticamente. – O de sempre, seguindo o manual.

Grego espera um pouco para confirmar se o colega já haveria parado de falar. Então atravessou:

– Não sei bem o que procurar, mas eu te ajudo. – sorriu. – Agora arruma essa bagunça que já está na hora. – alerta.

– Hora de quê?

– Vamos para Ouro Preto, lembra?

– É mesmo. Já tinha me esquecido. – por reflexo olha para o relógio. – Vamos então. – vício de dar o comando. – É bom que já investigamos por lá o que tiver que ser investigado.

Ambos foram convocados para um evento. Algo relacionado ao novo Secretário Estadual de Segurança Pública.

– Eu acho que você vai ser condecorado. – Romano dá uns tapinhas no ombro do colega.

– Eu? – modesto. – Nada. Se fosse, eu já teria sido comunicado.

– É surpresa. – zombando do amigo. – Medalha da Inconfidência – mantém o ar sério.

– Isso não é agora, não. É sempre em abril.

– Então é outra medalha qualquer.

– Eu só ganho medalha de tiro. – orgulhoso.

Romano começa a guardar as coisas quando chega outro colega:

– Senhores, a *van* está pronta. Vamos?

– Vamos. – responde Grego. – Só um momento que o meu colega está atrasado. É a *maquiagem*. – provocando. – Sempre a mesma coisa, *hein* Romano! – sorriso largo.

– Estou pronto. Podemos ir – sério.

– Então vamos. – fala Grego, agora dando o comando, mais pela necessidade de provocar o amigo do que de dar ordens. – Que isso não se repita – com ares de reprovação.

Capítulo II

Seus olhos abrem de sobressalto, como se saídos de um pesadelo escuro. Daqueles que entram na mente com peso de carga, que envolvem em silêncio de preocupação e trazem o cheiro de funeral triste em flores alegres de cores festivas.

Doze olha ao seu redor. Já havia luz do dia entrando pelos poucos espaços deixados pelas janelas da casa com suas paredes guardiãs de compromisso laico.

Travesseiro molhado, corpo tenso.

Levantou-se.

Por mais que descansasse, sentia-se pesado e com o corpo moído em carne sofrida. Seus olhos continuavam carregados, com um vermelho quebrado por dentro. Sua vida lhe empurrava para baixo arqueando a sua coluna cansada do peso da tristeza sem fim. Seu olhar perdera o brilho de ímpeto lançado ao mar desconhecido e fora substituído pelo cárcere da dor sem solução. Cadeados de um pensamento fixo limitaram sua liberdade à prisão da vingança. Sangue com sangue, algo tão antigo quanto a história da humanidade. Queria resolver assim, uma vida por outra vida. Só assim voltaria a sentir-se livre novamente, mesmo que fosse condenado e preso. Só assim voltaria a sentir-se vivo novamente, mesmo que tivesse que morrer.

Jogou-se debaixo do chuveiro de água fria. Seu corpo não ligou, ao contrário, pareceu despertar.

Vestiu-se de convicção, buscou uma faca e olhou para o revolver. Resolveu deixar a arma de fogo por ali mesmo, a dor parecia-lhe mais importante do que a morte. Queria que a morte de Danilo viesse com sofrimento. Queria lentidão e não velocidade. Ele tinha que remoer os pecados de sua vida enquanto encarava a morte lenta. Talvez mudasse de ideia e lhe desse uma morte rápida.

Paz? Essa Danilo não teria.

Compaixão? Essa Doze não teria.

Com a faca na mão, Doze preparava seu próprio espírito. Estava decidido.

Capuz na cabeça como quem quer se esconder de sua própria decisão.

Foi ter com Danilo no porão.

Tinha que resolver logo, mas sem pressa. Tinha que encerrar aquilo tudo.

Em sua mente, estaria apenas limpando seu sentimento, trazendo Bebel de volta através do sangue. Mais do que se vingar de Danilo, Doze queria se vingar do destino.

Por isso não se tratava apenas de vida e morte. Não era apenas vingança. Era ter em suas mãos a força para dobrar o destino que ele não traçara. Era enfrentar a ideia de um fado impositivo. Era não tolerar o conformismo com a linha que traçaram para si. Ele era dono de seu próprio destino. Não poderia aceitar passivamente a força do acaso. Tinha que lutar contra quem quisesse se impor sobre ele. E se esse alguém fosse Deus com sua fatalidade e invencibilidade, então Doze o enfrentaria com sua convicção, com seu pulso firme de veia em sangue e com sua crença no poder humano.

Quem define o que é pecado? Quem diz o que se pode ou não fazer?

Sua vida deveria ter sido junto a Bebel. Vida sem violência, somente com felicidade.

Alguém tirou-a de si.

Assim, não se tratava apenas de matar Danilo. Tratava-se de assumir o controle do destino mais uma vez. De traçar com seus próprios passos o pedaço de chão de terra vermelha que ele mesmo abrira a machadada.

Por isso, não podia ser simplesmente matar. Doze teria que fazer Danilo sofrer na carne enquanto sentisse sua vida abandoná-lhe. Seria esse sofrimento que os libertaria. A Danilo pelo mal que causara, a Doze pela satisfação cruel da vingança ao retomar o controle de seus atos.

Faca na mão para a guerra a ser travada com a morte e com Deus.

Certeza na ação para a paz da alma.

Certeza das dúvidas que virão.

O depois ficaria para depois. Agora, Doze trataria do agora.

Capítulo III

– Por que você abriu o vidro? – pergunta Túlio ao volante.
– Porque eu quis. – Andresa resolvida.
– "Porque você quis"? – repete. – Fecha o vidro. Eu estou com o "ar" ligado. – referindo-se ao "ar condicionado" do veículo.
– Desliga o "ar", então. – resoluta.
– Prefiro dirigir com os vidros fechados.
– Prefiro o vento. Tem jeito de liberdade.
– Fecha logo esse negócio, aí. – se irritando.
– Fala direito comigo. Eu não sou o Jon, não.
– O que é que tem o Jon a ver com isto?
– Você acha que pode tratar as pessoas de qualquer jeito... Não pode, não.
– Não é possível. – resmunga. – Fecha essa janela, p...! – nervoso. – Estamos falando da janela e você põe o Jon na discussão! – presta atenção na estrada. – Você também, hein? *Tá* numa guerrinha com ele.
– Por falar nisso... Cadê o Jon? – pergunta por perguntar, beirando o cinismo.
– Vai lá ter com a gente. – segurando sua irritação, sempre com a atenção voltada para a estrada. – Dá *pra* fechar essa janela? – sem paciência.
– Dá. Mas eu não quero – sabendo que ele tinha que dar atenção para a direção do carro. – Quanto tempo demora *pra* chegar em Ouro Preto? – tinha um sorriso estranho no rosto.
– Pouco tempo se você for calada e fizer o que eu mando. Senão... vai demorar mais.
– Calada? Eu falo se eu quiser. – firme na entonação e cheia de gestos e expressões. Havia certa revolta dentro dela. Nada fora como ela imaginara

quando decidiu ficar com Túlio. Aquele universo a encantara no início. Havia um ar de liberdade, de revolta, a ideia de não ter que dar explicações de sua vida para ninguém, de ter um homem forte e destemido ao seu lado... tudo isso a cativara. Mas agora, o que tinha eram dois universos distintos em rota de colisão permanente. E por mais estranho que pudesse parecer, ela gostava quando ele vinha cheio de masculinidade para cima dela. Ele a pegava com força e de forma decidida. Andresa não aguentava mais aqueles "caras" que ficavam tempo demais modulando o próprio corpo, músculos fortes e espírito fraco, com calças justas e moral larga, muita conversa e pouca ação. Talvez por isso se sentira tão atraída por Túlio. Ele tinha jeito de homem. Não passava base nas unhas, não fazia sobrancelha, não segurava o que queria dizer, não abaixava a cabeça para ninguém. Ela admirava sua masculinidade. Adorava quando ele partia para cima dela com vontade, quase que arrancando sua roupa. Ele sim era homem.

Mas agora, parecia que apenas o sexo a mantinha com ele.

O que antes era jeito masculino, aos poucos foi se transformando em jeito estúpido. Estupidez masculina.

Mas ela não ligava muito para sua própria indecisão, afinal, achava que fazia parte do charme feminino.

Olhou para seu homem. De repente deu vontade de ser possuída.

– *Tá* nervosinho, é?

Túlio a olha de canto de olho e nada fala.

– Eu sei como te acalmar. – e pôs a mão na virilha de Túlio. Este imediatamente mudou de semblante fechado para sorriso aberto.

– Cê é safada, *hein*?

– Você acha? – aproximando seu corpo de Túlio. – Vem! O que você quer que eu faça para te acalmar? – provocante e sentindo a resposta do corpo de Túlio aos seus estímulos.

– Vamos jogar um "basquete"! – com ar malicioso.

– Não. – alisando seus seios. – Para o carro, vai? – provocante, agora tocando sua genitália.

– Parar o carro? – querendo tirar os olhos da estrada.

– É. Eu quero dar *pra* você aqui, no meio da estrada.

– Aqui?! – já procurando um lugar para encostar o carro. – Aqui não dá – conclui. – *Me* chupa que quando der eu paro o carro. – dá a ordem quase que a empurrando pela nuca.

– Estúpido. – ela resiste querendo a reação dele. – Não vou fazer nada se você não parar o carro.

Quando a vida cobra | 357

— P..., você é difícil *pra caramba*. – reclama.

— Quem você pensa que eu sou? Uma de suas vadias?

— Como assim? – sem entender direito. – Você quer *dá pra* mim no meio da estrada, mas chupar não pode?! – quase que ofendido.

— Você é um frouxo. – provoca e se recompõe.

— Você quer *dá pra* mim e eu que acho que você é vadia?

— O que você quer dizer com isso? Você é um ignorante.

— Você é difícil demais, *p*...! Na mesma hora que *tá* bem, *tá* mal.

— Seu brocha. – provoca.

— Você é atrevida, *hein*? – reclama.

— Sô mesmo. – desafiadora. – Por quê? Ainda não tinha dado *pra* ver, não? – mais atrevida do que nunca.

— Daqui a pouco vai ficar com o olho roxo. – seguro.

— Coitado – estica os pés e põe-nos no painel do carro. – *Tá pra nascê* o homem que vai mandar em mim. – mantendo o ar de desafio. – Encosta essa mão suja em mim *pra* você vê...

— Vai *fazê* o quê?

— Experimenta. – desafia mantendo os pés no painel, sabendo que ele detestava isso.

— Tira o pezinho daí, tira. – pede como quem segura uma possível irritação.

— Não tiro. – mordendo uma maçã sem sequer olhar para Túlio. – Você não manda em mim. – ainda desafiante. – Dirige aí... Não me come e quer mandar em mim. – com desdém. – Fraco. *Froxo*. *Viadinho* – irritante. – Você deve ter outra mesmo.

Túlio alternava a concentração na estrada e na discussão.

— Que outra? – engrossando a voz. – Tira logo o pé daí.

— Não tiro. – mais uma mordida na maçã.

— Tira esse pé daí, *c*...! – tentando ser calmo, mas com a voz travada.

— Nem estou te ouvindo. – de um jeito que só as mulheres sabem fazer para provocarem –, olha que pezinho lindo que eu tenho.

— Não está me ouvindo, é? – irritado.

Andresa dá de ombros e nem lhe olha.

Túlio puxa a arma e põe na cabeça de Andresa.

— E agora, *tá* me ouvindo?

— Vai me matar, machão? – desafia. – *Pra* isso você é homem... *pra* me *dá* um pega, não! Estranho, você. – completa.

— Tira o pé daí e fecha a *p*... desse vidro – gritando.

– Não! Você não manda em mim! – atrevida.
– Eu acabo com a tua raça. – nervoso.
– Acaba nada, seu frouxo. Você não tem coragem – desafia mais uma vez. Andresa parecia gostar daquele perigo todo. Gostava de ver Túlio nervoso, com as veias saltando pelo pescoço. – Se você fosse homem você me estuprava no meio da estrada.
– Você é doida. – guardando a arma.
– E você um frango. – Andresa abre a porta do carro, mesmo com ele em movimento. – Para esse carro que eu quero descer. – resolvida. – Eu quero um homem de verdade.
– *Cê tá* doida? Para com isso! – sem saber bem o que fazer, mas, por reflexo, diminuindo a velocidade. – Fecha essa porta, *p*...!
– Então para esse carro. Já falei. – quase que gritando.
– Fecha a porta! – e dá-lhe um safanão.
Andresa dá um monte de tapas em Túlio.
– Seu idiota! Vai bater na sua mãe! Você me machucou. – com raiva e gostando de sentir aquela raiva. Era estranho, mas sentia-se viva nesses momentos. – Seu estúpido!
– Para, *p*...! – se defendendo mais por reflexo, pois nenhum dos tapas tinha força para machucá-lo. Acabou por reduzir a velocidade de vez, até encostar o carro. – O que é que é, *c*...?! – gritando nervoso.
– Você é um estúpido! – mais uma série de tapas e empurra a porta para sair de vez.
Túlio a segura pelo braço. Ela faz força.
– *Me* solta. – e sai do carro.
– Volta aqui! – dando a ordem.
Andresa lhe mostra um dedo simbólico e lhe vira as costas. Começa a correr para se afastar do carro.

***

Um pouco atrás, na mesma estrada.
– Para o carro, rápido. – Igor dá a ordem.
Estavam seguindo Túlio há algum tempo. Ainda procuravam o dinheiro do assalto.
Igor monitorara Andresa, única funcionaria da agência a ter um elo de relacionamento com alguém já fichado.

Chegara em Túlio, já conhecido por delitos pequenos.
Acreditava que ele o levaria para o dinheiro a qualquer momento. Era questão de tempo.
Paralelo a isso, faziam a investigação quanto ao possível desvio de dinheiro público.
Tinham que dar certa distância entre os veículos para não serem percebidos.

* * *

Em outro carro, na mesma estrada:
– Por que esse evento será em Ouro Preto? – pergunta Grego já na estrada.
Romano sinaliza que não sabe com um pequeno levantar de sobrancelhas.
O outro colega que ia sentado à frente do veículo também não arrisca. É o motorista quem fala:
– Foi o reitor da UFOP[17] que convidou.
– Por quê? – Grego ainda curioso.
– Vai *sabê*! – com atenção à estrada.
Silêncio.
Romano ia com seus pensamentos.
Grego querendo conversar qualquer coisa, apenas para o tempo passar.

* * *

Túlio xinga meio mundo em voz alta e sai do carro para ir atrás de Andresa.
Ela dá uma pequena olhada, apenas para saber se ele viria atrás dela. Se não viesse seria uma decepção. Queria que ele viesse, lhe pedisse desculpas, que a beijasse longamente e a possuísse ali mesmo, no meio do nada. Acelerou sou passo. Não deixaria que ele a pegasse com facilidade. Ele teria que lutar por ela. Teria que arrancar sua blusa e lhe possuir à força.
Andresa estava desejosa em uma mistura complexa de vontades.
Túlio correu até alcançá-la. Esticou o braço e segurou-a pelos cabelos.
– *Me* solta! – com raiva no olhar, mas gostando daquele ímpeto.
– Você é doida? – fez força para controlá-la.
Ela fez força para libertar-se.
– Para, *p*...! Volta *pro* carro, *c*...! – firme.

---

[40] Universidade Federal de Ouro Preto.

– Eu volto se eu quiser. Você não manda em mim! – com ódio no olhar.
– Você vai voltar, sim. – fez força para arrastá-la, enquanto ela fazia a força contrária para não ser arrastada.
– Para! *Me* solta, seu *m*...! – tentando libertar-se. Fazia força, o mordia e arranhava, mas não adiantava.
– Para, senão eu vou te encher de porrada! – ameaça.
– Bate *pra* você *vê*, seu covarde! – desafia gritando para o vento ouvir.
– Vem. – puxando-a para o carro.
Ela resistia. Então, Túlio pegou-a em um abraço e levantou-a.
– Agora você vai!
Foi até o carro carregando-a dessa forma. Andresa balançava as pernas e o corpo tentando se libertar enquanto apreciava a força de seu homem.
Nessa hora, Túlio viu um carro da polícia vindo na estrada, na mesma direção. Encostou Andresa no carro e beijou-a.
Ela quis ser beijada daquele jeito. Retribuiu e pediu mais. Abraçou Túlio e esfregou-se nele com sua pele de ceda carente.

***

– O que é aquilo? – fala Grego apontando para um casal logo à frente no acostamento. – Encosta o carro. – pareceu-lhe que aquela mulher tentava libertar-se daquele agressor.
– Estamos atrasados. – diminuindo a marcha, mas sem querer parar.
– Para, *p*...! – mais enérgico.
Enquanto Romano tentava entender o que estaria acontecido, Grego já estava do lado de fora da viatura.

***

Túlio viu o carro da polícia parar a poucos metros à frente.
Jogou Andresa no banco do carona, entrou no veículo.
Tudo muito rápido.
Engatou a ré, mas não houve tempo de arrancar o veículo.

***

– *P*...! A Civil vai estragar tudo, *c*...! – reclama Igor mais distante.
– Talvez não. É *pra* fazer alguma coisa?

– Não. Nada. Vamos apenas assistir.
Ficam parados aguardando.

***

– *Tá* tudo bem, aí? – Grego pergunta, assumindo postura cautelosa, para aquele casal estranho.

***

– *Tá* tudo bem aí? – pergunta policial.
– *Tá*. – fala Túlio rapidamente, sem encará-lo.
– Moça! – desconfiado pela profissão. – Está tudo bem?
Andresa sabia que poderia entregar Túlio e libertar-se. Mas não queria. Queria era aquele beijo, aquela paixão com sabor de vida. Queria ser a mulher dele. Queria ser prisioneira dele. Queria que Túlio fosse firme com ela. Queria aventura e não rotina. Um dia de cada vez, mas nunca dias iguais.
– Está tudo ótimo, por quê? – olhando diretamente, com um jeito feminino, para aquele policial e com uma voz boa de repentina felicidade.
– Nada, não. Só checando. – desconfiado. – Parece que o cavalheiro estava sendo "ríspido" do com você. – dando ênfase à palavra "ríspido".
– Nunca ouviu falar em sexo selvagem, policial? – passando batom provocantemente.
Túlio apenas sorriu.
Alguém buzina de dentro do carro.
– Já. – sem graça. – Claro que já.
Nova buzinadela.
Grego deveria checar, mas pelo horário e pela situação, preferiu retornar para o veículo que arranca com sua urgência.

***

– E aí? Era o quê? – pergunta Romano.
– Nada, não! Briga de casal. – já olhando para a estrada.
– Podemos ir? – pergunta o motorista já acelerando no meio da via.
– Sim, senhor. – fala Grego sorrindo. – Cê nem saiu do lugar, *hein* Romano?

– Não entro em briga de casal. – sério, sem expressão.
– Mas e se fosse algo sério?
– Não era algo sério. Não gosto de debater conjecturas. – fazendo pouco caso.
– Mas se eu precisasse de apoio? – insistindo.
– Não precisou. – resistindo.
– Você tinha que ter me dado cobertura. – quase revoltado.
– Quer que eu te cubra, Grego? – pronto para o riso discreto.
– Que é isso, Romano! Você não fala essas coisas, fala? – estranhando.
– A que você está se referindo, Grego?
– Você tinha que ter me dado cobertura... É disso que estou falando. – revoltado.

Romano olha para seu colega:
– Você tem razão. Só não me pareceu ser necessário. Da próxima vez eu te cubro. – insistindo na expressão.
– Pode deixar. – nervoso mais por cena do que por sentimento. Gostava de contestar Romano.

* * *

– Aí! Eles foram embora. – se referindo ao carro da Polícia Civil.
– É. Vamos esperar aqui. – fala Igor ainda vigiando Túlio, que permanecia dentro do carro parado. – Vamos o que vão aprontar agora.

* * *

– *Me* beija, meu amor! – Andresa pede.
– Que "amor"?! *Cê* é doida? Nunca me chamou assim! Não gosto não, *hein*?
– Eu devia era te entregar para a polícia. – resmunga.
– E porque não me entregou?
– Você nem imagina? – e pôs a mão no membro de Túlio. – Eu gosto de ser mulher de bandido. – ele a empurra bruscamente.
– Se você não parar vou te comer aqui mesmo. – decidido.

Era tudo que Andresa queria:
– Mas é perigoso. – ela fala com sensualidade e já tirando a blusa.
– É? Não interessa. – sobreolho carregado.

– Adoro quando você fica bravo. – olhar malicioso. – Meu homem.
– Fica quieta e tira logo essa roupa.
– E se aparecer alguém querendo me estuprar? – provocando e querendo ser possuída.
– Eu te protejo. Fica caladinha, vai. Tira a roupa. – dá a ordem do jeito que ela gostava de ouvir.
– *Me* faz ficar calada. Quero *vê*! – provocando mais uma vez, esfregando seu corpo no dele.

Túlio não quis mais conversas e jogos de sedução. Arrancou-lhe o resto das roupas e agiu por impulso.

Andresa agia como se resistisse, mas era apenas o flerte do desejo. Ela queria se entregar completamente.

– Acaba comigo. – ela pede misturando ímpeto com sensualidade.

Túlio põe a mão na sua boca e movimenta o corpo dela até encontrar a posição para o ataque sem resistência.

Os corpos lutam em confronto pelo mesmo objetivo, guiados pelo desejo.

No rosto de Andresa via-se prazer. Túlio estava concentrado em seu impulso resoluto.

– Mais forte! – ela pede.
– Cala a boca. – e pega-lhe com força bruta, mas estranhamente, havia um carinho perceptível.
– Vai, meu amor. – ela exige.

Túlio lhe aperta a boca e lhe tampa a respiração, sem perder a concentração no ritmo que se impusera.

Ser possuída daquela forma e com aquela sensação de perigo era-lhe excitante. A satisfação era mútua.

***

– *Pô*! No meio da via. – reclama Igor.
– A *mina* é fogosa, *hein*? – comenta o colega.
Igor nada fala, afinal, falar o quê?

***

Capítulo IV

– *Pô!!! Tá* cheio esse negócio, *hein?* – Grego, parecendo satisfeito.
– É. – Romano, parecendo resmungar.
Estavam parados no saguão que antecedia ao grande auditório da faculdade, onde aconteceria a solenidade.
Gente de todos os jeitos. Gravatas e ternos para todos os gostos, ou ausência destes.
Era muita gente mesmo.
Romano não gostava.
Já Grego ia cumprimentando pessoas, rostos conhecidos ou não. Um ou outro aperto de mãos. Um ou outro aceno com mais entusiasmo. Gostava de reconhecer colegas e ser reconhecido por eles.
– Este é meu colega: Romano. – apresentava, eventualmente, para constrangimento de Romano.
Grego, sorridente, foi avançando até uma grande mesa de recepção, ainda no saguão.
– Olá! Eu sou Grego e este é Romano. – anuncia-se para uma das moças que lhe abre um sorriso simpático.
– Olá. Sejam bem-vindos. Só um momento. – enquanto procurava na lista. – Aqui está. – entregou-lhes a credencial. – Minha colega vai lhes acompanhar. – apontando para outra moça, igualmente sorridente.
– Olá! Sejam bem-vindos. Por favor. – orientando-os a seguirem-na.
O auditório cheio.
Grego acompanhou sua guia feliz. Intercalava o olhar para a moça que ia à sua frente com um vestido comportado e executivo, mas caridosamente justo no corpo, e para as pessoas do auditório. Dava um ou outro aceno satisfeito por reconhecer alguns colegas.

Romano ia sem nenhuma alegria. Apenas seguia Grego e aquela moça prestativa. Muita gente. Não gostava.

– Aqui, senhores. – aponta dois assentos reservados na frente do auditório.

– Obrigado. – Grego satisfeito.

Romano agradece com um leve reclinar e senta-se.

Grego permanece em pé, para ver e ser visto. Mais alguns acenos.

Romano permaneceu sentado. Por vezes, não entendia o jeito demasiadamente descontraído do colega. Várias vezes se perguntara como Grego poderia ser daquele jeito.

Grego permanecia em pé. Não entendia o jeito demasiadamente acanhado do colega. Várias vezes se perguntara como Romano poderia ser daquele jeito.

Passados alguns minutos, a solenidade tem seu início.

O mestre de cerimônias faz os anúncios tradicionais e é feita a composição da mesa. Depois pede que todos fiquem de pé para a execução do hino nacional brasileiro.

Grego levanta-se, parecia encantando, embora mantivesse certa postura.

Romano segue o colega no movimento, parecia mal-humorado, embora mantivesse a compostura.

Após a execução do hino, todos retomaram seus assentos e começaram as primeiras falas.

Discursos de apoio ao Governador e à escolha do novo Secretário Estadual de Segurança Pública.

Grego estava concentrado. Imaginava-se discursando e sendo aplaudido pelos colegas.

Romano apenas assistia, mas sua mente mantinha-se no seu trabalho.

– Um dia nós vamos estar lá. – profetiza Grego.

– É? Por quê? – Romano.

– Não sei. – duvida da sua própria fala. – Talvez eu vire Secretário.

– Claro. – em tom de brincadeira. – Eu prefiro ficar aqui. Ninguém me vê, não vejo ninguém.

Os discursos têm seguimento e são iguais a outros tantos em outras tantas solenidades. As palavras se arrastam em autoelogios a quem as profere em educação protocolar. A sonolência já se apresenta discretamente entre os presentes. A confraternização entre os colegas era mais importante do que aqueles discursos com tempo medido em toneladas.

No meio de uma fala, o novo Secretário fala que lutará para aumentar o salário das polícias, pois entende estar defasado.

Agora, sim. Os aplausos entusiasmados surgem de forma instantânea e espantam o sono de vez.

O mestre de cerimônias anuncia que o Governador, juntamente com o novo Secretário, irá condecorar alguns dos polícias pela atuação destacada no ano anterior. Depois de alguns poucos nomes, ouve-se:

– Marco Grego. – chama o cerimonial.

Grego olha para Romano:

– *Uai*!? Eu? – surpreso, mas já se levantando satisfeito.

Romano estende-lhe a mão em cumprimento.

– Obrigado. – Grego sorridente. – Se me chamaram, também vão te chamar. – prevendo para Romano e feliz pelos assovios e aplausos de alguns colegas.

– Nada. Prefiro ficar quieto aqui. – sentencia Romano.

Grego avança até o palco, um pouco desconsertado por sentir-se desambientado. No palco, sob o olhar de todos, cumprimenta o Secretário e o Governador, depois agradece, em gestos, aos colegas. Grego estava feliz.

Romano, querendo passar despercebido, estava feliz pelo amigo e orgulhoso. Por dentro, agradecia, não sabe a quem, o fato de ter sido Grego o escolhido e não ele.

Entregue as homenagens, o grupo decide que Grego fale por eles em um breve agradecimento. Grego aceita a tarefa sem constrangimento. O sorriso estava na sua cara:

– Colegas, meus amigos! – fala ao microfone. – Agradecemos a todos aqueles que compartilham conosco o dia a dia dessa nossa profissão. Mas antes de pedir os aplausos para os colegas homenageados, que com certeza fizeram por merecer, eu gostaria de dividir esta alegria com o meu amigo Romano. – e aponta para o acento onde Romano estava, em seu lugar, sem lugar. Este, acanhado, apenas gesticula formalmente em agradecimento. Ao ser reconhecido por alguns, os aplausos começam a ser puxados. – Romano, venha se juntar a nós, suba aqui. – Grego.

Romano ficou sem saber se Grego fez para provocá-lo ou se realmente queria, a seu modo, homenageá-lo.

Estava resistente a subir ao palco, mas percebeu que era o que deveria fazer. Percorreu os poucos metros que o separavam do palco, jogando pragas para Grego. À medida que caminhava e as pessoas percebiam de quem se tratava, os aplausos foram ganhando corpo.

No palco, Romano estendeu a mão para cumprimentar Grego e este lhe abraça fervorosamente. Embora fosse um abraço de homem, Romano também não era muito de abraços. Constrangido, ficou por ali sem saber como agir. Os aplausos ainda estavam lá.

Grego assume o microfone mais uma vez:

– Este homem é Romano, meu amigo, meu irmão. Uma pessoa que eu admiro e tenho o orgulho de trabalhar a seu lado. Aprendi muito com ele e se hoje eu mereço algum tipo de distinção, é em razão dos valores, da fibra, do senso de justiça, da vontade de acertar e da correção de atitudes de Romano. – realmente emocionado. – Romano já salvou minha vida. *Me* refiro ao perigo de tiros, pelo qual a maioria de nós já passou em algum momento de confronto. Mas também me refiro a um salvamento que ele sequer sabe. – olha dramaticamente para Romano. – No início de minha carreira, foi Romano quem me moldou e me tirou do pior perigo da nossa profissão. Daquele que não tem volta. Aquele que nos vicia. Estou falando da corrupção. – um ou outro aplauso. – Foi Romano quem me ensinou o caminho certo. Foi Romano quem me mostrou a importância do caráter, pois quando atuamos, não somos nós quem estamos segurando uma arma com poderes na mão, é o próprio Estado. – tom de discurso. – E se somos o Estado, não podemos pegar caminhos errados, pois o mal que isso causa é muito grande, não será medido em pessoas, mas sim em gerações. Eu tenho compromisso com a minha profissão. – bate no peito. – Eu assumo todos os dias a responsabilidade de tornar o Brasil um lugar melhor para viver. E cada atitude nossa é importante para isso. Nós temos que fazer o bem, por isso a escolha pelo caminho certo, pelo caminho da verdade, do caráter. Em Minas Gerais, o homem de valor tem que ter palavra, tem que ter caráter, tem que ser do bem. – dando ênfase para o final. – Bandido aqui não tem vez. – aplausos. – É assim que eu penso. E se eu penso assim, eu devo isso a Romano. Por isso, na frente de todos vocês, eu queria dizer: "Obrigado, Romano". – em tom emotivo. Grego começa a bater palmas para Romano e aos poucos, os aplausos com assovios ganham corpo. Um ou outro colega se levanta. Os aplausos são mais entusiasmados. Grego percebe e pede para que todos se levantem.

Romano, sem entender, vê o auditório aplaudi-lo de pé.

No início tivera raiva de Grego, agora parecia grato à pequena homenagem.

O Governador e o Secretário se aproximaram, para também receberem um pouco dos aplausos dirigidos a Romano.

Grego estava feliz. Tudo correra bem.

PARTE XXX

Capítulo Único

Helena estava cansada, mas, estranhamente hoje, não adormecera logo que se deitara. A mente exigia-lhe reflexões de vida e as inquietações não lhe permitiram o sono.

Era jovem, era bonita, era inteligente.

Sentia-se sozinha.

Não se preocupava com a ideia de ficar sozinha, acreditava que encontraria alguém, algum dia. Não havia sofrimento, havia certeza. Contudo, deitada com a escuridão do quarto, sentiu-se mais sozinha do que nunca. É como se esse tal alguém, que ela sequer sabe se realmente existe, já fizesse falta, já deixasse vazio um espaço que sequer fora preenchido.

Era estranho.

Como podia sentir falta de alguém que não conhece?

Como pode sentir aquele vazio na sua vida sem motivo aparente?

Era estranho.

Sentir falta de alguém que não conhecia. Sentir saudades de um lugar que nunca estivera. Querer algo e apenas esperar, sem poder nada fazer.

Era estranho não reconhecer o futuro que planejara com tanta calma e estratégia, nos dias que chegavam velozes e sem cerimônias.

O abraço do lençol deu-lhe o sentimento de prisão. O conforto do travesseiro se transformou em água de esponja suada. As paredes se tornaram negras com os pensamentos de angustia. As sombras pareciam persegui-la onde seus olhos fossem.

Helena precisava adormecer.

Havia uma luta travada no invisível do silêncio. Seus olhos, seu cansaço, suas inquietações.

Foi o sono quem venceu.

Na confusão de imagens que se formaram em sua mente antes de adormecer e depois, Helena viu sangue, viu gente destorcida e viu-se a si mesma como se fosse uma Valquíria nórdica, andando com leveza, com o cabelo respondendo suave ao toque do vento.

Logo em seguida, sua boca grita em desespero destorcido, suas mãos se estendem pedindo ajuda enquanto seu corpo de mostrou contorcido, com dor sem origem.

Tudo queimava por dentro de si.

Da corrida flutuante que iniciou, veio o susto do choque em forma de peso.

Helena acorda antes do choque.

Respiração ofegante.

"Que susto!" – ela deixa escapar preocupada, para logo depois, satisfeita, perceber que era apenas um sonho.

Sorriu para si. Há muito não tinha sonhos assim.

Tudo que ela queria voltava todos os dias.

A cobrança por sua vida era-lhe constante. Somente Helena poderia fazer algo por seu futuro.

Ela sonhava todos os dias com as coisas que adiava. Deixava para depois, confiante no futuro.

Não tinha ritmo, não tinha determinação, não tinha motivos.

Paz. Guerras mundiais. Desarmamento. Ocidente versus Oriente. A fome. A miséria. Os presos políticos. A violência contra a mulher. A escravidão humana. O tráfico de crianças. A corrupção. Médicos Sem Fronteira. Cruz Vermelha. Meio ambiente. Desmatamento. Exploração dos oceanos. Degelo. Aquecimento global. Drogas. Prostituição infantil. Assassinatos. Crime organizado.

Não tinha causas.

Vivia. Apenas.

Deixava acontecer e não ligava se não acontecesse.

Qual seu futuro?

Não importava.

Porém, agora algo dentro de si parecia-lhe exigir mais.

Mais vida, mais entusiasmo, mais empenho consigo e com as coisas.

Melhor dormir. Amanhã era dia de trabalho.

Levantou-se, foi buscar um copo d'água.

Pé descalço de pele macia no chão duro de realidade.

Seguiu a linha reta do corredor enquanto pensava nas curvas que a vida dava.

Ela simplesmente não sabia definir o que lhe incomodava tanto.

Da onde viria aquele imenso vazio que sentia?

Precisava fazer algo.

O quê?

Não sabia.

Para já, mudaria os móveis de lugar. Compraria novos sapatos e um novo livro para uma nova viagem.

A vida abriria seus caminhos, enquanto ela fecharia seus olhos.

PARTE XXXI

Capítulo Único

Parado à frente de Danilo, Doze segurava uma faca longa numa das mãos, com a outra alcançou um machado que estava descansando por ali. Mesmo coberto por um capuz, seu olhar era carregado e decidido.

A casa ficara mais sombria do que já aparentava naturalmente.

Danilo percebeu o que estava por vir. Soltou grunhidos, mas não conseguiu falar direito com aquela fita tampando-lhe a boca.

Doze olhou-o enquanto ele tentava dizer algo em desespero.

– Quer meu dinheiro? – Doze conseguiu entender apesar da boca tampada de Danilo.

Doze não queria dinheiro.

Não tinha nada para ouvir.

Ignorou Danilo.

Concentrou-se em seu propósito.

Ficou parado por poucos segundos, com escárnio misturado com ódio no olhar, vendo a imagem patética daquele homem sem conteúdo, sem dignidade, sem caráter.

Sem dinheiro ele não era ninguém. Toda a sua existência fora pautada pelo "ter" e não pelo "ser". Agora estava ali, todo encolhido em sua fraqueza piegas, sem poder dar ordens de dinheiro, sem o poder dos desfiles de posse. Sem nada, nem esperança.

Doze não tinha dinheiro, nem dessas coisas que o dinheiro trás. Mas não permitia ser dobrado dessa forma. Ele tinha honra nobre, espírito livre, alma vívida e altivez de comportamento. Aprendera a andar de cabeça erguida pelo seu caráter certo e não pelo dinheiro incerto. Sentia em seu sangue os valores de luta de uma vida pautada pela honestidade. Dinheiro compra coisas boas e pessoas ruins. Doze não abaixara a cabeça para Deus, para a sociedade, para o destino, portanto, não se rebaixaria por dinheiro.

Cravar sua dor no peito de Danilo era honrar Bebel. Era permitir que ela descansasse em paz em sua memória de perpetuidade e confirmar a liberdade de seu espírito.

Nunca quisera a luta. Nunca quisera a guerra.

A vida levou-o nesse caminho.

Concluir isso sempre lhe fora o paradoxo existencial, pois sempre se impôs a crença de ser ele próprio a fazer seu destino, então, como aceitar que o destino se impusera sobre suas decisões?

Todo o homem nasce livre. Ninguém é preso a ninguém, a nenhum senhor, a nenhum patrão, a nenhum partido, a nenhuma religião, a nenhum emprego, a nenhuma pátria. Dentro de cada homem há uma liberdade cheia de vontade de viver. Mas com o tempo todos se tornam prisioneiros de seus próprios compromissos e convicções. As regras sociais apresentam seus muros de limites com suas certezas inabaláveis. O Estado apresenta seu conjunto de leis com seus cassetetes para manter a ordem. E quando o indivíduo puder perceber que é prisioneiro em seu próprio jardim de concreto, já será tarde. As responsabilidades da vida adulta já terão chegado com suas contas para pagar, com suas rotinas de trabalho destinado ao lucro de alguém, com seus compromissos de horas apressadas e com as convicções de vida compradas em prateleiras do comércio mais próximo.

Quem diz o que pode e o que não pode?

Quem é o Estado?

De quem é o poder?

Onde fica a liberdade de ser livre?

Onde fica a própria liberdade?

Na infância?

Não. Haverá a obediência aos adultos e suas regras.

Na juventude?

Não. Haverá a obediência à moral e aos bons costumes.

Então, a liberdade pertence aos adultos?

Não. Haverá a obediência ao direito e seu sistema de imposição Estatal.

Então é preciso ser livre para perceber-se que não há liberdade.

Quem arrancou a liberdade dos homens?

O Estado? A religião? As leis dos poderosos?

Doze não aceitava ser servil. A vida tinha que ser permanente e plena.

Doze estava com raiva do Estado que não punira Danilo.

Doze estava com raiva de Deus que tirara-lhe Bebel.

Estava com raiva do mundo, pois o mundo sem Bebel se tornara um lugar pior. Não valia a pena estar neste mundo, não neste tempo.

Sua fúria seria descarregada em Danilo. Só assim traria a lucidez novamente para suas reflexões, tornando-se insustentavelmente selvagem, sem caminhos, sem objetivos, sem submissões. Doze mandava em si mesmo. Seria ele a decidir seu caminho, sem mapas, sem bandeiras, sem nações. Apenas iria em direção da sua vontade. Fosse para onde fosse, estaria sempre com Bebel em seu peito, como uma tatuagem feita a ferro quente na pele de coração frio.

Doze estava em guerra pelo ódio. Em guerra pelo amor.

Não via nisso um problema.

Guerras sempre existiram ao longo da história humana. Muitos já morreram, com ou sem motivo. No Brasil, morre uma pessoa a cada trinta minutos em virtude da violência urbana. Danilo seria apenas mais um para as estatísticas e suas justificativas.

E lá estava ele, trêmulo sem a grandeza da honra na hora da morte. Parecia um covarde à procura de um esconderijo de salvação. Seu corpo se encolhia, como quem procura a proteção na piedade fetal. Seus olhos pareciam implorar vida querendo saltar daquele corpo. Sua garganta parecia querer gritar com as veias do pescoço que lutavam para sobrepor a pele teimosa em resistência eficaz. Suas mãos presas tentavam buscar a liberdade de outrora, abrindo e fechando como quem segura a própria liberdade segurando a esperança descabida. Suas pernas se debatiam em luta de desespero pela vida que parecia-lhe cada vez mais ínfima.

Sua vida não valia nada, cabia em qualquer lugar. Não fizera nada que merecesse memória.

Doze o olha com a morte decidida no olhar.

Suas mãos firmes seguram o machado e sabem de seu dever obediente.

– Prepara tua alma. – anuncia Doze. – Você vai morrer.

PARTE XXXII

Capítulo I

 Túlio e Andresa chegam a Ouro Preto depois de se dedicarem ao prazer.
 Já na velha casa, entram com certo cuidado, afinal, não sabiam o que poderiam encontrar.
 Havia cheiro de café. Mas não viram ninguém na casa.
 – Você acha que...
 – Fica quieta. – Túlio dá a ordem. Nesse momento esbarra em um copo que vai ao chão e se quebra. – *Porra*! – reclama consigo mesmo. Se a ideia fosse manter o segredo da presença de ambos, agora um copo os anunciara com a volúpia de trombones.
 Espera imóvel e apura os ouvidos em busca de algum som de reação. Nada.
 – Fica aqui. – entregou a arma que estava por ali para Andresa.
 – O que faço com isso?
 – Só segura.
 Ela fez ares de dúvida.
 – Você gosta de segurar a pistola, não gosta? – e sorriu.
 – Nó!!! Sem graça, *hein*, Túlio!
 – Fica aí que eu já volto.
 Devagar vai para o porão da casa.
 Tudo muito escuro, com poucos raios de sol que venciam as paredes de idade passando pelas frestas.
 – Túlio? – Andresa chama. Sem resposta. – Túlio? – mais uma vez. Ela fica tensa, sem saber como agir. Em momentos assim sentia a tensão do suspense. Era perigoso, era excitante. Não gostava; mas ao mesmo tempo, gostava. Difícil de explicar. Sentia-se mais viva nos momentos que

a morte espreitava. – Túlio? – com a arma em riste, o coração na boca e os ouvidos nos olhos.

Andresa vai ao porão. Tenta não fazer barulho, mas o salto de seu sapato não lhe ajuda. Acaba por tirar os sapatos, meio desajeitada segurando a arma, primeiro um, depois o outro. Sem querer deixou que o segundo caísse e fizesse barulho na madeira do piso. Puniu-se por ser desastrada.

Estava escuro. Andresa estava com medo e percebeu o ritmo de sua respiração ofegante na atuação desritmada de seu pulmão desobediente.

– Túlio? – arrisca com voz tremula de quem quer falar sem ser ouvida.

De repente uma mão, por trás, lhe tampa a boca e a aperta. Os olhos de Andresa pareciam querer saltar de seu rosto. Tentou lutar, mas não tinha força suficiente. Sentiu uma mão em seus seios e novamente tentou reagir. Percebeu a distinção masculina e tentou afastar-se.

– Sou eu. – Túlio anuncia-se ao seu ouvido.

Ela reconhece a voz e vira-se aliviada.

– Não faz isso. – e dá-lhe um pequeno tapa no braço.

– Assustou? – satisfeito com o sucesso da brincadeira.

– Sim. Achei que era o Jon.

– Não. Jon está ocupado. Ele não virá.

– Ué? Você falou que ele vinha. – sem entender.

– Falei? – sabendo que falara.

– Não gosto quando você mente *pra* mim.

Túlio nada diz. Passa a ponta da arma no decote de Andresa.

– Para. – sem convicção. – Então quem você estava procurando?

– Vim esperar o Jon. Deve chegar hoje ainda. – reflete. – Mas achei que Doze estivesse aqui.

– Doze?

– É.

– Por quê?

– Sei lá. Ele deu uma sumida. *Tava* meio estranho.

– Ele é muito estranho. – ela comenta.

– Você acha?

– Acho.

– Estranho? Por quê?

– Sei lá? Não sei dizer. Não gosto dele.

– Estranho eu sou, você, o Jon... todos somos estranhos. – pôs-lhe a arma por entre as pernas.

– Para, Túlio.

Ele apertou-lhe o pescoço e aproximou sua boca na dela.

– Eu quero você. – beijou-a com vontade.

– Aqui? – depois de recuperar a respiração do beijo.

– É.

– Não. – mas querendo dizer sim.

Um pó podia ser percebido pelo teto do porão, que era ao mesmo tempo o piso da casa, pelos poucos feixes de luz.

– Tem alguém na casa. – conclui Túlio pedindo silêncio. Confere a arma e fica em silêncio prudente. Olhando para o teto, convence-se que há gente na casa. Sobe a escada em silêncio. Com gestos rápidos e determinados aponta a arma.

– Você? O que faz aqui? – pergunta para o homem instalado à mesa rústica de madeira pesada da pequena sala. Vê a arma na mão e o distintivo da polícia. Melhor ser prudente.

– Sente-se. Vamos conversar. – calmo. – Chame sua garota.

Túlio olha-o desconfiado. Será que fora descoberto?

– Chame sua garota. – repete de forma mais incisiva.

– Andresa! Pode vir. – Túlio chama desconfiado, mas melhor tê-la por perto. – O que você quer?

– Conversar, já diss. – apenas olha-o sem nada dizer.

Andresa chega.

– Sobre o que quer falar? – pergunta Túlio enquanto recebe Andresa em um abraço protetor.

– Por enquanto nada. Doze está na casa?

– Não sei nada do Doze. – tenta Túlio.

– Você o usou *pra* carregar seu dinheiro sujo. – calmo. – Eu já tinha te avisado para deixar Doze fora dessas coisas. – mais veemente. – Você não presta.

– Se eu não presto, você também não.

– Não me misture com você.

– Eu já livrei a tua cara, folgado. – arisco.

– Não vamos perder tempo com esse discurso novamente. Só bobagem.

– Bobagem? Mas na hora que precisou não era bobagem. – querendo se impor.

– Túlio, vou te explicar de uma vez por todas: eu sou o policial, você é o bandido. Sou eu que livro tua cara o tempo todo. Então fica quieto.

– Eu vi o que você fez com aquele cara.

– Você não viu. Você acha que viu. – nervoso. – Fica quieto. – pondo a mão na arma. – Vamos esperar um pouco. Doze deve estar chegando. – decide. – E de bico calado.

Permaneceu em silêncio com um sorriso discreto, sabendo que tinha o controle da situação. Nunca gostara de Túlio.

***

– Quem é esse tiozinho que entrou na casa?
– É da Civil. Acho que é aquele Antunes. – responde Igor. – Policial das antigas.
– E por que ele esta atrás desses caras?
– Do Túlio? – com dúvidas. – Não faço nem ideia. – intrigado. – Vamos esperar um pouco *pra* ver o que acontece.
– Vamos entrar? – olhando pelo binóculo mais uma vez.
– Vamos esperar. – repete e respira.
– Policial Civil *é* tudo corrupto. – conclui sob a censura do olhar de Igor.
– Não podemos pôr todos na mesma panela.
– Eu ponho e fervo. – sorriu.

***

– Para aí! Para aí! – Grego fala com urgência para o motorista que reage rapidamente.
– O que foi? – pergunta Romano.
– Olha ali. – aponta. – *Tá* vendo?
– O quê, Grego?
– É o carro da fuga. – apontando para a Cherokee estacionada na rua.
– Que fuga?
– Lá do escritor. É esse o carro – aquele veículo destoava dos demais.
– Certeza? – Romano.
– Certeza. – empolgado. – Fui eu *que* corri atrás do cara. "Puxa" a placa. – pede para um colega.

Alguém busca a informação sobre o veículo no sistema.
– É ele mesmo. Está em nome de Danilo Orlando Varella.
– Vamos. – Grego agitado com a arma na mão, já saltando da viatura.
– Calma. – Romano preocupado conferindo a arma.

– Calma nada. O cara deve estar aí dentro. Esse Danilo matou o escritor. – conclui Grego.

Vão, com cuidado de treino, em direção à casa.

***

– E esses aí, quem são?
– *Pô*! São aqueles carinhas da estrada, lembra? – esclarece Igor.
– *Uai*? Coincidência demais, não acha?
– Não sei. – olhando pelo binóculo. – Agora que eu vi a cara deles. Eles também estavam investigando o Danilo, lembra? Pela morte de uma garota.
– Lembro. Casa concorrida essa daí, *hein*?
– É. Parece filme. – sorriu sem sorrir.
– Vamos entrar?
– Só um momento. – observando e aguardando o desenrolar.

Capítulo II

O dia estava nublado e o céu se apresentava acinzentado ao abraçar as árvores mais altas. O sol se escondia, parecendo sem vida, atrás daquele cinza pesado com ares de névoa. As nuvens quase que caíam ao chão, que por sua vez, parecia implorar para ser levado de uma vez para a altura da imensidão e deixar aquele aperto disputado da mata que sedia espaços aos prédios de tijolos com seus muros de limites de imposição territorial.

O planeta deixou de ser de todos e passou a ser dos limites de riscos imaginários das fronteiras nacionalistas. Passaporte, alfândega, barreiras e limites de territoriais. Cada fronteira um limite à liberdade humana. Cada bandeira um limite ao pensamento. As pessoas deixaram de ser livres e passaram a seguir os líderes de manada. Nem sempre o certo é tão certo assim; nem sempre o errado é tão errado assim. Como vencer barreiras se cortam tuas pernas? Como voar se podam tuas asas? Como ter ideais se ceifam teus pensamentos?

Chega de refletir sobre as coisas da vida.

Doze, resoluto, empurra Danilo pelo meio daquela mata toda.

Danilo andava cabisbaixo, com a boca tampada, os olhos chorosos e as mãos amarradas. Descalço, o chão castigava seus pés, mas essa dor pareceu-lhe pequena.

Doze, com capuz cobrindo a cabeça, seguia cheio de convicção. Caminhava seguro, sabendo que era o carrasco. Mãos seguras com andar firme, conduzia Danilo e lhe mostrava a ausência de alternativas.

Chegava a ser patética a postura de Danilo.

Depois de passos cegos pela neblina, param em frente a uma grande árvore, reinante em todo o seu entorno de domínio.

Doze dá uma pancada em Danilo e joga-o no chão desmaiado. Depois, amarra-o na árvore de tronco grosso.

Sentado e completamente imóvel, Danilo só conseguia mexer os olhos e as pernas esticadas no chão. Seu olhar tinha motivos para estar assustado. A morte estava presente. Tinha consciência que fizera muita coisa errada ao longo de sua vida, mas nunca imaginou-se com este fim.

A morte tinha cheiro e estava bem à sua frente. Projetou sua mente para momentos bons... Mas eles não vieram. Tentou pensar em alguém que amava... Ninguém surgiu espontaneamente em seu esforço contemplativo. Tentou rezar... Não se lembrou de nenhuma oração. Então, sem decisão, sem motivo, encara aquele homem à sua frente como quem encara o fim.

Doze segura firmemente a faca como quem defende firmemente um propósito. Pensa em Bebel como quem pede proteção divina. Olha para o céu como quem pede perdão pelo que está por vir.

Com a faca, rasga a pele de Danilo na barriga.

– Bebel estava grávida. – deixa escapar.

O sangue sai devagar como se aos poucos fosse descobrindo o caminho da liberdade. Por fim, veio jorrando, parecendo ter pressa em se livrar daquele corpo preste à falência. A primeira camada de carne branca, agora era rubra de angustia sóbria. Danilo tentava gritar. Dor e morte em aliança para sufocá-lo até esvair-se em forças.

Parado, Doze aprecia o sofrimento de Danilo. Fez por raiva, mas sentiu prazer.

Danilo estava sofrendo. Mesmo preso, seu corpo tremia em luta.

Doze permanece parado como quem admira uma obra de arte, até que, com calma decidida, segura o machado com as mãos penitentes. Mais uma vez pensa em Bebel e se posta de frente para Danilo. Olha-o em despedida.

O céu solta um trovão com som de prenuncio. Vinha anunciar o mau agouro da morte.

Uma pequena chuva vem como se pedindo trégua aos nervos.

Outro trovão para retomar a tensão.

Doze se prepara e decide que o machado fará seu trabalho quando o próximo trovão ressoar.

Mãos firmes, olhos vermelhos e decisão tomada. Sentiu-se um carrasco inquisidor em correção divina. Sentiu-se um templário em lutas épicas. Sentiu-se um libertador em tempos de colonização.

O céu soltou mais um trovão, com mais fúria que os anteriores.
Estrondo nas alturas. Sofrimento terreno.

O machado rasga o ar em busca da carne. Encontra o pescoço de Danilo e trava um rápido combate desigual. Atravessa-o sem dificuldade e finca-se em descanso raivoso no troco da árvore de penitência. O machado comemora, em silêncio, o trabalho executado com êxito.

Doze observa a cabeça de Danilo separada do corpo.

– Aqui jaz um cretino. – larga o machado e vai-se embora.

PARTE XXXIII

Capítulo Único

– Prontos? – indaga aos colegas.
Todos respondem sincronizados, balançando as cabeças.
– Sem disparo. – dá a ordem.
Todos concordam mais uma vez, apenas com um aceno.
– Você não vai entrar.
– Por que não? – indaga Jon que segurava alegremente um fuzil.
– Preciso que você fique aqui *pra* dar apoio.
– Então *tá*. – deu de ombros. Gostava de ação, mas achou que seria mais esperto ficar longe do perigo, pelo menos desta vez.
O líder pegou a arma das mãos de Jon e passa-a para um dos outros homens. Depois puxa uma pistola cromada:
– Fica com esta.
Jon pegou-a feliz, como se fosse um novo brinquedo. Nem usava luvas, gostava de sentir o poder nas mãos.
O líder deu a ordem:
– Vamos. – chamou a atenção do motorista com um tapa no ombro.
– Motor ligado, *hein*? – apenas para lembrá-lo.
Todos saem do veículo, menos o motorista e Jon, e vão em direção ao banco.
O estabelecimento tinha umas portas de vidro separando-o da rua. Depois dessas portas, havia um espaço com aquelas máquinas dos bancos, chamadas de caixas eletrônicos. Mais à frente, outra porta, que dava acesso à agência propriamente dita. O dinheiro estava atrás daquela porta, no andar debaixo.

Essa porta era giratória e obrigava a passar uma pessoa por vez. Em cada divisão dessa porta havia uma pequena bolsa de acrílico, para as pessoas depositarem os objetos de metal, tais como chaves, celulares, entre outros. Caso as pessoas não agissem assim, a porta travava e o acesso só seria cedido manualmente por um dos vigias.

O grupo entra por essa primeira porta e apresenta as armas sem preocupação de escondê-las, ao contrário as mostram ostensivamente.

Todos usavam roupas assemelhadas e estavam com os rostos cobertos. Cada um trazia um número em suas roupas pretas.

A maioria das pessoas nem percebe a movimentação atípica. Pessoas ocupadas em suas concentrações.

O líder vai até a porta giratória, enquanto que outros dois afastam as pessoas e um terceiro grita para as pessoas saírem da agência.

– Quem quiser sair, sai agora. – já trancando as portas.

Depois despeja algumas granadas na cesta de acrílico da porta giratória, se afasta e aguarda o resultado.

Porta estourada, todos entram, à exceção de um, que fica na porta principal para controlar aquele setor.

Todos são ágeis em suas ações. Sabiam o que deveriam fazer e onde deveriam ir.

– Abra. – o líder dá a ordem ao gerente.

– Eu não consigo abrir. É só na central.

O líder o olha dentro dos olhos do gerente que suava por todos os cantos debaixo daquele terno já amarrotado.

– Nós sabemos que você pode abrir. Não tenho tempo para essa discussão. Lembre-se que este dinheiro não é seu. – segurou-o firme pelo pescoço. – Ninguém perde.

– Não posso fazer isso. É tudo automatizado. – certo pavor na voz.

– Pode. – firme. – Vai abrir ou não?

O gerente balança a cabeça negativamente.

– Você vai acabar abrindo. Não prefere fazer isso logo ao invés de bancar o herói? – insiste.

– Não posso.

Mostrando tensão, o líder faz uso do rádio.

– Cinco, na escuta? Um falando.

– Na escuta, Um. Prossiga.

– O garoto está na mira?

– Positivo.

O líder posiciona o rádio de uma forma que o gerente o ouça.

– Você ouviu? – pergunta para o gerente. – Um de meus homens está com seu filho na mira.

– Meu filho? – estranhando.

– Sim. Seu filho está jogando futebol no colégio. – encara-o. – Vai abrir o cofre ou não?

Instantes de tensão.

– Como vou saber se o que diz é verdade? – desafia o gerente.

– Não vai. Quer arriscar? – segura o rádio novamente. – Cinco. Na mira?

– Na mira. Aguardando o comando.

– E aí? Vai arriscar? – olha-o com dúvidas.

– Repito: aguardando o comando.

– Só *pra* avisar. – insiste. – Sua filha está na aula de dança e sua mulher está no shopping. – aparentando calma. – E aí? Como vai ser? Um de cada vez ou encerramos o assunto agora?

– Você está mentindo.

– Cinco. – pronto para dar o comando.

– Na escuta.

– Filma o garoto e manda pra mim.

– Positivo.

Recebe o vídeo e mostra-o pela tela do telefone celular.

O gerente fica sem reação por instantes.

– Cinco... – querendo agilidade.

– Espera! Eu abro. – interrompe tenso e com movimentos desesperados.

– Sábia decisão. – depois resmunga. – Detesto esses joguinhos. – com pressa.

Os movimentos são rápidos. Todos agem com velocidade ensaiada. Tudo muito organizado, nenhum gesto desnecessário ou atabalhoado. Sabiam o que estavam fazendo.

Pegam o dinheiro no cofre principal e puseram em sacolas fáceis de carregar pelos membros da equipe.

Tudo muito rápido e ritmado.

Em formação, todos se organizam para irem para o lado de fora.

O líder faz um gesto com o braço para um dos homens que atendeu prontamente, pondo no chão da entrada do banco, o fuzil que Jon segurara anteriormente.

Todos entram no veículo que parte com pressa calculada para não chamar a atenção.

* * *

Do lado de fora, Mateus assistira a quase tudo e somente agora entendera do que participara.

Fora ele a dar as informações referentes àquela agência bancária. Como poderia saber? E agora?

Ainda tentava raciocinar.

Melhor ir embora antes da chegada da polícia.

Abaixou a cabeça e caminhou apressado, quase indo para dentro da avenida cheia de carros.

* * *

– Correu tudo bem. – fala Jon dentro do veículo. – Deu certo. A gente trabalhou bem. – esperando que alguém participasse da festividade.

Como ninguém disse nada, achou melhor ficar em silêncio também. Porém, em seu rosto havia um sorriso largo de satisfação, afinal, a ideia fora sua e tudo dera certo. Estava se sentindo bem por isso. Nesse exato momento, já se sentia pertencente ao grupo de cima, aquele que participava das grandes ações. Chega de ser pequeno e anônimo. Agora seriam só coisas grandes e todos o conheceriam.

De repente, ocorreu-lhe que não havia pensado no que faria após o assalto. Estava tão acostumado aos pequenos roubos, que não pensara no que fazer depois.

Todos estavam em silêncio e, agora, já com os rostos descobertos.

Passados poucos minutos, o motorista faz um sinal, avisando que iria parar o carro.

O líder dá a ordem com gestos, nada diz, e todos cobrem os rostos novamente e se preparam segurando as armas novamente. Jon acompanha os movimentos tentando não ficar para trás, mas era visivelmente mais atrapalhado.

Por estarem naquelas vans fechadas, não tinham visão da rua. Todos estavam em estado de alerta.

Dois homens se levantam e se aproximam da porta traseira.

O veículo para. Um dos homens abre a porta rapidamente e o outro segura Jon fortemente, fazendo o movimento que o obriga a sair do veículo.

Pego de surpresa, Jon não teve como reagir. Não entende o que estaria acontecendo. Tudo fora muito rápido, sequer houve tempo de esboçar uma reação. Quando percebeu já estava no chão, do lado de fora do veículo.

Antes que pudesse questionar, levou um tiro fatal e caiu naquele chão de asfalto quente sem sentimento. A sacola com dinheiro em uma das mãos e a pistola cromada na outra.

Jon encontrou seu fim.

***

Mateus andava desorientado.

Olhou para trás mesmo andando para a frente. Tropeçou e caiu.

Recuperado do susto, viu que tropeçara em um homem com o rosto coberto, sangrando no chão.

Em reação rápida, levantou-se. Percebeu que talvez se tratasse de alguém que participara do assalto. Por curiosidade, antes de ficar assustado com a cena, abriu a sacola e, estava certo: cheia de dinheiro.

Não teve dúvidas, pegou-a.

Viu a pistola cromada.

Teve dúvidas, pegou-a.

PARTE XXXIV

Capítulo I

Grego caminha na frente, acompanhado por Romano.

Romano sempre fora muito mais prudente que Grego. Em virtude da sua lentidão, se comparado com Grego, também era mais atento aos detalhes. Assim, reparou que a pequena porta estava só encostada, que a casa não tinha campainha, que o muro baixo estava coberto de plantas, que havia uma luz acesa do lado de fora da casa, apesar da luz do dia, dentre outras coisas que Grego sequer dava importância.

Havia cautela nos movimentos de ambos, mas Grego sempre fora mais destemido nas ações. Perceberam que havia movimento na casa. Entraram com a confiança advinda do treinamento. Armas na mão, comando na voz:

– Polícia! Todo mundo quieto. Ninguém se mexe. – Grego gostava daqueles momentos.

Andresa se encolheu mais ainda, em busca de proteção, no corpo de Túlio. Este por sua vez, sem nada entender, fez questão de mostrar as mãos:

– Chegaram atrasados. – comenta sem entender o que estaria acontecendo.

– Calma, colegas. – pede Antunes.

– *Uai*, Antunes! O que faz aqui? – pergunta Grego.

Romano mais calado, apenas observava.

– Nada. Vim para a cerimônia. Parabéns.

– Obrigado.

Troca de olhares desconfiados. Grego indaga:

– Veio para a cerimônia? E como veio parar aqui?

— Ah, verdade. Vi a Cherokee ali na frente. Resolvi entrar. – aparentando tranquilidade. – E vocês?

— A mesma coisa. Vimos a Cherokee e resolvemos entrar. – um pouco confuso. – E aí, alguma coisa?

— Não sei. Acho que não. Ia começar a fazer as perguntas quando vocês chegaram.

Túlio estranha a fala. Melhor nada dizer.

Romano percebe algo no ar.

Todos se olham.

— Como sabe da Cherokee? – pergunta para Antunes.

— Li no relatório.

— Qual relatório? – insiste Romano.

— O que foi, Romano? Está desconfiado de quê? – pequena pausa. – Você me conhece...

— Conheço? – com ares de dúvida. – Mostre suas mãos, Antunes – elas estavam debaixo da mesa.

— Calma, Romano. – pede Antunes.

— Ele é dos nossos. – alerta Grego.

— As mãos. – repete com firmeza e apontando a sua arma para Antunes.

Andresa deixa escapar um pequeno grito.

— Calma. – insiste Antunes, já movimentando as mãos.

— Devagar. – Romano.

Agora era a vez de Grego apenas acompanhar a ação do colega. Em anos de convivência, aprendera a respeitar as suspeitas de Romano.

— Pronto! Aqui está. – Antunes põe a arma na mesa, sem largá-la.

— Guarde a arma. – Romano dá a ordem.

— Você não me dá ordens, Romano.

— Não vou discutir isso. Ou guarda a arma ou a larga. Pode escolher.

— Enquanto você apontar a sua arma *pra* mim eu não vou guardar a minha.

Certo impasse.

— Por que estava com a arma apontada *pra* mim? – se referindo ao fato de Antunes apontar-lhe a arma por debaixo da mesa.

— Reflexo. Só isso. – explica.

Romano não parecia convencido.

— Guarda a arma, Antunes.

— Não. – firme.

Grego confia cegamente em Romano.

– Antunes! Vou pegar sua arma e não quero ter que usar a minha. Você sabe que eu sou doidão, não sabe? – fala Grego.
– Sei.
– Então, *tá*. Depois a gente esclarece tudo. Se você não tem nada a esconder, não tem problema. Concorda?
– Concordo. – sem opções.
Grego, com respeito, pega a arma de Antunes.
Troca de olhares.
Romano acha estranha a presença de Antunes naquele lugar.
– Estranho. – deixa escapar.
Breve silêncio.
Romano continua:
– Por que você leria o relatório de uma investigação que não é sua?
– Não tenho que te dar explicações. – Antunes parecia sereno.
Romano estuda Antunes.
Grego era mais pragmático mesmo:
– Você é da Corregedoria? – pergunta para Antunes.
– Não. – responde como se deixasse no ar a dúvida.
– É estranho mesmo. – Grego. – Nunca tinha te visto e de uma hora *pra* outra você aparece em todo o lado que a gente está.
– Não te devo satisfação, Grego. – leve sorriso. – Prende logo o cara e vamos embora. – indicando Túlio.
– O que ele fez? – pergunta Romano desconfiado.
– É um *assaltantezinho*. Assaltou aquele Instituto.
Romano, já com a arma abaixada, tentava entender, encarava Antunes como se o tentasse lê-lo nos gestos e no olhar.
Grego olha para aquele outro homem:
– Seu nome?
– Túlio.
– Você que assaltou o Instituto?
– Não sei do que *cês tão* falando. Não sou bandido, não. Sou cidadão.
– A Cherokee ali fora, é sua?
– Não. – olhou bem para Antunes. – O senhor tem certeza que fui eu que assaltei o Instituto? – querendo confirmação.
– Tenho.
Foi o suficiente. Túlio, com calma, se volta para Grego e Romano.

– De quem é o carro eu não sei, mas quem *tava* dirigindo essa Cherokee era um tal de Doze.

Antunes mantem-se imóvel:

– Você sabe o que está dizendo, Túlio?

– Tenho certeza. – olha para Grego e Romano e repete. – Doze! – com ênfase. – Foi ele que roubou o Danilo.

– Quem é esse Doze? – pergunta Romano.

– É o cara que bolou o assalto ao instituto. – sério.

– Bobagem. – Antunes.

Romano não estava entendo bem aquele diálogo.

– E você, quem é? – pergunta.

– Andresa. Estou com ele. – ainda abraçada com Túlio.

– E o que você sabe? – insiste.

– Não sei de nada, não. – parecendo ofendida.

– Claro. – já esperava esse tipo de resposta. – E esta casa, é de quem? É sua? – Romano volta-se para Túlio.

– Não, senhor. É do Doze. – respondeu e se arrependeu imediatamente ao ver a cara de Antunes.

– De quem é?

– Doze. – já estava dito.

Silêncio.

– E o que você tem com esse tal de Doze?

– Nada, não.

– *Uai*? Então o que você veio fazer aqui?

– Nada, não.

– Está na casa dele e com o carro dele, é isso? E não sabe por quê?

– Não estou com o carro dele. – tentando se explicar. – Estou esperando um amigo meu. – fala Túlio olhando para Antunes.

– Quem? – Romano insiste.

– Vamos *pra* a delegacia. – Antunes interrompe.

– Por quê? Qual a acusação? – Túlio pergunta.

– Ele que falou. – Romano aponta para Antunes.

Romano olha para Túlio:

– Não sabe nada da Cherokee?

– Não. Mas é o Doze que *tá* com ela.

– E esse Doze é o que seu?

– Nada, não. Só conhecido.

– Se fizermos perícia, vamos encontrar suas digitais no veículo?

– Não. – Túlio tinha que prestar atenção no que falaria para não se incriminar. – Meu carro é outro. A chave *tá* aqui no meu bolso. Pode pegar e olhar. – mais tranquilo.

Antunes observava, sem nada dizer, de repente parece ter pressa de ir embora:
– Vamos, então? – indaga já se levantando.
– Calma, aí! – Grego.
– Grego, eu sou policial. – nervoso. – Vou embora e pronto.
– *Tá* tudo muito esquisito.
Grego olha para Romano como quem procura orientação.
Romano autoriza com um aceno de cabeça.
– Vamos embora, Grego! – tentando entender.
Momento de troca de olhares.
– Embora? – Antunes parecia satisfeito com o desfecho.
– Vamos. – Grego responde por reflexo.
Romano ainda tentava entender a cena e observava a todos.
– Antunes – chama atenção do colega –, o que você iria perguntar para esse cara? – se referindo a Túlio.
– O quê? Não entendi.
– Na hora que a gente chegou, você falou que ia começar a fazer as perguntas.
– Nada, não. – encara Romano. – Ia perguntar se o carro era dele, se a casa era dele. Só isso.
– Só isso?
– Só isso. – frustrado. – Mas nada é dele, é tudo de um amigo.
Romano realmente estava desconfiado.
Grego acha a situação sem sentido:
– *Qualé*, Romano? *Tá* esquisito, mas Antunes é dos nossos. – pondera. – Você mesmo fala que todo mundo conhece o cara.
– Isso que me preocupa. – Romano parecia refletir – como foi que aconteceu, Antunes?
– Aconteceu o quê?
– Você viu o carro lá fora e aí?
– Aí, o quê? – irritado. – Já está me incomodando, Romano. Eu não sou investigado.
– Como você fez? Tocou a campainha? Entrou direto? Arrombou o

portão? O cara te atendeu a porta e te convidou para entrar? Como foi?

Antunes sorriu.

— *Tá* rindo de quê? – Grego. – Respeita o homem. É Romano que está falando com você. – severo. – Se ele te pergunta, você responde.

— *Tá* certo. – mantendo o controle sobre si.

— Calma, Grego. – Romano. – Responde aí.

— Não te devo satisfação, Romano. Você está louco? Vai me interrogar? Então me acuse. – sério, muito sério.

— Ainda não entendi o que aconteceu aqui, Antunes. Vou ficar de olho em você.

Antunes deu de ombros.

— Toquei a campainha e ele me abriu a porta. Não foi? – respondeu Antunes olhando para Túlio.

— Foi. – confirma.

— Tocou a campainha? – Romano pergunta afirmando, desconfiado, afinal, ao entrar, reparara que a casa estava sem campainha.

— Sim. – Antunes.

※ ※ ※

Doze fazia o caminho de volta. Andava automaticamente, com sua mente distante, imerso em outra realidade. Nela via o rosto suave de Bebel. Sentia seu perfume de dias de alegria, seu abraço de paz. Era essa a paz que procurava e não achava.

Agora sentia-se aliviado, mas mesmo assim, trazia seu semblante carregado como o de um soldado que cumprira seu dever com prazer didático, mas com temor de consciência.

Sentira prazer em matar Danilo, mas ao mesmo tempo questionava esse fato. Não podia ser prazeroso matar alguém... Mas fora. Nesse caso fora. Tivera sabor de justiça.

Saiu do mato e pulou o muro baixo da casa.

Ganhou a rua e foi para a Cherokee.

Hora de ir embora daquele lugar.

※ ※ ※

Uma movimentação chamou a atenção de Grego pelo canto do olho.
— Romano. — Grego chama o colega enquanto olhava pela janela.
— Quê? — querendo resolver logo o que tinha que ser resolvido.
— A Cherokee foi embora.
— Como assim?
— Olha ali. — agitado. — Não está lá!
— *Tá* vendo? Falei que não era minha. — aproveita Túlio.
Grego e Romano saem apressados da casa.
— Cadê a Cherokee? — Grego pergunta para o motorista que ficara do lado de fora.
— Não vi nada. — acordando do sono desconfortável.
— Pô! E agora? Avisa no rádio, aí. — tenso. — Avisa todo mundo para procurar uma Cherokee preta. Deve estar perto ainda. — volta-se para Romano. — Vamos? Deixa esses aí com o Antunes. Depois a gente vê o que faz. Embora?
— Vamos.
— Sai. Deixa que eu dirigido. — falando com o motorista.
— Não posso. A viatura está sob minha responsabilidade.
— Anda logo, *sô*! Sai daí. — com pressa.
O motorista fez que nem ouviu.
— Sai logo, *pô*! — olha para o colega. — Romano, fala *pro* cara que eu sou doido. Que se precisar eu pego o volante na marra.
— Mas ele é o responsável pelo veículo. Melhor deixar que ele dirija mesmo. — sem convicção na fala, mas convicto que irritaria Grego.
— *Qué* isso, Romano.
Romano entra no veículo.
— Vá, Grego. — apontando o assento. — Senta aqui e se controla.
Grego visivelmente contrariado.
— Vai ter volta. — resmungando.
Romano parecia sereno e satisfeito por irritar o amigo. Agora fora sua vez.

***

— Deu sorte, *hein*, Túlio? — fala Antunes. — Você também. — se dirigindo a Andresa.
Os dois preferem nada dizer.
— Vou ter que levar vocês para a Delegacia. — lamenta.

– Se fizer isso eu entrego o Doze.
– Já falei para deixar Doze fora disso.
– Você que sabe.
Antunes o olha firme.
– É só você falar que eu consegui sair fora. – propõe Túlio.
Antunes olha-o como quem decide o que faria.
Acaba por sair, antes, lança um olhar sobre os dois. Daqueles olhares que falam, que intimidam, que desafiam em silêncio.
Sem pressa vai para a mata da parte detrás da casa. Sabia o que deveria procurar.
Túlio e Andresa mal veem Antunes sair e já se preparam apressadamente para saírem daquela casa.
– Melhor irmos embora. – agitado. – Depois eu encontro o Jon. Aqui eu não fico mais. – falando em voz alta enquanto Andresa o acompanha.
Túlio pega a chave do carro.
– Vão a algum lugar? – pergunta Igor com a arma na mão.
– Não. – resmungando a falta de sorte.
– Polícia Federal. – mostra a identificação.
– O que é que foi?
– Você está preso. – respondendo. – E você também – apontado para Andresa.
– Eu? – ela estranha.
– Qual a acusação?
– Assalto à mão armada.
– Cê tá doido? Não assaltei ninguém. – com ares de ofendido.
- – Depois a gente vê. Agora vocês vão com a gente. Vai facilitar as coisas? – mostrando o par de algemas.
– Beleza, sou da paz.
Igor sabia do procedimento.

* * *

Capítulo II

Seguiu com sua experiência e intuição.
Sabia o que Doze viera fazer tão longe.
A essa altura Danilo já deveria estar morto.
Antunes queria encontrar o corpo antes que escurecesse.
Andou imaginando certa lógica. Nada encontrou. Então resolveu continuar procurando sem lógica alguma. O importante era encontrar o corpo.
A mata fechada não ajudava.
Sabia que Doze pegara a Cherokee e estava em fuga.
O importante agora era encontrar o corpo.
Já estava cansado da busca.
Era importante empenhar-se mais. Era o que tinha que ser feito. Concentrou-se mais uma vez nos sinais da mata.
Foi quando pareceu-lhe ver um caminho estreito pelos galhos quebrados recentemente.
Avançou.
Mais um pouco.
Lá estava.
Danilo preso a uma árvore. Sua cabeça no chão.
Aproximou-se.
Não teve como esconder certa aversão à crueldade.
Por alguns segundos apenas olhou.
Depois, fez força para fazer uso do machado.
Olhou aquele corpo sem vida.
Respirou fundo já com a decisão tomada.
Dois golpes certeiros separaram as mãos de Danilo do corpo.

"Essas mãos não tocarão mais em dinheiro sujo", pensou.
Foi-se com urgência tranquila.

Capítulo III

– O helicóptero localizou a Cherokee. – Grego comemora.
– Já? – Romano incrédulo.
– Vamos *pra* lá. – Grego dá a ordem ao motorista. – Acelera esse troço. Liga a sirene.
Grego parecia uma criança feliz nesses momentos de ação.
– Pergunta se pegaram o motorista também? – Romano.
Grego pergunta pelo rádio e a resposta foi positiva.
Romano esboçou um pequeno sorriso satisfeito. Tinha muitas perguntas a fazer, queria entender toda aquela sequência de mortes.
Chegaram ao local.
A Cherokee perseguida estava ali, parada como se fosse ela a culpada.
Grego sai na frente e vai até o grupo de policiais militares.
– Senhores. – apresenta-se mostrando sua identificação. –, esse aí é o motorista da Cherokee?
– Sim, senhor.
– Ok. – Grego satisfeito com o término do trabalho.
Romano se aproxima.
– É esse aí? – pergunta.
– É.
– Ok. – olha para o garoto. – Vamos lá?

***

Antunes ouve pelo rádio que localizaram a Cherokee e prenderam o garoto que a dirigia.

Deu um soco no volante e xingou meio mundo.
Virou o carro, apesar da rua estreita e foi em direção à delegacia.

Capítulo IV

Antunes estava com pressa e a tensão era visível em seu rosto e gestos. Foi entrando nervoso pela porta principal da delegacia.
– Calma, senhor. – um colega o adverte levando uma das mãos à arma e a outra sinalizando para que Antunes não avançasse. – Não pode entrar aqui.
– Sou colega. – mostra sua identificação.
– Só um momento. – tenta acalmá-lo. – O que houve?
– Não interessa. – com pressa. – Preciso falar com o Delegado.
– Nervoso assim, você não vai falar com ninguém. – mantendo a posição das mãos.
– Beleza. – levantando as mãos. – Já estou calmo – da boca para fora.
– Só um momento.
– Só um momento, *ôh cac...!* – e já foi entrando decidido. – Cadê o Delegado? – tenso e acelerado, foi agarrado no meio do caminho.
Três homens o seguraram.
– *Peraí, pô!!!* – reclama Antunes.
– *Peraí ôh cac...!* – o policial da portaria reclama. – Cê é folgado, *hein*? Antunes se endireita.
– Eu sou policial, *p...!* Já fale. – nervoso.
– Vou ver se o Delegado está. *Se* acalma aí. Fica quieto. Não sai daí . – em tom de ordem.
– Eu sou policial, *car...* – repete tenso.
– Calma aí, colega. É só ter paciência. Vai dar tudo certo. – firme, mas calmo.
Os outros policiais continuaram por ali, por cautela, atentos a Antunes. Este, tenso, se movia de um lado para o outro no pequeno corredor, como um predador enjaulado.

Saindo de uma das salas da delegacia, Romano vê Antunes e estranha, mais uma vez, a sua presença. Vai até ele:

– E aí, Antunes? Tudo bem? – tentando entender.

Antunes apenas o olha. Parecia fazer força para raciocinar com clareza.

– Trouxe o casal?

– Que casal? – arisco.

– O tal de Túlio e a garota.

– Não. – ríspido. Sequer estava pensando nisso agora. – Acho que o pessoal da PM os trouxe para depoimento. – pensou. – Ou os levaram para depor em Belo Horizonte. Não tenho certeza.

– Eles não saíram correram *pro* meio do mato, não? – fala por falar, como quem estranha a falta de compromisso do colega.

– Não. Acho que foram para Belo Horizonte mesmo. – repete a informação.

– E o que você faz aqui? – Romano.

– Nada, não. – semblante fechado. – Sou policial, Romano. Venho na delegacia a hora que eu quiser. – olha-o firmemente. – Sai fora. – resmungando.

Há um silêncio momentâneo.

De repente, Grego aparece saindo de uma das portas daquele corredor, trazendo consigo o garoto da Cherokee. Vinham na direção dos dois.

– Quem é? – pergunta Antunes para Romano.

– Grego. – responde.

– Não. O garoto? – Antunes estava visivelmente inquieto.

– É o "motorista" da Cherokee.

– É esse aí?

– É.

– Quero falar com ele – resoluto, apontando para o garoto.

– Por quê? – sem entender.

– Isso não importa. – ríspido. – Quero falar com ele e pronto.

– Melhor você se acalmar. – Grego pondo uma das mãos como se fosse barrá-lo.

– Estou calmo. – levantando o braço como quem se protege. – Não toca em mim. – avisando Grego.

A situação era estranha. Parecia faltar pouco para alguém perder o controle.

Breve silêncio.

Romano fala:

– Quando você se acalmar a gente conversa.
– Estou calmo. – sisudo. – Não tenho nada para conversar com você. Quero falar com o garoto.
Romano o encara bem nos olhos.
– Vai se controlar ou não?
– Sim.
– Com esse espetáculo teatral você não consegue nada. – alerta.
– Vou me acalmar.
– Posso ficar tranquilo?
– Sim. Já disse. – ainda tenso.
– Então vamos conversar. – e faz o sinal para que ele o siga. – Grego, deixa o garoto naquela sala ali e vem ter com a gente. – apontando uma das portas.
Entram numa pequena sala de apoio. Paredes mal tratadas, teto descascado sofrendo com a infiltração e o calor, e uma mesa sem qualidade, já pedindo aposentadoria, cercada por poucas cadeiras igualmente frágeis.
– Pode falar. – Antunes, como quem prevê o sermão que está por vir.
– Vamos aguardar Grego.
– Fala logo. – impaciente.
Romano apenas o olha seguro de si, sabendo que ninguém lhe dá ordens.
Grego entra:
– E aí? O que é que *tá* pegando? – sorrindo, sempre animado e pronto para a ação.
– Nada. Mas você pode pegar um café *pra* gente. – emenda Romano fazendo graça. – Por favor? – já instalado.
Antunes também se senta numa das cadeiras e tentava aparentar calma.
Grego, sem se abalar, sem submissão, apenas iniciativa positiva, põe a garrafa térmica com café e dois copos de plástico em cima da mesa. Não serve ninguém. Encosta-se no balcão, mesmo em pé, cruza os braços e aguarda o desenrolar da conversa.
Romano faz o sinal para que Antunes beba o café.
– É bom. Padrão Polícia Civil. – sério, com humor.
Antunes bebe e faz uma rápida careta.
– Tem razão. Muito bom. – com igual ironia.
– Quer água? – pergunta Romano.
– Não. – Antunes estava impaciente, mas sabia que tinha que se conter.

Silêncio.

Romano olha firme para Antunes.

– Então, Antunes. Quer nos explicar o que está havendo?

– Não tenho nada *pra* explicar.

Romano age com cautela:

– Por que o interesse neste caso?

– Qual caso?

– O do garoto da Cherokee. – olha bem para Antunes. – Acabamos de te ver naquela casa lá. Você apareceu do nada. Agora está aqui de novo! O que é que está havendo, Antunes?

– Nada, não. – sem jeito, mas sem se sentir intimidado.

– Nada? – repete.

– Nada que seja da sua conta, Romano. – levanta a voz e bate com a mão na mesa. Tinha pressa. Deveria ser prudente, mas aquele assunto todo o tirava do sério.

Romano o encara firmemente.

Grego fica em posição de alerta.

– Você não grita comigo. – Romano adverte com a voz equilibrada e calma. – *Se* controle.

– Vá se *f...* – esbravejando.

– Como é que é? – sem esperar resposta.

– O que é que é? *Cês* são da Corregedoria, agora é? – tenso.

Grego põe a mão na arma e fixa o olhar em Antunes.

– O que está havendo, Antunes? – insiste Romano cada vez mais intrigado. – Nunca te vi assim. Isso não combina com você.

Antunes olha para Grego:

– Vai usar isso aí? – desafia.

– Se for preciso...

– Então usa logo.

– Encosta um dedo em Romano *pra* você vê a quantidade de chumbo que vai tomar nessa sua *fuça* atrevida! – firme. – Faz! – desafia. – Vai ser sangue *pra* todo o lado. – encara-o. – E eu gosto disso. – sorri como se estivesse lutando para se controlar.

– Vou ferrar vocês dois. – já de pé, aponta para um e depois para o outro. – Quem vocês pensam que são? Eu sou policial e vocês estão atrapalhando minha investigação. – nervoso.

– É? – Grego, com a arma na mão. – Qual investigação? – pergunta.

– Não te devo satisfação. – olhou firme para Grego, depois para Romano. – Apenas quero falar com o garoto e ver se ele sabe alguma coisa do assassinato do escritor.

– Continuo sem entender, Antunes. Essa investigação é nossa.

– Não te devo satisfação. – repete ríspido.

– Realmente. – concordando. – Mas esta investigação não é sua. Portanto, acho que mereço uma explicação. Não acha?

– Não.

– Por que esse espetáculo todo, Antunes? O que é que está havendo?

– Nada. – impaciente.

Outro breve período de silêncio.

– Então *tá*. – não dando importância. – Só não atrapalha o nosso trabalho. – Romano levanta-se. – Pode ficar aí se remoendo, mas falar com o garoto, você não vai. – volta-se para Grego. – Vamos lá?

– Vamos.

Os dois se dirigiram para a porta. Grego chegou a pôr a mão na maçaneta.

– Como se chama o garoto? – pergunta Antunes com pressa na pergunta e na resposta.

Romano olha para Grego por um momento e pensa se deveria responder.

– Falo se você disser qual o seu interesse nisto tudo.

– Combinado. – Antunes estava ansioso.

– Você primeiro.

– Sem joguinhos, Romano. Qual o nome do garoto?

Romano encarou Antunes como se estudasse sua sinceridade.

– Não sabemos. O garoto está sem identidade. – olhou a reação de Antunes. – Diz que não fez nada.

Silêncio.

– E o que você acha? – pergunta Antunes.

– Ainda não sei. Temos que esperar um pouco. Uma hora a verdade vem à tona. É sempre assim. – Romano. – E você, o que acha?

– Não acho nada.

– Vamos esperar mais um pouco. – Romano pondera. – Daqui a pouco ele solta a língua.

– Ele já falou alguma coisa?

– Que valesse a pena, não.

– Nada? – insiste.

Agora Romano olha para Grego antes de responder:

– Disse que encontrou o carro no meio da estrada. Viu o vidro aberto e a chave na ignição... Pegou o carro *pra* dar uma volta e depois deixaria no mesmo lugar. – dando de ombros.

Antunes nada diz.

Romano estuda as reações de Antunes.

– Parece ser verdade... – Romano solta a isca para a curiosidade de Antunes.

– O quê?

– O carro... não é dele. Está no nome de um tal de Danilo Orlando Varella. – fala como se não soubesse quem era Danilo e encara Antunes à espera de sua reação.

Este nada diz.

Romano continua:

– Sabe quem é?

– Não. – curto.

– Não sabe? – insiste.

– Não. – resiste. – Posso falar com ele? – Antunes arrisca.

– Com Danilo ou com o garoto?

– Com o garoto.

Romano pensa antes de falar:

– Pode. – com dúvidas. – Por que você quer falar com ele?

Antunes levantou-se.

– Nada, não. À toa. Ouvir a versão dele. Posso?

– Pode. – Romano.

- – Certeza? – agora é Grego quem fala se dirigindo a Romano.

– Não. Mas... – e deu de ombros. – Deixa o cara.

Romano parece concordar, embora estivesse achando tudo aquilo muito esquisito.

Grego os observa.

O silêncio se arrasta por instantes.

Antunes, incrivelmente, toma mais um gole daquele café para depois alargar os passos até a sala onde estava o garoto. Entra agredindo a porta que sofre com o impacto na parede já esmurrada pela fechadura. Olha bem para o garoto, se aproxima dele e fala baixo, quase sussurrando.

– Quem é você? – sem emoção na voz.

O garoto foi pego de surpresa.

– Quê?

– Quem é você? – novamente falando baixo.
– Por que está falando assim?
– Quem é você, garoto? Fala logo. – nervoso e impaciente.

O garoto fechou o semblante. Sua expressão que já era tensa, mais tensa ficou.

Houve um curto silêncio naquele lugar frio de paredes severas e atentas, com ares de prisão.

Delegacia nunca é um lugar confortável.

– Não sei quem você é, mas sei bem quem você não é.... – fala Antunes para aquele garoto.

Este mantém o semblante fechado. Prefere o silêncio.

– Eu sei que você não é o Doze. – adianta-se Antunes.
– Quem é esse tal de Doze?
– Você não é. – Antunes firme.
– Não.

Antunes, quase mostrando os dentes em um riso contido:

– Esses idiotas acham que você é o Doze. – riu sozinho como se houvesse uma piada posta no ar. – Quem é você? – encarou-o.

O garoto nada disse.

Antunes insistiu:

– Eu só preciso saber se Doze está bem. – olha-o firmemente.

– Eu não conheço esse cara. – parecia verdade. – Apenas vi o carro largado lá na estrada e entrei nele. Logo depois encheu de polícia atrás de mim. – quase indignado. – Nunca vi tanto polícia. – revoltado. – *Pra prendê* os políticos de Brasília não vai ninguém... agora aqui, *né?* – indignado. – Era só uma voltinha. Eu ia devolver.

– Como foi? – mais por curiosidade do que por interesse.

– Estava dirigindo quando a polícia me parou. – fazia gestos. – Já foram apontando as *arma* e tudo. Revoltante. Nunca vi isso!

Antunes pareceu mais paciente.

– E está tudo bem com você? Eles te machucaram?

– Não vem *dá* de bonzinho, não! O que é que é? *Qué fazê* carinho em mim, tio? – rindo.

Antunes parecia refletir.

– Escuta aqui. – firme. – Então você não sabe quem é o Doze, sabe?

– Não, não sei. Quem é esse cara?

Antunes estuda a fala daquele garoto que veio com um olhar evasivo.

O garoto nada diz.

Antunes tentava raciocinar.

– Então você é o Doze, é isso? – com expressão satisfeita.

– Já falei que não – sem entender.

– É só falar que é, que a turma te libera.

– Mas eu não sou. – parecia ofendido.

– Natural você negar. Eu te entendo. – como se compreensivo.

Por fim, Antunes vira-se e sai da sala sem nada dizer.

Grego e Romano estavam do lado de fora, no corredor.

– E aí? Tudo certo? – pergunta Grego.

– Tudo certo. Parabéns. Pegaram o cara. Esse aí é Doze. – e segue apressado para a saída, assim como fora quando da sua chegada.

Romano estranha aquilo tudo.

– Antunes. – chama-o. Ele vira-se sem perder tempo. – O que é que está havendo?

Antunes simula uma despedida com leve aceno de mão cerimoniosa, vira-se e sai do prédio.

– Vai ver o garoto, Grego. – pede Romano que vai até a porta da delegacia a tempo de ver Antunes saindo de carro.

Grego vai até a sala onde o garoto estava. Abre a porta.

O garoto estava bem.

Romano olha para Grego:

– Preciso entender isto tudo, Grego.

– Estranho mesmo, *hein*?

Romano permanece com o semblante fechado.

– Romano? Grego? – pergunta um colega novato.

– Sim. – Grego, sempre mais rápido que Romano.

– Encontraram um corpo na mata. É aquele tal de Danilo que vocês estavam procurando.

– Certeza? – Romano.

– Certeza. Acabaram de apagar o cara. – como se lamentasse. – Feio o negócio, viu? – completa. – O Delegado falou *pra* levar vocês até o local. Vamos? – já com a chave da viatura na mão.

– Sim. – quase em coro, Grego com a voz para fora, Romano com a voz para dentro.

Um imaginando a ação, outro tentando entender o que estaria acontecendo. Estava tudo ali, bem à sua frente, mas simplesmente não conseguia entender.

– Não deixa liberar o garoto. Preciso falar com ele ainda. – pede a um colega.

PARTE XXXV

Capítulo Único

— Sai da janela, Vicente. — pede a mãe. — Você não tem nada *pra* fazer, não? — emenda a bronca.
— Achei que eu tinha ouvido o pai chegar.
— Seu pai? — esticou os olhos também, com certa esperança em cada um deles.
Aguardaram um pouco.
Nada.
Mais um pouco.
Nada.
Era daquele pouco que não passava, mas era tão rápido que apenas a ansiedade entenderia.
— É. Acho que não é seu pai. — já conformada.
Vicente concorda com o conformismo em sua expressão.
— Eu vou ser caminhoneiro também. — fala com orgulho incondicional do pai.
— Vai nada. Essa vida não é boa, meu filho. Seu pai já estava nela quando eu o conheci. Mas você... — olha-o. — Você estudou, meu filho.
— Mas é o que eu quero, mãe.
— Mas não é o que eu e seu pai queremos. — categórica.
— Mas é o que eu quero, mãe. — repete.
— Enquanto você comer da nossa comida, você fará o que a gente manda.
— A vida é minha. Quem decide minha profissão sou eu. — seguro.
— Vamos ver, meu filho. Deixa seu pai chegar para ver se é assim.
— É claro que é. A decisão é minha.
— Mas você nunca se decide, meu filho. — quase gritando.

– Não é verdade. Eu já me decidi várias vezes. Vocês é que não aceitam minhas decisões.

– Claro, Vicente. Uma hora você quer ser jogador de futebol. Depois quer ser guitarrista de banda de *rock*. Até alpinista você falou que queria ser. – irritada. – Fica aí sonhando. Nunca acorda *pra* vida.

– Pois é, mãe. E você e o pai sempre me impedindo de sonhar. Eu tenho que ser o que vocês querem que eu seja, e não o que eu quero ser. – incrivelmente sereno.

– Mas é claro. Nós é que pagamos o seu estudo, a sua roupa, a sua comida.

– Sempre volta nisso, *né* mãe. Quanto já gastaram comigo. Eu só quero ser feliz.

– Mas você não sabe nada da vida, meu filho.

– E você não me deixa aprender. – olha para mãe. – Eu quero pelo menos tentar. *Me* deixa quebrar a cara. Mas pelo menos, eu tentei fazer o que eu quero fazer.

– Não, filho. – quase em desespero. – Você não sabe nada da vida. – já sem argumento. – Quando seu pai chegar nós continuamos esta conversa.

– Vou ser caminhoneiro. – parecendo estar decidido.

– Mas, filho. Entende a gente. – emotiva. – Seu irmão já morreu daquele jeito – contendo o choro. – É natural nossa preocupação com você.

– Meu irmão decidiu vender droga, mãe. A vida é mais curta para essa gente.

– Mas foi o policial que atirou nele.

– É, mãe. Mas ele escolheu esse caminho. O errado atrai o errado. Mais dia, menos dia ele ia acabar tomando um tiro mesmo.

– Como você é frio, Vicente.

– Racional, mãe. – calmo. – É o que eu tento ser sempre: racional. – realmente – realmente parecia mais maduro do que era comum para sua idade. – Meu irmão foi ser traficante e tomou um tiro de um agente da Polícia Federal. Por mais que nos doa, era de se esperar. – refletindo. – O tráfico só ganha do Estado quando o Estado está envolvido, pois a máquina do Estado é muito maior. – concentrado. – Um tiro da polícia, nesse cenário de guerra, não parece nada demais. – frio. – Se fosse outra pessoa, filho de outro alguém, talvez a senhora concordasse comigo.

Ela estava com a imagem de seu filho mais velho na memória. Já não tinha argumentos.

Vicente deu um beijo na mãe e foi para o quarto. Queria tocar sua guitarra. Metallica o mais alto possível.

***

Doze seguia na estrada para lugar nenhum. Montado em uma motocicleta, ia pela via experimentando aquela sensação de liberdade.

Acabara de matar um homem, e por mais paradoxal que pudesse ser, sentia alívio. Não era bem satisfação. Mas certamente sentia-se livre de um peso que carregara esse tempo todo.

Era estranho sentir-se assim.

Ao mesmo tempo trazia em seu rosto o semblante fechado.

Sentia que acabara de fazer o que lhe movia, e de repente, percebeu-se sem caminhos, sem destinos, sem objetivos. Qual estrada deveria seguir?

Parou a moto no acostamento. Pé no chão para servir de apoio. Olhou para trás. Depois para a frente. Parecia decidir o rumo que daria à sua vida.

***

Agora era seu pai. Vicente tinha certeza. Correu a tempo de ver o caminhão sendo estacionado na porta de sua casa naquela cidadezinha mineira perto de Ouro Preto.

Vicente era encantado com o caminhão.

Correu para dar um abraço em seu pai. Reprimiu-se e foi mais contido. Deixou que sua mãe fosse a primeira a dar as boas-vindas.

O casal se abraça.

– Olá, filho. – cumprimenta. – Você cuidou das coisas na minha ausência. – orgulhoso do tamanho de seu filho.

– Sim.

– Dá um abraço no seu pai. – sorriso franco.

Depois beija sua mulher com carinho.

– Tome. Tire as coisas que eu trouxe *pra* vocês. – entregou-lhe as chaves do caminhão.

Vicente segura com a satisfação de quem prevê seu próprio futuro.

– Vou ser caminhoneiro, pai. – comunica feliz sua decisão mais recente.

– Depois falamos sobre isso. – olha-o com um sorriso satisfeito. – Outro dia mesmo você queria montar uma banda de *rock* e viver de música. Já mudou de ideia?

– Sim. – convicto. – Mas agora tenho certeza.

O pai sorriu orgulhoso do filho.

– E sua mãe, o que diz?

– Ela não quer. Disse *pra* falar com você.

– Então teremos que conversar, filho. Você sabe como é sua mãe quando põe uma coisa na cabeça.

– Mas a vida é minha. Sou eu quem decido. – com coragem de encarar o pai.

– Calma, filho. Acabei de chegar. Depois conversamos. Pode ser?

– Sim. – satisfeito com o retorno do pai.

– Vou tomar um banho. Já nos falamos. – abraçou o filho novamente. – Tira as coisas e já nos falamos.

Vicente foi para o caminhão. No meio do caminho olhou seu pai e sua mãe. Deu uma boa olhada. Gostava deles.

Entrou no caminhão e procurou as tais coisas.

***

– Vamos embora. – Igor já se organizando. – Quero chegar antes de escurecer.

A turma entra nas camionetes.

Igor confere. Túlio e Andresa vão em veículos separados.

– Toca *pra* BH. – dá a ordem.

***

Doze respirou fundo, deixando o ar entrar por seus pulmões para acalmar-se. Aquela brisa tinha cheiro de mato e sabor de infância.

A estrada parecia evaporar-se lentamente com a força da luz brilhante espalhada pelo vento apressado. As árvores à beira do asfalto dançavam em harmonia ao balé suave de aprendizado vespertino.

A calma da natureza estava ali naquele cenário de cores. Havia paz no lento passear das nuvens. Havia agito no vento que empurrava. Havia harmonia na luz, no horizonte. É o tipo de coisa que só sabe quem vive o momento. Não há como percebê-lo na fotografia. Não há como retratá-lo no quadro do museu cerimonioso. Tem que estar no lugar e sentir na pele.

Vida tão cheia de caminhos que por vezes dá a sensação de labirinto. Todos perdidos procurando a saída. Mas qual é saída? Saída da onde?

Do que adianta seguir em frente se o caminho estiver errado?

Do que adianta ficar parado com a dúvida do caminho?

Como o vento, Doze prefere estar sempre em movimento. Como se num labirinto, Doze prefere mudar de caminhos. Como um oceano, Doze prefere a imensidão real ao vidro transparente de um aquário.

Doze se perguntava qual rumo daria ao seu destino. Era-lhe importante a sensação de controlar sua vida. Por mais racional que fosse, por mais decidido que fosse, uma parte em si sempre punha em dúvida essa capacidade de comando sobre sua vida. Será que realmente era ele a decidir seus caminhos? Será que tudo já não estaria decidido por um "ser" superior? Não acreditava nisso, mas era prudente não duvidar.

Por que sua mãe se matara? Por qual motivo fora criado por um homem que não o conhecia de lado nenhum? Por qual motivo lhe tirariam Bebel?

Não conseguia perceber a razão das coisas.

Nesse momento, quando voltou do mergulho de suas questões e olhou para trás, viu o Sol parado com sua imponência suave. Era como se a estrada fosse em direção daquele Sol laranja. Tinha um tamanho que impressionava. Tinha uma cor que nunca vira. Doze sentiu-se hipnotizado.

"Vou atrás do Sol", falou para si mesmo.

Segundos de reflexão. Resolveu dar meia volta e ir em direção ao Sol, pegando o caminho para litoral. Queria ver o mar.

Chega de lutar com o destino. Andaria sem rumo certo, sem preocupação.

Sua missão seria encontrar a paz dentro de si.

Estivesse onde estivesse, estaria com a paz.

Fez o "sinal da cruz" em homenagem a Bebel e pensou nela com a profundidade do coração.

***

Vicente pegou as coisas no caminhão e deixou-as na sala. Tentou adivinhar o que seu pai teria trazido para si.

Apurou os ouvidos e percebeu que seu pai e sua mãe deveriam estar matando as saudades da intimidade. Não gostava de ouvir aqueles grunhidos. Melhor deixá-los à vontade. Foi para o quintal.

Vicente voltou para o caminhão. Queria mexer nele. Aquele mexer sem mexer. Apenas olhar e se imaginar dirigindo.

Segurou o volante. Fingiu que trocava de marchas. Fez os sons como se na estrada estivesse.

Foi quando percebeu que estava com as chaves na mão. Pô-las na ignição.

Vicente não resistiu, deu a partida no caminhão.

Vicente não resistiu, engatou a marcha.

Vicente não resistiu, pôs o caminhão para andar.

Estava em êxtase.

Estava no comando.

Iria até a estrada e voltaria – seu pai nem perceberia.

Seguiu cheio de alegria e orgulho próprio, enquanto a máquina se movimentava levantando a poeira naquela estrada de terra.

***

– Solzão, *hein*. – fala Igor. – *Manera* na velocidade que quem vem do lado de lá não enxerga direito. – se referindo à claridade do Sol baixo daquele horário.

O motorista concorda sem nada dizer.

– Devagar e sempre. – insiste Igor na ideia.

– Sim, senhor.

E seguem em comboio de camionetes.

***

Doze sorriu levemente para si mesmo. Não sabia explicar porque fizera o "sinal da cruz". Não sabia explicar porque acreditava que Bebel estaria em algum lugar à sua espera. Não sabia dizer se queria continuar vivo. Não sabia o que fazer com o resto de vida que lhe sobrara.

Talvez morrer após matar o algoz de Bebel fosse mais nobre do que se arrastar nessa vida sem objetivo, com o eterno sentimento de perda.

Não costumava ser tão dramático, mas era assim que se sentia em relação à Bebel. Brigara com Deus. Brigara com a vida. Matara por amor. E agora?

Mais dúvidas do que certezas. Talvez fosse isso mesmo. Doze gostava das certezas, mas eram as dúvidas que estavam ali e o movimentavam.

Demorou para convencer-se que não precisava ter opinião para tudo. Aprendera com Bebel.

Puxou, próximo ao coração, do bolso interno da jaqueta, a fotografia de Bebel. Olhou-a com devoção, como quem espera resposta pelo olhar. Era importante não esquecer o rosto de Bebel. Tinha seu perfume em cada momento bom de sua vida. Sentia o calor do corpo dela junto ao seu. Ela estava sempre presente.

Doze não entendia aquela força toda. Fato é que a presença de Bebel lhe era muito forte e constante.

Melhor deixar a vida acontecer. Afinal, nem tudo pode ser planejado.

Sua respiração se acelera como quem acaba de tomar uma decisão importante.

Decidiu viver.

***

Vicente, com cuidado, olha para um lado da estrada, depois para o outro. Para ter certeza, olha novamente.

Acelera fundo. Enganou-se com a embreagem. Olha para o câmbio, acaba por conseguir engatar a primeira marcha e arranca.

***

– Caminhão bonito, aquele ali. – Igor avista um caminhão grande, todo cromado. Era bonito mesmo.

– É. Bonitão. – alguém dentro do veículo concorda.

– Calma aí, que parece que ele vai entrar. – alerta Igor.

– Nada. A preferência é nossa. – seguro de sua experiência na estrada.

***

Doze acelerou a moto parado no mesmo lugar, preparando-se para mudar a direção de seu caminho.

***

Vicente entra na via com muita aceleração.
Quase perdeu a trajetória da curva.
Foi tudo muito rápido.
Ouviu um estrondo forte.

* * *

– O cara *tá* entrando. Freia. – Igor ao ver a manobra do caminhão e já se segurando em algum lugar prevendo a batida.
– Vai bater. – alguém concorda.
Tudo muito rápido.
Só ouviram o estrondo e a camionete perder o controle.
Nova batida e dão voltas no próprio eixo.
No meio disso tudo, se ouve o som de um tiro.

* * *

Doze acelera calmamente e retoma a pista.
Faz os movimentos com o pensamento em Bebel.
De repente, do nada, uma camionete sem controle surge na sua frente.
Tudo muito rápido. Não deu tempo de reagir.
A camionete sem controle, atinge Doze e acaba por capotar.
A motocicleta vai para um lado, deixando o óleo escorrer.
Doze foi lançado para longe, deixando o sangue escapar.

PARTE XXXVI

Capítulo I

— Já vimos coisas piores. — comenta Grego.
— É. — concorda Romano.
Ambos parados apenas observando aquele corpo preso à árvore.
— Cabeça e mãos separadas do corpo. Parece o mesmo padrão dos outros. — raciocina Romano. Tentava entender o motivo das mutilações. Acreditava que elas traziam uma mensagem subliminar que ele não conseguia desvendar.
— Há relação? — arrisca Grego.
— Não sei. — raciocinando. — Danilo conhecia o escritor. — duvidando da relação.
Grego nada diz.
— Muita gente tinha motivo para matar esse aí. — se referindo a Danilo.
A cena impressionava pela sua força visual. Além disso, havia o cheiro de podridão da carne sem alma, da discussão da morte com a vida, da escuridão das nuvens com a luz solar.
— Tem alguma coisa que nós não estamos conseguindo ver, Grego. O que será?
— Não sei. Essa é sua parte. — despachado.
— Vamos para Belo Horizonte. Quero ver uns arquivos. Algo me diz que as respostas estão lá.
— Vamos.

Capítulo II

Mateus corria. Queria entregar a sacola com dinheiro para a sua mãe.

No meio da correria veio-lhe a dúvida se aquilo era o certo a ser feito. Afinal, sabia que o dinheiro pertencia ao Banco. Era errado entregar para sua mãe. O certo seria devolvê-lo ao Banco.

O ritmo das pernas diminuía enquanto a dúvida aumentava.

A dúvida não era em relação ao certo ou ao errado. Ele sabia bem o que era certo. A dúvida é se faria o certo ou se faria o errado.

E se ele escondesse o dinheiro? Assim, teria como perguntar para a mãe qual seria a vontade dela.

Era essa a solução.

Mas esconder aonde?

Iria esconder no seu quarto.

Daria tudo certo. Foi Deus quem mandara aquele dinheiro todo – convenceu-se disso.

Capítulo III

Vicente desce do caminhão atordoado, ainda sem entender o que acontecera.

Fora tudo muito rápido, mas em sua mente passava lentamente.

O comboio da Polícia Federal estava parado e os agentes estavam fora dos veículos. Tentavam socorrer os colegas da camionete que virara.

As falas eram de tensão.

Dentro da camionete todos estavam presos ao sinto de segurança, atordoados, mas vivos.

Um deles não se mexia e o sangue estava por toda a parte.

– Igor! – alguém o balançava. – P...! – revoltado. – Tomou um tiro na cabeça! – socou os bancos do veículo tentando entender o que poderia ter acontecido. – Quem foi o imbecil que deixou a arma destravada? – mais socos. – Como pode? Essas coisas não podem acontecer – inconformado.

– Fui eu. Tinha acabado de sacá-la para conferir. – se apresenta um colega, com os olhos vermelhos em pranto contido.

Desolação.

– Chama a ambulância e o Corpo de Bombeiros. – alguém dá a ordem. – A turma *tá* presa nas ferragens.

– E o rapaz da moto? – alguém pergunta.

Deitado no asfalto permanecia imóvel.

PARTE XXXVII

Capítulo I

As janelas de escuridão anunciavam o peso que rondava aquele lar.
Portas que gemiam seu utilizar, eram cercadas por paredes surradas e maltratadas por quaisquer cores. Não havia alegria no sofrimento.
O velho sofá olhava taciturno todo aquele silêncio enquanto pisava no tapete vermelho de falta de gosto. Na estante, dois livros solitários se faziam companhia enquanto trocavam impressões. A estante por sua vez, já não aguentava carregar aquela televisão barulhenta com notícias de desgraça e novelas de fantasia. Todos conformados com os limites impostos pelas paredes guardiãs daquele vazio cheio de um passado que já não tinha para onde ir.
Todos os dias um pouco do futuro era deixado de lado, ia ficando para trás e se transformando em passado que nem aconteceu. Como se pássaros tivessem suas asas tomadas por um peço insustentável. O que parte primeiro, a vontade de voar ou a crença de não conseguir?
Como se perdem os sonhos? Como eles vão-se embora?
Em que momento da vida uns merecem mais felicidade que outros?
Quem diz o que é felicidade?
Como uma águia que se afasta para ver melhor, a vida sentencia o próximo infortúnio, a próxima queda, o próximo azar de destino.
Escondidos na escuridão poética de chão frio, os pensamentos turvos de Camila exigiam-lhe concentração.
Era estranho como uma decisão poderia ter tanto impacto em sua vida.
Depois da demissão tudo desandara.
E se tivesse se dobrado à vontade do Nogueira?

Até se arrepiou. Mas fato é que tudo poderia ser diferente.

Por vezes ter a clara noção do certo e errado acabava por atrapalhar.

Quem faz o certo é mal visto e eliminado por aqueles que fazem o errado. Afinal, em determinados ciclos, os conceitos são variáveis.

Pensou nos políticos e no seu mundo de tramoias e corrupção. Quem não entrar no jogo é que estará errado.

Ficou imóvel mais um pouco, enquanto olhava para o guarda-roupa para escolher um vestido.

O destino lhe pregara peças, porém, ela não podia se abalar. Além do mais, não deixaria que tirassem os sonhos de seu filho. Por ele, qualquer sacrifício se tornava válido.

Queria pregar uma peça no destino.

Com o corpo doendo pela moral atingida, com a cabeça baixa pela força da vergonha, Camila pegou o telefone:

– Alô!

– Alô! – do lado de lá.

– É o Nogueira?

– Sim. Nogueira. Quem é?

– Oi, Nogueira. Tudo bem? – tentou fazer boa voz. – É a Camila...

– Camila?! – estranhou.

– Sim. Lembra de mim?

– Claro.

– Eu queria falar com você.

– Pode falar. – se preparando para o sermão.

– Não. Queria falar pessoalmente.

– Pessoalmente? – desconfiado. – Qual seria o assunto?

– *Ah*, só na hora, né? – como se fosse tímida.

– Melhor você adiantar. – por prudência.

– É coisa boa. – tímida. – Eu queria retomar nossa última conversa. – agora com voz mais sensual e convidativa.

– Nossa última conversa? – raciocina. – Mas já tem outra no seu lugar. – prático.

– Não tem problema. Quem sabe você arruma outra vaga *pra* mim.

– E o que você faria para *eu* te ajudar?

– O que você quiser.

– Você continua gostosa? – põe logo a conversa no eixo.

– O que você acha?

– Então vamos marcar amanhã, lá na empresa. Pode ser?.
– Não. Quero hoje e quero ir logo para um lugar mais discreto.
– Certo. *Tô* gostando. Assim é que se fala. – acreditando ser irresistível.
– Vou acabar com você.
– Eu quero.

Capítulo II

Mateus chega em casa.
Anda sem fazer barulho, pois sua mãe poderia estar dormindo, ela fazia uns horários diferentes.
Caminha pelo pequeno apartamento e vai conferir o quarto de sua mãe.
– Ei, meu filho. – toda despachada.
– Ei, mãe. – voz acanhada.
– Tchau. Depois a gente se fala. Tem café novo, acabei de fazer.
– Mãe! – tenta.
– Agora, não, filho. – apressada. – Depois a gente se fala. – deu um beijo no filho.
Mateus não teve tempo de falar com sua mãe, ela já foi saindo.
Não gostava do que ela fazia, mas não conseguia julgá-la. Apenas via a tristeza em seus olhos e aquilo o incomodava. Por vezes preferia não tratar desses assuntos, apenas ignorava.
Resolveu esperar sua mãe retornar.
Entrou no quarto dela. Jogou a sacola em cima da cama.
Resolveu contar quanto dinheiro havia ali.

Capítulo III

Doze estava estendido no chão.

Tudo doía.

A vida parecia querer ir-se embora.

Havia muita luz no céu. Chegava a cegá-lo.

Sua mão cheia de dor procurava seu peito que não conseguia respirar espremido em angustia sufocante.

No canto de sua boca havia sangue, grosso e vigoroso que escapava curioso. Agora, expulso do corpo, o sangue parecia procurar qualquer canto guiado pela gravidade.

Doze tentou concentrar seu pensamento em Bebel.

A mão conseguiu puxar a foto que guardava dela. Amassou-a mais ainda, mas parecia que segurava Bebel pelas mãos.

– Tenente, esse aqui tem que levar agora. – chama com pressa pelo oficial – ele não aguenta esperar a ambulância.

O Tenente Farah se aproxima, dá uma olhada rápida.

– Põe na viatura e pode levar. – olha firme para Doze. – Aguenta aí que você vai ver sua namorada de novo. – se referindo à fotografia.

Doze nada consegue dizer.

– Eu vou com ele. – anuncia o tenente.

Capítulo IV

Mateus contou o dinheiro.
Pôs uma pequena parte novamente na sacola e depois jogou a arma dentro.
Abriu uma das gavetas da cômoda de sua mãe e, por debaixo da roupa que estava ali, pôs o dinheiro.
Era uma boa quantia.
Daria como fato consumado. Sua mãe nada poderia fazer. Era só não comentar sobre a origem daquele dinheiro. Diria que era do trabalho, que estava economizando.
Até lá, inventaria alguma coisa. Depois pensaria no que dizer.
O importante era que tomara a decisão e mal podia esperar para ver a alegria da sua mãe.
Levantou-se cheio de atitude, antes que aquela decisão firme se perdesse e ele acabasse por voltar atrás.
Pegou a sacola e decidiu ir para o batalhão de polícia que havia na Avenida Brasil, perto do local do assalto.

Capítulo V

– *Pô*, Romano! Que confusão! Não *tô* entendendo mais nada. - fala Grego com dúvidas em seu semblante.
– O que foi?
– Acharam um dos caras que assaltaram o banco lá na Avenida Brasil.
– E aí?
– O cara tinha uma argola no nariz.
– Será que é o cara que *tava* matando todo mundo?
– Não tem jeito.
– Por quê?
– O assalto foi aqui em BH, no mesmo dia e mais ou menos na mesma hora que mataram o Danilo lá em Ouro Preto.
– Isso complica tudo. – Romano pensa um pouco. – Devem ser dois grupos mesmo. Casos distintos. Esse cara é outro do grupo dos "acidentes". Lembra do entregador de sanduíche?
– Será? – mantendo-se confuso.
– A gente estava investigando como se fosse um caso só, lembra? – raciocinando em voz alta e sem esperar resposta. – São dois grupos distintos. – olha para Grego tentando explicar. – Um grupo é aquele da Polícia Federal. O pessoal estava morrendo parecendo acidente – raciocina. – O outro é o das mutilações.
– Deve ser.
– São estilos bem diferentes, situações diferentes. São casos diferentes. Não é a mesma pessoa. – convencido. – Num grupo a ideia é que passe

despercebido, como se fosse acidente. No outro existem pistas, sinais. Corta as orelhas, fura os olhos, arranca a língua, as mãos e a cabeça.

– Sinistro. – Grego tentava entender as coisas e tinha a predisposição para concordar com o colega. – Mas tem mais. – anuncia.

– Quê?

– Todos os carinhas do assalto tinha números nas camisas. O cara que foi pego tinha era o número "onze". – já prevendo a fala de Romano.

– Alguém usava o número "doze"?

– Não. – feliz por ter se antecipado ao colega.

– Então o tal de "Doze" faz parte desse grupo? Por isso que o chamavam de "Doze"? Será? – satisfeito, mas com dúvidas. – Se pegarmos um, pegamos todos. – conclui sem muita convicção.

Grego acha graça, mas a confusão continuava por ali.

– Tem mais.

– Mais? Pô, fala logo o que você tem *pra* falar, Grego! – reclama. – Fica falando em prestações.

– Acharam um garoto chamado "Doze". – agora é Romano quem fica com a dúvida na expressão. – Acidente na estrada. Voltando de Ouro Preto.

– É aquele que nós prendemos?

– Não sei.

– Cadê ele?

– Chegou agora no João XXIII.[18]

– Como sabe?

– O colega lá do posto que me informou. Doze já estava no sistema como foragido. "Algema nele"! – brinca.

– Vamos *pra* lá então . – pensou. – E o Antunes? Cadê ele?

– Não sei.

– Tenta achar o cara.

– Por quê?

– Não sei, mas aí tem coisa.

– Sim, senhor. – batendo continência, como já era costume quando Romano lhe falava em tom de ordem.

---

[41] Hospital de emergências em Belo Horizonte.

PARTE XXXVIII

Capítulo I

– Colega. – cumprimenta Grego já se apresentando. – Grego. Romano. – anuncia indicando a si mesmo e depois a Romano ao colega da Policia Civil que ficava no Hospital João XXIII. – Entrou um garoto chamado "Doze" por agora?

– Sim. *Tá lá pra* dentro. Eu levo vocês. – solícito.

Dois ou três passos e lembrou-se.

– Querem ler o boletim?

– Na volta. – Grego rapidamente. – Vamos ver o garoto primeiro.

Conduzidos, Grego e Romano acompanharam o colega pelos corredores do hospital.

O sofrimento e a dor estavam por ali à espera de um alívio.

Grego segue com caminhar firme e apressado querendo resolver logo esse assunto.

Romano segue com o caminhar desconcentrado, querendo entender logo o que estaria havendo. Sentia que as coisas ainda não se encaixavam.

– É ali. – aponta o colega.

Na porta do Centro de Tratamento Intensivo – CTI – estava Antunes. Romano fica nitidamente incomodado.

Aproximam-se:

– E aí, Antunes? Por aqui também?

– É – lacônico. Havia um tom carregado de vermelho em seus olhos.

– Você agora está em todo o lugar. – afirma e olha-o à espera da reação.

– Sim.

– O garoto está aí?
– Qual garoto? – sem paciência.
– O tal de Doze.
– Sim. Está aí.

O semblante de Antunes era carregado. Havia algo a mais que Romano não estava entendendo. Achou melhor respeitar o silêncio que a expressão de Antunes pedia.

Grego permaneceu igualmente imóvel à espera, sem saber bem do que.
– O garoto está bem? – Romano acaba por perguntar.
– Desacordado. – Antunes responde sério.
– É grave?
– É. – ar preocupado. – Pulmão perfurado.

Romano concluiu para si que esse era o fim do garoto.

Internamente se indagava por qual motivo Antunes estaria ali. Por que estava sempre atrás desse Doze? Algo estava acontecendo bem na sua frente e ele simplesmente não conseguia entender. Isso lhe incomodava.

– Vamos entrar. – sugere Grego. – Quero ver a cara desse Doze.

Romano balança a cabeça positivamente. Então, Grego procura algum responsável pelo setor.

Alguns momentos e volta Grego trazendo o médico responsável pelo turno.
– Pois não? – fala o médico solícito.
– Tudo bem? – cumprimenta Romano. – Queria ver o garoto ali. – sinaliza para dentro do CTI.
– Vou ver o que posso fazer.
– Dra. Mônica Tavares? – solta Antunes.
– Como? – sem entender bem.
– É o que está no seu crachá: Dra. Mônica Tavares.
– Oh! Nem vi. – perturbado. – Devo ter trocado os crachás. – sem graça pela própria desatenção.
– Mas ela trabalha aqui?
– Sim. – sem entender o interesse.
– Ouvi dizer que ela estava no exterior.
– Estava. Fez doutorado e retornou. – sem entender. – Por quê?
– Nada.
– Você a conhece?
– Sim. Sou velho amigo da família.
– Seu nome?

— Antunes.
— Estranho. Sou o marido dela e não me lembro dela falar de si.
— *Ah*, ela não deve se lembrar. Era muita nova. A última vez que a vi estava no início de carreira. – sério. – Mas isso não tem importância.
Há uma ligeira troca de olhares.
— Senhores! – Romano engrossando a voz. – Podemos? – como quem pede para retornarem ao assunto.
— Sim, claro.
O médico acaba por abrir-lhes a porta do setor.
Romano acompanha-o seguido por Grego e Antunes.
Todos em silêncio.
Era um silêncio incômodo, afinal, a morte estava por ali, sempre à espreita.
Não havia o que pudessem fazer. Doze parecia travar uma luta dentro de si, sem som e sem movimento.
— O que é? – indaga Romano ao médico, sinalizando para uma fotografia amassada que estava na cabeceira da cama.
— Não sei quem é na foto. Mas ele estava segurando tão forte na mão, que acabou vindo para cá com ela e aqui ficou. – sem dar importância.
Grego olha para a fotografia.
— É aquela garota, Romano.
— Qual garota?
— Aquela que o Danilo atropelou.
Romano força a memória.
— Parece mesmo. Depois temos que conferir. – sério.
Depois de um curto período de silêncio, Romano foi o primeiro a dar a meia-volta.
— Vamos dar uma olhada nas coisas dele. – sussurra para Grego.
Antunes os acompanha até passarem pela porta do CTI. Depois para.
— Não nos acompanha, Antunes?
— Não. Vou ficar por aqui. – sem deixar margem para insistência.
— O que foi, Antunes? Apaixonou pelo garoto? – Grego.
— Vá se *f*...! – nervoso.
— Senhores, calma. – Romano. – Espera um pouco aí, já voltamos. – pede.
Grego e Romano vão em direção à portaria novamente.
Antunes acompanha-os com o olhar, até que acabam por desaparecer ao dobrarem a esquina de um daqueles vários corredores do hospital.

Capítulo II

O quarto era escuro apesar da luz. Esta, por sua vez, era fraca e sem pretensões, apenas estava ali.

Talvez aquela penumbra fosse o conveniente para a troca de intimidades. Talvez fosse insuficiente para a troca de verdades.

Deixa-se a realidade do lado de fora para um mergulho de fuga em nado sincronizado.

Lençóis limpos em uma cama suja.

Um quarto barato com preço caro.

Eventualmente recebia os casais no auge do amor.

Comumente testemunhava a decadência da carne servil ao dinheiro. Tudo era festa. Tudo era carne.

Ser humano e seus instintos. Estava tudo ali. No entrelaçar dos corpos a incompreensão dos fatos. Mãos, pele, cabelo. Boca, pernas, pescoço.

Estava tudo ali.

– E aí, gostosa? – Nogueira com sentimento de vitória.

Camila parecia tímida, mas ao mesmo tempo segura.

Nogueira fazia pose de imperador.

– E aí, como vai ser? – pergunta ele com pressa em tocá-la.

– Calma. – ela pede com gestos tranquilos e lentos.

– Escuta aqui, Camila. Não vim até aqui para não rolar nada. Veio até aqui vai ter que *dá*. – impaciente. – Vou te comer todinha. – já festejando.

– Calma. – acanhada. – Você não vai tomar um banho primeiro?

– Deixa de frescura. *Tô* com cheiro de homem. – segura seu membro, mesmo por cima da roupa, e depois bate no próprio peito. – Vem *nim* mim! – abre o sorriso com aqueles dentes amarelos.

Sua imagem não era bonita. Seu jeito não era educado. Nada nele poderia cativar uma pessoa como Camila.

Ela se levanta com aquela dignidade inerente a si e avisa:

– Vou tomar um banho e já volto. – ela olha-o. – Bebe alguma coisa, *pra* gente relaxar.

Nogueira fecha o sorriso.

– Não quero relaxar. Quero meter.

– Comigo não funciona assim. – ela reprova. – Tem que ter carinho.

– Não vim aqui *pra* namorar, Camila. Vim aqui para te comer.

– Então eu vou embora.

– *Ah*, vai. Não vai mesmo.

– Então dá *pra* ser mais gentil.

– Beleza. – conformando-se. Valia a pena.

Ela vira-se e vai para o chuveiro de limpeza.

Ele engrossa a voz:

– Não demora, não, que eu tenho horário.

Capítulo III

Antunes, de forma discreta acompanhou aquele médico. Viu quando ele deixou o crachá da Drª. Mônica Tavares com uma funcionária em um balcão qualquer e resolveu esperar por ali mesmo, naquele corredor de paredes frias.

Ouviu o chamado pelo microfone para que a doutora comparecesse ao balcão.

Aguardou e enquanto aguardava sentiu seu coração acelerar.

A imagem de sua esposa veio-lhe à mente e as feições de Antunes ficaram graves.

De repente, por essas coisas da vida, lá estava a Drª. Mônica Tavares na sua frente. Não perderia tempo.

Viu-a no balcão retirando seu crachá e deixando o do seu marido em troca. Apertou o passo e alcançou-a.

Sem planejamento, obrigou-a a entrar na primeira porta que acreditou que ficaria isolado.

– Doutora, isto aqui é uma arma. – mostra o volume. – Onde está o seu carro?

– Lá embaixo. No estacionamento. – sem entender.

– Faça o que eu mandar e nada vai acontecer. – firme.

– Quem é você?

– Faço o que eu mando e pronto.

Antunes sabia das câmeras de segurança, tentava driblá-las na medida do possível.

Ela estava tensa, mas tentava fazer o que ele mandasse. Não queria violência. O carro tinha seguro, poderia levá-lo.

– Meu carro tem seguro, pode levá-lo. – acreditando que era uma fala que contribuiria para a situação.

Antunes nada diz, mas acaba por ser mais firme nos gestos, como se tivesse ficado ofendido.

Chegaram ao local onde o veículo estava.

Escuro com pouca luz. Vários carros entalados em suas vagas.

– Entra aí. – Antunes dá a ordem segurando a porta do carona.

Ela obedece com receios.

– Não precisa me levar. *Me* deixa aqui, por favor. Eu não vou falar nada *pra* polícia.

– Não vai falar nada, *né*?

– Não! Juro que não.

– Vamos só conversar. – com a voz serena. – Fica calma. – entra pela outra porta e senta-se atrás dela. – *Me* dá sua mão. – segura-a. – A outra. – põe as algemas.

Breve silêncio.

– Não faz nada comigo. Eu tenho dinheiro no Banco. Eu tiro *pra* você.

Antunes nada diz.

O silêncio se estende por um curto período interminável.

– Você agora não fala mais nada. Faça silêncio e apenas responda o que eu lhe perguntar.

Ela balança a cabeça em concordância.

Começa a ficar preocupada com o rumo dos fatos.

– Você não merece, mas eu vou explicar. – a voz de Antunes sai com peso de um passado trazido consigo.

Quando a vida cobra | 433

Capítulo IV

Mateus segue apreensivo pela rua. Segurava a sacola com o dinheiro e a arma. O peso moral era maior.

Em passos rápidos seguia com sua convicção. Entregaria o dinheiro para a polícia e depois se prepararia para as explicações com a mãe.

Em sua mente era simples. A situação está resolvida. Não havia grandes questões.

Gostava da verdade, mas às vezes a mentira era necessária.

O tênis que calçava seus pés apressados era o mesmo há mais de ano. A calça já nem lhe servia direito, pois Mateus crescera. A camiseta que antes era-lhe grande, agora ficava-lhe bem, apesar de surrada. Mas a crença por dias melhores, essa era inabalável.

Acreditava que pegar parte do dinheiro para sua mãe fora uma boa decisão. Fora uma decisão justa. Afinal, ele encontrara a sacola com dinheiro, fora Deus quem a pusera em seu caminho. Ficar com ele pareceu-lhe correto. Não estava tirando de ninguém.

Entregaria uma parte para a polícia e contaria sua versão dos fatos. Não haveria como a polícia saber quanto dinheiro havia originalmente na sacola. Além disso, ainda havia a hipótese da própria polícia ficar com o dinheiro.

País podre.

Os pensamentos de Mateus não paravam.

Um país no feudalismo, onde o dinheiro público enriquece os "senhores feudais" enquanto o povo é usado. Não é razoável que haja políticos milionários às custas do dinheiro público. Desvios e corrupções garantiam o enriquecimento dessa turma toda que não produz riqueza alguma. Enquanto que a massa de pessoas era levada a acreditar que tinha que trabalhar, que tinha que obedecer as leis, que tinha que consumir, que tinha que casar e ter filhos.

Assim como um dia o mais forte sobrevivia, atualmente era o mais esperto. A esperteza era bem vista socialmente, por determinados grupos incentivada ou até exigida. Era apenas uma forma de resolver problemas, de driblar dificuldades.

Fosse como fosse, esse comportamento atrasa o país. Não há uma preocupação de Estado, apenas de solução dos próprios interesses.

Em meio a esses pensamentos, Mateus nem percebeu, mas diminuiu o passo. Deixara de haver tanta pressa.

Afinal, se todo mundo rouba, se todo mundo é esperto, se todos ficariam com o dinheiro, por que ele teria que fazer diferente?

Por que ele não poderia ficar com o dinheiro todo?

Quem saberia?

Ele sabia das repostas, mas preferiu evitá-las.

Não importava quem saberia, o acerto seria com sua consciência.

Devolver o dinheiro era o correto. Teria que ser honesto.

Mas como definir honestidade? Ele tinha que ser honesto com a vida, enquanto esta poderia se demonstrar desonesta com ele?

Às vezes, mandar-lhe o dinheiro desta forma foi o jeito que a vida encontrou em ser honesta consigo. Afinal, a vida sempre fora-lhe injusta.

Será mesmo?

Ele ia encontrando os motivos prós e contras num debate sem roteiro cerrado em sua mente.

Como ele poderia competir em igualdade de condições com os meninos ricos? Por mais esforçado que fosse, por mais dedicado que fosse, por mais inteligente que pudesse ser, nunca conseguiria competir em condições iguais.

As escolas públicas não têm qualidade. As escolas boas custam dinheiro.

Uma casa para morar custa dinheiro.

A comida custa dinheiro. A roupa, o sapato, a diversão, o livro.

Tudo custa dinheiro.

Viver custa dinheiro e dinheiro era tudo o que Mateus não tinha.

Tinha que escolher uma profissão para ganhar dinheiro.

Estar bem na vida significava ter dinheiro.

Como poderia ser juiz? Empresário? Engenheiro? Médico?

As portas da vida já lhe apareciam fechadas desde o seu nascimento.

Contudo, todos os dias, se convencia que era possível. Ele acreditava e seguia acreditando.

Era essa crença que o movia.

Quando nada dava certo, se conformava com alguma passagem da Bíblia lida por sua mãe.

Mateus tinha que se decidir. Na mão estava a sacola com o dinheiro, na mente estava a dúvida com o caráter.

Tinha que tomar uma decisão. Mão desonesta de tentação ou atitude correta de mente inflexível?

Parou de andar.

Melhor decidir primeiro.

Capítulo V

Ela sempre acordava de bom humor.
Tinha natureza alegre.
Atribuía isso ao fato de ver tanto sofrimento nos hospitais em que trabalhava. Aquela dor fazia-lhe lembrar do quão sortuda era, e daí a vontade de comemorar a vida a todo o instante pois, esta poderia acabar num estalar de dedos, num piscar de olhos, como estava acostuma a presenciar todos os dias.
Porém, Helena sempre fora de sorrisos abertos. Acreditava que a alegria sempre era contagiante. Que a felicidade atrai felicidade.
Preservara a alegria espontânea que só as crianças trazem consigo. Tinha leveza no jeito de ser.
À frente do espelho, com mãos delicadas, acariciava o próprio rosto à procura das marcas da idade que não tinha.
Sempre procurava com certa tensão e, com alívio, nunca encontrava.
Seus olhos ficavam mais bonitos com o contorno do lápis. Sua boca ficava mais bonita com as cores de batom. Ela sentia-se mais mulher quando a manhã tinha perfume de lembrança.
Não sabia ao certo o que esperar da vida. Então não esperava, simplesmente vivia e fazia sua parte.
Gostava de si e era feliz.
Gostava da vida e de suas cores de arco-íris.
Tinha horário, mas não tinha pressa.
Tinha mapas, mas não tinha rotas.
Tinha vida, mas não aceitava destinos.

PARTE XXXIX

Capítulo I

Suas asas definiam o tamanho do voo.
Entrou no carro e foi para o Hospital João XXXIII cumprir seu turno.
Camila retorna do banho, limpa e perfumada.
Usava apenas as duas peças íntimas, todo o resto à mostra.
Apresentava-se como a uma refeição.
Nogueira gosta do que vê e faz um sinal para que ela viesse para a cama ao lado dele.
Ela lhe pede calma com as mãos e com as mãos alisa seu próprio corpo de forma sensual e provocante.
A essa altura Nogueira já não pensava em mais nada. A bebida misturada com a fome masculina fazia-o raciocinar menos e ter mais pressa em possuí-la. Queria segurá-la em todas as posições possíveis e impossíveis que seu físico permitisse.
Queria prazer e hoje teria.
– Venha logo. – reclama cobiçando seu quadril.
Camila reitera o pedido de calma e caminha lentamente em passos curtos. Estranhamente, isso dava-lhe um ar mais sensual, com o andar inseguro e em leve gingado natural do corpo feminino.
Camila tinha as dúvidas dela, mas não queria pensar nisso agora.
Nogueira, cheio de pressa, queria possuí-la agora. Não tinha tempo para namoros, queria sexo. Levantou-se e segurou-a pelo braço.
– Calma. Não quero assim. – fala Camila.
– Deixa de frescura. – começando a ficar nervoso.
– Calma. Quero fazer de vagarinho. – certa timidez. – *Deixa eu* te fazer uma massagem primeiro. – com certo constrangimento passa a mão no corpo dele.

– Assim está melhor. – festeja. – Mas *vamo* logo *pro* que interessa. *Vamo pros* finalmente, *vamo?*. – sem constrangimento algum.
– Deixa fazer do meu jeito primeiro? – pede. – Depois você faz do seu.
– Beleza. – satisfeito e pondo a mão nela.
– Então deita.
Nogueira acaba por deitar-se.
Camila começa a alisar aquele corpo que lhe dava nojo. Não deixava transparecer isso em sua expressão.
Fingindo ser sensual, evitava tocar no membro de Nogueira. Sabia que em certo momento seria inevitável, mas por agora, driblava-o.
– Só um momento.
Camila levanta-se e vai até a bolsa.
Nogueira a acompanha com o olhar.
Ela pega um frasco de um óleo qualquer e pede que ele vire-se de costas.
Ele vira-se.
Ela espalha o óleo nas costas dele e alisa-as com suavidade de toque feminino.
Nogueira parecia relaxar. Estava gostando daquele jeito mais lento de fazer as coisas. Mesmo assim, ainda estava com pressa.
– *Tá* bom. – comenta. – Mas que hora que você vai liberar?
– Calma.
Ela vai de novo em direção à bolsa. De lá tira um par de algemas e mostra para Nogueira.
– *Pra* mim ou *pra* você? – e sorri animado virando-se na cama.
– Eu quero te prender. – responde Camila com voz sensual. – Isso me excita. – e leva a mão à sua genitália.
– Não gosto muito disso, não. – contrariado.
– Mas eu fico muito excitada. – mistura ares de desilusão e decepção, com atitude erótica.
– Tudo bem, pode fazer então. – sem saber se era a bebida ou a excitação que estava falando. Queria possuir aquela mulher e pronto, não pensaria em mais nada. – Deixa rolar. – falou para convencer-se.
Ele posicionou-se na cama e exibiu sua genitália com orgulho masculino.
Lentamente e com gestos delicados, Camila colocou as algemas em Nogueira, de forma a prender-lhe as duas mãos na cabeceira da cama.
Ela fazia movimentos como se fosse beijá-lo, mas não beijava. Fazia movimentos como se fosse segurar sua masculinidade, mas não segurava.

Nogueira estava gostando daquilo tudo. Era diferente. Sempre fora mais despachado, direto ao ponto. Aquela lentidão parecia valorizar o que estava por vir.

Camila vai até a sua bolsa e tira mais dois pares de algemas.

– Que é isso, agora? Que mais que você tem nessa bolsa? – já preocupado.

Ela apenas sorri e vai em direção às pernas dele.

– Não. – ele reclama. – Não precisa prender as pernas, não.

– *Tá* bom. – como se desiludida. – Mas eu gosto de chupar assim.

– Assim como? Comigo preso?

– É. – e passa o dedo na sua própria boca.

Nogueira não gosta da ideia, mas não resiste.

– *Tá* bom. – autoriza. – Sou homem, *né*? – convencendo-se e já imaginando aquela boca em seu membro.

Camila, como fizera antes, com sutiliza, prende-o ao fundo da cama.

Agora lá estava Nogueira completamente preso à cama, com o corpo esticado e o membro pretendendo a ereção.

Camila vai até a bolsa e pega umas luvas de borracha. Com prática, as calça.

– Cada hora uma coisa, *hein*? – tentando participar. – Vem gostosa, vem? – implorando por sexo.

Camila se aproxima de Nogueira e mais uma vez alisa seu corpo. Mais uma vez parecia que iria tocar-lhe no membro, mas não toca. Mais uma vez Nogueira reclama.

– Vai, Camila! Monta em mim, monta? – pede quase que em suplica. – Tira logo essa calcinha, vai?

Sem dizer nada, mais uma vez Camila vai até a bolsa e tira um estilete.

Nogueira, por um instante, fica preocupado.

– Cê já *tá* exagerando, não?

Ela ignora e mantém o ritmo como se estivesse numa dança.

Toca no estilete como se tocasse em um membro masculino. Ainda nessa simulação, passa o estilete por entre os seios e faz o movimento como se um homem por ali brincasse.

– Delícia. – Nogueira comemora.

– Quer? – ela provoca.

– Quero. Põe esses peitinhos na minha boca, vem? – tenta.

Camila vira o objeto e corta a fita de tecido do sutiã, por entre os seios. Tira a peça de forma sensual, fazendo ares de mulher fatal.

– Que delícia. – Nogueira festeja. – *Deixa eu mamá*, deixa? – fazendo voz de criança, por mais absurdo que pudesse parecer.

– Quer *mamá*, quer? – Camila copiando o tom da voz e alisando seus seios.

Ela permanecia próxima a Nogueira, mas com certa distância. Fazia uma dança como se tudo aquilo fosse um espetáculo sensual.

Aproxima-se do rosto dele como se fosse lhe oferecer os seios, para por fim, recuar novamente sem permitir o toque.

Nogueira sorria e ficava sério, alternando conforme alternava aquela desenvoltura de Camila.

Ela passa-lhe o estilete no rosto, com ar sensual, sem fazer força. Faz, parecendo querer se excitar como quem se excita ao brincar com o perigo.

Primeiro ele faz ares de preocupado. Quando percebe a brincadeira, sorri abertamente.

– Vai, gostosa. Você gosta de joguinho, é? – animado. – Judia de mim, vai?

Camila sentiu poder. Nunca tivera essa sensação antes. Era ela quem dominava aquele homem. Ele estava completamente preso e indefeso. Sua força para nada serviria naquele momento. Ela poderia fazer o que quisesse e isso, por si só, era-lhe excitante.

Mais uma vez passa a mão próxima ao membro.

– Pega logo, sua safada. – quase que em tom de exigência.

Então ela passeia com o estilete por ali.

– Cuidado com a brincadeira. – ele – ele adverte.

Ela faz-lhe sinal de silêncio levando o dedo a seus próprios lábios, como se lhe dissesse para não se preocupar e, finalmente, segura-lhe o membro, fazendo movimentos para excitá-lo.

Obviamente, ele festeja e pede a atenção da boca.

Ela recua mais uma vez e com o estile, de forma sensual, corta as fitas laterais da calcinha e tira a peça. Estava toda nua para delírio de Nogueira.

– Põe a boquinha, põe. – ele pede quase que implorando.

– Eu quero montar em você. – ela fala ao pé do ouvido dele.

– Nossa! – em êxtase. – Vem, cadela. Vem logo. – quase exigindo.

– Eu quero gritar muito com você dentro de mim. – e sorri com ares de quem sabe que falou travessuras.

– Anda logo! Vem, gostosa! Mostra *pra* mim a mulher que você é! – implorando num tom misturado com ordem.

– Eu quero acabar com você. – sussurra de forma sensual.

– Vem, cadela! *Me* dá uma surra de *buc*...! – tentando imaginar o que estaria por acontecer.

– *Peraí* que eu vou aumentar o som. – referindo-se ao rádio que tocava sem parar.
– É isso aí, safada. – acreditando-se irresistível. – Você vai gritar igual uma cadela.
– E você igual um porco. – sorriu.
– Então vai logo. – com pressa do espetáculo que viria.
Camila aumenta o volume do som do rádio.
Mostra-se toda sensual e antes de tocá-lo novamente, mantém aquele ar de mulher fatal. Alisa seu próprio corpo como quem sabe que provoca.
Nogueira faz caras e bocas querendo mais.
Camila toca-o com a mão direita e faz o movimento de forma repetitiva.
– *Tá* gostando, *tá*? – pergunta por perguntar.
Ele mal ouvira, mas assentiu com a cabeça.
– Continua. – balbuciou.
Ela troca e passa a fazer o movimento com a mão esquerda.
Camila sorri para Nogueira como se estive satisfeita em dar-lhe prazer. Ele retribui o sorriso, mas mantém a expressão dedicada ao sexo.
Membro ereto, Camila pega o estile que estava por ali, aparentemente largado. Circula-o pela região púbica de Nogueira, sem perder o movimento.
Nogueira sorri de excitação.
Camila aproxima o rosto do membro como se fosse premiá-lo com seus lábios.
Nogueira fecha os olhos e inclina o rosto para trás esperando a boca em seu membro.
Camila olha bem o membro. Segura-o com a mão esquerda com firmeza destoante ao ato sexual. Nogueira sente, mas crê fazer parte da fantasia.
Camila, sem muito o que pensar, em um movimento rápido, corta a masculinidade de Nogueira e o faz jorrar sangue.
Agora era só deixá-lo gritar como um porco, até que a vida se esvaísse.
No rosto de Nogueira o horror se misturava à dor.
No rosto de Camila uma alegria sádica passeava por ali.
Cortou o pênis em vários pedaços e o jogou no vaso sanitário, descarga abaixo.
Era como se cortasse um capítulo ruim de sua vida, livrando-se dele pelo esgoto de podridão dos túneis subterrâneos dos caminhos tortos da vida.

Capítulo II

– Se era esse tal de Doze que tava mutilando as pessoas, agora deve ter acabado, né? – Grego fala puxando assunto.
– Se for realmente ele, acabou. – Romano apenas responde.
– E aí? Como vamos fazer? – Grego.
– Como assim?
– Vamos esperar o cara aqui ou vamos embora *pra* delegacia?
– Melhor irmos embora. – conclui Romano. – Precisamos falar com o carinha da argola no nariz.
– É mesmo. Tem esse cara ainda. – lembrando-se agora. – Será que ele sabe de algo?
– Sempre sabem de algo, Grego.
– É. Verdade. – concorda. – Será que ele ainda *tá* vivo?
Romano dá de ombros e levanta-se.
– Onde você deixou o carro?
– Lá em baixo. Não sei o piso, mas é *pra* baixo. – sorri. Ele sempre esquecia onde parava o carro.
– Você nunca sabe, *né* Grego? – em tom de lamento.
– Eu sempre sei. Eu sempre chego *no* carro.
– Então vamos. Uma hora a gente acha. – como quem resmunga.
Grego sorri abertamente.
– *Me* siga. – provoca.
Romano vai atrás do amigo deixando escapar um sorriso discreto.

***

– Você trabalha de obstetra, não é? – pergunta Antunes sabendo a resposta.
– Sim! – estranhando.
– Você se lembra de um parto que você fez? No hospital do IP-SEMG? [19] – medindo as palavras. – Que a mãe e a criança morreram por um erro seu?
– Não foi bem um erro meu. – tenta explicar. – Claro que me lembro. Mas isso tem muito tempo.
– Foi erro seu, sim. Você estava com o nariz entupido de cocaína, doutora. – com raiva. – Você lembra disso?
– Como sabe? – ela se assusta. Ninguém sabia disso. – Quem é você?
– Eu? – ar sombrio. – Eu era o marido dela. – pega o fio de pescaria e põe no pescoço da médica com muita força, muita mesmo. – Eu era o pai do garoto que você matou. – fazendo força enquanto ela lutava para respirar. – Morra. – um esforço final. – Eu sou a morte, quando a vida cobra.
Ela para de respirar.
Antunes respira fundo.
– Feito.
Sai do carro e caminha pelo estacionamento cautelosamente apressado.

* * *

– *Uai*, Antunes! Você por aqui? – pergunta Grego antes de Romano.
– É. – mal responde e continua caminhando na direção contrária.
– O que houve?
Antunes não responde.
Grego olha para Romano.
– Cara esquisito. – Grego.
– É. – Romano concorda.
– Antunes está em todas, *hein*?
– É. Estranho mesmo. – pensando.
Caminharam mais um pouco e chegaram ao carro.
Grego iria dirigir.
Romano entrou pelo lado do carona.
Grego abriu a porta e sem querer esbarrou no carro do lado. Pediu desculpas para o veículo mesmo.
– *Nó*, foi mal. – chateado.

---

[42] IPSEMG – Instituto de Previdência dos Servidores do Estado de Minas Gerais.

Olhou para dentro do veículo como se tivesse que se desculpar com alguém. Viu uma mulher no banco do passageiro.

— Desculpa, viu dona? — repete. Não sabe se ela lhe ouviu. Abaixou-se e repetiu a fala. — Desculpa aí, viu?

Ela nada sinalizou. Entrou no carro.

— A mulher nem falou nada. Sai fora. — parecia revoltado.

— O que foi, Grego? — pergunta.

— Nada, não. — ligando o carro. — Eu que trombei com a porta no carro dela. Pedi desculpas e ela nem aí. — explica para depois resmungar. — Tem gente sem educação mesmo.

— Você tromba no carro dela e é ela quem não tem educação? — reflete Romano. — Você é um cara engraçado, Grego.

— É. — nada para dizer. — Você nunca concorda comigo, *né* Romano? — manobrando.

Romano apenas sorri. Depois resolve desafiá-lo.

— Se você realmente fosse educado, você teria ido lá, verificado se arranhou ou amassou a porta, deixado seu contato e pedido desculpa. — com um leve sorriso.

Grego já havia dado a ré no veículo, mas resolveu aceitar o desafio de Romano.

— Vou lá então. — anuncia.

— Duvido.

Grego sai do carro e vai até o outro veículo com a intenção de encenar todo aquele teatro.

Romano apenas assiste como quem assiste a uma comédia.

Descontraído, Grego bate no vidro. Olha para dentro e volta a olhar para Romano.

Bate de novo na janela do carro, ainda achando graça. É quando percebe que pode haver algo errado. Força a porta e vê todo aquele sangue. Chama o colega.

Romano vai até lá com pressa. Conhecia aquela expressão de Grego.

Ambos vêm a mulher com o pescoço cortado, morta no assento do veículo. Nela estava pendurado um crachá com o nome de Mônica Tavares.

O que teria acontecido?

Numa primeira olhada não parecia ser assalto. Foi quando Romano viu as algemas.

— O Antunes! Cadê o Antunes? Foi ele, Grego. — e sai com pressa para dar o sinal pelo rádio. — Não toca nas algemas. — na esperança de haver marcas das digitais.

Capítulo III

— Pegaram o Nogueira. — avisa por telefone mesmo.
— Ezequiel? — pergunta.
— Não fala meu nome, pô!
— Como assim pegaram o Nogueira? — tomado de surpresa. — A Polícia Federal que pegou?
— Não. Tá morto. Mataram o cara. Tá morto, p...! — voz grave. — Ainda não sei o que aconteceu. Só sei que o Nogueira *tá* morto — espera um curto segundo e emenda. — Dizem que foi uma prostituta maluca. Cortou o Nogueira todo com um estilete.
— Com um estilete?
— É. Num motelzinho derrubado.
— *Qué* isso? — espantado. — O que você acha?
— Não acho nada. — não quis dar opinião.
— Tem chance de ser o nosso pessoal?
— Não ouvi falar nada. Mas esta fora do padrão.
— Concordo. — pensa. — A turma da "Esgoto" já circulou, *né*? — pergunta por cautela.
— Só falta o Gaúcho mesmo. Já deram o "cala boca" no Jon.
— Quem é esse?
— O carinha que estava resolvendo as paradinhas *pra* nós. — respira. — Um acidente ali, outro aqui. Coitado, achou que *pro* grupo de cima. Ficou secando n o asfalto.
— Vai fazer falta?
— Não. Era metido a valente e falador. Melhor assim.
— O que ele sabia?

– Pouco.
– Pouco, quanto?
– Não sei dizer.
– Sabe que fomos nós que armamos para o Danilo?
– Não. Claro que não.
– Sabe quem eu sou?
– Claro que não. – quase ofendido. – Nem imagina.
– Melhor assim. – aliviado. – Oferece mesada *pra* família.
– Era sozinho.
– Ninguém?
– Ninguém. Só tem aquele casalzinho que pode sentir a falta dele.
– Quem? O tal de Túlio.
– É.
– E é difícil de resolver?
– Não. Já estamos resolvendo.
– Não esquece de avisar o Moisés.
– Já avisei.
– Então *tá* tudo certo. – raciocina. – Eu tenho que fazer alguma coisa?
– Não. – raciocinando. – Mas se puder ir *na* sala do Nogueira seria bom. *Pra* tirar computador, agenda, etc. Dar uma geral.
– Eu vou. Pode deixar.
– Quanto antes melhor.
– Concordo.
– Não precisa cair mais ninguém.
– Essas coisas *é* bom *fazê* rápido. *Os polícia* são devagar, mas às vezes...
Naquele dia de pouco movimento ele chegaria rápido no escritório. Entrou no seu carro e preparou-se para andar acelerado.

* * *

Ainda perseguido pela dúvida, Mateus caminhava mais lentamente. Quanto menor era a distância para o Batalhão, maior era a incerteza.

Exatamente por não ter certeza, resolveu continuar na direção do Batalhão, conforme havia se comprometido consigo mesmo.

Um pé primeiro, para depois vir o outro. Um tênis surrado por ser o único par há anos.

Pensava em como sua vida poderia ser diferente se tivesse dinheiro. Mas também pensava que não poderia fazer qualquer coisa por dinheiro. Carregava consigo valores e o dinheiro não poderia se sobrepor a isso.

Logo depois volta a dúvida. Será que era melhor ficar com o dinheiro.

Por ter a dúvida, acreditou que o melhor a fazer era entregar logo esse dinheiro à polícia e dar o assunto por encerrado.

Já no final do caminho lembrou-se que teria que contar o que aconteceu. Será que poderia contar a verdade?

Nova dúvida.

**

Na cidade vazia aquela pressa era só sua. Acelerava o carro, mas não conseguia avançar com rapidez.

Quanto maior a sua pressa, maior parecia a lentidão ao seu redor.

Era o semáforo vermelho, sempre vermelho, prolongada e insistentemente vermelho. Era o veículo da frente em passos lentos, embora isolado na pista. Era o pedestre que atravessava a faixa na sua vez de avançar.

Aquela pressa era só sua.

Respira fundo e tenta se acalmar.

Foi quando se lembrou de arquivos eletrônicos que mandara para o Nogueira. Eles tinham o seu nome como emitente. Era melhor agir rápido.

E se a polícia já estivesse lá?

Paciência. Teria que pensar numa fala.

Mas pensaria nisso depois.

Agora o importante era chegar no escritório e pegar os arquivos.

Ao longe, vê a cor do semáforo mudar para o amarelo e resolve acelerar para não ter que ficar parado em mais um sinal.

Acelera o carro enquanto olhava fixamente para o semáforo e sua cor.

Sentiu que bateu em algo.

Freou.

Não viu nada.

O que será que houve?

Olha pelo retrovisor.

O que houve afinal?

Saiu do carro para verificar.

***

Mateus, entretido em seus pensamentos, vê a cor do semáforo de pedestre piscar para autorizar-lhe a travessia.

Estava com pressa. Pôs o corpo na via para se preparar para a travessia.

Quando percebeu o carro que vinha em sua direção com velocidade, já não dava tempo de reagir. Apenas pareceu-lhe ser igual àquele veículo que o importunava quase todos os dias.

Tomou o choque e foi lançado com força ao chão.

Não houve tempo para choro.

O impacto lançou Mateus com tanta violência ao chão que a cabeça não aguentou a pancada sentenciante.

Tudo fora rápido demais.

Sua vida fora rápida demais.

Não havia mais dúvidas.

Havia apenas a escuridão.

Mateus estava perdendo a respiração.

***

– P...! – reclama o motorista. – É aquele moleque folgado. – resmunga olhando para Mateus estendido no chão. – Todo dia me *"enche o saco"*. *Tá* vendo o que dá?

Olha em volta.

Não vê ninguém.

Esbravejando, avalia se ajuda Mateus. Fica na dúvida. Afinal, o que vale aquela vida?

Ainda esbravejando, verifica a sacola trazida pelo garoto e vê o dinheiro. Resolve pegá-lo, não teve dúvidas, afinal, sabe bem o valor do dinheiro.

Seu raciocínio é simples. Se as pessoas matam por dinheiro, roubam por dinheiro, se corrompem por dinheiro, se prostituem por dinheiro, se escravizam por dinheiro, é porque o dinheiro vale muito, vale mais do que vidas, do que caráter e do que liberdade.

Vai até o carro com a sacola na mão. Abre o porta-malas e põe a sacola lá.

– P... *que pariu*! Esqueci de tirar a cocaína do Senador daqui. – rogando praga para si mesmo ao ver os pacotes com a droga que ficara de entregar. – M...!

Entrou no veículo com mais pressa ainda.
Precisava voltar para casa rapidamente. Depois trataria das coisas do Nogueira.

***

Mateus viu a chegada de um grande clarão.
A dor que sentia começou a diminuir. O sufoco da respiração deixou de existir.
Já não percebia o seu entorno.
Agora via apenas a luz brilhante chamando-o.
O corpo de Mateus permaneceu no chão de asfalto. A alma de Mateus partiu.
Silêncio profundo.
Morte com cheiro urbano.

***

Ele suava muito apesar do ar-condicionado do carro estar ligado.
Seguia devagar, agora com mais cautela para não chamar a atenção. Tinha pressa de sair das proximidades do acidente, mas sabia que não poderia chamar a atenção.
Ao entrar na Avenida Afonso Pena, em direção à Praça da Bandeira, ouviu sirenes.
Tenso olhou pelo retrovisor. Eram motocicletas da Polícia Militar.
Não deu tempo sequer de rezar e elas já o haviam alcançado.
Para seu alívio, passaram reto, não o pararam.
Fez uma rápida oração.
Dobrou na Avenida Bandeirantes.
Havia uma *blitz* da Polícia Militar.
Deram-lhe o sinal para encostar.
– Que azar. – resmungou tenso em voz alta.
Teria que agir com naturalidade.
Encosta o veículo. A tensão estava em seu rosto.
– Senhor. – o policial o cumprimenta. – Sou o Capitão Murilo. – apontando para sua identificação no uniforme. – Estamos fazendo uma inspeção de rotina. O meu pessoal vai passar-lhe as orientações.
– Sim, senhor. – tenso e suando. Tentava disfarçar. – Eu sou vereador. – avisa logo, embora acanhado.

– Meu pessoal vai assumir agora. – falou de forma educada. Ser vereador não mudaria o procedimento, mas não havia motivo para discurso morais.

O Capitão se afasta um pouco e com sinais dá ordens imediatamente cumpridas.

Um policial se aproxima da janela do motorista, enquanto outro permanecesse mais à frente, na diagonal, segurando, de forma ostensiva, arma de maior porte. Havia mais um postado na diagonal traseira.

– O senhor pode desligar o veículo, por favor? – pede o policial.

Ele desliga imediatamente.

– Documento do senhor e do veículo.

Ele pega-os e os entrega ao policial.

– Sou vereador, *hein*? – avisa novamente.

– Sim, senhor. O meu comandante já me avisou.

– Acho bom vocês trabalharem direito. – ganhando confiança.

O policial ignorou essa fala.

– Capitão. – chama o policial postado à frente do veículo. Aponta para o para-choque amassado.

O Capitão aproxima-se do motorista.

– O senhor viu que seu para-choque está amassado?

– Não. – falou por reflexo.

O Capitão permaneceu parado. O motorista permaneceu no assento. O natural seria o motorista esboçar a reação para ver o para-choques. Houve uma pequena espera.

– O senhor pode descer do veículo, por favor.

Ele desce irritado.

– Qual o problema? Se o para-choque está amassado é problema meu. – ríspido. – O carro é meu e não seu. Ou você vai pagar o conserto? – sorriu para constranger.

– O senhor está vindo da onde?

– Como assim? Isso é problema meu. Eu não tenho que lhe responder isso. – semblante fechado. – Vocês trabalham *pra* mim. A polícia trabalha para o cidadão de bem. – tenso. – Vou ligar para o Coronel Cervantes. – já com o celular na mão.

O Capitão mantém a postura:

– Acabou de acontecer um atropelamento na Avenida Brasil. O senhor sabe de algo?

– Não sei de nada. Não sou obrigado a fazer prova contra mim mesmo. Vocês não podem me constranger. Isso é abuso de autoridade.

– Testemunhas falaram em um veículo igual ao seu. Com a mesma descrição.

– Coincidência. – argumenta.

– Mera coincidência. – sem mudar o tom. – As testemunhas disseram que a batida foi desse lado do veículo, que coincidentemente o seu está amassado.

– Que se *f*... as testemunhas também. – nervoso e suando muito. – Vou ligar agora para o Governador. Isso não vai ficar assim. Eu quero o seu nome soldado.

– Sou Capitão.

– *F*...-se!!! Tudo igual. Tudo milico.

– Sou Capitão. – repete. – Essa é minha patente. Fiz por merecer – tranquilo, seguro. – Peço que o senhor se acalme.

– Não vou me acalmar *p*... nenhuma. O que foi, *tá* com medo agora é?

– Senhor, podemos verificar o interior do seu veículo?

– Não, claro que não! *Tô* ligando *pro* Governador. Pede *pra* ele, seu milico ditador truculento. – nervoso. – Você acha que eu vou aceitar essa opressão imperialista neoliberal?

– O senhor abre o porta-malas do veículo, por favor?

– Você sabe quem eu sou? – sempre com o telefone celular na mão. – Eu vou ligar para um Senador da República. Ele vai mandar você cumprir serviço lá na "*casa do c*..."!

– O senhor está se excedendo. – avisa. – Se continuar assim teremos que fazer uso moderado da força para controlar a situação.

– Senador! – grita no telefone. – Eu quero falar com o Senador agora – aguarda a resposta da outra ponta da ligação. – fala que é o Vereador Téo Cortês. É urgente. Isso, pede *pra* ele me ligar assim que possível. – a ligação acabou.

O Capitão pacientemente aguardou:

– Nós vamos verificar o interior do veículo. O senhor está ciente?

– Eu não autorizo. – nervoso. – Quero que se registre que eu não autorizei.

– Sim, senhor. Será registrado. O senhor tem testemunhas?

– Não. – tenso. – Isso é propriedade privada. Vocês não podem revistar sem mandado judicial.

– Cabo. Pode abrir.

Lá estava escancarado.

– Capitão! Sacola com dinheiro. – indica com a mão sem encostar. – Arma. – indica. – Pacotes de cocaína – indica.

O Capitão olha para o Vereador:

– Quanto dinheiro tem aqui, vereador?

– Esse dinheiro não é meu.

– Essa arma, de quem é?

– Não é minha.

– Quanto tem de cocaína aqui?

– Não sei.

– O senhor terá que nos acompanhar até a delegacia.

– Isso aí não é meu. É tudo de um amigo meu.

– E como foi parar no porta-malas do seu veículo?

– Não sei. Mas não é nada meu. Não tinha nada aí. – tenso. – É de um amigo meu.

– Entendo. E quem é seu amigo? Às vezes, ele assume que é dele.

– Não posso falar. Eu tenho ética. – sério.

O Capitão faz um curto silêncio, para logo depois dar a ordem:

– Cabo, pode levar.

– Ninguém vai me levar para lugar nenhum. – ríspido. – Eu sou vereador. Sou autoridade. Vocês não podem fazer isso sem ordem judicial.

– Se for preciso pode algemar a "autoridade". – nem perde tempo responder.

– Isso não é meu. Eu emprestei o carro para um amigo meu. Ele que deixou essas coisas aí dentro. É tudo dele. – nervoso.

– Claro. – fala o Cabo. – Nada é seu. – em tom compreensivo. – A arma é do Comandante, o dinheiro é do Governador e a cocaína é do Senador. – achando – achando graça de sua própria fala, mas sem sorrir.

Capítulo IV

— Túlio, sabe quem eu sou?
— Pelo terno, pela gravata e pelo cabelo engomado, você deve ser advogado. – com desdém.
— Sim, sou advogado.
— Se está atrás de dinheiro, *dotô*, eu não tenho. – desdém com tom de nojo.
— Sou advogado da corporação.
— Corporação? – nervoso. – A corporação que se *f*...! Vocês armaram *pra* mim. – mais nervoso. – Vou entregar todo mundo.
— Como assim?
— Vocês mataram o Jon, colocaram a Federal atrás de mim. Vou entregar todo mundo.
Conversa tensa.
Aquela sala apertada na delegacia não contribuía para amenizar os ânimos. Além disso, havia o cheiro de esgoto que grudava no nariz.
— Vim aqui exatamente para garantir que não tome decisões precipitadas. – fala em tom moderado e coloca um cartão de visita sobre a mesa que os separava.
Túlio não pega o cartão. Nada diz. Olha para aquele engomadinho com ar desafiador.
O advogado sustenta o olhar por um tempo.
— Vou falar claramente para você, Túlio. – prepara o terreno. – Eu não costumo vir em delegacia defender "borra botas" igual você. – cerra a voz. – Eu atuo para os figurões. Minhas ordens vêm de Brasília. – seguro de sua fala. – *Me* pediram para vir até aqui e conversar com você. É só por isso que eu estou aqui. Vir *na* delegacia não foi uma boa decisão. –

encara-o. – Então deixa desse papinho de valentão e vamos tratar do que interessa. – olha-o firme, mas sem ser desafiador. – Lá no presídio todo mundo afina. Já vi muito machão virar menininha. – certo do impacto de sua fala. – Então, melhor você não ir *pra* lá. O que me diz.

Túlio sorri com deboche.

– O que foi? Falei algo engraçado?

– Não. – com o sorriso no rosto.

– Mas vocês devem estar morrendo de medo, *né*? Por que mandariam o *adevogado* dos figurões até aqui? *Pra* defender um "borra botas" como eu?

Silêncio.

O efeito não fora bem o planejado.

Túlio estica os olhos para ler o nome do advogado no cartão posto na mesa.

– *Hein*, Dr. Ezequiel? O que é que eu sei que vocês estão com tanto medo assim de mim?

– Pouca coisa. – um pouco sem jeito. – Mas o ideal é que a polícia nada saiba.

– Entendi. – olha-o desconfiado.

– A Andresa é nossa garantia do seu bom comportamento.

Um silêncio incômodo.

– Você ainda não foi acusado de nada. – fala formalmente.

– Eu quero dinheiro. Já *tô* sabendo do Jon.

Ezequiel o olha com cuidado.

– Não estou autorizado a negociar.

– Então o que está fazendo aqui? – direto.

– Estou autorizado a oferecer-lhe uma mesada pelo silêncio.

Túlio o encara:

– Se eu for preso, quero dinheiro no meu bolso para não abrir o bico.

– Se você abrir o bico. vai morrer.

– Mas levo muita gente comigo.

– *Pra* que isso? Seja inteligente.

– Estou sendo. Quero dinheiro.

– Terei que levar isso *pra* quem decide.

– É minha condição para permanecer calado.

Ezequiel se levanta com suas urgências.

Túlio o acompanha com o olhar. Não gostava de engomados.

– Quem te mandou aqui?

Ezequiel se vira, já segurando a maçaneta daquela velha porta.

Quando a vida cobra | 455

— Você sabe... — dá de ombros. — Não posso falar. — abre a porta. — Mas Moisés te mandou um abraço.

Túlio se levanta:

— Moisés?

— É.

— Isso muda tudo.

— Não vejo como. — e faz o movimento para sair.

— Dotô! — Túlio o chama. — Eu vou ficar calado. O que vocês oferecerem *tá* bom pra mim se estiver bom *pra* todos.

Ezequiel sorri:

— Moisés vai gostar de saber. — vira-se. Antes de sair definitivamente. — *Ah*, Moisés pediu *pra* avisar que o dinheiro já está com o pessoal de Brasília. Pode ficar tranquilo.

— Com eles eu não me preocupo. *Me* preocupo com o pessoal da Justiça.

Ezequiel sorri:

— Tudo sobre controle. Também estão na lista. — com ares de suspense. — Doutora Priscila.

— Quem é essa?

— É a "excelência" que vai assinar o teu *habeas corpus*. Amanhã você já estará na rua. — como quem conta um segredo. — Mas você não pode abrir o bico. Tem que aguentar a pressão. É só hoje, o plantão dela é amanhã. Ela assina e você *tá* liberado. Final do dia eu venho te buscar. — sorri e sai da saleta com certa satisfação, já prevendo os honorários.

Pré-capítulo IV

– O que você está dizendo?! – sem acreditar naquilo que acabara de ouvir. – A garota pediu *pra* ser estuprada?! *Cê* é louco? – inconformado, quase perdendo a compostura. – Você tem noção do que acabou de dizer?

– Mas é isso mesmo. Eu sou homem. Ela *tava* lá querendo, eu fui. – acreditando em suas palavras. – Ela ficou pelada. Ela se jogou na cama. Ela sabia que a gente *tava* ali. É lógico que ela gostou. É lógico que ela queria fazer sexo com a gente. – convicto. – Toda a mulher gosta de apanhar. – afirma.

– Você é um idiota.

– Eu sou idiota? Idiota é quem não pegou a garota. – bate no seu próprio peito. – Eu sou homem. Homem age assim. – aponta para o policial. – Você faria o mesmo. – desafia aquele policial que tenta manter a calma no interrogatório.

– Claro que não! Eu sei me controlar e só por isso que ainda não te enchi de porrada.

O garoto fica em silêncio, mas com um sorriso cínico no rosto.

– Tira esse sorriso daí! – fala o policial cada vez mais nervoso.

O garoto olha com firmeza:

– Não fiz nada errado. Ela é que é uma vadia.

O policial luta para manter a calma.

Nesse momento ouvem uma grande pancada no vidro que ficava na parede.

– Você está irritando meus colegas. Uma hora eles te enchem de pancada.

– Ela quis *dá pra* mim. Não posso fazer nada. – quase gritando para se impor.

– Cala a boca, moleque – irritado. – Quero ver você falar isso na cadeia. A bandidagem vai se divertir com você seu covarde. Você vai virar a mulherzinha da vez. Trouxa!

– Nunca irei pra cadeia. – com desprezo. – "Sou inocente até que se prove o contrário". Sou "réu primário". Tenho "bons antecedentes". "Não sou obrigado a fazer prova contra mim mesmo". "Quem alega prova". – cinicamente. – A lei está do meu lado. – o sorriso cínico continuava por ali. – Quem é o trouxa aqui, policial?

Nem viu a velocidade do soco que tomou no meio do rosto. Acabou indo ao chão desmaiado.

– M... de Processo Penal. – irritado.

PARTE XL

Capítulo Único

— Dr. Ezequiel! Que bom vê-lo aqui. Eu estava precisando falar consigo.

Ezequiel mal acabara de encerrar a conversa com Túlio e foi surpreendido por Antunes.

— Grande Antunes! Como vai? – sorriso aberto. – Queria falar comigo? – estranha.

— Sim. – também sorridente, o que era mais estranho ainda. – Mas tinha que ser no momento certo.

— À sua disposição. – mantendo o sorriso solícito e guardando para si a desconfiança. Antunes era um policial difícil. Não aceitava certas práticas e sempre se posicionara contra aqueles que aceitavam. Recusava suborno e fazia pose de ofendido.

— Podemos conversar então?

— Claro. – Ezequiel estranhou, mas acreditou que finalmente ele havia se dobrado, afinal, "todos têm seu preço", pensou para si com um sorriso para todos.

— Agora?

— Sim. Já estamos aqui mesmo, não é? – cortês.

— Vamos procurar uma sala. Com quem estava falando?

— Cliente. – sorri educado.

— Tem uma sala ali no final do corredor. Vamos lá?

— Sim.

Antunes na frente e Ezequiel logo atrás.

— Antunes! – ouve chamarem-no. Vira-se. Era Romano.

Sem perceber Antunes bufa. Dá um passo para frente, outro para trás, como se estivesse com dúvidas para quem deveria dar atenção.

– Romano. – sorri por educação e acena levemente.
Romano e Grego se aproximam
– Precisamos falar com você.
– Tudo bem. É demorado?
– Talvez.
Antunes olha para Ezequiel, para Grego e Romano.
– Eu ia começar agora uma conversa mais rápida com o Dr. Ezequiel. – indicando o advogado.
– Olá. – Grego cumprimenta o advogado.
Ezequiel acaba por apertar as mãos de Grego e Romano em cumprimento.
– Seu advogado? – pergunta Grego como quem faz apenas uma brincadeira.
– Não, claro que não. – Antunes sorri sem graça. – Por quê, vou precisar de um? – devolve em tom de brincadeira.
– Nunca se sabe. – completa Ezequiel.
Sorrisos distribuídos como se estivessem em uma grande comédia. Dentro deles, de cada um deles, era a tensão quem imperava.
Romano olha firme para Antunes e parecia decidir o que faria. Em consideração ao colega, e ao profissional respeitado por todos, Romano decidiu aguardar mais um pouco. Sua conversa era longa e pesada. Desconfiava de Antunes e, portanto, essa não seria uma conversa fácil.
– Antunes, posso esperar-lhe aqui para conversarmos? – aponta para um sofá surrado.
– Claro. – parecia aliviado. – Você não me leva a mal? Terminando com o Ezequiel a gente conversa.
– Combinado. Se não estiver aqui, estarei na minha sala. – aponta para o teto como se apontasse para o andar de cima. – Não deixe de me procurar. Temos que conversar hoje ainda.
– Combinado. – já se despedindo, nada de aperto de mãos, apenas um leve aceno.
Antunes e Ezequiel entraram na sala que ficava no final do corredor. Grego e Romano permaneceram parados como se estivessem em posição de sentido.
– Você vai para a sua sala? – pergunta Grego.
– Ainda não. – Romano parecia raciocinar. – Por que Antunes adiantaria uma conversa com um advogado?

– Às vezes, é outro assunto.
– É. – sempre com a dúvida na cabeça.
Grego foi até o sofá e quase que jogou-se nele, sem postura nenhuma. Romano reprova com o olhar.
– *Tô* cansado, Romano. – reclama Grego.
– Cansado de quê, Grego? – censura.
– De tudo. – largado no sofá com um sorriso aberto.
– Mas você não é cheio de energia?
– *Sô*. Mas hoje eu *tô* quebrado.
Romano em pé, à frente de Grego, mantém-se ereto em sua postura. Com um movimento da mão sinaliza para Grego, pedindo espaço no sofá. Senta-se.
De um lado estava Grego, completamente largado no sofá, com os braços para trás e as pernas jogadas para a frente, sem a menor preocupação de elegância. Tinha seu jeito.
Do outro lado do sofá, estava Romano, sentado com elegância natural à sua postura. Não tinha que lembrar-se em ter postura, esse já era seu jeito.
Grego, com sorriso aberto ia cumprimentando os colegas que eventualmente passavam por ali.
Romano com o pensamento no trabalho nem via as pessoas à sua volta. Não sorria, não cumprimentava.
Dá um tapinha numa das pernas de Grego:
– Chega *pra* lá, Grego. – dando ordem. – Você é folgado, *hein*? Fecha essa perna.
– *Ah*, você me dá ordem e eu é que sou folgado? – já se endireitando no sofá, mas não o faz sem reclamar.
– Você não está vendo que o sofá é dividido em dois lugares? Você ocupa um espaço e deixa o outro para outra pessoa. – como quem ensina o filho juvenil.
– *Cê, hein*, Romano? Cheio das regras. – resmunga Grego.
Romano apenas o olha com censura no olhar severo. Sem palavras.
Grego mantém o ar de resistência. Sem palavras.
Um curto instante de caras amarradas.
Grego se imagina abrindo as pernas novamente, de forma a ultrapassar a tal linha imaginária de Romano, só para ver a reação do amigo. O olhar de Grego até brilha só de imaginar. Deixa escapar um sorriso.
Romano sério, pensava na investigação e já adiantava a conversa que teria com Antunes.

Grego abre as pernas e, propositalmente deixa esbarrar em Romano. Este, emerso em pensamentos, nem percebeu.

Grego, discretamente foi pressionando e ganhando mais espaço.

Romano percebe e, como se ofendido e contrariado pelo ato de desobediência, solta outro tapa leve na perna de Grego:

– *Pô*, Grego! Não é possível. Não respeita ninguém. – expressão fechada.

– *Qué* isso, Romano! – fingindo-se ofendido e rindo da reação previsível do amigo.

Romano acaba por sorrir ao perceber que caíra na armadilha festiva do amigo.

– Você é nervoso demais. – fala Grego exageradamente e com um sorriso satisfeito. – Só falta você querer cortar minha perna para eu nunca mais fazer isso! – braços abertos, gestos exagerados, como se houvesse uma grande cena de tragédia acontecendo ali.

– Deixa de palhaçada, Grego. – Romano rindo, mas não gostava daquela algazarra toda.

Grego adorava irritar o colega.

– "Cortar sua perna para nunca mais você fazer isso"! – repete Romano já de pé. Olha para Grego.

– É brincadeira, Romano. Calma aí. – sabendo que tudo não passava de uma gozação.

– Você entendeu, Grego? "Cortar para nunca mais usar". – gesticulando.

– Não entendi nada.

– Não deixa o cara sair daí – aponta para a sala se referindo a Antunes. Vira-se.

– Onde você vai? – pergunta Grego.

– *Pra* minha sala. Preciso conferir uns negócios.

Grego se levanta inconformado, sabia que não aguentaria ficar parado ali. Tinha que ir atrás de Romano. Esperaria um pouco, depois arrumaria um colega para ficar ali de vigília.

***

Sua mesa de trabalho era organizada. Sabia onde deixava as coisas.

Romano procura alguns papéis que separara sobre Antunes. Tinha pressa, mas sua mente parecia distante.

Encontrou o que procurava.

Senta-se na cadeira e lê com atenção os relatórios que separara.

***

– Senta aí. – Antunes aponta uma cadeira para Ezequiel.

Ambos se sentam com a mesa entre eles.

Antunes parece mudar de fisionomia, mas mantém o ar cortês.

– Ezequiel.... – faz a abertura já com aspecto mais sério. – Já tem um tempo que você vem me abordando *pra* que eu "facilite as coisas", não tem? – leve sorriso.

– Tem. – retribui o sorriso. Finalmente Antunes entraria no jogo.

– Pois é. Eu andei pensando. – olha bem para Ezequiel. – Tem uma decisão que eu tomei há muito tempo e agora chegou o momento de te falar. – Ezequiel atento. – Mas antes, eu preciso te dar algumas explicações.

– Não, Antunes. Você não precisa me dar explicações. – num gesto de delicadeza. – Tudo certo. Cada um tem seus motivos e as pessoas mudam.

– Pois é. Eu também acredito nisso. – breve silêncio. – Mas tem gente que não muda, não é?

– É. – concorda, por concordar.

Há um período de silêncio, agora maior.

– Você sabe que eu perdi minha esposa e meu filho num parto malsucedido?

– Não sabia. Meus sentimentos. É recente?

– Não., já passou muito tempo. Mas meu sentimento não passou.

Ezequiel soltou o ar como se preocupado. Será que Antunes iria contar sua vida toda para ele? Não é possível – pensou. Por prudência, melhor manter um silêncio respeitador, até que Antunes realmente entrasse no assunto que queria tratar. Com certeza não o chamara ali para ouvir falar de sua trajetória pessoal.

– Aí eu acabei pegando um garoto *pra* criar. – ar melancólico. – Cara ótimo. Moleque joia. Está no hospital.

"Entendi, está precisando de dinheiro para as despesas. Por isso que vai ceder à 'ajuda' da corporação" – pensa Ezequiel sem nada dizer, acreditando ter matado a charada.

– Sabe o nome dele? – pergunta Antunes.

– Não. De quem? Do garoto?

– É.

Não. – porque deveria saber o nome de um garoto que o Antunes pegou para criar. Internamente estava quase que ofendido. Queria resolver logo esse assunto. Era só dizer o preço e pronto, assunto encerrado.

Quando a vida cobra | 463

***

Romano pega um dos primeiros casos de Antunes, que lhe chamara a atenção e analisa.

Uma garota se suicidou. Isso não era incomum. Segundo o relatório de Antunes, essa investigação estava encerra e não havia nada a apurar.

Romano apenas não entendia porque, embora no relatório Antunes tivesse dado por encerrado, sempre carregava essa pasta para todo o lado como se aberto ainda estivesse.

Segura uma segunda pasta, que Antunes deixava presa à primeira por uma corda e um clipes.

Leu novamente o que já tinha lido por diversas vezes.

Outro caso com o carimbo de inquérito encerrado, mas que Antunes carregava para todo lado. Tratava de um estupro em Ouro Preto. Nunca fora provado. Quatro rapazes acusados, nenhuma condenação.

Romano resolveu ler com mais atenção.

Pensar como se fosse Antunes e entender o que ainda não tinha entendido.

Começa por ler os depoimentos.

Na sua mente a frase de Grego: "cortar para nunca mais usar".

***

– O nome dele é "Doze". – Antunes responde sua própria pergunta.

– Doze. – Ezequiel apenas repete. – Desejo-lhe pronta recuperação.

– Sabe o que ele queria da vida?

– Não. – Ezequiel sorri sem graça, como se tivesse interesse na conversa, mas já sem interesse nenhum. – Antunes, talvez fosse melhor... – ia se levantando.

– Sente-se. – põe a arma em cima da mesa, sem ameaçar, apenas a exibe. – Hoje eu quero falar com você.

– Tudo bem. – retoma seu lugar. – Apenas poderia ir direto ao ponto.

Antunes o olha firme.

– Não, não posso ir direto ao ponto. Se eu for direto ao ponto, você não entenderá o que eu quero que entenda. É importante que você ouça aquilo que eu tenho a dizer. – tenso e aumenta o tom. – Além do mais, você está sempre atrás de mim. Tem anos que me procura. Agora que eu peço para me ouvir não tem tempo? Ora. – reclama e bate na mesa sem muita força.

Ezequiel fica estático.
Breve silêncio.
Antunes faz o "sinal da cruz".
– Doze é um garoto especial. Neste momento luta para viver.
– Acredito.
– Mas eu sei que ele não vai conseguir. E desta forma, muita coisa muda. Realmente muita coisa muda.
– A vida é assim, mesmo. – desinteressado.
– Cala a boca, infeliz! Agora você só ouve. Não fala nada! – nervoso.

* * *

– E aí, Romano? Alguma novidade? – chega Grego.
Romano levanta a cabeça.
– O que está fazendo aqui?
– Como assim?
– Tem alguém lá embaixo com o Antunes? – se levanta preocupado.
– Você não falou *pra* ele vir *pra* cá. Então, ele virá. – confiante.
– "Virá"? Será? – duvidando. – A gente confia nas pessoas, não é Grego?
– *Nó*, Romano! O que é que *tá* pegando? – sorri.
– Eu vou lá *pra* baixo, então. Isso se o Antunes já não foi embora. – nervoso.
– Relaxa, Romano. – sorriso quase irresponsável. – Pedi *pro* Peixoto ficar de olho no Antunes. Fica tranquilo. Aqui é *profissa*.
– "*Profissa*"?
– É. Profissional. – estranhando como Romano, tão capaz, poderia não estender essas expressões.
– "*Profissa*". – repete incrédulo, estranhando como Grego poderia usar esse tipo de expressão.
Volta a sentar-se.
– Vai lendo aí. – dá-lhe uns relatórios.
– E o que devo procurar?
– Deixa que eu leio, Grego. Até eu te explicar...
– Estressado, *hein*, Romano?
– Não tenho tempo *pra* isso agora, Grego.
– Beleza. – Grego conformado põe uma das mãos na boca, como quem avisa que nada falará. Depois põe as mãos sobre os ouvidos, como

quem avisa que não ouvirá nada e, por fim, tampa os próprios olhos, como que nada verá.

– É isso, Grego. Você matou a charada. – festivo e mexendo na papelada. – Você é *f*...!

– Eu? – Grego se senta e segura um calhamaço de papel. – Matei a charada? – sem entender nada.

– O que eu faria sem você?

– Verdade. Sem mim, você não seria nada. – sorridente, mas ainda sem entender.

– Aqui. – Romano chama a atenção com papéis na mão se preparando para a leitura. – Foram quatro caras. – indica o numeral com os dedos. – No depoimento, um apenas falou. – Grego prestava atenção. – Outro diz que só ouviu. – não entendia. – Um apenas viu. – conclui. – Apenas um praticou o ato.

– Todos foram presos?

– Nenhum. Não ficou comprovado. Foram todos absolvidos.

– E do que estamos falando?

– Estupro. – fala Romano. – Estupro que não foi comprovado. Ninguém foi condenado. Quatro rapazes contra uma garota e ninguém foi preso – revoltado.

Grego fazia esforço para entender aquilo que Romano dizia ser óbvio.

– Não sei se entendi, Romano. – como se pedisse ajuda.

– Um apenas falou. Alguém foi lá e arrancou a língua do cara. Qual o nome dele mesmo?

– Não sei.

– *Tá aí no relatório.*

Grego procura enquanto Romano mantém o raciocínio.

– Zacarias. *Tá* aqui. Zacarias. O jornalista. – repete Grego

– O segundo apenas ouviu. Arrancaram as orelhas dele.

Grego, despachado já procura o nome:

– *Tá* aqui. Otávio. O professor. – fica na dúvida. – Mas será que tem relação? As datas dos assassinatos são muito distantes.

– Claro que têm relação, Grego. Os quatro envolvidos num crime na juventude e mortos anos mais tarde? Não tenho dúvidas. Ainda mais que deixaram sinais. Não foi apenas homicídio, foi uma serie. Quem matou, matou de um jeito que nós conseguíssemos perceber.

– Mas e a distância do tempo? Por que esperar tanto tempo entre um assassinato e outro?

– Não sei. Qual o terceiro? – tenta manter o raciocínio.

– Daniel. Escritor.

– O escritor. Arrancaram os olhos dele. – Romano puxa a memória. – No depoimento do estrupo, ele disse que apenas viu. – delirava. – Achamos o motivo, Grego.

– Sim. Mas isso não incrimina o Antunes. – conclui Grego.

– Não. Inclusive ele pode ter chegado à mesma conclusão que a gente. – tentando entender. – Às vezes, estava na mesma pista. Talvez já estivesse na nossa frente.

– É. – fala Grego mexendo no celular.

– Pô, Grego! Toda a hora *cê* mexe nesse celular. – reclama Romano. – Presta atenção no que eu *tô* falando.

– Vou olhar um negócio aqui na página social do Antunes.

– *Qué* isso, Grego! O que você vai achar aí?

– Deixa eu olhar? – insiste Grego. – *Nó*, estressado mesmo. – reclama do colega.

Grego vai mexendo no celular, quando se lembra.

– Não eram quatro?

– O quê?

– Não eram quatro?

– Quatro o quê?

– Quatro rapazes, lá no estupro – explica.

– Eram quatro mesmo. – responde Romano.

– Quatro. – imitando o tom do amigo. – ainda tem um vivo, será? – indaga. – Você lê demais, mas nem vê o óbvio, Romano.

– Quem será esse cara?

– Não sei.

– Só foram três assassinatos. Tem mais um. – nervoso com o fato de Grego conversar olhando para o celular.

– É só olhar o depoimento aí. Deve ter o depoimento dos quatro. Aquele que estiver vivo é o próximo da lista. Basta a gente ficar por perto e pegar o assassino. – feliz consigo.

– Claro. – procura em meio aquela quantidade de papel. – Onde você pôs, Grego?

– Pus o quê?

– Os depoimentos.

– *Tá* aí.

— Pô, Grego. É só te dar um negócio na mão que você perde. Impressionante. – meio a sério, meio rindo. – Você é a única pessoa que eu conheço que perde o tíquete de estacionamento entre o ato de retirá-lo da máquina e estacionar o carro. – sorri. – Cadê? Já sumiu. – fazendo troça.

— Concentra no trabalho, Romano. – como se estivesse dando-lhe uma bronca.

— Achei. – fala Romano. – Deixa ver. – fazendo uma leitura rápida.

— Olha aqui. – fala Grego segurando o celular. – É aquele garoto. Olha aqui, Romano. – achara uma fotografia na rede social de Antunes.

— Só um momento. – seguia com o dedo a leitura. – O quarto depoimento está aqui. Qual o nome? Qual o nome? Aqui. P... – Romano pega na arma. – Vem, Grego.

— Mas olha aqui. – mostrando o celular e já seguindo Romano.

— Agora, não. Temos que procurar esse carinha.

Grego segue Romano.

— Temos que falar com o Antunes.

— Eu sei. O Peixoto *tá* lá.

E seguem pelas escadas do prédio.

* * *

— Doze era como um filho *pra* mim. – Antunes fala em tom sério e carregado. – Um dia, num dos meus primeiros casos, cheguei atrasado. – Antunes fica de pé. – Quando cheguei *no* local, havia uma garota pendurada numa corda. Ela se matou. No chão estava uma criança. Essa criança era Doze. Pendurada na corda era sua mãe.

Ezequiel nada diz, mas essas coisas acontecem. Já não queria ouvir aquela tragédia, mas Antunes insistia.

— Sabe por que aquela mãe se matou?

— Não. – responde Ezequiel. Era óbvio que ele não poderia saber e nem tinha interesse nisso.

— Você sabe. – afirma Antunes.

— Eu sei? – estranha. Deve ter advogado para alguém da família.

— Você sabe. – nervoso e ficando cada vez mais tenso, apesar de manter o tom da fala.

— Ela foi estuprada. – encara firmemente Ezequiel. – Durante nove meses, ela carregou consigo o fruto daquela tragédia. Poderia ter se livrado daquela gestação, mas ela não quis. Porque ela acreditava. Lutou contra preconceito, contra a família, contra a sociedade e contra tudo aquilo que ela tivesse que lutar. – tenso. – Ninguém ficou ao lado dela. Ninguém.

Enquanto falava, Antunes assumia-se como orador, por vezes imóvel como se discursasse, por vezes circulava a mesa. Mas sempre com o olhar firme e fixo em Ezequiel.

– Ela acreditava em dias melhores. Acreditava que poderia ter essa criança e ser merecedora dessa dádiva divina. – tom forte. – Sabe quando ela deixou de acreditar? – bateu na mesa.

– Não. – como poderia saber, se perguntava.

– Quando o Judiciário absolveu os quatro estupradores. Bandidos postos na rua por falta de provas. A crença que ela trazia foi embora. Deixou de acreditar nas pessoas, no país. – pesado. – Mas manteve sua fé. Ela acreditava que coisas ruins poderiam se transformar em coisas boas. Acreditou que a morte dela fosse o melhor para seu filho. – nervoso. – Sabe quem sou eu? – batendo no peito.

– Antunes. Sei bem quem é você, Antunes.

– Sou irmão dela. E prometi que eu iria resolver isso. Levasse o tempo que levasse. – tenso. – Sabe porque ela pôs o nome de Doze no garoto?

– Não.

– Para nunca se esquecer que coisas ruins podem virar coisas boas. – olha-o com firmeza ameaçadora. – "D" de Daniel. – controladamente calmo. – Disse que só ficou olhando, que não estuprou minha irmã. Mas também não fez nada para impedir. – olha – olha firmemente para Ezequiel. – Arranquei-lhe os olhos. – respira. – "O" de Otávio. Só ouviu. Arranquei-lhe as orelhas. – Ezequiel levantou-se com semblante preocupado. – "Z" de Zacarias. Só falou. Arranquei-lhe a língua.– aproximando-se de Ezequiel. – *Tá* lembrando dos seus amiguinhos?

– O que vai fazer? Aquilo foi um acidente. Foi azar. Não era para ter acontecido. – temendo por si.

– Mas aconteceu. – fechou o semblante. – Só um penetrou. Você se lembra?

– Foi acidente. – preocupado.

– "D" – "O" – "Z"... e "E" de Ezequiel.

Antunes deu-lhe um tiro na genitália.

O eco do tiro deu-lhe aspecto mais estrondoso ainda.

– Morre, desgraçado. – um segundo tiro na cabeça. – Fim de assunto. – fala Antunes para si mesmo.

***

Grego e Romano aceleram a correria depois que ouviram os tiros.
— Romano. Grego.
— Fala, Peixoto.
— O negócio ferveu. — tão apavorado quanto. — O Antunes deu dois tiros no advogado.
— O Antunes que atirou? — pergunta Romano.
— Foi, *véio*.
— E você viu alguma coisa, Peixoto?
— Não vi nada, não. Ele *tava* lá dentro da sala, lá. — tenso. — Ele que pediu *pra* te chamar.
— E você deixou ele sozinho lá?
— *Tá* lá dentro. Não quis sair.
— Por que você deixou o Antunes sozinho? — preocupado e acelerando o passo.
— Sei lá. Ele é policial, se atirou em alguém teve motivo. — raciocínio simples com conclusão singela.
— Romano! — chama Grego.
— Quê? — apertando o passo.
— O Antunes é o nosso assassino.
— Como assim? Tem certeza. Qual o motivo?
— Olha aqui. — mostra-lhe uma fotografia das redes sociais.
— É o Antunes?
— É o Antunes e aquele garoto, o Doze.
Aceleram o passo.
— Ele é o quê do garoto?
— Não sei.
Chegam à sala e veem Ezequiel estendido no chão.
— Cadê o Antunes?
Saem correndo procurando pela delegacia. Por apenas alguns instantes.
— Não deve estar longe, Romano. Quer que eu avise pelo rádio? — pergunta Grego.
— Sim. Mas dá umas horas de vantagem *pra* ele. Não gosto de prender policial. — sugere Romano. — Alguém acaba por prendê-lo.
— Vamos dar "doze" horas de vantagem. — rindo de sua própria fala.
Romano olha sério sem entender Grego. Não era momento para piadinhas.
Grego olha confuso sem entender a censura de Romano. Sempre era tempo para uma piadinha.

PARTE XLI

Capítulo Único

Seu corpo doía todo. Doze mal conseguia respirar.
Deitado naquela cama cheia de equipamentos, ele parecia sem vida.
O que via era escuridão com eventuais clarões que vinham em feixes que logo desapareciam.
O que ouvia eram vozes preocupadas e gemidos de sofrimento.
Não sentia cheiro. Não tinha percepção do ambiente.
Seu pensamento ia sempre buscar Bebel. Apenas isso lhe dava certo conforto.
Se morresse iria para perto dela. Era melhor acreditar nisso.
Duvidava de Deus, mas Ele existisse que o levasse para perto de Bebel.

***

Helena vinha sorrindo pelos corredores do hospital, como sempre.
Era uma mulher bonita e chamava a atenção.
Ia concentrada no seu trabalho.
Seu turno hoje seria no CTI.
Foi para lá com a paz de espírito que costumava carrega.

***

Seus olhos doíam quando abertos. Assim, por defesa os fechava, por hábito os abria. Travava esse pequeno duelo a curtos intervalos, enquanto esperava uma solução final.
Bastava que seus pulmões desistissem da luta, que tudo estaria encerrado.

Mas os médicos lhe ligaram um monte de equipamentos, à espera de sua reação.

Doze já não queria reagir. Queria ir ter com Bebel e só.

Queria descanso desse mundo amargo que encontrara.

Mundo esquisito. Planeta selvagem onde as pessoas se agridem.

Queria paz.

Abre os olhos para fechá-los logo em seguida.

Havia muita luz. As imagens se apresentavam turvas.

Espera um pouco.

Queria abri-los novamente.

* * *

Helena entra no CTI e vê o número de leitos. Todos ocupados.

Não sabe dizer por qual motivo, mas inconscientemente decidiu iniciar do lado contrário ao qual sempre começara.

Lia com atenção os prontuários. Observava com carinho os pacientes e tentava não ser atingida pelo sofrimento alheio.

Ela era muito emotiva e, invariavelmente chorava no final do expediente. Penitenciava-se por isso. O que para si era apenas solidariedade humana, aos olhos dos outros era fraqueza profissional.

Sempre se fazia acompanhar por uma oração e trazia o terço que guardara da infância.

Parou na frente de um leito na hora exata que o paciente abrira os olhos.

Por reflexo, Helena abriu aquele sorriso doce que a acompanhava.

* * *

Depois de um curto duelo, Doze abriu novamente os olhos.

Foi tomado de susto sem reação.

Parado à sua frente havia uma mulher linda. Era Bebel.

Havia luz em seu entorno. Achou que estava delirando.

Da paz inicial que o tomou ao ver a imagem de Bebel, veio um agito tenso.

Doze queria mexer-se, mas não conseguia.

Estendeu-lhe as mãos sem conseguir alcançá-la.

Queria tocá-la. Seria verdade ou era sua imaginação pregando-lhe peças?

Deixou lágrimas escaparem de seus olhos enquanto as palavras permaneciam mudamente travadas e esquecidas naquele acidente.

Não conseguia falar.

Aos poucos, a expressão de surpresa mudou para a de admiração, encantamento.

Seu coração acelerou.

Acreditou que ela viera buscá-lo.

Esticou uma das mãos para a cabeceira da cama para pegar a fotografia de Bebel. Queria mostrar-lhe que sempre esteve com ela.

Fez isso com a mão esquerda, a mesma onde enrolara no pulso o terço que Bebel lhe dera.

Doze não conseguiu alcançar a fotografia.

***

Helena não sabia o que fazer:

– Calma. Vai ficar tudo bem.

Estava preocupada com aquele garoto que, de repente, ficara agitado por vê-la.

Entendeu que ele queria a fotografia. Entregou-lhe na mão.

Ele puxou a fotografia em alívio e a apertou no peito, próxima ao coração.

Segurou-lhe a mão. Helena não sabia bem o que deveria fazer.

***

Bebel entregou-lhe a fotografia e Doze a apertou ao coração.

Depois segurou-lhe pela mão.

– Você está viva! – balbuciou quase que em sussurro imperceptível.

Jogou sua cabeça para trás como quem busca forças para não tirar os olhos de Bebel.

– Você está viva! – tenta sorrir.

Estava pronto.

***

Helena percebeu que já não havia nada a ser feito.

Os aparelhos davam todos os tipos de sinais, mas aquele rapaz já não estava ali.

Olhou seu nome e idade. Lamentou.
Outra colega chega para ajudar enquanto algum médico não aparecesse.
Por curiosidade, Helena olhou a fotografia.
Assustou-se e procurou uma cadeira para sentar-se.
– O que foi? – pergunta a colega.
Helena estava tensa, ensaiando um choro na confusão que se formou em sua mente. Estendeu a fotografia para a colega.
– Você conhecia este rapaz?
– Não. – tampando a boca e o rosto.
– Mas é você na foto! Não é?
– Sou! Mas não sou!
– Como assim? Então quem é?
Helena percebeu as lágrimas suaves que lhe desciam o rosto delicado.
– Minha irmã Isabel. – pranto controlado. – Eu sabia que eu tinha uma irmã gêmea.

***

Doze seguiu a luz e percebeu-se mais leve. Ia com a alegria de objetivo finalmente alcançado. Seu sentimento era de satisfação. Iria se encontrar com Bebel.
Finalmente teria paz.
Finalmente teria Bebel a seu lado.
Tivera vida curta, mas intensa. Sua jornada não fora em vão. Doze tivera em suas mãos o sabor do amor.

Carta de Doze para Bebel

Sempre fui do meu jeito e não do jeito que queriam que eu fosse.
Não aceito ordens de ninguém.
A educação recebida me moldou, me deu valores e me atribuiu qualidades e defeitos, mas nunca me enjaulou.
Não sou submisso a ninguém.
A literatura que absorvi me ensinou a voar e a transpor limites físicos.
A minha personalidade me fez desejar a permanente aprovação de meus atos por mim mesmo.
Nunca segui uma escola de pensadores, uma diretriz indiscutível, uma certeza pela certeza. O "sim" pelo "sim"! O "não" pelo "não"! Sempre busquei a lógica das coisas sem lógica metódica. Sempre fui arisco às coisas que "são assim" por "serem assim".
Nunca quis me sentir preso à mesmice, mas também não assumi compromissos com a mudança repetitiva, sob pena vir a mudança a tornar-se a mesmice e esta acabar por prevalecer.
O mundo gira e a vida segue. Eu tenho pulso suficiente para enfrentar as dificuldades. Eu tenho personalidade de luta no sangue.
Sempre gostei de ser livre para buscar o que quisesse e quem quisesse... nunca me senti preso a nada nem a ninguém.

Aí surgiu você!...

Estou preso por querer ficar preso.
Estou preso com a sensação de ter encontrado a liberdade que só o coração permite alcançar.

Sem você, tudo perde o sentido.
A luz que recebo vem de você. O pulso ritmado em disparo quando me sorris. A minha alegria abobada vem de ti.
A certeza de felicidade partirá junto contigo...

E é por isso que te anúncio:
se estou preso a ti – estás presa a mim
ou porque queres, ou porque não te soltarei (nunca).

Quando a vida me levou para ti e tu me aceitaste, foi com atributos de eternidade.
Isso não se desfaz...

Se preciso for, mudo meu jeito, me reeduco, reescrevo toda a literatura, desisto de minha personalidade, me torno teu discípulo, me torno dono da falta de lógica, me acomodo na melhor poltrona só para te admirar... Linda.

Te admirar é ver todas as cores numa só pessoa, é perceber a delicadeza nos gestos e a pureza no olhar, é permanecer hipnotizado com o brilho doce dos teus olhos, é querer parar o tempo enquanto teus cabelos bailam ao vento, é querer o teu calor para dominar o mundo, é mais nada querer por já ter tudo...

É como me sinto: parado, mesmo que em movimento, te admirando em cada canto de tua alma.

Te amo – e nunca se esqueça disso.
Te amo – e não me permito esquecer disso.

**

Helena faz a leitura silenciosa daquele pedaço de papel que estava com Doze.
Por instantes fica imóvel, ali mesmo, numa cadeira abandonada no hospital.
Lágrimas lhe escorrem sem saber ao certo o motivo.
Suas emoções estavam em disparo.
O que dizer?
O que fazer?

Como a vida podia ser tão bela e tão dolorida ao mesmo tempo?
Não sabia o que pensar.
Não sabia o que dizer.
Nada disse, apenas permitiu-se o choro de lágrimas discretas.

PARTE XLII

Capítulo Único

Romano, em sua sala, tentava ajeitar aquela papelada toda. Grego chega com pressa comedida:
— Localizaram o Antunes. — informa.
Romano apenas olha-o e nada fala.
— É *pra* prendê-lo? — indaga Grego.
— É. — com pesar. — Claro.
— Quem diria. Cara admirado por todos e agora isso...
— Pois é! — reflete. — Deixou de acreditar nas instituições, no país, na Justiça e tudo mais. — tentando entender. — Quando isso acontece, o homem tem a tendência a fazer justiça com as próprias mãos. Se o Estado não funciona, *pra* quê Estado?
— É.
— A médica matou a sua mulher e o seu filho. Sua irmã foi estuprada e se matou. A Justiça não condenou ninguém.
Grego concorda com um aceno de cabeça.
— Você entendeu o que aconteceu, Grego?
— Entendi. — convicto. — O cara saiu por aí fazendo justiça com as próprias mãos. — pondera. — Errado, *né*? Não pode agir assim. Mas...
— O que aconteceu é que ele perdeu tudo aquilo que acreditava e todos aqueles a quem amava. — como se filosofasse. — Quando tiram até a esperança de um homem, ele já não tem nada a perder. Fica fora de controle.
— É. Mas agora ele *tá* preso. — atravessa Grego. — Então o Estado funciona.
Romano olha para o colega como se olhasse para os caminhos do destino:
— Não é o Estado, Grego. É a vida.
— Como assim?
— É quando a vida cobra.

Carta Aberta II

Do que vale a nossa jornada se não fizermos o bem?
Por que caminharmos tanto, por seguidos anos, se não deixarmos um bom legado?
Testamento de caráter, de valores, de exemplos.
Atitudes boas e corretas. Para que as energias à nossa volta sejam sempre boas.
Bastam poucas palavras para desejar o mal. Poucos gestos para fazer o mal.
Destruir é mais fácil do que construir.
Quantas vidas são tiradas todos os dias? Quantos sonhos são roubados? Quantos assassinatos? Quantos estupros? Quantos tiros são dados por dia?
Por que as crianças sofrem?
Por que os adultos se tornam pessoas más?
De onde vem o preconceito? A violência? A ignorância?
O ser humano é o único ser no Planeta com a capacidade de pensar, de entender o seu entorno e agir sobre ele. Então, por que não usar essa capacidade sempre com o mesmo propósito?
O bem.

ANEXO

10 MILHÕES DE CÓPIAS VENDIDAS

Leia, a seguir, um trecho do próximo livro de Nuno Rebelo: "10 milhões de cópias vendidas". Mistério e suspense em uma intrigante trama policial.

PARTE I

Capítulo I

Um dia sem cor, sem importância, sem interesse.
A cidade parecia ter vida própria. Dormia e acordava sozinha. Só ela saberia dizer dos estragos da noite.
Agora era a vez do Sol de céu azul, que chegara dando um "bom dia" festivo às pessoas sonolentas com cara de travesseiro.
Do asfalto parecia sair o vapor da noite ainda fresca, como quem exala bebida pela pele.
Cheiro de manhã fria com café quente.
No bairro Luxemburgo, da capital mineira, os carros da polícia já cercavam o prédio de apartamentos luxuosos. Dois por andar.
Elevador com espelho para uma última olhada de autoestima.
No apartamento de porta de velório, a sala se apresentava espaçosa, com mobília moderna. Paredes brancas de saudação solene tentavam esconder as manchas da madrugada sem limites, segurando quadros sem estilo de estilos próprios. Chão de piso caro para merecer sapatos de gente barata.
Corredor comprido de cárcere, com armários aéreos vigilantes em catapulta.
Quartos omissos aos movimentos imóveis dos fatos.
Havia o silêncio incomodo à tragédia.
Todo o caminho fora rápido até ali. Era como se a velocidade fosse outra para se chegar. Mas agora, no momento crucial, tudo acontecia mais devagar, como se os movimentos estivessem congelados em conflitos de rupturas.
O quarto do casal era grande demais para pessoas pequenas demais.
O dinheiro era importante e vinha junto com a aparência.

Lençóis limpos, pessoas sujas.

A cama dominava o centro do quarto com ar imperial. Um armário com ares de capataz vigiava todo o ambiente. Havia um pequeno sofá que fazia a vezes de confessionário e no outro canto uma cômoda com gavetas comportadas.

No chão havia um tapete de arte pitoresca e rara beleza, em contraste bisonho com a cena calada de dor gritante recaída pesadamente sobre si.

Sobre ele o sangue escorria em silêncio do corpo daquele homem sem pulsação. Três tiros no peito e um na cabeça.

Sequer tivera tempo de se vestir.

O corpo, retorcido, nada sentia. Já não havia vida ali – se é que um dia houvera.

O revolver fosco estava próximo, jogado descuidadamente no chão. Abandonado, assistia a tudo isolado, mas sem vontade de participar. Já fizera seu estrago com êxito.

Próximo à mão do braço estendido quase que em coreografia, havia o exemplar do livro "Guerra e Paz", de Tolstói, largado sem tempo de ser encerrado em sua leitura.

Na varanda do apartamento, a esposa chorava inconformada sentada na cadeira cerimoniosa, coberta por um lenço caridoso na mão tremula e inquieta, confortada por uma policial militar pesarosa.

Nada dizia, mas em silêncio deixava clara sua vontade de falar algo em desabafo. Seu corpo tremia inconformada com a cena.

Era importante que ela se acalmasse.

Deram-lhe um copo de água.

Bebeu-o pesadamente, como se a água não quisesse entrar naquele corpo tomado pela tristeza.

Estava vestida com a primeira roupa que encontrara, mas isso não tinha importância.

Estava despenteada e sem maquiagem. Não tinha importância.

Hoje teria que chegar cedo ao trabalho. Tinha importância.

Importância? O que poderia ter importância àquela altura?

Seu marido estava morto no quarto e não sabia do paradeiro de seu filho.

Segurando o copo com as duas mãos, por não saber o que fazer com elas, viu dois homens chegarem e ficaram postados à sua frente. Eles a olhavam sem olhar. Sentiu-se intimidada. Deveriam ser policiais de investigação, concluiu, pois diferente dos outros, não usavam uniforme.

Percebeu que eles observavam tudo, porém, sempre retornavam com o olhar para ela.

– Eu queria mais água. Você pega *pra* mim? – pede gentilmente à policial que estava próxima.

– Claro. Só um momento. – e vai em direção à cozinha.

Sentada na cadeira, ela vê a policial se afastar. Fica com o olhar perdido em pensamentos. Era como se não estivesse mais ali.

Nervosa, ajeita o cabelo e olha-se no espelho de um pequeno estojo de maquiagem que estava por ali.

Seus olhos estavam vermelhos e fundos com olheiras.

Levanta-se. Faz ar altivo.

Anda lentamente até o parapeito da varanda e passa uma perna.

Alguém percebe e grita em tentativa de interrupção.

Ela passa a outra perna e mantém-se segura pelas mãos, de costas para todos, de frente para o pulo. Ainda com o apoio dos pés, já sem a proteção do parapeito, mantém-se segura pelas mãos, com dedos frágeis de unhas com esmalte.

Olha para o chão como quem mede a distância do salto.

Depois, olha para o céu como quem mede a distância do alcance.

Pular para baixo para subir ao céu. Sorriu levemente com o pensamento rápido, sem reflexão, sem razão.

Já não havia motivo. Já não havia nada a fazer.

Ela merecia – era o que acreditava.

Talvez a vida foss melhor depois da morte.

Um último respirar como se o pulo fosse em uma piscina de água receptiva. Fecha os olhos e abre as mãos.

Os movimentos foram lentos, mas o acontecimento fora rápido.

Sua vida vai em direção à morte num salto sem coreografia.

Ela deixa seu corpo cair do oitavo andar, num voo sem plano, mas com direção certa.

Guerra e paz no mesmo ato.

Capítulo II

    Júlio caminhava pelas ruas do centro de Belo Horizonte.
    Tinha pressa, mas não tinha direção.
    Parecia ocupado, mas não tinha nada para fazer.
    Pensou em ir para a rodoviária. Um ônibus qualquer para um lugar qualquer. A estrada decidiria qual o seu caminho, qual o seu destino.
    Trazia uma mochila com poucas coisas. Estava leve.
    Trazia seu espírito conflituoso. Estava pesado.
    Seus olhos eram de animal assustado, que em fuga do predador, não sabia bem qual caminho escolher, mas seguia com a convicção de manter o passo apressado em busca do esconderijo.
    Quanto mais longe melhor.
    Teria que trabalhar, mas nunca tivera emprego.
    Teria que estudar, mas nunca entrara na faculdade.
    Queria tudo ao mesmo tempo, mas nunca tivera nada que fosse realmente uma conquista sua.
    Quando queria algo, sua mãe lhe dava.
    Mas agora não sabia o que fazer.
    Não tinha dinheiro.
    Não poderia confiar em ninguém.
    Aliás, não tinha ninguém em quem confiar.
    Entrou na rodoviária.
    Primeiro guichê. Primeiro ônibus. Última cidade.

Capítulo III

Hoje era melhor ficar em casa mesmo.

Dª. Vera, como era chamada, viera do interior de Pernambuco.

Gostava de Belo Horizonte, mas sempre pensava em retornar para sua terra natal. Era daqueles pensamentos que tinham jeito de infância. Vinham com cheiro e com sabor. O colorido do dia ficava diferente.

Casara muito cedo, mais por vontade do pai do que por vontade própria. Seu pai perdera dinheiro no jogo. Ela fora o pagamento da dívida.

Não gostava de lembrar, mas lembrava-se disso a todo o tempo. Era como se esses pensamentos viessem a conta-gotas, com a missão de causar-lhe incômodos impossíveis de se livrar.

Acreditava que a vida era assim mesmo. Tinha que obedecer o pai. Agora, teria que obedecer o marido.

Ele era mais velho do que ela. Mais idade, menos cabelo. Mais dinheiro, menos dentes.

Teve pressa em tomar posse de seu corpo, que ela mesma mal conhecia. Não havia escolha.

Ela sequer podia sonhar com seu futuro. Nascera pobre, deveria agradecer por seu pai encontrar um homem para ser seu marido, que a aceitara e a sustentaria. Se ele não fosse violento, já estaria bom.

Isso já ficara para trás. Mas era daqueles passados que estão sempre presentes. Estava sempre na sua mente e teimava em não sair.

***

– Vá buscar Vera, *muié*. – deu a ordem.

A mulher, limpando as mãos no avental tão mal tratado quanto o vestido que ela usava por baixo dele, por um instante, permanece parada na frente do marido.

– O que houve, Zé?

– Nada, não. – nervoso. – *Se* apresse.

– E esse quem é? – estranhando o homem parado na porta da sua casa.

– É Antônio. Lá da cidade. Gente amiga. – sorrindo. – Veio aqui conhecer a menina. – emposta a voz. – Ande. Chame Vera.

– E por que ele não entra? – desconfiada.

– Ande logo, *muié*. Chame nossa filha.

– O moço é da cidade, é?

– Já disse que sim, *muié? Me* obedeça.

– O que ele *qué* com nossa filha.

– *Qué conhecê*. – sorri abobado pela bebida. – Ele mais eu *temu* negócio *pra resolvê*. É dia de festa.

– E onde a Vera entra nisso?

– Não se meta, *muié*! – nervoso. – Eu mesmo vou pegar essa menina. – decidido.

Sua mulher o segura pelo braço, não em desafio, mas com preocupação.

– O que é que *tá* se passando, Zé?

– Nada, *muié*! – desviando o olhar. – Esse moço só veio *vê* nossa filha.

– Mas ela é uma menina, Zé. Ela ainda é uma criança.

– Criança nada! Você falou que as coisas de *muié* já chegaram nela. – nervoso.

– Já. Mas ela é muito nova.

– Se já chegaram as coisa de *muié*, ela é *muié*. Já pode *casá*.

– *Casá*?!

– Já dei minha palavra. Se o moço *agradá* dela, pode *casá*.

– Por causa de *quê*, Zé, você foi *dá* a palavra?

– Agora já *tá* apalavrado. – firmando a mão no ar. – E eu não sou homem de voltar atrás com a minha palavra.

– Mas é nossa filha... – tenta ponderar.

– Ele vai pagar a dívida da mercearia e de um cartiado que Deus não olhou por mim.

– Deus, Zé? Deus não olha por você há muito tempo. Só quem olha sou eu. Você fica aí rezando *pra* Deus, mas sou eu que te aguento.

— É sua obrigação. Você é minha *muié*. *Muié* é feita *pra* cuidar do homem. – convicto. – Tenho dito.

— Mas é o futuro de nossa filha... – tenta mais uma vez.

— Ah, *muié*. Não me venha com conversa. É minha filha, eu resolvo o futuro dela. Que chatice. – resmunga.

— Mas *tá* errado, Zé.

— Certo ou errado sou eu que decide. – balançando um pouco por causa da bebida. – Eu decido que *tá* certo e pronto. – nervoso. – Você é minha *muié*, faz o que eu *tô* mandando. – gesticulando. – Vá chamar a menina e fique calada *pra* não espantar a visita.

A mãe se dirige ao convidado:

— Com sua licença! – e se vira, com calma, para procurar a filha.

O pai, sem jeito, fala:

— Não ligue, não. Ela é boa *muié*. Não é sempre assim, não. Não sei o que deu nela pra me *desobecê*. Logo na frente da visita.

— Eu entendo.

— *Muié* é mais apegada a essas coisas de filha, mas *já já* a Vera vem. Pega um copo e põe-lhe bebida.

— Quer? – oferece ao convidado.

— É boa?

— Claro. E eu lá lhe mostro coisa ruim?

— Não sei, vamos ver. – sorriu maliciosamente.

— Entendi. – devolve o sorriso. – Você vai gostar da menina. Precisa assim, *né*? Umas roupa *mió*, *pentia os cabelo* e *aprendê* modos. Mas ela há de ser obediente e lhe *atendê* nas coisas de homem.

— Boa, mesmo!

— Não fale assim da minha filha. – como se ofendido.

— Estou falando da cachaça.

— *Ah*, bom. Gosto de respeito. – incomodado. – Mais um gole?

— Sim.

Ambos tomam mais um copo e ficam em silêncio por um período.

— Zé. – chama o colega. – Não *tá* demorando, não?

— Deve *tá* se aprontando. Coisa de *muié*.

— Será?

— *Mió* espera. Deve *tá* olhando *as beleza*.

— Será?

Mais uma dose.
– Espere aí que eu vou lá *vê*. – sai o pai decidido. – Já volto.
O convidado acompanha a ida preocupada de Zé.
– Será? – fala, já sozinho no ambiente.

Capítulo IV

— Então o senhor não viu nada? – pergunta Grego para o porteiro.
— Nada. – com convicção.
Grego o observa como quem o estuda.
Romano mantem-se mais distante, mas acompanha.
— Estranho o senhor não ver nada, *né*? Afinal o senhor está aqui para vigiar.
— Eu tomo conta da portaria. Da portaria eu sei tudo. Pode perguntar. Sou porteiro, não sou vigia. – cheio de energia. – Mas a vida dos moradores eu não sei de nada, não.
— Você não viu ninguém entrar no prédio? Ninguém sair? Nada?
— Nada. – reforçando a convicção ainda sentado numa cadeira que girava quando ele se movimentava tenso. – Eu fiquei aqui o tempo todo e não vi nada.
— Ficou dormindo ou acordado.
— Acordado, claro. – quase ofendido.
— E se eu disser que o filho do casal não está no apartamento?
— Ele não está? – quase preocupado.
— Não. Não está.
— O senhor *tá* falando eu acredito. – quase duvidando. Falava gesticulando as mãos. – Eu acredito no *senhô*, *dotô*. O *dotô* que não acredita em mim. – parecendo chateado. – Pode acreditar. Eu *sô* de confiança.
Grego o olha desconfiado.
— Tem muito assalto aqui na região, não tem?
— *Uh*, rapaz. Demais da conta.
— E você também não sabe de nada?
— Sei que tem uma turma que assalta aqui. Mas no meu prédio não.

– E esse relógio aí? Onde você arrumou?
– Eu mesmo comprei. Bonito, *né*? – cheio de orgulho.
– Mas aonde você arrumou dinheiro para um relógio desses?
– É meu. É falsificado.
– É o que? Rolex?
– Não, *dotô*. É "enrolex". – e riu sem noção nenhuma, mostrando os dentes quye já se foram.
Grego permanece sério.
– Posso ver sua identidade?
– Claro, *dotô*.
– Não sou doutor, sou policial.
– Sim *senhô*, *dotô*. Pode *deixá*. – pegando a carteira de identidade. – Aqui, *dotô*. – a entrega para Grego.
– É você mesmo?
– Sou. – orgulhoso de si e já se antecipando à pergunta. – É que aí eu não tinha cabelo, *né*?
– É. E agora tem?
– Peruca. As *mulher gosta*. – parecia convencido. – É igual cabelo mesmo. – realmente convencido.
– Certeza?
– Que é igual cabelo?
– Não. Que as mulheres gostam. – descrente.
– *Ôh*. Eu que sei...
Grego devolve a carteira de identidade.
– E você passa esmalte na unha?
– É. – orgulho. – Esmalte, não. Base. – sentindo-se especial.
– Diferente, *né*?
– *As mulher gosta*.
– Certeza? – duvidando.
– *Ôh*. Eu que sei... – satisfeito consigo.
Grego achou melhor nada comentar. Fizera isso apenas para desviar o assunto e deixá-lo mais à vontade. Quem sabe agora o porteiro falaria de forma mais espontânea, com menos receios.
– Bom, então você não viu nada? – insistindo.
– Pode acredita, *dotô*. Eu sei o que *tô* falando.
– Acreditar, é?
– É, *dotô*.

– Relógio falso; cabelo falso; depoimento verdadeiro? Não combina. – conclui Grego.
– *Qué* isso, *dotô*? Assim o *senhô* me ofende. Eu *sô* homem de palavra. Não tem mentira *com nós*, não. Pode confiar.

Grego olha para Romano como quem pede ajuda. Continua:
– Você conhece o filho do casal?
– Demais da conta. Gente boa.
– Ele morava aqui?
– Claro.
– Sabe dele?
– Não.
– Ele falou se iria viajar ou algo do gênero?
– Não sei de nada, não.
– Ele tinha amigos, namorada?
– Não sei de nada, não.
– Ele se dava bem com a mãe?
– Não sei.
– Pô! Você não sabe de nada! – Grego.
– *Qué* isso, *dotô*. Pode *perguntá* que eu respondo.
– E com o pai, ele tinha bom relacionamento?
– Isso eu sei.
– Então fala.
– Não.
– "Não" o quê? "Não fala", ou "não se dava bem com o pai"?
– O pai dele morreu. – como quem conta um segredo, sussurrando apesar de não haver mais minguém na portaria.
– Sabemos disso. – insatisfeito com a informação. – Por isso estamos aqui.
– *Ah, é?* – estranha.
– É! – sua vez de estranhar.
– E aí? Foi "morte morrida" mesmo ou foi "morte matada"?
– Ainda não sabemos.

O porteiro age como quem segura um comentário.
– O que foi? – insiste Grego.
– Nada, não.
– Pode falar, sô. Já ouvi de tudo.
– Nada. Esse tempo todo e vocês não conseguem descobrir quem matou.
– "Tempo todo"? Do que você está falando?

— *Uai, dotô!* Você falou que veio aqui por causa da morte do pai do Júlio, *né?* Ele morreu tem uns quinze anos.
— *Uai!* Então quem morava com ele aqui? Não é o pai, não?
— Aquele lá é o padrasto.
— Entendi.
— Tá vendo, *dotô*. Eu falei que sabia das coisas.
— Fato.
— Pode *perguntá* que eu respondo. – parecia comemorar.
Romano se aproxima.
— Eles tinham alguém que ajudava na casa? – indaga.
— Como assim? Ajudava na casa? – parecia se esforçar. – Não entendi, não.
— Se tinha empregada, fchineira?
— Tinha, claro. "Ajudava na casa". – comenta. – Vocês falam chique, *né?* – festivo. – É a Dª. Vera.
— Ela veio hoje?
— Veio mas já saiu.
— A que horas?
— Não sei. Não olhei. Mas foi logo cedo. – aproveitou para exibir seu relógio.
— E como ela *tava?*
— Como assim?
— Apressada? Nervosa?
— Não. Normal. A pé e feliz. – sorriu, novamente sem noção.
— É?
— É. Pode acreditar.
— Ela se dava bem com a família?
— Sim.
Grego e Romano teriam que falar com ela depois.

PARTE II

Capítulo I

Acorda aí, *sô*. – cutucando a perna do rapaz. – Já chegamos.
Júlio acorda confuso, tentando entender aonde estava.
Chegamos?
Sim.
Júlio olha em volta.
Que cidade é essa?
Uberlândia, rapaz. – tentando apressar Júlio.
Júlio, ainda sonolento, desce pesadamente do ônibus carregando a preocupação em seus ombros. Seus olhos carregados são ofuscados pela quantidade de luzes da rodoviária, já movimentada àquelas horas da manhã que se anunciava.
Não sabia bem o que fazer.
Não tinha destino.
Ninguém lhe olhava. Júlio era apenas mais uma pessoa no meio de tantas outras.
Permaneceu ali, em pé e parado, apenas observando.
Viu um homem segurando um violão em canções comoventes. Estava de óculos escuros para fazer estilo. No pulso um relógio sem estilo, amarelo brilhante, fingindo ser ouro. Usava uma calça justa e botas largas.
Havia uma ou outra pessoa que parava para ouvi-lo e, uma ou outra que dava-lhe dinheiro, depositando na caixa do instrumento.
Viu uma mulher comum bebe no colo pedindo dinheiro para as pessoas. Fosse quem fosse, ela pedia e ia mudando a expressão do rosto. Quando avistava alguém, ia decidida. Já perto, fazia ares de sofrimento e pedia ajuda em dinheiro.

Sentiu cheiro de café. Procurou a lanchonete com os olhos e dinheiro com as mãos. Localizou a lanchonete. Dinheiro não encontrou nenhum.

Moço, me ajuda. É só *pra inteirá* a passagem. – pede-lhe um homem descabelado.

Não tenho nada, não. – reponde Júlio sem pensar.

Qualquer ajuda serve. – insiste. – Eu ia para Uberaba e parei na cidade errada, moço.

Grupo
Editorial
LETRAMENTO